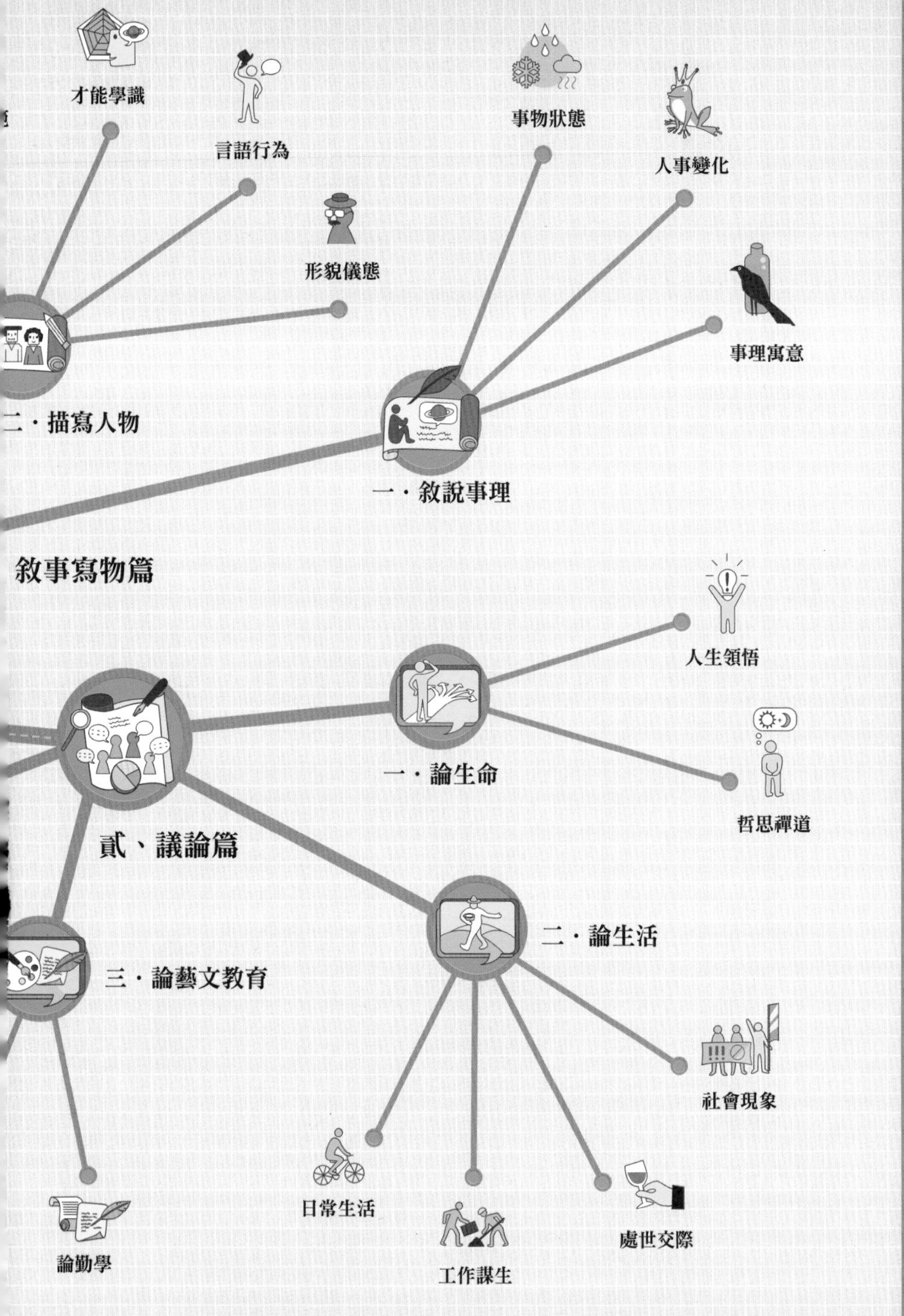
才能學識
言語行為
事物狀態
人事變化
形貌儀態
事理寓意
二·描寫人物
一·敘說事理
敘事寫物篇
人生領悟
一·論生命
哲思禪道
貳、議論篇
二·論生活
三·論藝文教育
社會現象
日常生活
論勤學
處世交際
工作謀生

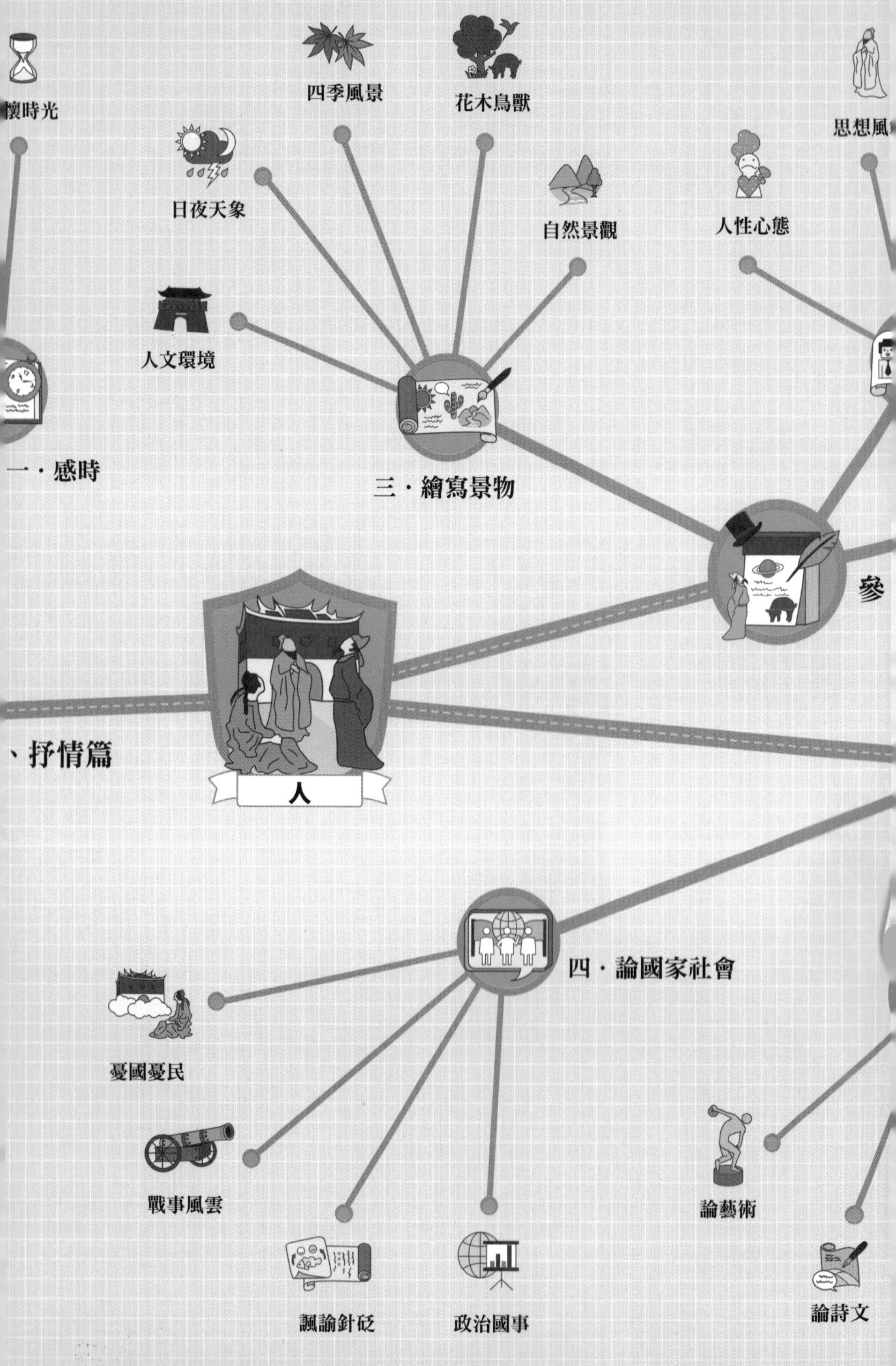
懷時光
四季風景
花木鳥獸
思想風
日夜天象
自然景觀
人性心態
人文環境
一・感時
三・繪寫景物
參
、抒情篇
人
四・論國家社會
憂國憂民
戰事風雲
論藝術
諷諭針砭
政治國事
論詩文

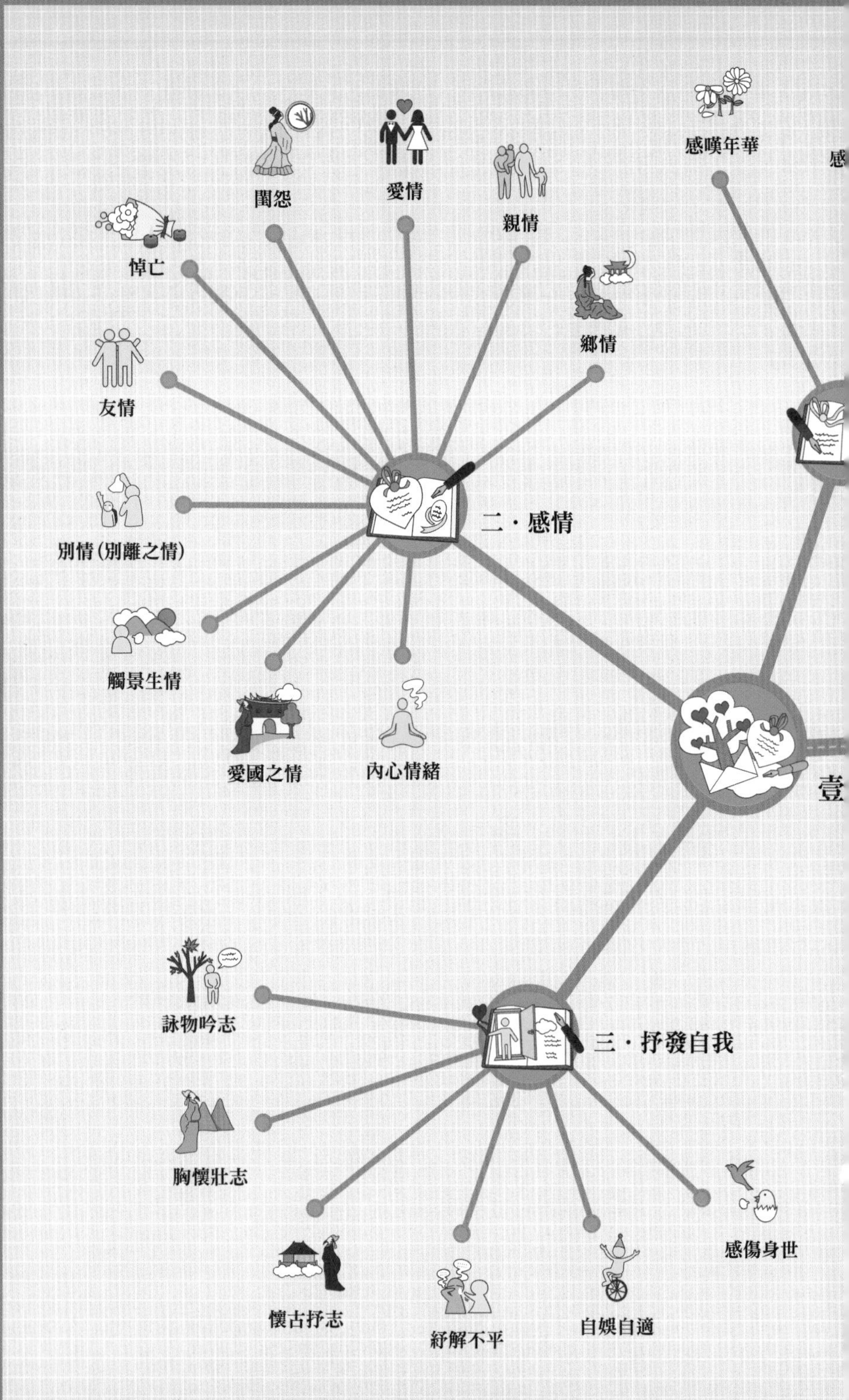

壹
二・感情
悼亡
閨怨
愛情
親情
鄉情
友情
別情(別離之情)
觸景生情
愛國之情
內心情緒
感嘆年華
感
三・抒發自我
詠物吟志
胸懷壯志
懷古抒志
紓解不平
自娛自適
感傷身世

五代兩宋詩詞信手拈來

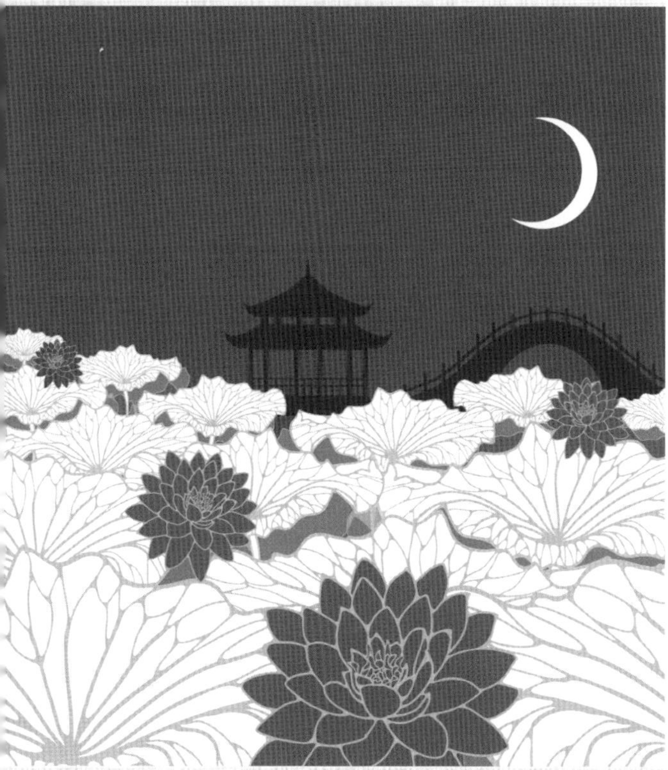

黃淑貞——著

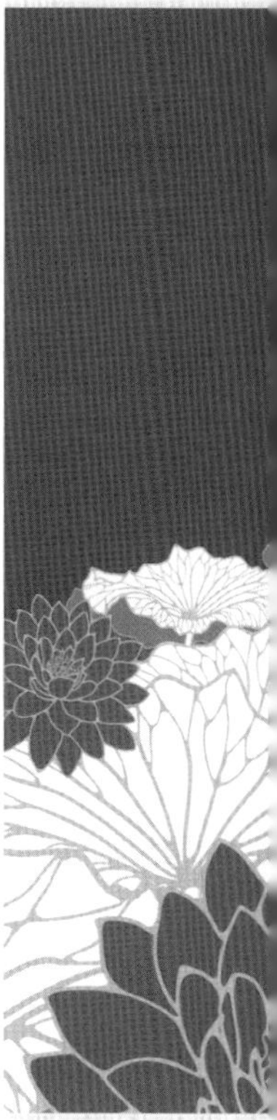

編輯說明

一、詩詞的重要性在於利用精簡凝鍊的文字，說出深厚綿長的情感，反映現實，表述心靈的思考與無盡想像。讀詩詞的好處除卻體會情感，更能夠豐富生命、強化文字創作能力。中國詩歌歷史淵源流長，隋唐可說是詩詞創作水準的高峰，宋詩宋詞緊隨其後，不遑多讓。尤其宋詞因體制緣故，與音樂緊密結合，更著重情韻綿長的抒情感受。近代國學大師王國維於《人間詞話》中有云：「詞之為體，要眇宜修。能言詩之所不能言，而不能盡言詩之所能言。詩之境闊，詞之言長。」可見詩詞各有其長。

二、本書蒐集五代、兩宋時期各名家創作的詩詞名作，擷取美妙精鍊的名句，輔以簡易的注釋，說明名句中的艱深字詞；加之精簡但翔實的解析，敘述詩詞的背景、內容與名句的意義和延伸使用的方法與變化，與歷代各方名家的評析與箋注；最後附以原文，以利讀者能透過從完整的詩詞原文，深刻理解、感受詩文的美感。

三、本書除了具有閱讀性，亦是極佳的寫作參考工具書，依照常見作文的三種型態，分為「抒情篇」、「議論篇」和「敘事寫物篇」等三大篇章，便於讀者依照寫作時的需求查詢詩詞。三大篇章之下，更依照事物的概念類別與實用原則，細分為十大類、四十四中類、六十小類，以詳盡的路徑分類，確保讀者可以依照需求尋找到切適的詩詞名句。

四、閱讀和感受是增進文字使用、創作能力的不二法門。期望本書除了滿足查詢功能之外，更有助於讀者能夠從平日的閱讀中，體會詩文的美妙，加強使用詩詞的敏感度。

五、本書概念分類可參照彩色拉頁「詩詞名句心智圖」，並在目錄中有詳盡分類標示，可供參考，加速正確查詢。

編者黃淑貞與商周出版編輯部

Contents／目錄

045 春風又綠江南岸，明月何時照我還？
045 病身最覺風露早，歸夢不知山水長。
046 異鄉物態與人殊，惟有東風舊相識。
046 棋罷不知人換世，酒闌無奈客思家。
047 登臨望故國，誰識、京華倦客？
048 試登絕頂望鄉國，江南江北青山多。
048 濁酒一杯家萬里，燕然未勒歸無計。
049 黯鄉魂，追旅思，夜夜除非，好夢留人睡。

049 歸鄉

049 君知否？亂鴉啼後，歸興濃如酒。
050 重到故鄉交舊少，淒涼，卻恐他鄉勝故鄉。
050 家在千山古溪上，先應喜鵲噪門扉。

051 親情

051 父母

051 五更歸夢三百里，一日思親十二時。
051 月明聞杜宇，南北總關心。
052 且說家懷舊話，教學也曾菽水，親意盡欣欣。
053 霜殞蘆花淚濕衣，白頭無復倚柴扉。

053 親人

053 兄弟燈前家萬里，相看如夢寐。
054 好把音書憑過雁，東萊不似蓬萊遠。
054 但知家裡俱無恙，不用書來細作行。
055 但願人長久，千里共嬋娟。
055 弟兄華髮，遠山修水，異日同歸處。
056 草草杯盤供笑語，昏昏燈火話平生。
056 惟願孩兒愚且魯，無災無難到公卿。
057 與君今世為兄弟，又結來生未了因。
058 遙想獨遊佳味少，無言騅馬但鳴嘶。
058 寫得家書空滿紙，流清淚，書回已是明年事。

059 愛情

059 期盼

059 月上柳梢頭，人約黃昏後。
060 眾裡尋他千百度，驀然回首，那人卻在，燈火闌珊處。
060 最恨細風搖幕，誤人幾度迎門。
061 雲中誰寄錦書來？雁字回時，月滿西樓。
061 照人無奈月華明，潛身卻恨花深淺。
062 夢魂慣得無拘檢，又踏楊花過謝橋。
062 漸行漸遠漸無書，水闊魚沉何處問？

063 愛慕

063 奴為出來難，教君恣意憐。
063 多情卻被無情惱。
064 但願暫成人繾綣，不妨常任月朦朧。
064 知我意，感君憐，此情須問天。

Contents／目錄

083 奈心中事，眼中淚，意中人。

084 拚則而今已拚了，忘則怎生便忘得？

084 東風惡，歡情薄。一懷愁緒，幾年離索。
錯！錯！錯！

085 柔情似水，佳期如夢，忍顧鵲橋歸路。

085 桃花落，閑池閣。山盟雖在，錦書難託。
莫！莫！莫！

086 豈知聚散難期，翻成雨恨雲愁。

086 傷心橋下春波綠，曾是驚鴻照影來。

087 當時輕別意中人，山高水遠知何處？

087 繫我一生心，負你千行淚。

088 **變心**

088 一春猶有數行書，秋來書更疏。

088 年少拋人容易去。

089 百草千花寒食路，香車繫在誰家樹？

089 最恨多才情太淺。

090 嫁時羅衣羞更著，如今始悟君難託。

090 輕別離，甘拋擲，江上滿帆風疾。

091 **無緣**

091 留人不住，醉解蘭舟去。

091 縱妙手、能解連環，似風散雨收，霧輕雲薄。

092 羅帶同心結未成，江頭潮已平。

092 **閨怨**

092 月滿西樓憑闌久，依舊歸期未定。

093 如今但暮雨，蜂愁蝶恨，小窗閑對芭蕉展。

093 沉恨細思，不如桃杏，猶解嫁東風。

094 妾有容華君不省，花無恩愛猶相並。花卻有情人薄倖。

094 故攲單枕夢中尋，夢又不成燈又燼。

095 細雨夢回雞塞遠，小樓吹徹玉笙寒。

096 莫道不消魂，簾捲西風，人比黃花瘦。

096 換我心，為你心，始知相憶深。

096 傷高懷遠幾時窮？無物似情濃。

097 新來瘦，非干病酒，不是悲秋。

097 獨抱濃愁無好夢，夜闌猶剪燈花弄。

098 鎮相隨、莫拋躲，針線閑拈伴伊坐。

099 **悼亡**

099 十年生死兩茫茫，不思量，自難忘。

099 玉骨久成泉下土，墨痕猶鎖壁間塵。

100 忍此連城寶，沉埋向九泉。

100 空床臥聽南窗雨，誰復挑燈夜補衣？

101 珠碎眼前珍，花凋世外春。

101 梧桐半死清霜後，白頭鴛鴦失伴飛。

Contents／目錄

友情 102

別情 107

觸景生情 117

121 可憐新月為誰好？無數晚山相對愁。

121 自在飛花輕似夢，無邊絲雨細如愁。

121 把酒送春春不語，黃昏卻下瀟瀟雨。

122 往事只堪哀，對景難排。

122 明月卻多情，隨人處處行。

123 林花謝了春紅，太匆匆。無奈朝來寒雨晚來風。

123 物是人非事事休，欲語淚先流。

124 知否？知否？應是綠肥紅瘦。

124 雨橫風狂三月暮，門掩黃昏，無計留春住。

125 青鳥不傳雲外信，丁香空結雨中愁。

125 昨夜西風凋碧樹，獨上高樓，望盡天涯路。

126 風乍起，吹皺一池春水。

126 淚眼問花花不語，亂紅飛過秋千去。

127 這次第，怎一個、愁字了得？

127 郴江幸自繞郴山，為誰流下瀟湘去？

128 無言獨上西樓，月如鉤。

128 菡萏香銷翠葉殘，西風愁起綠波間。

129 暖日晴風初破凍，柳眼梅腮，已覺春心動。

129 落花人獨立，微雨燕雙飛。

130 落絮無聲春墮淚，行雲有影月含羞。

130 試問閑愁都幾許？一川煙草，滿城風絮，梅子黃時雨。

131 綠楊芳草幾時休？淚眼愁腸先已斷。

132 誰道閑情拋棄久？每到春來，惆悵還依舊。

132 獨立小橋風滿袖，平林新月人歸後。

132 勸君莫上最高梯。

133 覽景想前歡，指神京，非霧非煙深處。

133 聽風聽雨過清明，愁草瘞花銘。

134 戀樹濕花飛不起，愁無際，和春付與東流水。

135 愛國之情

135 了卻君王天下事，贏得生前身後名。

135 王師北定中原日，家祭無忘告乃翁。

136 未甘身世成虛老，待見天心卻太平。

136 臣心一片磁針石，不指南方不肯休。

137 壯志飢餐胡虜肉，笑談渴飲匈奴血。

137 斬除頑惡還車駕，不問登壇萬戶侯。

138 會挽雕弓如滿月，西北望，射天狼。

138 內心情緒

138 歡喜

138 久旱逢甘雨，他鄉遇故知。洞房花燭夜，金榜挂名時。

139 今宵賸把銀釭照，猶恐相逢是夢中。

139 喜極不得語，淚盡方一哂。

Contents／目錄

Contents／目錄

Contents／目錄

Contents／目錄

313 青山繚繞疑無路，忽見千帆隱映來。
314 春色滿園關不住，一枝紅杏出牆來。
314 春雨斷橋人不渡，小舟撐出柳蔭來。
315 春風又綠江南岸，明月何時照我還？
315 昨夜西風凋碧樹，獨上高樓，望盡天涯路。
316 美酒飲教微醉後，好花看到半開時。
316 若言琴上有琴聲，放在匣中何不鳴？若言聲在指頭上，何不於君指上聽？
317 若對此君仍大嚼，世間那有揚州鶴？
318 高處不勝寒。
318 瓶花力盡無風墮，爐火灰深到曉溫。
319 眾裡尋他千百度，驀然回首，那人卻在，燈火闌珊處。
319 野鳧眠岸有閑意，老樹著花無醜枝。
320 堪笑牡丹如斗大，不成一事又空枝。
320 殘雪壓枝猶有橘，凍雷驚筍欲抽芽。
321 萬山不許一溪奔，攔得溪聲日夜喧。到得前頭山腳盡，堂堂溪水出前村。
321 解名盡處是孫山，賢郎更在孫山外。
322 踏破鐵鞋無覓處，得來全不費工夫。
322 橫看成嶺側成峰，遠近高低各不同。
323 濃綠萬枝紅一點，動人春色不須多。
323 爆竹聲中一歲除，春風送暖入屠蘇。

人事變化

324 人似秋鴻來有信，事如春夢了無痕。
325 千古興亡多少事？悠悠。不盡長江滾滾流。
325 今年花勝去年紅，可惜明年花更好，知與誰同？
326 六朝舊事隨流水，但寒煙衰草凝綠。
326 年光似鳥翩翩過，世事如棋局局新。
327 空有姑蘇臺上月，如西子鏡，照江城。
327 長江後浪推前浪，浮世新人換舊人。
328 紛紛爭奪醉夢裡，豈信荊棘埋銅駝？
328 草頭秋露流珠滑，三五盈盈還二八。
329 梅英疏淡，冰澌溶洩，東風暗換年華。
329 新筍已成堂下竹，落花都上燕巢泥。
330 暗中偷負去，夜半真有力。
330 當時明月在，曾照彩雲歸。
331 燕子樓空，佳人何在？空鎖樓中燕。
331 雕闌玉砌應猶在，只是朱顏改。

事物狀態

332 近水樓臺先得月，向陽花木易為春。
332 春江水暖鴨先知。

Contents／目錄

349 碧眼胡兒三百騎，盡提金勒向雲看。

350 **衰醜**

350 小兒誤喜朱顏在，一笑那知是酒紅。

350 不知筋力衰多少？但覺新來懶上樓。

351 如今憔悴，風鬟霜鬢，怕見夜間出去。

351 老病逢春只思睡，獨求僧榻寄須臾。

352 身似漏船難補貼，齒如敗屐久凋零。

352 捉衿見肘貧無敵，聳膊成山瘦可知。

352 縱使相逢應不識，塵滿面，鬢如霜。

353 縷金檀板今無色，一曲當年動帝王。

354 言語行為

354 **言談**

354 不如意事常八九，可與語人無二三。

354 六宇五胡生口面，三言兩語費顏情。

355 忠言如藥苦非甘。

355 談笑裡、風霆驚座，雲煙生筆。

356 **純真**

356 多少長安名利客，機關用盡不如君。

356 我觀人間世，無如醉中真。

357 牧童歸去橫牛背，短笛無腔信口吹。

357 最喜小兒無賴，溪頭臥剝蓮蓬。

358 童孫未解供耕織，也傍桑陰學種瓜。

358 **狂放**

358 不恨古人吾不見，恨古人、不見吾狂耳。

359 文章太守，揮毫萬字，一飲千鍾。

359 只疑松動要來扶，以手推松曰去。

359 老夫聊發少年狂，左牽黃，右擎蒼。

360 我是清都山水郎，天教分付與疏狂。

360 詩萬首，酒千觴，幾曾著眼看侯王？

361 **揮霍**

361 青錢換酒日無何，紅燭呼盧宵不寐。

362 揮金買笑紅塵市，老死不曉寒與饑。

362 **隨便**

362 春風不解禁楊花，濛濛亂撲行人面。

363 錦衣鮮華手擎鶻，閑行氣貌多輕忽。

363 **虛偽**

363 巧偷豪奪古來有，一笑誰似痴虎頭。

364 佞倖惟苟且，巧言頗包藏。

365 才能學識

365 **優秀**

365 上馬擊狂胡，下馬草軍書。

365 天下英雄誰敵手？曹劉。生子當如孫仲謀。

366 好把袖間經濟手，如今去補天西北。

366 治病不蘄三折肱。

384 欲把西湖比西子，淡妝濃抹總相宜。
385 晴天搖動清江底，晚日浮沉急浪中。
385 亂石崩雲，驚濤裂岸，捲起千堆雪。
385 溪聲夜漲寒通枕，山色朝晴翠染衣。
386 萬山不許一溪奔，攔得溪聲日夜喧。到得前頭山腳盡，堂堂溪水出前村。
386 萬壑有聲含晚籟，數峰無語立斜陽。
387 橫看成嶺側成峰，遠近高低各不同。
387 嶺上晴雲披絮帽，樹頭初日掛銅鉦。

388 田園

388 一水護田將綠繞，兩山排闥送青來。
388 日暖桑麻光似潑，風來蒿艾氣如薰。
389 池塘水滿蛙成市，門巷春深燕作家。
389 牧童歸去橫牛背，短笛無腔信口吹。
390 深葭繞澗牛散臥，積麥滿場雞亂飛。
390 稻花香裡說豐年，聽取蛙聲一片。

391 四季風景

391 春

391 小樓一夜聽春雨，深巷明朝賣杏花。
391 含風鴨綠粼粼起，弄日鵝黃裊裊垂。
392 沾衣欲濕杏花雨，吹面不寒楊柳風。
392 城上風光鶯語亂，城下煙波春拍岸。
393 春江水暖鴨先知。
393 春色三分，二分塵土，一分流水。
393 春色滿園關不住，一枝紅杏出牆來。
394 春到人間草木知。
394 春雨斷橋人不渡，小舟撐出柳蔭來。
395 春風不解禁楊花，濛濛亂撲行人面。
395 浪花有意千重雪，桃李無言一隊春。
396 章臺路，還見褪粉梅梢，試花桃樹。
396 殘雪壓枝猶有橘，凍雷驚筍欲抽芽。
397 等閑識得東風面，萬紫千紅總是春。
397 開到荼蘼花事了。
398 落盡梨花春又了。滿地殘陽，翠色和煙老。
398 遊人不管春將老，來往亭前踏落花。
398 綠楊煙外曉寒輕，紅杏枝頭春意鬧。
399 鴨頭春水濃如染，水面桃花弄春臉。
399 簾外雨潺潺，春意闌珊。

400 夏

400 更無柳絮因風起，惟有葵花向日傾。
400 炙翻四海波，天地入烹煮。
401 芳菲歇去何須恨？夏木陰陰正可人。
401 風老鶯雛，雨肥梅子，午陰嘉樹清圓。
402 惟有南風舊相識，偷開門戶又翻書。

Contents／目錄

420 浮雲集，輕雷隱隱初驚蟄。
420 海壓竹枝低復舉，風吹山角晦還明。
421 清風明月無人管，併作南樓一味涼。
421 黑雲翻墨未遮山，白雨跳珠亂入船。
422 微風萬頃靴文細，斷霞半空魚尾赤。
422 雷驚天地龍蛇蟄，雨足郊原草木柔。
422 滿川風雨看潮生。
423 數峰清苦，商略黃昏雨。

423 人文環境

423 城鄉

423 九陌六街平，萬物充盈。
424 二十四橋仍在，波心蕩、冷月無聲。
424 山外青山樓外樓，西湖歌舞幾時休？
425 山河風景元無異，城郭人民半已非。
425 我本無家更安往？故鄉無此好湖山。
426 兩岸荔枝紅，萬家煙雨中。
426 長江繞郭知魚美，好竹連山覺筍香。
427 雨恨雲愁，江南依舊稱佳麗。
427 雲裡寒溪竹裡橋，野人居處絕塵囂。
428 煙柳畫橋，風簾翠幕，參差十萬人家。
428 嘆江山如故，千村寥落。

429 園林建築

429 月橋花院，瑣窗朱戶。
429 茅簷長掃靜無苔，花木成畦手自栽。
430 庭院深深深幾許？楊柳堆煙，簾幕無重數。
430 鳳閣龍樓連霄漢，玉樹瓊枝作煙蘿，幾曾識干戈？
431 層樓高峙，看檻曲縈紅，簷牙飛翠。
431 斷牆著雨蝸成字，老屋無僧燕作家。

432 交通

432 一闋聲長聽不盡，輕舟短楫去如飛。
432 有如兔走鷹隼落，駿馬下注千丈坡。斷絃離柱箭脫手，飛電過隙珠翻荷。
433 車如流水馬如龍。
433 往日崎嶇還記否？路長人困蹇驢嘶。
433 飛車跨山鶻橫海，風枝露葉如新採。
434 愁一箭風快，半篙波暖，回頭迢遞便數驛，望人在天北。

435 花木鳥獸

435 子規夜半猶啼血，不信東風喚不回。
435 小荷才露尖尖角，早有蜻蜓立上頭。
435 白鳥一雙臨水立，見人驚起入蘆花。
436 有情芍藥含春淚，無力薔薇臥曉枝。
436 何事春風容不得？和鶯吹折數枝花。

Contents／目錄

壹、抒情篇

一、感時

感懷時光

少年不識愁滋味，愛上層樓。愛上層樓，為賦新詞強說愁。

年輕時不理解憂愁是什麼感受，總喜歡登上高樓。喜歡登上高樓，是為了賦詩填詞，明明沒有愁思，也要勉強說自己有許多的愁。

【解析】年老的辛棄疾，想起從前那段多愁善感的年少，雖然涉世未深，也還沒真正經歷人生的甘苦，卻喜歡效法文人騷客登高遠望，感染自以為的萬千愁緒，只為了寫出充滿傷春悲秋情調的詩詞。可用來形容人在青少年時期，未經世事，想法單純，容易觸景生懷，無端發出牢騷或憂傷。

【出處】南宋・辛棄疾〈醜奴兒・少年不識愁滋味〉詞：「少年不識愁滋味，愛上層樓。愛上層樓，為賦新詞強說愁。而今識盡愁滋味，欲說還休。欲說還休，卻道天涼好個秋。」

少年聽雨歌樓上，紅燭昏羅帳。

年少時在歌樓上聽著雨聲，紅燭燈火昏暗，照映著床上輕薄的紗幔。

【解析】蔣捷晚年回顧自己風流倜儻的青春過往，當時成日耽溺歌樓之上，在紅燭羅帳裡與歌女作樂尋歡，對比今日兩鬢斑白，華年已老，蕭索淒冷的處境，抒發其對歲月無情的慨嘆。可用來形容人在暮年回想年輕放浪形骸、貪聲逐色的時光。

【出處】南宋・蔣捷〈虞美人・少年聽雨歌樓上〉詞：「少年聽雨歌樓上，紅燭昏羅帳。壯年聽雨客舟中，江闊雲低，斷雁叫西風。而今聽雨僧廬下，鬢已星星也。悲歡離合總無情，一任階前，點滴到天明。」

白髮無情侵老境，青燈有味似兒時。

頭上的白髮毫不留情地增長，彷彿逼得人漸漸衰老，在青藍色的微弱油燈火光下夜讀，仍像孩童時期那樣津津有味。

【解析】自幼好學的陸游，寫其邁入中年後，一日，在秋夜裡讀書，發現頭上的青絲已成了白髮，青春稍縱即逝，不禁懷想起幼年在燈下吟誦，那段充滿甜蜜和趣味的無憂歲月。可用來形容中老年人秉燈夜讀時，想起童年時的快樂記憶。

【出處】南宋．陸游〈秋夜讀書每以二鼓盡為節〉詩：「腐儒碌碌嘆無奇，獨喜遺編不我欺。白髮無情侵老境，青燈有味似兒時。高梧策策傳寒意，疊鼓鼕鼕迫睡期。秋夜漸長飢作祟，一杯山藥進瓊糜。」

往事已成空，還如一夢中。

過去的事情都已消失不見，彷彿一切是在夢中發生的。

【解析】國破之後，李煜被囚居在北宋國都汴京（位在今河南開封市），回顧以往貴為一國之主的風光，對比今日的窘蹙，興起了舊事如夢，醒來成空的喟嘆。可用來形容人對已逝往事的留戀。

【出處】五代．李煜〈子夜歌．人生愁恨何能免〉詞：「人生愁恨何能免？銷魂獨我情何限。故國夢重歸，覺來雙淚垂。高樓誰與上？長記秋晴望。往事已成空，還如一夢中。」

長溝流月去無聲，杏花疏影裡，吹笛到天明。

明月映照著長溝下的流水，時間隨著月光和流水悄悄而逝。回想當年情景，大家在杏花稀疏的影子裡吹奏笛子，直到天亮。

【解析】南渡後的陳與義，回顧他年輕時在家鄉洛陽午橋，與一群豪傑志士月下暢飲、花前吹笛的酣樂過往，而今洛陽淪陷，詩人的家園已破，而舊友也同樣瓦解星散，那些意氣風發的豪情和吟風弄月的雅興，全都只能留在記憶當中。南宋人胡仔《苕溪漁隱叢話》評曰：「此數語奇麗。」可用來形容追想從前與故人一同遊賞的歡樂日子。

【出處】北宋末、南宋初・陳與義〈臨江仙・憶昔午橋橋上飲〉詞：「憶昔午橋橋上飲，座中多是豪英。長溝流月去無聲，杏花疏影裡，吹笛到天明。二十餘年如一夢，此身雖在堪驚。閑登小閣看新晴，古今多少事，漁唱起三更。」

春花秋月何時了？往事知多少？

春天的花、秋天的月，年年長有，哪裡有結束的時候？而那些美好過往，不知道如今還有多少？

【解析】每年綻放的嬌豔「春花」和空中的潔白「秋月」，都是長存人間美好事物的象徵，而李煜所歷經的歡樂「往事」卻一去無回，前者代表的是自然永恆，後者揭示的是人事無常，兩相對比之下，更勾起詞人對其過往的思戀。可用來形容年年春去秋來，花月依舊，回憶往事，不勝唏噓。

【出處】五代・李煜〈虞美人・春花秋月何時了〉詞：「春花秋月何時了？往事知多少？小樓昨夜又東風，故國不堪回首月明中。雕闌玉砌應猶在，只是朱顏改。問君能有幾多愁？恰似一江春水向東流。」

春宵一刻值千金，花有清香月有陰。

春天的夜晚，縱使是短暫的一刻也抵得上千

金，這個時候的花朵清新芳香，月亮的影子朦朧。

【解析】蘇軾描寫春夜是人間最美好的一段時光，縷縷清幽花香隨風撲鼻而來，月光投射，映照出花朵的朦朧陰影，此等良辰美景，可說是再多的金錢也買不到的啊！可用來形容春夜景色優美迷人，時間雖短卻彌足珍貴。

【出處】北宋．蘇軾〈春夜〉詩：「春宵一刻值千金，花有清香月有陰。歌管樓臺聲細細，鞦韆院落夜沉沉。」

流水落花春去也，天上人間。

過去的歡樂時光，就像落花隨著流水跟著春天的腳步一同離開，從此宛如天人永隔一樣。

【解析】南唐後主李煜借「流水落花」的暮春殘景，揭示他那段曾貴為君主的生活是回不來了，更以「天上人間」對比從前的如日中天和現今的落魄難堪，兩者相去懸殊。近人唐圭璋《唐宋詞簡釋》對這兩句詞的評論：「水流盡矣，花落盡矣，春歸去矣，而人亦將亡矣。將四種了語，并合一處作結，肝腸斷絕，遺恨千古。」意指李煜寫這闋詞時，早料到自己不容於北宋太宗，離死亡之期已不遠。可用來形容美妙往事流逝如水，永難尋覓。

【出處】五代．李煜〈浪淘沙．簾外雨潺潺〉詞：「簾外雨潺潺，春意闌珊。羅衾不耐五更寒。夢裡不知身是客，一晌貪歡。獨自莫憑闌，無限江山，別時容易見時難。流水落花春去也，天上人間。」

為君持酒勸斜陽，且向花間留晚照。

我為了你舉起酒杯，請求夕陽的餘暉在花叢間停留得再久一點。

【解析】一直忙於公務的宋祁，難得出外享受春遊的樂趣，但見天色即將轉暗，不忍紅日西沉，故端起酒杯挽留斜陽多向花間映照，希望綺麗的春光願意為了他稍作停歇，不要急著離去。可用來形容對美好時光的依戀。

【出處】北宋・宋祁〈玉樓春・東城漸覺風光好〉詞：「東城漸覺風光好，縠皺波紋迎客棹。綠楊煙外曉寒輕，紅杏枝頭春意鬧。浮生長恨歡娛少，肯愛千金輕一笑。為君持酒勸斜陽，且向花間留晚照。」

晚涼天淨月華開，想得玉樓瑤殿影，空照秦淮。

晚上天氣清涼，月色明淨，想起月光曾經照耀著在金陵宮殿裡的我，如今它只能映照著金陵城中的秦淮河。

【解析】成為北宋朝廷囚虜的的李煜，在秋月的映照下，想像著自己回到南唐金陵的舊時宮苑，緬懷當年的富麗華美，再對比今日人去樓空的清寂，抒發對故國的眷戀。可用來形容對著月光，懷想愜意的過往。

【出處】五代・李煜〈浪淘沙・往事只堪哀〉詞：「往事只堪哀，對景難排。秋風庭院蘚侵階，一桁（ㄏㄤˊ）珠簾閑不卷，終日誰來？金鎖已沉埋，壯氣蒿萊。晚涼天淨月華開，想得玉樓瑤殿影，空照秦淮。」

憑闌半日獨無言，依舊竹聲新月似當年。

獨自一人靜靜地靠著闌干許久，雖然吹奏笙的樂音和剛剛升起的彎月都與往年相仿。

【解析】面對滿院綠意盎然的春景，還有悠揚的笙歌和一鉤新月相伴隨，李煜卻毫無心情欣賞。眼前的景物雖與往昔無異，但過去的歡樂時光卻早已形跡杳然，今昔對比，悲酸更加劇烈。可用來形容對舊時歲月的追憶。

【出處】五代．李煜〈虞美人．風回小院庭蕪綠〉詞：「風回小院庭蕪綠，柳眼春相續。憑闌半日獨無言，依舊竹聲新月似當年。笙歌未散尊罍在，池面冰初解。燭明香暗畫樓深，滿鬢清霜殘雪思難禁。」

感嘆年華

一年春事都來幾？早過了、三之二。

一年的春意能有多少呢？算來早已過了三分之二。

【解析】離鄉多時的歐陽脩對著春日暖風，以及滿庭的綠蔭紅花，卻是一副面容憔悴的模樣，他暗自盤算著，發覺春天已快要結束了，詞中抒發自己無力留住明媚的春光，只能任憑年華在紅衰翠減中老去的感傷。可用來形容不論多麼美好的事物，都會隨著時間而逝。

【出處】北宋．歐陽脩〈青玉案．一年春事都來幾〉詞：「一年春事都來幾？早過了、三之二。綠暗紅嫣渾可事。綠楊庭院，暖風簾幕，有個人憔悴。買花載酒長安市，又爭似、家山見桃李？不枉東風吹客淚。相思難表，夢魂無據，惟有歸來是。」

不信芳春厭老人，老人幾度送餘春？

我不相信春天會討厭年老的人，因老人曾多少次送走每年春天最後的時光？（第二句的另一說法：老人還能擁有幾回送走春天的機會？）

【解析】詞中「幾度送餘春」可以有以下兩種詮釋，一是指過去自己年復一年陪伴了春天，另一是指往後不知還能領略春光幾度。但無論意思是前者還是後者，賀鑄所要強調的是，人到了垂老之年，一定要懂得及時行樂，千萬不要推拒人間的賞心樂事。可用來形容老年人對有限生命的愛護珍惜。

【出處】北宋．賀鑄〈浣溪沙．不信芳春厭老人〉詞：「不信芳春厭老人，老人幾度送餘春？惜春行樂莫辭頻。巧笑豔歌皆我意，惱花顛酒拚君瞋。物情惟有醉中真。」

少年把酒逢春色，今日逢春頭已白。

記得年輕時，總喜歡在春天舉杯暢飲，而如今的我，只能以一頭白髮來面對春天了。

【解析】歐陽脩的友人謝伯初來信提到自己「多情未老已白髮」，歐陽脩寫這首詩回給對方，抒發同為白髮人的滄桑心境。遙想輕狂年少，縱情飲酒的萬丈豪情，早已隨著春光年年歸去而消散無蹤。可用來感傷韶華如駛，時不我待。

【出處】北宋．歐陽脩〈春日西湖寄謝法曹歌〉詩：「西湖春色歸，春水綠於染。群芳爛不收，東風落如糝。參軍春思亂如雲，白髮題詩愁送春。遙知湖上一樽酒，能憶天涯萬里人。萬里思春尚有情，忽逢春至客心驚。雪消門外千山綠，花發江邊二月晴。少年把酒逢春色，今日逢春頭已白。異鄉物態與人殊，惟有東風舊相識。」

世上功名，老來風味，春歸時候。

世間上的功業名聲、人到了年老時的感受，都好像春天將要歸去一樣，已到了結束的時候。

【解析】晁補之詞中借寫不捨繁花凋零，春光來去匆匆，表達人間的功名利祿，以及青春年華老去，也正如眼前的暮春風景一樣，全都是過眼雲煙，轉眼不見。可用來形容傷悲老大無成，來日無多。

【出處】北宋．晁補之〈水龍吟．問春何苦匆匆〉

詞：「……春恨十常八九，忍輕辜、芳醪經口。那知自是，桃花結子，不因春瘦。世上功名，老來風味，春歸時候。縱樽前痛飲，狂歌似舊，情難依舊。」（節錄）

年少拋人容易去。

青春時光或情感最容易拋下人們，飛速離去。

【解析】晏殊抒寫當年與情人長亭話別後，發覺自己竟能如此輕易拋卻一段愛情，而如今年華老去，終於也嘗到了被青春狠狠拋棄的滋味。可以說，人在年少氣盛時，總以為離老年還很遠，凡事都不懂得愛惜，辜負了情人，也辜負了大好韶光。可用來形容光陰易逝，人生易老。另可用來形容年少時的情感，容易輕言別離，薄倖無情。

【出處】北宋・晏殊〈木蘭花・綠楊芳草長亭路〉詞：「綠楊芳草長亭路，年少拋人容易去。樓頭殘夢五更鐘，花底離愁三月雨。無情不似多情苦，一寸還成千萬縷。天涯地角有窮時，只有相思無盡處。」

老去怕看新歷日[1]，退歸擬學舊桃符[2]。

年紀大了，很怕看到新年日曆，等到辭官歸鄉後，準備學寫舊的桃符。

【注釋】1.歷日：即曆日。指曆書或日曆。2.桃符：古來傳說大桃樹上有神荼、鬱壘二神，能捉百鬼，故民間於農曆新年時，會在門的兩旁懸掛兩塊桃木板，寫上二神的名或畫上二神的圖像，作為避邪之用。後來演變成在桃木板上寫聯語，之後又改成寫在紙上，即今之春聯，通常是一年一換。

【解析】除夕之夜，蘇軾寫隨著年歲漸長，他愈來愈怕使用新的日曆和更換門口的桃符，因為這也暗示著在世的時間逐年遞減，使他勾起對時光消逝的感傷。可用來形容除夕年夜，感慨歲月推移，年紀老大。

【出處】北宋．蘇軾〈除夜野宿常州城外〉詩二首之二：「南來三見歲云徂，直恐終身走道途。老去怕看新歷日，退歸擬學舊桃符。煙花已作青春意，霜雪偏尋病客鬚。但把窮愁博長健，不辭最後飲屠蘇。」

行樂直須年少，尊前看取衰翁。

享受歡樂就該趁著年輕的時候，不信你看看那個坐在酒杯前的老翁就知道了。

【解析】歐陽脩早年擔任過揚州太守，並在附近修建了一座平山堂，親手在堂前種下柳樹。之後，年紀比他小十二歲的友人劉敞準備出守揚州，已屆半百的歐陽脩作此詞以為贈別，詞中追憶他在揚州的點點滴滴，想像著堂前的楊柳，此時應該在春風底下舞動著撩人風姿，而如今的自己也已垂垂老矣，故奉勸即將到揚州赴任的劉敞把握當下，珍惜有限的寶貴時光。可用來形容人生易老，行樂須趁早。

【出處】北宋．歐陽脩〈朝中措．平山闌檻倚晴空〉詞：「平山闌檻倚晴空，山色有無中。手種堂前垂柳，別來幾度春風？文章太守，揮毫萬字，一飲千鍾。行樂直須年少，尊前看取衰翁。」

思往事，惜流芳，易成傷。

回想往事，惋惜芳華如流水，引起無限感傷。

【解析】歐陽脩描寫一名歌女追憶與心上人的恩愛過往，只是對方離開她之後就杳無音信，歌女日日對鏡梳妝，怨嗟自己的芳華虛度，命運又無法自主，用盡心力投注的愛情，終究也是落得一場空，但即使如此，還是得收斂起愁容，繼續她強顏歡笑的歌女生涯，內心的痛苦可想而知。可用來形容追思前塵舊事，感傷芳年流逝。

【出處】北宋．歐陽脩〈訴衷情．清晨簾幕卷輕霜〉詞：「清晨簾幕卷輕霜，呵手試梅妝。都緣自有離恨，故畫作遠山長。思往事，惜流芳，易成傷。擬歌先斂，欲笑還顰，最斷人腸。」

追往事，嘆今吾，春風不染白髭鬚。

追憶叱吒風雲的往事，悲嘆今日一事無成的自己，春風能使萬物滋長，大地回春，卻無法染黑我已發白的鬍鬚。

【解析】辛棄疾詞中回憶自己年輕時便擁軍上萬，指揮若定，還曾率領五十名騎兵，突襲金營，活捉叛將張安國的那段輝煌過往，感傷如今的他已鬍鬚發白，卻仍無法完成消滅金人的大業，深恐畢生的心志終將成空，語氣中充滿英雄失路又不甘年老的意味。可用來形容老人追念昔往的非凡偉業，傷嘆時光不再。

【出處】南宋．辛棄疾〈鷓鴣天．壯歲旌旗擁萬夫〉詞：「壯歲旌旗擁萬夫，錦襜突騎渡江初。燕兵夜娖（ㄔㄨㄛˋ）銀胡䩮，漢箭朝飛金僕姑。追往事，嘆今吾，春風不染白髭鬚。卻將萬字平戎策，換得東家種樹書。」

莫等閑、白了少年頭，空悲切。

年輕人切莫隨便浪費光陰，等到頭髮變白的時候，再悲傷虛度青春也是枉然。

【解析】此乃岳飛的自勉之詞，他希望趁著自己年輕體壯，積極進取，成就一番功業，否則等到兩鬢斑白，青春不再，縱使對自己辜負時光的行為感到懊悔恨也已於事無補。清人陳廷焯《白雨齋詞話》評曰：「當為千古箴銘。」可用來勸勉人奮發向上，不可虛度年華，以免晚年徒留憾恨。

【出處】北宋末、南宋初．岳飛〈滿江紅．怒髮衝冠〉詞：「怒髮衝冠，憑闌處、瀟瀟雨歇。抬望眼、仰天長嘯，壯懷激烈。三十功名塵與土，八千里路雲和月。莫等閑、白了少年頭，空悲切……」（節錄）

尋春須是先春早，看花莫待花枝老。

想要找尋春天，必須在春天來臨前更早動身，想要賞花，就不要等到枝頭的花枯萎時才來欣賞。

【解析】李煜描寫其在宮中林園飲酒賞花，同美人賦詩作樂的情景，詞中表達了賞花惜春要趁早，以免錯過了花時春色而抱憾無窮。可用來勸人及時行樂或把握有限的光陰。

【出處】五代．李煜〈子夜歌．尋春須是先春早〉詞：「尋春須是先春早，看花莫待花枝老。縹色玉柔擎，醅浮盞面清。何妨頻笑粲，禁苑春歸晚。同醉與閑評，詩隨羯鼓成。」

最關情、漏聲正永，暗斷腸、花影偷移。

最讓人感到傷情的是，正在不斷計時的滴水漏聲；暗自讓人感到悲愁的是，花的影子正隨著月光偷偷地移動。

【解析】晁端禮寫其在中秋月夜懷念久別的佳人，想著對方此時應也和自己一樣共對明月，情思相繫。只不過，聽著計時的漏刻接連不斷的滴答聲響，彷彿聲聲都在催促著時間快點離去，看著花影跟著月光一步步地挪移，有如漸進增強人的斷腸悲情。可用來形容良辰美景當前，時間卻在悄悄流逝。

【出處】北宋．晁端禮〈綠頭鴨．晚雲收〉詞：「……念佳人、音塵別後，對此應解相思。最關情、漏聲正永，暗斷腸、花影偷移。料得來宵，清光未減，陰晴天氣又爭知。共凝戀、如今別後，還是隔年期。人強健，清尊素影，長願相隨。」（節錄）

無可奈何花落去，似曾相識燕歸來。

在莫可如何之下，只能任憑花朵凋落而去，那些去年似曾見過的燕子，今年又飛回來了。

【解析】在園林獨自徘徊沉思的晏殊，目睹了花謝花開、燕去燕來的情景，不由得感嘆一年的流光，匆匆即逝，同時也領悟到大自然有其固定時序，但年華的老去，世事的消長，卻是一去不返，而這也是人活在世間無可遁逃的命運。明人楊慎《詞品》評論這兩句詞：「『無可奈何』兩語工麗，天然奇遇。」可用來說明從季節變化、景物更替中，察覺到時間正在無情地流失。另可用來比喻某些事物或人已不可挽回地衰殘或消逝，而某些曾經看過的事物或人又重現在眼前。

【出處】北宋・晏殊〈浣溪沙・一曲新詞酒一杯〉詞：「一曲新詞酒一杯，去年天氣舊亭臺。夕陽西下幾時回？無可奈何花落去，似曾相識燕歸來。小園香徑獨徘徊。」

當時共我賞花人，點檢如今無一半。

回想從前與我一同賞花的人，而今點算一下，還活在世上的已不到一半了。

【解析】步入人生晚境的晏殊，醉後追憶過去曾和自己同樂的遊伴多已離開人世，往日的歡鬧自是無可回復，然屈指算著逐漸凋零的舊友，忍不住悲從中來。清人張宗橚《詞林紀事》評論這兩句詞：「往事關心，人生如夢，每讀一過，不禁惘然。」可用來形容人的年紀漸老，撫今追昔，慨然無盡。

【出處】北宋・晏殊〈玉樓春・池塘水綠風微暖〉詞：「池塘水綠風微暖，記得玉真初見面。重頭歌韻響琤琮，入破舞腰紅亂旋。玉鉤闌下香階畔，醉後不知斜日晚。當時共我賞花人，點檢如今無一半。」

樓外垂楊千萬縷，欲繫青春，少住[1]春還去。

樓房外垂下的楊柳枝條千絲萬縷，想要把春光給繫住，但春天只是稍作停留，終是匆忙離去。

【注釋】 1.少住：暫留。

【解析】 朱淑真借絲絲柳條欲拴住春天的描寫，抒發自己其實也和楊柳一樣的惜春心意，可惜春天略微逗留了一下，終究不敵大自然的規律，還是拋下了多情的楊柳而去。詞中的「青春」一語雙關，除了是指青綠草木繁盛的春天，同時也是指作者想留卻又留不住的金色年華。可用來形容春日將盡，而青春也隨著春天的腳步離去。

【出處】 南宋．朱淑真〈蝶戀花．樓外垂楊千萬縷〉詞：「樓外垂楊千萬縷，欲繫青春，少住春還去。猶自風前飄柳絮，隨春且看歸何處？綠滿山川聞杜宇，便做無情，莫也愁人苦。把酒送春春不語，黃昏卻下瀟瀟雨。」

醉裡插花花莫笑，可憐春似人將老。

喝醉的時候，把花插在頭上，花可千萬不要笑我，可憐的春天也像人一樣，即將衰老而去了。

【解析】 古人在每年的三月三日上巳日有修禊的習俗，本是為了去河邊洗濯，以驅除不祥，後來演變成人們相約到河邊春遊。步入暮年的李清照，在上巳這天宴請親族，但面對國家動亂不安，朝廷被迫南遷，她根本無心過節，隨意飲食後便在斑白的髮上簪了花。作者在詞中把花擬人化，希望花莫要笑她年紀老大還在學年輕人簪花，畢竟此生還能簪花的時間也所剩不多了。可用來形容春光將逝，哀憐人的生命也如殘春一樣逐步走向衰暮。

【出處】 北宋末、南宋初．李清照〈蝶戀花．永夜懨懨歡意少〉詞：「永夜懨懨歡意少，空夢長安，認取長安道。為報今年春色好，花光月影宜相照。隨意杯盤雖草草。酒美梅酸，恰稱人懷抱。醉裡插花花莫笑，可憐春似人將老。」

臨晚鏡，傷流景，往事後期空記省。

近傍晚時分，對著鏡子，感慨光陰像流水逝去，而今只能徒然從往事中去回憶。

【解析】張先寫這闋詞時已經五十多歲，詞中描述其攬鏡自照，發現鏡中人衰頹的樣貌，追憶起似水流光，嗟嘆他的青春終將不再，一股落寞湧上心頭。可用來形容人年近垂暮，更容易懷念過往，感傷衰老。

【出處】北宋．張先〈天仙子．水調數聲持酒聽〉詞：「〈水調〉數聲持酒聽，午醉醒來愁未醒。送春春去幾時回？臨晚鏡，傷流景，往事後期空記省。沙上並禽池上暝，雲破月來花弄影。重重簾幕密遮燈，風不定，人初靜，明日落紅應滿徑。」

願春暫留，春歸如過翼，一去無跡。

希望春天暫且停駐片刻，偏偏春天離開就如飛鳥經過一樣，一去就不留任何痕跡。

【解析】正惆悵滯留他鄉多年仍一事無成的周邦彥，見薔薇花凋謝，興起了不忍春歸的念頭，渴盼春天此刻能稍作停留，撫慰一下他的羈愁，誰知春天不但不願停下腳步，甚至還無情的如鳥疾飛而去，絲毫不給人留餘地。清人周濟《宋四家詞選》評論這三句詞：「十三字千回百折，千錘百鍊。」意即這十三個字的詞意曲折回旋，一層推進一層，反映出詞人對光陰易逝的椎心痛惜。可用來形容花落春逝，時光不待。

【出處】北宋．周邦彥〈六醜．正單衣試酒〉詞：「正單衣試酒，恨客裡、光陰虛擲。願春暫留，春歸如過翼，一去無跡。為問花何在？夜來風雨，葬楚宮傾國。釵鈿墮處遺香澤，亂點桃蹊，輕翻柳陌。多情為誰追惜？但蜂媒蝶使，時叩窗槅……」（節錄）

》二、感情

鄉情

【思鄉】

人言落日是天涯，
望極天涯不見家。

人們都說，太陽西沉的地方就是天的盡頭，可是我即使看到天的盡頭，卻還是看不見自己的家。

【解析】李覯詩中先道出落日處即天涯，再言極目四望時，也望不見他繫念的家，給人一種家比天涯還要遙不可及的感受。落日與天涯即使再遠，仍是可見又可望，但他的家園卻是想看都看不到的。可用來形容距離家鄉遙遠，欲歸卻不得的無奈。

【出處】北宋．李覯〈鄉思〉詩：「人言落日是天涯，望極天涯不見家。已恨碧山相阻隔，碧山還被暮雲遮。」

不忍登高臨遠，
望故鄉渺邈，歸思難收。

不忍心登上高樓，縱目遠方，因為故鄉離我是那麼遙遠渺茫，渴望回家的心思難以抑制。

【解析】柳永一生仕途失意，久客他鄉的他，登樓臨江，遠眺故鄉的方向，抒發其急欲返家的心情。可用來形容遊子思歸心切，但因某些因素而無法如願的愁思。

【出處】北宋．柳永〈八聲甘州．對瀟瀟暮雨灑江天〉詞：「……不忍登高臨遠，望故鄉渺邈，歸思難收。嘆年來蹤跡，何事苦淹留？想佳人妝樓顒（ㄩㄥˊ）望，誤幾回天際識歸舟。爭知我，倚闌干處，正恁凝愁。」（節錄）

何事吟餘忽惆悵？村橋原樹似吾鄉。

是什麼讓我在吟詩之後忽然覺得感傷？原來是村莊小橋、原野與樹木和家鄉的景色太相像了！

【解析】被貶謫外地的王禹偁，描寫其秋日村行時，一邊看著夕陽遠山，一邊閑情賦詩，忽然望見了村莊橋梁平野與樹木，近似自己家鄉的風景，觸動了詩人的思鄉情緒，原本悠哉的心情，頓時變得悵然若失。可用來形容在外目睹和故鄉大致相似的景物，湧上了一抹鄉思。

【出處】北宋．王禹偁〈村行〉詩：「馬穿山徑菊初黃，信馬悠悠野興長。萬壑有聲含晚籟，數峰無語立斜陽。棠梨葉落胭脂色，蕎麥花開白雪香。何事吟餘忽惆悵？村橋原樹似吾鄉。」

春風又綠江南岸，明月何時照我還？

和暖的春風，又一次吹綠了長江的南岸，天空的明月，何時才能映照著我返回家鄉？

【解析】王安石準備前往京城汴京任職，他所搭乘的船隻途經瓜洲（位在今江蘇揚州市，長江北岸），而他的家鄉江寧（位在今江蘇南京市，長江南岸）附近的鍾山，就在瓜洲對岸京口（位在今江蘇鎮江市，長江南岸）的不遠處。作者遠眺江南家鄉的方向，看著被春風吹成一片蔥綠的岸草，以及高掛天上的皓月，期待自己此去京城，成就一番功業後便盡快歸返江寧。可用來形容遊子見春風明月而興起思鄉之情。另可用來比喻對未來時局充滿信心與希望，待抱負實現後退隱。

【出處】北宋．王安石〈泊船瓜洲〉詩：「京口瓜洲一水間，鍾山只隔數重山。春風又綠江南岸，明月何時照我還？」

病身最覺風露早，歸夢不知山水長。

生病的身體，總能最早感受到風霜雨露的寒意，夢裡回到家鄉，從來不覺得山高水遠。

【解析】王安石寫其客旅在外期間，不幸罹病，途中經葛溪（位在今江西境內）驛站過夜休息，此時他的身體已經很虛弱了，再加上早秋的寒氣逼襲，又獨宿驛站，心緒格外煩亂，不禁萌生鄉愁。無奈返家之路迢遙，詩人於是突發奇想，希望能早入夢鄉，讓夢魂飛越山水，完成回家的願望，好排遣他漂泊異鄉的孤寂心情。可用來形容旅人在病弱時，更容易引發思鄉情懷。

【出處】北宋．王安石〈葛溪驛〉詩：「缺月昏昏漏未央，一燈明滅照秋床。病身最覺風露早，歸夢不知山水長。坐感歲時歌慷慨，起看天地色淒涼。鳴蟬更亂行人耳，正抱疏桐葉半黃。」

異鄉物態與人殊，惟有東風舊相識。

他鄉的景物和事態，對我來說都相當陌生，只有春天的風是我的舊時相識。

【解析】來到貶地夷陵（位在今湖北境內）的歐陽脩，對於當地的風土習俗並不熟悉，唯獨那拂面而來的輕柔春風，感覺就和家鄉的一樣親切，也溫暖了他這個異鄉遠人的心。可用來形容還不適應異地他鄉的生活環境，故特別想念家鄉。

【出處】北宋．歐陽脩〈春日西湖寄謝法曹歌〉詩：「西湖春色歸，春水綠於染。群芳爛不收，東風落如糝。參軍春思亂如雲，白髮題詩愁送春。遙知湖上一樽酒，能憶天涯萬里人。萬里思春尚有情，忽逢春至客心驚。雪消門外千山綠，花發江邊二月晴。少年把酒逢春色，今日逢春頭已白。異鄉物態與人殊，惟有東風舊相識。」

棋罷不知人換世，酒闌無奈客思家。

專心下完棋局，發現世上的人早已更換，酒宴快要結束，遊子無可如何的思念起家鄉。

【解析】人在潁州（位在今安徽境內）擔任知州（管理一州的行政長官）的歐陽脩，記錄其夢裡所見情事。由於沉迷於對弈當下，渾然不知身旁人事的變化，不過一局棋的光景，發現早已物換星移，想要藉由醉酒來忘卻想家的念頭，結果還是擋不住濃烈的鄉愁。其中「棋罷不知人換世」一句，歐陽脩化用了南朝梁人任昉《述異記》中的一則故事，記敘晉人王質入山採樵，見數名童子在下棋，就把斧頭放下，在一旁觀看，這時童子給了王質一顆像棗核的東西含在嘴裡，使其不覺得飢餓。等到棋局結束，童子催促王質回去，他俯身拿起斧頭，想不到斧柄已經腐爛，到家後才得知已經過去許多年，與他同時代的親友都已經去世。歐陽脩詩中表達渴望超脫人世的思想，但回歸到現實時，他仍無法忘情在人間的故鄉。可用來形容世事變換飛逝，令遊子對家鄉親人的掛念更深，唯恐一轉眼便失去與家人相聚的時光。

【出處】北宋．歐陽脩〈夢中作〉詩：「夜涼吹笛千山月，路暗迷人百種花。棋罷不知人換世，酒闌無奈客思家。」

登臨望故國，誰識、京華倦客？

登上高處，眺望故鄉的方向，有誰理解我這個厭倦了京城生活的旅客？

【解析】來自錢塘（杭州的古稱）的周邦彥，寫其在汴京客居日久，也經常在柳色如煙的隋堤（也稱「汴堤」，為隋煬帝開通濟渠時所築的河堤，並植柳於其上，有「隋堤煙柳」之美譽）目睹人們迎歸和送別的喜悲情景，因而撩動了他潛伏心中的鄉愁。可用來形容遊子想家卻又不得歸去的苦悶。

【出處】北宋．周邦彥〈蘭陵王．柳陰直〉詞：「柳陰直，煙裡絲絲弄碧。隋堤上、曾見幾番，拂水飄綿送行色。登臨望故國，誰識、京華倦客？長

亭路、年去歲來，應折柔條過千尺……」（節錄）

試登絕頂望鄉國，江南江北青山多。

嘗試登上山頂，遙望故鄉，卻被長江南北重疊的青山給遮住視線。

【解析】蘇軾從京城要到杭州任職，途經鎮江著名景點金山寺，由於金山寺位在長江下游，而蘇軾的家鄉眉州（位在今四川境內）眉山則位於長江上游，雖然明知眼前的江水是從故鄉那頭流過來的，但想從金山寺遠眺到眉山根本是痴人說夢，只是更突顯他的鄉思難耐。可用來形容遊子登高遠望家鄉的方向，聊解鄉愁。

【出處】北宋．蘇軾〈遊金山寺〉詩：「我家江水初發源，宦遊直送江入海。聞道潮頭一丈高，天寒尚有沙痕在。中泠南畔石盤陀，古來出沒隨濤波。試登絕頂望鄉國，江南江北青山多……」（節錄）

濁酒一杯家萬里，燕然[1]未勒[2]歸無計。

喝下一杯混濁的酒，想起遠在萬里之外的家鄉，只是還沒有建立破敵的功績，想要回去也是沒有辦法的事。

【注釋】1.燕然：山名，即位在今蒙古國境內的杭愛山。東漢竇憲大破北單于時，曾登燕然山，班固作〈燕然山銘〉，刻石記功而返。2.未勒：還沒刻上勝利的碑銘。此指功業尚未完成。

【解析】北宋仁宗在位期間，西夏經常入侵西北邊境，范仲淹奉命出鎮邊塞數年，由於軍紀嚴明，為西夏所忌憚，不敢任意犯境，朝廷和百姓也獲得了一段安寧的日子。長年離家的范仲淹，雖心繫親人，但想到自己身負保衛國家的重任，即使歸心似箭也不敢還鄉。可用來形容軍人遠征或人在遠方，思鄉情切。

【出處】北宋．范仲淹〈漁家傲．塞下秋來風景異〉詞：「塞下秋來風景異，衡陽雁去無留意。四面邊聲連角起。千嶂裡，長煙落日孤城閉。濁酒一杯家萬里，燕然未勒歸無計。羌管悠悠霜滿地。人不寐，將軍白髮征夫淚。」

黯鄉魂，追旅思，夜夜除非，好夢留人睡。

因想念家鄉而心神頹喪，羈旅的愁思又緊追而來，揮之不去，除非每晚都有好夢，才能安然入睡。

【解析】范仲淹詞中抒發其鄉思難耐的痛苦，他不直言自己夜不能寐，而是說除非夜來有好夢才能睡去，可見其所謂的「好夢」，指的是回到故鄉與家人團聚的美夢，除此之外，沒有一日能夠睡得安穩。然仔細思索，夢境又豈是人可以掌控的，換言之，作者的苦楚實無計可以消除。清人許昂霄《詞綜偶評》寫道：「鐵石心腸人，亦作此消魂語。」意即以剛直不阿聞名的范仲淹，也有柔腸纏綿、情感豐富的一面。可用來形容思念家鄉而輾轉難眠。

【出處】北宋．范仲淹〈蘇幕遮．碧雲天〉詞：「碧雲天，黃葉地。秋色連波，波上寒煙翠。山映斜陽天接水，芳草無情，更在斜陽外。黯鄉魂，追旅思，夜夜除非，好夢留人睡。明月樓高休獨倚。酒入愁腸，化作相思淚。」

歸鄉

君知否？亂鴉啼後，歸興濃如酒。

你知道嗎？在一陣烏鴉聒噪啼叫後，我準備返家的開懷情致比醇厚的酒還要濃烈。

【解析】早已厭倦了官場表面上應酬不暇，私底下卻是爾虞我詐的汪藻，慶幸自己即將就要踏上盼望已久的歸鄉之路，遠離擾攘是非，從此不用再被如啼噪烏鴉的小人所中傷。可用來形容返鄉之情極為迫切。

【出處】北宋末、南宋初．汪藻〈點絳脣．新月娟娟〉詞：「新月娟娟，夜寒江靜山銜鬥。起來搔首，梅影橫窗瘦。好個霜天，閑卻傳杯手。君知否？亂鴉啼後，歸興濃如酒。」

重到故鄉交舊少，淒涼，卻恐他鄉勝故鄉。

離鄉多年後，再回到家鄉，想著原有交往的舊友必定變少了，心中一陣淒楚，不禁擔憂在外地的感受反而比回到家鄉更好些。

【解析】此詞寫於陸游久別返鄉的途中，由於長期客居異地，獨自忍受悲寂，一心繫念著家鄉的親友，恨不得馬上飛奔到家，而今如願踏上歸途，卻開始憂心鄉里故友可能所剩無幾，此時的心情竟比還未回鄉之前更加難受。可用來形容外出許久的人終於盼到回家的日子，但又害怕即將面對親戚故舊離散或死亡的矛盾情結。

【出處】南宋．陸游〈南鄉子．歸夢寄吳檣〉詞：「歸夢寄吳檣，水驛江程去路長。想見芳洲初繫纜，斜陽，煙樹參差認武昌。愁鬢點新霜。曾是朝衣染御香。重到故鄉交舊少，淒涼，卻恐他鄉勝故鄉。」

家在千山古溪上，先應喜鵲噪門扉。

你的家就住在遶經千座山的古溪邊，相信喜鵲會很快到你家的門口喧鬧著。

【解析】民間向來流傳家門前若出現喜鵲鳴叫，便表示該戶人家將有喜事臨門或賓客到來。此詩乃梅堯臣送友人返鄉時所作，意在寬慰好友雖無法立刻安抵家門，但負責報佳音的喜鵲，必定會先飛去和遠方家人通報這個天大的好消息。可用在對正準備歸鄉的遊子表達慶賀與祝福心意。

【出處】北宋．梅堯臣〈送葛都官南歸〉詩：「不羨新為赤縣尹，惟羨暫向江南歸。江南羃羃（ㄇㄧˋ）梅雨時，風帆差差並鳥飛。罾（ㄗㄥ）竿夾岸長若桅，水籠畜魚鮮且肥。家在千山古溪上，先應喜鵲噪門扉。」

親情

【父母】

五更[1]歸夢三百里，一日思親十二時[2]。

夜晚作夢，回到三百里外的家裡，一整天十二個時辰，都在思念家中的母親。

【注釋】1.五更：此指一整夜。更，為古代夜間計時的用語，一夜分為五更，每更約兩小時。時間約指現在的下午七時到隔日的清晨五時。2.十二時：此指一整天。古時將一天依十二地支的順序分成十二個時辰，如子時、丑時、寅時等。

【解析】黃庭堅奉母至孝的事蹟有被後人編入《二十四孝》之中，由於父親早逝，母親獨力拉把孩子們拉拔長大。黃庭堅後來考取進士，長年宦遊在外，他唯恐母親擔憂，經常寫信回家報平安，但又顧慮到信寄達的時間曠日彌久，所以一顆心日夜都懸掛在母親的身上，不僅夜晚作了返家探望的夢，連白晝也是一直惦記著母親。可用來形容遊子整天都在牽掛著家裡的雙親或親人。

【出處】北宋．黃庭堅〈思親汝州作〉詩：「歲晚寒侵遊子衣，拘留幕府報官移。五更歸夢三百里，一日思親十二時。車上吐茵元不逐，市中有虎竟成疑。秋毫得失關何事？總為平安書到遲。」

月明聞杜宇，南北總關心。

月亮升起的時候，聽聞杜鵑鳥的悲鳴，雖與母親分隔南北兩地，總是彼此關心著。

【解析】王安石未受宋神宗重用之前，在外擔任地方官多年，行蹤遍布大江南北，詩中寫其在邗溝（時稱揚州運河，位在江蘇境內）送別母親，將母親安置在白紵山（位在今安徽境內）北邊當時的家，自己則繼續為公務奔走繁忙。然每當月明之夜，聽聞杜鵑哀淒的叫聲時，倍加思念遠方的母親，同時想像著母親也正心懸著他這個兒子。可用來形容母子即使南北一方，還是彼此牽腸掛肚。

【出處】北宋．王安石〈將母〉詩：「將母邗溝上，留家白紵陰。月明聞杜宇，南北總關心。」

且說家懷舊話，教學也曾菽水[1]，親意盡欣欣。

父母先和我敘舊家常，教導我說以粗茶淡飯作為奉養，他們也會感到極為欣慰。

【注釋】1.菽水：本指豆子和水，引指粗劣、普通的食物。後多用來比喻貧寒家庭對父母的孝養。

【解析】江萬里是南宋末著名的忠臣孝子，為政廉勤，事親至孝，後元兵渡江，竟赴止水殉國而死。此詞為其早年任吉州（位在今江西境內）知州時寫給母親的祝壽詞，敘述雙親不時提醒他盡孝不必端上美饌佳餚，而是要生活簡樸，勤政愛民，認真做一個讓千萬百姓和樂的好官，如此便能帶給他們莫大的寬慰。可用來形容子女孝順父母，飲食雖粗淡簡單，也能使父母欣悅。

【出處】南宋．江萬里〈水調歌頭．生日重重見〉詞：「生日重重見，餘閏有新春。為吾母壽，富貴外物總休論。且說家懷舊話，教學也曾菽水，親意盡欣欣。只此是真樂，樂豈在邦君？吾二老，常說與，要廉勤。廬陵幾千萬戶，休戚屬兒身。三瑞堂中綠醑，釀就滿城和氣，端又屬人倫。吾亦老吾老，誰不敬其親？」（節錄）

霜殞蘆花¹淚濕衣，白頭無復倚柴扉。

寒霜摧殘著蘆花，我的眼淚濕了衣衫，再也看不見白髮母親斜靠著柴門，等候我回來的身影。

【注釋】1.霜殞蘆花：寒霜摧殘蘆花。

【解析】這首詩的作者與恭是餘姚（位在今浙江境內）九功寺的一名僧人，生卒年和俗姓均不可考，僅知約生活於南宋末年。與恭出家不久後，父親過世，他的生活雖然清貧，仍盡其所能撫養母親，即使身無分文，也不惜典當袈裟買米回家給母親煮食。後來母親離開人世，詩人的一片孝心無所寄託，經常哭到衣襟盡濕，畢竟先前日子儘管艱苦，至少母親還健在，如今門扉冷冷清清，子欲養而親已不待。可用來形容母親離世，子女返家不見有人倚門等候的失落悲慟。

【出處】南宋．與恭〈思母〉詩：「霜殞蘆花淚濕衣，白頭無復倚柴扉。去年五月黃梅雨，曾典袈裟糴（ㄉㄧˊ）米歸。」

親人

兄弟燈前家萬里，相看如夢寐。

今夜我們兄弟在離家萬里外的燈前相聚，對坐互看著像是在夢中一樣。

【解析】黃庭堅被貶謫黔州（位在今重慶市），其弟黃叔達跋山涉水來到貶所探望兄長，此舉出乎詩人的意料之外，兄弟燈前相對，讓他一度懷疑自己是否還在作夢，又驚又喜。即使仕途遭逢困厄，仍有不遠萬里前來給他送暖的至親手足，這也正是所謂的患難見真情。可用來形容兄弟或親人久別重逢，燈下談心的景象。

【出處】北宋．黃庭堅〈謁金門．山又水〉詞：「山又水，行盡吳頭楚尾。兄弟燈前家萬里，相看如夢寐。君似成蹊桃李，入我草堂松桂。莫厭歲寒無氣味，餘生今已矣。」

好把音書憑過雁，東萊不似蓬萊遠。

請把書信託付過往的雁子傳遞給我，我所在的萊州並不像神仙住的蓬萊山那麼遠。

【解析】此為李清照離開青州（位在今山東境內）後，準備赴萊州（位在今山東境內）丈夫的任所途中，夜宿驛館時寫給青州姊妹們的信。她回憶起程前，眾姊妹置酒為之餞別，無不泣涕滿面，而現在的她，獨自在淒清的驛館裡，對著瀟淅雨聲傷心離別。詞中以「東萊」和「蓬萊」兩個都有「萊」字的地名作對比，意在安慰姊妹們，相比於蓬萊仙山，萊州距離還算近，只要常寄音書，保持聯繫，就能稍微沖淡姊妹不在身邊的寂寞。可用來形容人在外地，期待經常收到親友捎來的音信。

【出處】北宋末、南宋初・李清照〈蝶戀花・淚濕羅衣脂粉滿〉詞：「淚濕羅衣脂粉滿，四疊陽關，唱到千千遍。人道山長山又斷，瀟瀟微雨聞孤館。惜別傷離方寸亂，忘了臨行，酒盞深和淺。好把音書憑過雁，東萊不似蓬萊遠。」

但知家裡俱無恙，不用書來細作行。

只要讓我知道家人一切平安就好，不必在來信中用細小的字寫下每一行。

【解析】此詩的詩題為〈新喻道中寄元明〉，是黃庭堅回鄉探親後，準備返回貶所，途中經過新喻（位在今江西境內）寫給兄長黃大臨（字元明）的詩。詩人在外最掛心的就是家人的身體健康與否，故囑咐兄長不必為了他細寫瑣碎家事，只要讓他得知全家大小無憂無疾就好，看似平淡的家常話語，更顯露出手足間的溫情。可用來形容出外之人希望收到報平安的家書。

【出處】北宋．黃庭堅〈新喻道中寄元明〉詩：「中年畏病不舉酒，孤負東來數百觴。喚客煎茶山店遠，看人秧稻午風涼。但知家裡俱無恙，不用書來細作行。一百八盤攜手上，至今猶夢遶羊腸。」

但願人長久，千里共嬋娟。

只希望我們長保平安，即使相隔千里，仍能共享同樣美好的月色。

【解析】遠調至密州（位在今山東境內）的蘇軾，與弟弟蘇轍已多年未見面，在中秋月夜下，讓他更加思念至親手足。原本情緒十分低落，甚至埋怨起明月只顧著自己圓亮，而他卻無法和弟弟團圓，但很快地蘇軾就找到自我化解的方法，理解到月亮其實和人一樣，都逃不過大自然運行的法則，正如月有圓缺而人有聚散，於是他祈願世上所有的人與其親人都能身體康健，情誼長存，即便天各一方，也能靈犀相通。可用來形容在明月之下，對著住在遠方的親友發出深摯的祝願與惦念。

【出處】北宋．蘇軾〈水調歌頭．明月幾時有〉詞：「……轉朱閣，低綺戶，照無眠。不應有恨，何事長向別時圓？人有悲歡離合，月有陰晴圓缺，此事古難全。但願人長久，千里共嬋娟。」（節錄）

弟兄華髮，遠山修水，異日同歸處。

我們兄弟都已經滿頭白髮，此後山遙水長，阻隔重重，看來只能等到兩人都死了以後，魂魄才能夠在同一處相見。

【解析】此詞作者黃大臨為黃庭堅的兄長。五十八歲的黃庭堅遭人構陷，被除名編管宜州（位在今廣西壯族自治區境內）。所謂「除名」，即除去官籍。「編管」，就是將獲罪的官吏或罪犯流放遠方州郡，編入該地戶籍，並令地方官員加以管束。黃大臨一想到家族中以學問德行見重的弟弟，到了垂暮之年，命運仍乖蹇多難，恐懼黃庭堅此次遠赴宜州，他日兩人重逢應該是在九泉之下。果不其然，黃庭堅至宜州不過一年多便客死異鄉，黃大臨詞中「異日同歸處」一語成讖，兄弟今世無緣再見一面。可用來形容年紀老大，與至親生離死別的沉痛絕望。

【出處】北宋．黃大臨〈青玉案．千峰百嶂宜州路〉詞：「千峰百嶂宜州路，天黯淡、知人去。曉別吾家黃叔度。弟兄華髮，遠山修水，異日同歸處。樽罍飲散長亭暮，別語纏綿不成句。已斷離腸能幾許？水村山館，夜闌無寐，聽盡空階雨。」

草草杯盤供笑語，昏昏燈火話平生。

隨意準備一些簡單的酒菜，一同邊吃邊聊著，在昏暗的燈光下，敘說著我們的生活遭遇。

【解析】北宋仁宗命王安石出使契丹，臨行前王安石寫了這首詩給受封「長安君」的大妹王文淑，表面上看似書寫兄妹間的家常話語，實是在抒發離情的感傷。詩中「草草杯盤」道出了這場家聚飲食雖然簡單，卻一點也不影響彼此暢敘的氣氛，從「昏昏燈火」可知兩人整夜想講的話都說不完，足見兄妹情感深厚。可用來形容親人間的聚會溫馨和樂。

【出處】北宋．王安石〈示長安君〉詩：「少年離別意非輕，老去相逢亦愴情。草草杯盤供笑語，昏昏燈火話平生。自憐湖海三年隔，又作塵沙萬里行。欲問後期何日是？寄書應見雁南征。」

惟願孩兒愚且魯，無災無難到公卿。

只希望兒子天資愚笨而且遲鈍，一生沒有災禍，不要遭遇困難，一直做到公卿等級的高官。

【解析】這首詩的詩題為〈洗兒戲作〉，是蘇軾在妾王朝雲生子蘇遯時所作。古來有嬰兒出生三天或滿月時聚集親友，給嬰兒洗身的習俗。歷來對這兩句詩有兩種說法，一說是蘇軾藉此諷刺當朝得勢公卿皆愚魯之輩，只會排擠和陷害比自己聰明的人。另一說是祝願新生的孩兒蘇遯大智若愚，不要像自己一樣鋒芒畢露而不斷招來災禍。從蘇軾以含有隱遁意思的「遯」字來替孩子命名，應是不忍愛兒日後承受如自己這般因自恃聰明而吃過的苦，寧願孩子深藏若虛，讓人看起來以為平庸，實是智慧不凡，懂得趨吉避凶，得以在仕途得以步步高升。不幸的是，蘇遯出生十個月左右即因病夭折。此句可用來形容希望兒女平凡長大，安樂一生。

【出處】北宋．蘇軾〈洗兒戲作〉詩：「人皆養子望聰明，我被聰明誤一生。惟願孩兒愚且魯，無災無難到公卿。」

與君今世為兄弟，又結來生未了因。

這一世與你成為兄弟，希望來生再來完結今生未了的因緣。

【解析】北宋神宗在位時期，被調往湖州的蘇軾，一到任所，依往常慣例向朝廷上謝表，卻被政敵指摘表中寫有謗訕朝政的文字，必須回京接受審訊。蘇軾因此從湖州被押進京城的御史臺（負責彈劾、審判官員的監察機構），這是北宋著名的一場文字獄，史稱「烏臺詩案」，因御史臺內古柏參天，柏樹上常有烏鴉棲息築巢而得名。審訊結束，御史們多堅持蘇軾當論死罪，蘇軾也自認會被判死，於是寫詩交給獄卒，轉交弟弟蘇轍作為訣別，希望下一輩子還能與蘇轍結為兄弟，再續未了的手足情緣。之後詩文上奏至朝廷，曹太皇太后（仁宗皇后）心生憐憫，病中不忘交代神宗應赦免蘇軾；蘇轍更冒死上書，表明願捨棄自己的官職來為兄長贖罪。歷經數月的牢獄折磨，神宗最後決定免除蘇軾的死罪，責貶黃州（位在今湖北境內），蘇轍也因此事受到牽連而降職。《宋史．蘇轍傳》稱美蘇軾兄弟兩人的情誼，云：「患難之中，友愛彌篤，無少怨尤，近古罕見。」本句可用來形容手足情深。

【出處】北宋．蘇軾〈予以事繫御史臺獄，獄吏稍見侵，自度不能堪，死獄中，不得一別子由，故作二詩授獄卒梁成，以遺子由〉詩二首之一：「聖主如天萬物春，小臣愚暗自亡身。百年未滿先償債，十口無歸更累人。是處青山可埋骨，他時夜雨獨傷神。與君今世為兄弟，又結來生未了因。」

遙想獨遊佳味少，無言騅馬但鳴嘶。

想著你現在獨自一人在路上，必定相當寂寞，連不會說話的馬兒，走累了都還能發出嘶鳴的聲音。

【解析】此詩的詩題為〈懷澠池寄子瞻兄〉。蘇軾準備前往鳳翔（位在今陝西境內）就任，弟弟蘇轍知道蘇軾途中必會經過澠池（位在今河南境內），他回憶起兩人先前赴京應舉時也曾一同路過澠池，並在寄宿僧房牆壁題詩的過往，又想到蘇軾這次遠行，路上少了自己的陪伴，無人可以訴說心語，為此感到不捨。連馬兒走到疲累時，都可以發生嘶鳴，表達牠不滿的心聲，但人一旦踏上仕途便從此身不由己，不得不與親人聚少離多，再多的苦也只能默默往肚子裡吞。可用來形容想念在外踽踽獨行的親友。

【出處】北宋．蘇轍〈懷澠池寄子瞻兄〉詩：「相攜話別鄭原上，共道長途怕雪泥。歸騎還尋大梁陌，行人已度古崤西。曾為縣吏民知否？舊宿僧房壁共題。遙想獨遊佳味少，無言騅馬但鳴嘶。」

寫得家書空滿紙，流清淚，書回已是明年事。

把整張空白的紙寫得滿滿的，淚水直流，想著收到你回信的時候，恐怕已是明年的事了。

【解析】離開家鄉山陰（位在今浙江境內），遠赴蜀地任參議官（協助主管處理軍政事務）的陸游，寫信給堂兄陸升之，抒發自己對家鄉親人的久別思情。雖說有音信往返可以稍解愁悶，但路途遙遠，盼到對方的來信至少得等上一年，內心酸楚油然而生，淚流不已。可用來形容與親人兩地阻隔，家書難達，思家情切。

【出處】南宋．陸游〈漁家傲．東望山陰何處是〉詞：「東望山陰何處是？往來一萬三千里。寫得家書空滿紙，流清淚，書回已是明年事。寄語紅橋橋下水，扁舟何日尋兄弟？行遍天涯真老矣。愁無寐，鬢絲幾縷茶煙裡。」

愛情

期盼

月上柳梢頭，人約黃昏後。

月亮悄悄地爬上柳樹的枝頭，與心愛的人約定好在傍晚之後見面。

【解析】作者在農曆正月十五日元宵佳節這天，回憶去年此時曾與情人相約觀燈賞月。詞中僅寫出兩人約會的時間是在黃昏之後，完全沒有交代見面地點或情話內容，但從下闋「不見去年人，淚濕春衫袖」兩句可知，去年的元宵之約兩人的感情溫柔甜蜜，對比今日月燈依舊，卻不見去年情人影蹤的苦痛。可用來形容期待與情人約會的歡愉心情。

【出處】北宋．歐陽脩〈生查子．去年元夜時〉詞：「去年元夜時，花市燈如晝。月上柳梢頭，人

約黃昏後。今年元夜時，月與燈依舊。不見去年人，淚濕春衫袖。」（此詞一說作者為朱淑真）

眾裡尋他千百度，驀然回首，那人卻在，燈火闌珊處。

在眾多人群之中，尋找了千百遍，都找不著對方的身影，突然回頭一看，那個人就在燈火零落的一處。

【解析】辛棄疾寫其在元宵之夜的一場浪漫邂逅，那天滿城星光燦爛，燈火如畫，街道遊人如織，一位讓他心儀的女子也盛裝出來遊賞花燈，和一旁的友伴笑語盈盈地走過去，散發著一縷幽香，令作者神魂飄蕩，回神後雖急欲追上女子的腳步，卻已是遍尋不著，正懊惱之際，忽然看到了女子就佇立在燈光幽暗的僻靜處，乍見時的那股欣喜感動，不可言喻。可用來形容苦尋意中人而不可得，之後卻在無意間找到對方。另可用來比喻為成就一件事情，經過熱切追尋，而在不經意之際，事情便成功了。

【出處】南宋．辛棄疾〈青玉案．東風夜放花千樹〉詞：「東風夜放花千樹，更吹落、星如雨。寶馬雕車香滿路。鳳簫聲動，玉壺光轉，一夜魚龍舞。蛾兒雪柳黃金縷，笑語盈盈暗香去。眾裡尋他千百度，驀然回首，那人卻在，燈火闌珊處。」

最恨細風搖幕，誤人幾度迎門。

最氣惱的是微風吹搖門簾，讓人誤以為是丈夫歸來，好幾次趕到門口去迎接。

【解析】晁端禮描寫一名女子在月色朦朧的午夜，遲遲無法入睡，一聽見門簾搖晃的聲音，便以為是丈夫歸來，連忙起身跑到門口迎候，結果卻一再地讓她失望，原來門簾搖動是因為微風輕吹的緣故，氣得她把一股腦兒的怨恨全算到風的頭上。可用來形容痴情女子巴望心上人或丈夫回來。

【出處】北宋．晁端禮〈清平樂．朦朧月午〉詞：

「朦朧月午，點滴梨花雨。青翼欺人多謾語，消息知他真否？獸爐鴛被重熏，故將燈火挑昏。最恨細風搖幕，誤人幾度迎門。」

雲中誰寄錦書來？雁字回時，月滿西樓。

排成人字（或一字）隊伍的雁群從雲中掠過，準備南歸，誰會託牠們為我捎來書信呢？只見月光灑滿了西邊的樓閣。

【解析】此為李清照牽記遠方的丈夫而作，詞中作者以帶有書信往返意涵的「錦書」和「雁字」，表達她渴望收到丈夫家書的急切心情。可用來形容對心上人或親人傳來音信的盼望。

【出處】北宋末、南宋初．李清照〈一剪梅．紅藕香殘玉簟秋〉詞：「紅藕香殘玉簟秋，輕解羅裳，獨上蘭舟。雲中誰寄錦書來？雁字回時，月滿西樓。花自飄零水自流，一種相思，兩處閑愁。此情無計可消除，才下眉頭，卻上心頭。」

照人無奈月華明，潛身卻恨花深淺[1]。

月光明亮，映照著準備幽會情人的我，想要躲入花叢裡，偏偏花枝太淺，藏不住身體。

【注釋】1.深淺：偏義複詞，此指淺。

【解析】歐陽脩描寫一名男子躡手躡腳穿過迴廊，本欲趁著暗夜，前去赴與戀人的約會，誰知夜晚月色澄清，光明如晝。男子擔心被人發現，想把自己藏身於花叢間，無奈花枝太過短淺，根本無法遮住全身，讓他緊張不已，但又不願就此放棄和戀人的會晤。可用來形容熱戀中的情侶，相約於深夜祕密見面的情景。

【出處】北宋．歐陽脩〈踏莎行．碧蘚迴廊〉詞：「碧蘚迴廊，綠楊深院，偷期夜入簾猶卷。照人無奈月華明，潛身卻恨花深淺。密約如沉，前歡未便，看看擲盡金壺箭。闌干敲遍不應人，分明簾下聞裁剪。」

夢魂慣得無拘檢，又踏楊花過謝橋[1]。

夢境裡，我的魂魄習慣了無拘無束，又踩著滿地的柳絮去和意中人相會。

【注釋】1.謝橋：唐代有名妓謝秋娘，謝橋本指謝秋娘家的橋，後多來代稱女子的住所或妓院。

【解析】晏幾道寫其在宴會上被一名嬌媚女子的美貌和歌聲所吸引，可惜對方是貴家的歌姬，他轉念想著既然在現實生活無法一親芳澤，便渴望入夢後到女子的居處幽會，慰情勝無。可用來形容迷戀某人，期待能在夢中相見。

【出處】北宋．晏幾道〈鷓鴣天．小令尊前見玉簫〉詞：「小令尊前見玉簫，銀燈一曲太妖嬈。歌中醉倒誰能恨？唱罷歸來酒未消。春悄悄，夜迢迢。碧雲天共楚宮遙。夢魂慣得無拘檢，又踏楊花過謝橋。」

漸行漸遠漸無書，水闊魚沉[1]何處問？

你愈走愈遠，漸漸的連書信都斷了，江水如此遼闊，魚也沉入水中，我該去何處詢問你的訊息？

【注釋】1.魚沉：此指音訊杳然。古代有魚雁傳遞書信之說。

【解析】歐陽脩描寫一女子與情人或丈夫別離甚久，由於對方行蹤不定，捎來書信的頻率也逐漸遞減，最後音訊全無，讓人一天比一天更焦慮難安，但又礙於山高水遠，不知該向誰詢問或傾訴愁苦。可用來形容祈望得到心上人的消息。

【出處】北宋・歐陽脩〈玉樓春・別後不知君遠近〉詞：「別後不知君遠近，觸目淒涼多少悶。漸行漸遠漸無書，水闊魚沉何處問？夜深風竹敲秋韻，萬葉千聲皆是恨。故攲單枕夢中尋，夢又不成燈又燼。」

【愛慕】

奴為出來難，教君恣意憐。

我為了出來見你一面是如此的困難，今晚請你盡情地愛憐我。

【解析】李煜詞中描寫一女子悄悄地出來幽會，由於和情人見面的機會極為不易，故當她緊偎到對方懷裡時，便露骨地表達自己熾熱的愛意。向來人們認為此詞當是李煜寫他和大周后之妹小周后狎暱的情景，大周后逝後的三年，小周后被立為國后，據說兩人未成婚之前，這闋詞早已流傳於外。可用來形容女子對意中人大膽示愛。

【出處】五代・李煜〈菩薩蠻・花明月暗籠輕霧〉詞：「花明月暗籠輕霧，今宵好向郎邊去。剗襪步香階，手提金縷鞋。畫堂南畔見，一向偎人顫。奴為出來難，教君恣意憐。」

多情卻被無情惱。

多情的人被無情的人所困擾。

【解析】蘇軾詞中描寫一名女子在圍牆裡，一邊盪著鞦韆，一邊開懷笑著，殊不知此時牆外的行人正停下腳步，聽著女子的笑聲，心醉神往，渴望能見到牆裡的佳人一面，無奈笑聲逐漸遠去不聞。多情的行人頓時心生悵惘，而他為女子所平添的煩惱，對方並不知曉，兩人隔著圍牆，一笑一惱，對比鮮明，刻畫出單戀者的失落心情。可用來形容一廂情願地喜愛某一個人，對方卻毫不知情，徒生苦惱。

【出處】北宋・蘇軾〈蝶戀花・花褪殘紅青杏小〉詞：「花褪殘紅青杏小。燕子飛時，綠水人家繞。枝上柳綿吹又少，天涯何處無芳草。牆裡秋千牆外道。牆外行人，牆裡佳人笑。笑漸不聞聲漸悄，多情卻被無情惱。」

但願暫成人繾綣，不妨常任月朦朧。

只希望我們能好好享受這短暫的纏綿時光，任憑月色一直昏暗不明也無所謂。

【解析】朱淑真描寫一對難得見面的戀人趁著元宵燈節出來約會，京城的美好月色和燦爛花燈，都不是他們所關心的，只想緊緊把握兩人當下的幸福感受，珍惜眼前的分分秒秒，生怕分離的時刻很快就會到來，而下回的相見又不知要等到何時。可用來形容與情人在月下幽會時，捨不得分開的戀慕情意。

【出處】南宋・朱淑真〈元夜〉詩三首之三：「火獨銀花觸目紅，揭天鼓吹鬧春風。新歡入手愁忙裡，舊事驚心憶夢中。但願暫成人繾綣，不妨常任月朦朧。賞燈那得工夫醉？未必明年此會同。」

知我意，感君憐，此情須問天。

你懂我對你的心意，我也很感謝你對我的憐愛，這段感情能否長久，只能去問蒼天了！

【解析】李煜詞中描寫一名女子經過精心妝扮後，來到花前月下與情人短暫相會，可見他們的愛情遭到了某種阻力，縱使如此，女子仍堅信兩人的情意是可以通過上天的考驗，證明彼此終是真心相待的。可用來形容女子對愛情的一往情深。

【出處】五代・李煜〈更漏子・金雀釵〉詞：「金雀釵，紅粉面，花裡暫時相見。知我意，感君憐，此情須問天。香作穗，蠟成淚，還似兩人心意。山

枕膩，錦衾寒，覺來更漏殘。」（此詞一說作者為唐末人溫庭筠）

花明月暗籠輕霧，今宵好向郎邊去。

繁花似錦，月色昏暗，薄霧籠罩，今晚我要偷偷過去和你見面。

【解析】李煜詞中借一女子的口吻，寫其趁著朦朧月光、輕霧瀰漫的夜晚，躡手躡腳地往情郎的住處走去，傳神刻畫出女子對這段隱晦戀情的大膽告白。可用來形容女子在花前月下，準備前去和愛人幽期密約。

【出處】五代．李煜〈菩薩蠻．花明月暗籠輕霧〉詞：「花明月暗籠輕霧，今宵好向郎邊去。剗襪步香階，手提金縷鞋。畫堂南畔見，一向偎人顫。奴為出來難，教君恣意憐。」

相見爭[1]如不見，有情何似無情。

見了面怎麼如同不見，有情還不如無情。

【注釋】1.爭：怎麼。

【解析】司馬光描寫其在一場歌舞宴會上，看一位女子的舞姿倩影而忍不住動情，但不知如何向對方表達自己的心意，整個人患得患失，於是在曲終人散後，興起了不與對方見面就不會惹來縈牽掛念，不自作多情便不會受到情思的百般折騰。可用來形容心儀某人時，容易出現焦慮失措的矛盾情結。

【出處】北宋．司馬光〈西江月．寶髻鬆鬆挽就〉詞：「寶髻鬆鬆挽就，鉛華淡淡妝成。青煙翠霧罩輕盈，飛絮游絲無定。相見爭如不見，有情何似無情。笙歌散後酒初醒，深院月斜人靜。」

重願郎為花底浪，無隔障，隨風逐雨長來往。

更希望郎君是紅蓮花底下的波浪，我們之間沒有障礙，任隨風吹雨打，也要長久往來。

【解析】歐陽脩借一名心有所屬的女子口吻，抒發其對情人的熱烈愛意。她自比是江水上因波浪搖曳生姿的紅蓮花，而情人則是花下的波浪，彼此親密相依，縱使外界又是風又是雨，也阻止不了她要與對方廝守一生的堅定信念。可用來形容女子對意中人一片深情，絕不因困阻而改變心意。

【出處】北宋．歐陽脩〈漁家傲．近日門前溪水漲〉詞：「近日門前溪水漲，郎船幾度偷相訪。船小難開紅斗帳，無計向，合歡影裡空惆悵。願妾身為紅菡萏，年年生在秋江上。重願郎為花底浪，無隔障，隨風逐雨長來往。」

剗[1]襪步香階，手提金縷鞋[2]。

手裡提著脫下來的金縷鞋，腳上只穿著襪子，一步步地爬上飄滿香氣的階梯。

【注釋】1.剗：音ㄔㄢˇ，原作削平之意。此作只、僅。2.金縷鞋：以金色絲線繡成的鞋子。

【解析】李煜詞中描寫一名女子夜裡準備去找情人，她擔心走路時發出的聲響會驚動別人，把原本穿在腳上的繡鞋提在手裡，雙腳只剩襪子貼地，希望兩人的暗中相會不要被他人發現。可用來形容女子脫下鞋子，放輕腳步，奔向情人處祕密約會。

【出處】五代．李煜〈菩薩蠻．花明月暗籠輕霧〉詞：「花明月暗籠輕霧，今宵好向郎邊去。剗襪步香階，手提金縷鞋。畫堂南畔見，一向偎人顫。奴為出來難，教君恣意憐。」

馬滑霜濃，不如休去，直是少人行。

外頭的寒霜太濃重，馬蹄容易打滑，不如就別回去了，反正街上已沒什麼人在行走。

【解析】周邦彥描寫一名女子欲挽留情人過夜所展現的心機，她先是用纖指切橙，滿室薰香，然後與情人相對調笙，神態柔情萬千，等到更闌人靜，才以戶外寒霜路滑，擔心情人的安全為藉口，勸其切莫離開，時間點和裡外情境全都在女子的算計當中，明明是希望對方留下來陪伴自己，卻故意以替對方設想的體貼口吻，婉轉表達心意。清人譚獻《復堂詞話》評曰：「麗極而清，清極而婉，然不可忽過『馬滑霜濃』四字。」可用來形容夜深風寒霜重，女子溫婉留宿意中人。

【出處】北宋．周邦彥〈少年遊．并刀如水〉詞：「并刀如水，吳鹽勝雪，纖指破新橙。錦幄初溫，獸香不斷，相對坐調笙。低聲問，向誰行宿？城上已三更。馬滑霜濃，不如休去，直是少人行。」

莫謂無情即無語，春風傳意水傳愁。

不要以為默默無語是沒有情意的，春風正在傳達我的戀慕，春水正在遞送我的情愁。

【解析】張耒寫其與一名女子在一座橋頭上偶遇，橋旁的春花就如同女子的秀媚風姿，春柳就如同女子的纖柔體態，兩人雖然沒有言語上的互動，但對詩人來說，無語並非無情的表徵，而是盡在不言中，此時的春風和春水也沒閑著，一個緩緩吹拂人面，一個發出淙淙水聲，都像在替自己向對方傳遞款款深情。可用來形容傾慕某人，卻又不敢對其表白愛意的心情。

【出處】北宋．張耒〈偶題〉詩二首之一：「相逢記得畫橋頭，花似精神柳似柔。莫謂無情即無語，春風傳意水傳愁。」

須作一生拚，
盡君今日歡。

我願意拚盡一生的所有，換得與你今日盡情的歡愉。

【解析】牛嶠描寫一女子為愛瘋狂，只要能和所愛的人纏綿相守一日，不惜付出任何代價，縱使必須傾其所有，她也甘心安受。近人王國維《人間詞話》對這兩句詞的評語：「其專作情語而絕妙者。」可用來形容愛戀深刻，無怨無悔。

【出處】五代．牛嶠〈菩薩蠻．玉樓冰簟鴛鴦錦〉詞：「玉爐冰簟鴛鴦錦，粉融香汗流山枕。簾外轆轤聲，斂眉含笑驚。柳陰煙漠漠，低鬢蟬釵落。須作一生拚，盡君今日歡。」

嬌痴不怕人猜，
和衣睡倒人懷。

少女一副嬌憨天真的模樣，不避嫌疑，穿著衣服躺倒在情人的懷抱中。

【解析】朱淑真詞中描寫一名少女與戀人攜手遊湖時，天空忽然飄起黃梅細雨，他們連忙找到一處地方躲雨，此時少女全然不忌諱旁人的目光，嬌羞地擁著戀人，享受眼底只有彼此的甜蜜世界。清人吳衡照《蓮子居詞話》評曰：「放誕得妙。」可用來形容年輕女子主動向情人示愛，展現其對愛情的熱烈渴望。

【出處】南宋．朱淑真〈清平樂．惱煙撩露〉詞：「惱煙撩露，留我須臾住。攜手藕花湖上路，一霎黃梅細雨。嬌痴不怕人猜，和衣睡倒人懷。最是分攜時候，歸來懶傍妝臺。」

撩亂春愁如柳絮，
悠悠夢裡無尋處。

春日煩亂的愁思如似漫天紛飛的柳絮，即使在飄忽悠蕩的夢裡，也無處尋找妳（你）的蹤跡。

【解析】詞中「悠悠」一說作「依依」。馮延巳抒發自己（或女子）久候戀人歸來的煎熬心情，其以有形的「柳絮」比喻無形的「春愁」，兩者共同的基礎在於「撩亂」二字。即便一場等待終是成空，還是寄望能與對方在夢中相會，稍稍緩解心中的苦楚，但就連這樣微小的期盼也都難以如願，當事人的痴情由此可見。可用來形容極為思念或愛戀某人而愁緒迷亂，心志飄搖。

【出處】五代．馮延巳〈鵲踏枝．幾日行雲何處去〉詞：「幾日行雲何處去？忘了歸來，不道春將暮。百草千花寒食路，香車繫在誰家樹？淚眼倚樓頻獨語，雙燕來時，陌上相逢否？撩亂春愁如柳絮，悠悠夢裡無尋處。」（此詞一說作者為歐陽脩）

繡床斜憑嬌無那，爛嚼紅茸[1]，笑向檀郎[2]唾。

斜靠在鋪著織繡的床邊，全身嬌柔無力，抽出織繡裡的紅線，放在口中細細咬碎，笑著向心愛的人身上吐去。

【注釋】1.紅茸：紅色的絨線。2.檀郎：西晉人潘岳，小字檀奴，因其容貌美好，為當時婦人心儀的對象，後來婦女便以「檀郎」稱呼自己所喜歡的男子。

【解析】李煜描寫一名女子剛赴酒宴時微露香舌、含笑不語的嬌媚模樣，接著在席上清歌一曲，張開櫻桃小口，隨著宴飲的熱烈氣氛，女子的酒興也愈來愈濃，直到不勝酒力，竟做出嚼紅線吐向意中人的失常舉止，足見兩人早已情意相悅，女子也是緣於恃寵才有這般任性的行徑。可用來形容女子酒醉時對著心愛的人調笑撒嬌的模樣。也可以用來形容情人或夫妻之間恩愛甜蜜。

【出處】五代．李煜〈一斛珠．曉妝初過〉詞：「曉妝初過，沉檀輕注些兒箇，向人微露丁香顆。一曲清歌，暫引櫻桃破。羅袖裛（一ˋ）殘殷色可，杯深旋被香醪涴（ㄨㄛˋ），繡床斜憑嬌無那，爛嚼紅茸，笑向檀郎唾。」

相思

一日不思量，也攢眉千度。

即使一天沒有想念他，眉頭也要皺緊一千次了。

【解析】柳永詞中不直言女主人公如何思念遠人或追懷已逝的感情，而是借用反語，故意說自己才不過一日不想對方，眉頭都已緊蹙上千回了，更何況每天都一直掛念著，攢眉的次數根本是無以算計，顯見其憂思之沉重。可用來形容非常想念不在身旁的愛人，終日愁眉深鎖。

【出處】北宋．柳永〈晝夜樂．洞房記得初相遇〉詞：「……一場寂寞憑誰訴。算前言、總輕負。早知恁地難拚，悔不當時留住。其奈風流、端正外，更別有、繫人心處。一日不思量，也攢眉千度。」（節錄）

一片芳心千萬緒，人間沒箇安排處。

內心的情感，有如千絲萬縷的愁緒，在偌大的人間竟然找不到一處地方可以寄託。

【解析】李煜詞中描寫一名多愁善感的年輕女子，芳心早已暗許了某人，卻苦於無法探詢對方是否也和自己同樣用情深摯且專一，為此徬徨不安。可用來形容對意中人的情思濃烈，以致心神不寧。

【出處】五代．李煜〈蝶戀花．遙夜亭皐閑信步〉詞：「遙夜亭皐閑信步，才過清明，漸覺傷春暮。數點雨聲風約住，朦朧澹月雲來去。桃李依依香暗度，誰在鞦韆笑裡輕輕語？一片芳心千萬緒，人間沒箇安排處。」

不見又思量，見了還依舊。為問頻相見，何似長相守。

見不到人時經常想念，見了人後還是難免要別離。要問這樣是否還希望頻頻見面，我說倒不如從此長相廝守好了。

【解析】李之儀詞中用淺白的語言，敘說沒見到情人時飽受思念的苦楚，但見面之後，又要面對離別時刻的到來，於是動起了不如相守一生的念頭。既然見或不見都讓人痛苦萬分，索性兩人共結連理，從此不用再承受相思的折磨。可用來形容熱戀中的人，渴望情人隨時相伴左右的心情。

【出處】北宋．李之儀〈謝池春慢．殘寒消盡〉詞：「……頻移帶眼，空只恁、厭厭瘦。不見又思量，見了還依舊。為問頻相見，何似長相守。天不老，人未偶。且將此恨，分付庭前柳。」（節錄）

天明又作人間別，洞口春深道路賒[1]。

天亮了，與愛人相會的夢也醒了，我的魂魄又要告別仙界回到人間，無奈仙人居住的洞口是如此地深邃與遙遠啊！

【注釋】1.賒：遙遠。

【解析】徐鉉詩中描寫其與心上人在夢境裡歡聚的情景，等到黎明來臨，夢醒時分，他又只能孤獨地回憶著夢中人的琴聲倩影。作者以「洞口春深」暗喻自己和對方的距離之遠，猶如仙境與人間，表達出現實世界中的兩人後會難期。可用來形容對某人朝思夕想，以致睡夢中也都是對方的身影。

【出處】五代．徐鉉〈夢游〉詩三首之一：「魂夢悠揚不奈何，夜來還在故人家。香濛蠟燭時時暗，戶映屏風故故斜。檀的慢調銀字管，雲鬟低綴折枝花。天明又作人間別，洞口春深道路賒。」

天涯地角有窮時，只有相思無盡處。

天和地雖然遼闊，都有它們窮盡的終點，唯有思念的情感，永遠沒有盡頭。

【解析】為情所苦的晏殊，詞中以天地的「有窮時」，對比自己情意的「無盡處」，意在突顯天地如何浩瀚廣漠，都不足以和他綿長不絕的柔情作比較。可用來形容情愁深長，漫無止境。

【出處】北宋．晏殊〈木蘭花．綠楊芳草長亭路〉詞：「綠楊芳草長亭路，年少拋人容易去。樓頭殘夢五更鐘，花底離愁三月雨。無情不似多情苦，一寸還成千萬縷。天涯地角有窮時，只有相思無盡處。」

心似雙絲網，中有千千結。

我們的心猶似兩張絲網，中間有數千個誰也打不開的結。

【解析】張先詞中借「絲」與「思」諧音雙關，暗示其與意中人的情思相繫，有如難分難解的兩張絲網，之間又纏繞著無數個結頭，任誰也無法將他們拆散。可用來形容兩人心思相連，牢牢難分。

【出處】北宋．張先〈千秋歲．數聲鶗鴂〉詞：「數聲鶗（ㄊㄧˊ）鴂，又報芳菲歇。惜春更選殘紅折。雨輕風色暴，梅子青時節。永豐柳，無人盡日花飛雪。莫把么絃撥，怨極絃能說。天不老，情難絕。心似雙絲網，中有千千結。夜過也，東窗未白孤燈滅。」

日日思君不見君，共飲長江水。

每天都思念著你卻又見不到你，而我們飲用的都是來自長江的水。

【解析】李之儀詞中以一女子的口吻，抒發其對情人的深情想念。這位住在長江上游的女子，日夜心繫住在長江下游的情人，綿延不斷的江水雖造成兩人相隔距離遙遙，卻又是他們各自飲水的共同源頭，長江也就成了彼此情思聯繫的紐帶，如此一想，才稍稍慰藉了女子無法見到情人的怨尤。可用來形容對住在同一沿岸上下游的意中人之想念。也可用來形容綿延思念如江水般長流不息。

【出處】北宋．李之儀〈卜算子．我住長江頭〉詞：「我住長江頭，君住長江尾。日日思君不見君，共飲長江水。此水幾時休？此恨何時已？只願君心似我心，定不負相思意。」

只願君心似我心，定不負相思意。

只希望你的心能夠像我的一樣，絕對不要辜負彼此相思的情意。

【解析】李之儀詞中抒發女主人公對愛情的堅貞誓言，期待遠方的情人也能同自己一樣鍾情執著，不會受到距離的阻隔而變心。可用來形容希望自己所愛的人用情專一，矢志不移。

【出處】北宋．李之儀〈卜算子．我住長江頭〉詞：「……此水幾時休？此恨何時已？只願君心似我心，定不負相思意。」（節錄）

年年今夜，月華如練，長是人千里。

每年到了這個夜晚，月光如絲綢般地潔白明亮，而我心中思念的人，卻與我相隔千里。

【解析】范仲淹長年和家人分隔兩地，秋夜月下，讓他分外想念遠在千里之外的親人，故寄情明月，抒發無法返家團聚的落寞感傷。可用來形容月夜懷人的心情。

【出處】北宋．范仲淹〈御街行．紛紛墜葉飄香砌〉詞：「紛紛墜葉飄香砌，夜寂靜，寒聲碎。真珠簾捲玉樓空，天淡銀河垂地。年年今夜，月華如練，長是人千里……」（節錄）

此情無計可消除，才下眉頭，卻上心頭。

這份思念的情感無法排遣，緊鎖的眉頭才剛剛舒展開來，煩亂又立刻湧上了心中。

【解析】李清照寫其懷念遠遊的丈夫，她因相思過度而眉頭終日不展，好不容易才勉強自己把眉尖放開，想要從痛苦中抽身而出，內心又被濃重的情愁給侵襲，等同前面為了解愁所做的努力，全是徒費心力。可用來形容與遠行的丈夫或心上人情感深厚，以致無法擺脫思念的苦楚。

【出處】北宋末、南宋初．李清照〈一剪梅．紅藕香殘玉簟秋〉詞：「……花自飄零水自流，一種相思，兩處閑愁。此情無計可消除，才下眉頭，卻上心頭。」（節錄）

夜月一簾幽夢，春風十里柔情。

（回想當時）我們在明月映著珠簾的夜晚，一同進入幽美迷人的夢境，就像是沐浴在吹過十里長路的輕柔春風之中。

【解析】此詞為秦觀思念曾經愛戀的女子而作，他先是怨怪上天無緣無故把對方生得太過標致出眾，使其神魂顛倒，接著追憶起月色簾下兩人的繾綣柔情，猶如作了一場幽然美夢，可惜一切的溫存往事如今只能回味。可用來形容想念過去和意中人歡聚時的柔情蜜意。

【出處】北宋．秦觀〈八六子．倚危亭〉詞：「倚危亭，恨如芳草，萋萋剗（ㄔㄢˇ）盡還生。念柳外青驄別後，水邊紅袂分時，愴然暗驚。無端天與娉婷，夜月一簾幽夢，春風十里柔情。怎奈向、歡娛漸隨流水，素絃聲斷，翠綃香減，那堪片片飛花弄晚，濛濛殘雨籠晴。正銷凝，黃鸝又啼數聲。」

花自飄零水自流，一種相思，兩處閑愁。

花任意地凋謝飄落，水逕自地奔流，同樣的相思，引發兩個地方的人莫名的愁情。

【解析】李清照借落花流水的寥落景象，寄寓丈夫離開自己後的寂寞心緒。詞中「一種相思，兩處閑愁」，抒發夫妻雖然分隔兩地，但深信丈夫思念她的心也和她的一樣，彼此心心相印，情意互通。可用來形容夫妻或情人分別許久，兩人互相想念，平添愁懷。

【出處】北宋末、南宋初．李清照〈一剪梅．紅藕香殘玉簟秋〉詞：「……花自飄零水自流，一種相思，兩處閑愁。此情無計可消除，才下眉頭，卻上心頭。」（節錄）

便縱有、千種風情，更與何人說？

縱然有千種風流情意，又能去和誰訴說呢？

【解析】柳永與情人在江邊長亭話別，他不禁聯想到此去一別，從此孤身天涯一方，再也沒人可以同往常一樣，和自己攜手共度良辰美景，互道知心情話。作者要表達的是，沒有佳人相伴的人生，世間的美好時光和風景，全都如同虛設，縱有滿懷情思，他也找不到真正了解自己的人傾訴。可用來形容與心上人分隔兩地，無處表達情意。也可以形容有很多話想和思慕的人傾吐，卻找不到對方的蹤影。

【出處】北宋．柳永〈雨霖鈴．寒蟬淒切〉詞：「……多情自古傷離別，更那堪、冷落清秋節。今宵酒醒何處？楊柳岸、曉風殘月。此去經年，應是

良辰好景虛設。便縱有、千種風情，更與何人說？」（節錄）

相思難表，夢魂無據，惟有歸來是。

思念的情思難以表達，夢境的魂魄飄渺無依，只有回家才是最好的決定。

【解析】行旅在外的歐陽脩，對著春風涕淚滿襟，一想到自己形單影隻，忍受著長時間的孤寂，眼前的春花即使百媚千嬌，在他看來，還是比不上在家賞花來得愜意，即使能夠入夢和愛人相會，也填補不了空虛的心靈，左思右想，只有儘早返家，才是化解痛苦的唯一辦法。可用來形容相思情切，渴望早日歸返相聚。

【出處】北宋．歐陽脩〈青玉案．一年春事都來幾〉詞：「一年春事都來幾？早過了、三之二。綠暗紅嫣渾可事。綠楊庭院，暖風簾幕，有個人憔悴。買花載酒長安市，又爭似、家山見桃李？不枉東風吹客淚。相思難表，夢魂無據，惟有歸來是。」

若教眼底無離恨，不信人間有白頭。

倘若不是眼下遭遇離別的苦恨，根本不相信人世間會有人因傷心而生出白髮來。

【解析】辛棄疾詞中寫一名女子自送別意中人之後，經常登上高樓，痴心遙望，卻始終不見對方的人影，傷心欲絕的她，這時方才明白，若不是親身嘗過此番煎熬，今生絕對不信有所謂的相思白頭。也就是說，正因為人間存有離恨，白頭是必然的；反之若沒有離恨，人便能長相廝守，青春永駐，但很顯然，後者是不可能出現的結果。可用來形容與心上人離別日久，苦悶糾結，令人變得衰老。

【出處】南宋．辛棄疾〈鷓鴣天．晚日寒鴉一片愁〉詞：「晚日寒鴉一片愁，柳塘新綠卻溫柔。若教眼底無離恨，不信人間有白頭。腸已斷，淚難收。相思重上小紅樓。情知已被山遮斷，頻倚闌干不自由。」

若寫幽懷一段愁，應用天為紙。

若要寫下藏在心懷裡幽微的一段愁思，恐怕要把偌大的天當成紙才能寫得盡。

【解析】北宋末詞人呂渭老（一說作呂濱老）抒發其對戀人的極度思念，詞中訴說兩人不過分開一日，已抵得上三年的時間，離別半個月，便彷彿隔了千年未曾見面。更誇張的是，若要寫出自己的情思，竟要有一張像天那般無邊無際的紙才寫得完，意即他的牽念已多到非筆墨所能盡訴了。可用來形容相思難熬，情意深長。

【出處】北宋．呂渭老〈卜算子．一日抵三秋〉詞：「一日抵三秋，半月如千歲。自夏經秋到雪飛，一向都無計。續續說相思，不盡無窮意。若寫幽懷一段愁，應用天為紙。」

酒入愁腸，化作相思淚。

頻頻將酒注入憂愁滿腹的肚腸中，只是喝下去的酒液，竟全都化成了從眼中湧出的相思淚水。

【解析】由於思念遠人的愁情無法排遣，長夜難眠的范仲淹，登高倚樓，本欲借酒消解愁悶，誰知愁還未消，淚已先流。詞中「酒」化成「淚」的說法，看似不合常情，實是反合常道，貼切地傳達作者當下鬱結悲苦的心境。可用來形容醉飲欲化解愁懷，卻反而使情思更深。

【出處】北宋．范仲淹〈蘇幕遮．碧雲天〉詞：「碧雲天，黃葉地。秋色連波，波上寒煙翠。山映斜陽天接水，芳草無情，更在斜陽外。黯鄉魂，追旅思，夜夜除非，好夢留人睡。明月樓高休獨倚。酒入愁腸，化作相思淚。」

欲寄彩箋[1]兼尺素[2]，山長水闊知何處？

想要用彩色的箋紙和白絹來寫信，但山路漫長，江水深闊，不知心中思念的那人究竟在哪裡？

【注釋】 1.彩箋：古人用來題詩或寫信的彩色紙張。2.尺素：古人用來寫字作畫的素絹，通常約長一尺，故稱之。後多作為書信的代稱。

【解析】 晏殊詞中寫其遠望天涯，不見目盼心思的人。想要藉由書信來傳遞情意，無奈的是，他連對方目前身在何處都不知道，音書無處可寄。這比起兩人距離千里迢遙，但總有一天可以投信到目的地的情況，更令人感到無助與悲涼。可用來形容對意中人滿懷深情，欲寄書信，卻不知其確切下落。

【出處】 北宋．晏殊〈蝶戀花．檻菊愁煙蘭泣露〉詞：「檻菊愁煙蘭泣露，羅幕輕寒，燕子雙飛去。明月不諳離恨苦，斜光到曉穿朱戶。昨夜西風凋碧樹，獨上高樓，望盡天涯路。欲寄彩箋兼尺素，山長水闊知何處？」

都來此事，眉間心上，無計相迴避。

算來這份積聚在眉間心上縈繞的思念，實在沒有辦法可以躲避。

【解析】 范仲淹詞中描寫其受離情所苦，寢不能寐，愁腸九轉，情思的煎熬，如流水般地在眉頭心頭間來回奔竄著。可用來形容心中因思念遠人而愁眉鎖眼。

【出處】 北宋．范仲淹〈御街行．紛紛墜葉飄香砌〉詞：「……愁腸已斷無由醉，酒未到，先成淚。殘燈明滅枕頭敧，諳盡孤眠滋味。都來此事，

眉間心上，無計相迴避。」（節錄）

無情不似多情苦，一寸還成千萬縷。

無情的人不會像多情的人那樣痛苦，多情的人只要有一寸心，就能衍生出千萬縷的情思。

【解析】晏殊詞中故意用反語說「無情」便不會為情所困，以襯托出「多情」的自己，正在飽受煎心的相思之苦。接著又用誇飾的語法，說其短小的寸心，早已化成千絲萬縷的情意，縈繞心頭，揮之不散。可用來形容極為想念心上人，苦痛到無法自已。也可用來勸慰多情人，不必為了無情人的寡情而感到難過。

【出處】北宋．晏殊〈木蘭花．綠楊芳草長亭路〉詞：「綠楊芳草長亭路，年少拋人容易去。樓頭殘夢五更鐘，花底離愁三月雨。無情不似多情苦，一寸還成千萬縷。天涯地角有窮時，只有相思無盡處。」

不渝

一願郎君千歲，二願妾身常健，三願如同梁上燕，歲歲長相見。

第一個願望是希望上蒼保佑郎君長壽，第二是希望自己身體健康，第三是希望可以像梁上的燕子，雙宿雙棲，永不分離。

【解析】馮延巳詞中描寫一名女子在春日酒宴上，獻上其對心上人的美好祝願，除了希望兩人長壽健康之外，她更盼望的是，能和對方出雙入對，恩愛終老。可用來表達對愛情天久地長的誓言。

【出處】五代．馮延巳〈長命女．春日宴〉詞：「春日宴，綠酒一杯歌一遍，再拜陳三願。一願郎君千歲，二願妾身常健，三願如同梁上燕，歲歲長相見。」

有情不管別離久，情在相逢終有。

若是彼此存有情意，無論分開的時間再久，只要情感還在，總會等到相聚那天的到來。

【解析】晏幾道走過以前和情人攜手同遊的地方，往日的開懷歡笑已不復見，但他深信只要兩人的心意始終沒有改變，就不必去計較別離的短長，有朝一日重逢，必定會更加珍惜這份得來不易的情感，相守一生。可用來形容情愛若是彌堅，即使當前分隔兩地，也終有相依相隨之時。

【出處】北宋．晏幾道〈秋蕊香．池苑清陰欲就〉詞：「池苑清陰欲就，還傍送春時候。眼中人去難歡偶，誰共一杯芳酒。朱闌碧砌皆如舊，記攜手。有情不管別離久，情在相逢終有。」

衣帶漸寬終不悔，為伊消得人憔悴。

我衣服上的腰帶逐漸寬鬆，但始終沒有後悔，為了思念所愛的人而消瘦憔悴是值得的。

【解析】柳永在詞中敘說自己的身形逐日枯瘦，以致原本合身的衣帶越來越寬鬆，然探究瘦損的原因，是他朝思暮想著遠方伊人，心神受盡折磨，面容自然跟著憔悴，但縱使如此也毫無怨尤，足見用情至深。可用來形容對愛情的痴心執著。另可用來比喻對事業或理想的艱苦追尋，勇往無悔的探索。

【出處】北宋．柳永〈蝶戀花．佇倚危樓風細細〉詞：「佇倚危樓風細細，望極春愁，黯黯生天際。草色煙光殘照裡，無言誰會憑闌意？擬把疏狂圖一醉，對酒當歌，強樂還無味。衣帶漸寬終不悔，為伊消得人憔悴。」

兩情若是久長時，又豈在朝朝暮暮？

兩人的感情若是長久不變，又怎麼會在乎早晚都要廝守一起呢？

【解析】秦觀借織女和牛郎一年七夕相見一次的神話傳說，表達雙方情感若是真心，即使天各一方，會面不易，也會恆久長存；反之，縱然朝夕偎倚，寸步不離，還是會走向分手的路。可用來形容真誠的情愛，無論距離遠近，彼此的心都不會動搖，經得起時間和空間的考驗。

【出處】北宋．秦觀〈鵲橋仙．纖雲弄巧〉詞：「纖雲弄巧，飛星傳恨，銀漢迢迢暗度。金風玉露一相逢，便勝卻人間無數。柔情似水，佳期如夢，忍顧鵲橋歸路。兩情若是久長時，又豈在朝朝暮暮？」

■婚姻生活■

忽聞河東獅子吼[1]，拄杖落手心茫然。

忽然聽見妻子如獅吼般的叫聲，嚇得手上的枴杖都掉了下來，慌張到不知如何是好。

【注釋】1.河東獅子吼：此指蘇軾好友陳慥之妻柳氏的怒吼聲。河東，本指黃河以東山西一帶，亦是柳姓人家的世居地，蘇軾此代稱柳氏。獅子吼，本是佛家比喻佛說法時發出很大的聲音，也可比喻佛法的威嚴，蘇軾此指柳氏發怒。

【解析】蘇軾寫其好友陳慥（字季常，自號龍丘居士）對佛學很有研究，也很愛跟人談論「虛空」與「存有」的精微義理，甚至可以講到整夜不睡還意猶未盡，但只要聽到妻子柳氏如獅吼般的聲音，立刻驚慌到六神無主，故蘇軾借佛家語「獅子吼」喻比柳氏大發雌威，來取笑他這位懼內的友人。可用來形容妻子凶悍發威，丈夫懼怕不已。

【出處】北宋．蘇軾〈寄吳德仁兼簡陳季常〉詩：「……龍丘居士亦可憐，談空說有夜不眠。忽聞河東獅子吼，拄杖落手心茫然……」（節錄）

直到起來由自殢[1]，向道夜來真個醉。

直到今早醒來，看見妻子還自個兒在喋喋不已，於是走過來賠不是，說昨晚真的喝醉了！

【注釋】1. 殢：音ㄊㄧˋ，本為糾纏之意，此作抱怨。

【解析】歐陽脩詞中敘述一對夫妻就寢時，為了一點小事起了爭執，丈夫竟然氣到把房內的屏風推倒，然後拉起被子走向窗下一角獨睡，妻子在旁好言相勸，但他置之不理。隔日一早，丈夫聽見妻子還在自顧自地說得沒完沒了，顯然滿腹委屈，便主動去向妻子道歉，表明自己昨晚是喝醉了才會發那樣大的脾氣，妻子聽了立刻轉悲為喜，兩人和好如初。歐陽脩在此要表達的是，夫妻之間，難免都會出現意見不合的時候，實在不必為了爭誰是誰非而相持不下，多些包容和尊重，就能度過家庭失和的危機。可用來說明夫妻相處之道，是互相體諒和禮讓，避免意氣之爭。

【出處】北宋·歐陽脩〈玉樓春·夜來枕上爭閑事〉詞：「夜來枕上爭閑事。推倒屏山褰繡被。盡人求守不應人，走向碧紗窗下睡。直到起來由自殢，向道夜來真個醉。大家惡發大家休，畢竟到頭誰不是？」

等閑妨了繡功夫，笑問鴛鴦兩字怎生書？

一不留意就耽擱了刺繡的工作，笑著問丈夫「鴛鴦」這兩個字怎麼寫呢？

【解析】歐陽脩描寫一名新婚女子依偎在丈夫身邊，不停地撥弄著筆，初次嘗試畫出刺繡的圖案，由於她的心神一直陶醉在丈夫的溫柔情意之中，導致耽誤了刺繡的時間，便嬌憨地要丈夫教她書寫「鴛鴦」兩字。正是所謂的一語雙關，寓意夫妻恩愛宛如鴛鴦般。可用來形容夫妻閨中關係親密，兩情篤愛。

【出處】北宋．歐陽脩〈南歌子．鳳髻金泥帶〉詞：「鳳髻金泥帶，龍紋玉掌梳。走來窗下笑相扶，愛道畫眉深淺入時無？弄筆偎人久，描花試手初。等閑妨了繡功夫，笑問鴛鴦兩字怎生書？」

【難捨】

人如風後入江雲，情似雨餘黏地絮。

過去的情人，有如被風吹入江水中的雲朵，杳無蹤影，而我的情感，卻似雨後黏在地上的柳絮，牢固不移。

【解析】周邦彥詞中抒發其對昔日愛人仍耿耿於懷，無奈對方已把自己給拋諸腦後，不見人影。一個痴心，一個絕情，兩相對比，更彰顯出詞人對這段舊情的執著。可用來形容與情人分離之後，一方毫不留戀，一方卻依戀不放。

【出處】北宋．周邦彥〈玉樓春．桃溪不作從容住〉詞：「桃溪不作從容住，秋藕絕來無續處。當時相候赤闌橋，今日獨尋黃葉路。煙中列岫青無數，雁背夕陽紅欲暮。人如風後入江雲，情似雨餘黏地絮。」

奈心中事，眼中淚，意中人。

怎奈心事滿懷，眼淚直流，還是忘不了心中思念的那個人。

【解析】這三句詞出現了三個「中」字，張先的外號「張三中」，亦是因這闋詞而得名。張先在詞中描寫一名女子終日心事重重，不時傷心淚流，她不知仍深愛的那個人，是否也和自己一樣，始終前情難忘。可用來形容期盼情人回心轉意，因憂傷而淚流不止。

【出處】北宋．張先〈行香子．舞雪歌雲〉詞：

「舞雪歌雲，閑淡妝勻，藍溪水、身染輕裙。酒香醺臉，粉色生春，更巧談話，美情性，好精神。江空無畔，凌波何處？月橋邊，青柳朱門。斷鐘殘角，又送黃昏，奈心中事，眼中淚，意中人。」

拚則而今已拚了，忘則怎生便忘得？

已經拚命捨棄，到如今還是捨棄不了，想要忘掉又怎能輕易地忘得掉？

【解析】李甲回想當年他在京城和伊人攜手春遊的往事，心中紛亂如麻，偷偷拭淚，又忍不住頻頻淚流，表現出其亟欲擺脫這段過往情愛的糾葛，偏偏又無法拋卻的矛盾心情。明人潘遊龍《古今詩餘醉》評曰：「『拚則』二句，詞意極淺，正未許淺人解得。」意即這兩句詞看似極為淺白，實則意蘊深刻，一般人未必真能理解詞人的情思。可用來形容不願再為舊情黯然神傷，反而更忘懷不了。

【出處】北宋．李甲〈帝臺春．芳草碧色〉詞：「……愁旋釋，還似織。淚暗拭，又偷滴。漫佇立、遍倚危闌，儘黃昏，也只是、暮雲凝碧。拚則而今已拚了，忘則怎生便忘得？又還問鱗鴻，試重尋消息。」（節錄）

東風惡，歡情薄。一懷愁緒，幾年離索。錯！錯！錯！

可惡的春風，把我們在一起時的歡樂吹得那樣稀薄，懷抱著憂愁的情緒，離異已經多年了。回顧這段往事，是多麼嚴重的錯誤啊！

【解析】陸游詞中抒發其與前妻唐琬在江南名勝沈園（位在今浙江紹興市境內）意外重逢的感慨。陸游本與妻子唐琬百般恩愛，但陸母不喜歡唐琬，千方百計逼迫陸游休妻，兩人之後各自嫁娶。某年陸游在春遊中，與唐琬偶然相遇於沈園，他看著唐琬纖瘦憔悴的身影，不禁想起過去伉儷情深的那段歡娛時光，他不敢公然苛責自己母親的不是，只能借

「東風惡」來表露心中難以向人道出的悔怨。可用來形容被迫與心愛的人或伴侶分離後的痛悔。

【出處】南宋・陸游〈釵頭鳳・紅酥手〉詞：「紅酥手，黃縢酒，滿城春色宮牆柳。東風惡，歡情薄。一懷愁緒，幾年離索。錯！錯！錯！……」（節錄）

柔情似水，佳期如夢，忍顧鵲橋[1]歸路。

溫柔的情意像水一樣長，相聚的日子像夢一樣短，不忍回頭看喜鵲在銀河搭起回去之路的長橋。

【注釋】1.鵲橋：喜鵲搭的橋。傳說中每年七夕天帝為了讓織女度過銀河與牛郎相見，命喜鵲飛聚，架起一座跨越銀河的橋道。後人多以此比喻夫妻或情人久別團聚的地方或機緣。

【解析】秦觀借寫神話故事中織女和牛郎被迫每年只能在七夕相會，傳達夫妻或戀人好不容易盼到甜蜜的相聚時光，卻立刻又要分離，所以不敢轉頭望看對方心碎腸斷的面容。可用來形容與心上人匆促相會後，捨不得離去的心情。

【出處】北宋・秦觀〈鵲橋仙・纖雲弄巧〉詞：「纖雲弄巧，飛星傳恨，銀漢迢迢暗度。金風玉露一相逢，便勝卻人間無數。柔情似水，佳期如夢，忍顧鵲橋歸路。兩情若是久長時，又豈在朝朝暮暮？」

桃花落，閑池閣。山盟雖在，錦書難託。莫！莫！莫！

桃花凋落，池塘冷清，從前的盟誓雖然還在，但書信已沒人可以寄託。一切只能說算了吧！

【解析】孝順的陸游因不敢拂逆母命而與妻子唐琬仳離，兩人隨後各自婚嫁。某年春遊，陸游與唐琬夫妻不巧在沈園偶遇，勾起了他的悲傷回憶，即使自認對唐琬的情感仍然銘心刻骨，但當初確實是緣於自己個性上的懦弱，提不起勇氣向母親爭取婚姻自主，才會讓事情演變成今日無法挽回的局面，而他也只能將心中無處宣洩的悔恨化為詞，題寫在沈園的牆壁上。可用來形容基於某種原因而不能與所愛之人聯繫或長相廝守的痛心失落。

【出處】南宋．陸游〈釵頭鳳．紅酥手〉詞：「……春如舊，人空瘦，淚痕紅浥鮫綃透。桃花落，閑池閣。山盟雖在，錦書難託。莫！莫！莫！」（節錄）

豈知聚散難期，翻成雨恨雲愁。

哪裡知道聚合離散從來不是人可以預期的，過去幽會時的歡樂，反而變成了今日無法相聚的愁苦怨恨。

【解析】羈旅他鄉的柳永，回想昔日在京城與一名女子交往相處的情景，兩人自別後不曾再見，但歡聚時的美好卻一直縈繞在詞人的腦海裡，時時翻攪他的心頭。可用來形容追憶舊情，充滿悔恨哀怨。

【出處】北宋．柳永〈曲玉管．隴首雲飛〉詞：「隴首雲飛，江邊日晚，煙波滿目憑闌久。立望關河蕭索，千里清秋，忍凝眸。杳杳神京，盈盈仙子，別來錦字終難偶。斷雁無憑，冉冉飛下汀洲，思悠悠。暗想當初，有多少、幽歡佳會，豈知聚散難期，翻成雨恨雲愁。阻追遊，每登山臨水，惹起平生心事，一場消黯，永日無言，卻下層樓。」

傷心橋下春波綠，曾是驚鴻[1]照影來。

看到沈園橋下的水波碧綠，想到這裡曾經映照過她那輕盈的倩影。

【注釋】1.驚鴻：本指鴻鳥受到驚嚇後輕快飛起。後多用來比喻女子的體態輕盈柔美。

【解析】陸游因難違母命而休離了元配唐琬，之後卻在沈園和已改嫁的唐琬不期而遇，兩人舊情仍在，但也只能接受命運對彼此的捉弄。陸游把其無以言說的悲憤寫成〈釵頭鳳〉詞於沈園壁上，不久唐琬即抱恨而卒。陸游在四十多年後重遊沈園，又作一詩，看著橋下春水，想著唐琬的身影也曾出現在水中，如今水在而人已不在，睹景傷情。近人陳衍《宋詩精華錄》評曰：「無此絕等傷心之事，亦無此絕等傷心之詩。」可用來形容舊地重遊時，對往日戀情的追懷。

【出處】南宋．陸游〈沈園〉詩二首之一：「城上斜陽畫角哀，沈園非復舊池臺。傷心橋下春波綠，曾是驚鴻照影來。」

當時輕別意中人，山高水遠知何處？

那個時候，輕易就離開了自己心愛的人，如今山水迢遙，不知心愛的人究竟在哪裡？

【解析】晏殊憶起一段曾經情投意合的愛情，原本兩人有雙宿雙飛的機會，但當時的他卻魯莽地選擇拋下對方，等到分手之後，才發現自己對這段感情的牽念，只是已遍尋不著舊日情人的芳蹤，心裡滿是懊悔。可用來形容對過去的戀情始終無法忘懷，後悔當初輕言別離。

【出處】北宋．晏殊〈踏莎行．碧海無波〉詞：「碧海無波，瑤臺有路。思量便合雙飛去。當時輕別意中人，山長水遠知何處？綺席凝塵，香閨掩霧。紅箋小字憑誰附？高樓目盡欲黃昏，梧桐葉上蕭蕭雨。」

繫我一生心，負你千行淚。

我此生一心牽掛在你一人身上，卻辜負了你的千行淚水。

【解析】面對與心上人不得不的分離，柳永詞中雖已明確表達了今生永遠都會把對方放在心上，但也無奈道出即使兩人情意深厚，若是無法長相廝守，他也只能愧歉這段感情了，痴情話語中帶了些許的決絕，而這正是造成他心如刀攪的緣由。可用來形容相愛的兩人，迫於某些原因而不得相守，雖心繫彼此，卻也料到終將走向分手一途。

【出處】北宋．柳永〈憶帝京．薄衾小枕涼天氣〉詞：「薄衾小枕涼天氣。乍覺別離滋味。展轉數寒更，起了還重睡。畢竟不成眠，一夜長如歲。也擬待、卻回征轡。又爭奈、已成行計。萬種思量，多方開解，只恁寂寞厭厭地。繫我一生心，負你千行淚。」

【變心】

一春猶有數行書，秋來書更疏。

春天的時候，還收到了幾行字的書信，到了秋天，來信就更少了。

【解析】晏幾道詞中以一女子的口吻，抒發情人離去後，春天尚有書信寄來，雖只寫了寥寥幾行，但還能帶給她情感上的安慰，等到入秋後就連信都很少收到，表示對方在春天情意就轉淡了，故用「數行書」敷衍搪塞，半年後的秋天，差不多已快把女子給忘了，自然是「書更疏」的下場。可用來形容戀人因相隔很遠，感情逐漸淡薄而生變。

【出處】北宋．晏幾道〈阮郎歸．舊香殘粉似當初〉詞：「舊香殘粉似當初，人情恨不如。一春猶有數行書，秋來書更疏。衾鳳冷，枕鴛孤，愁腸待酒舒。夢魂縱有也成虛。那堪和夢無。」

年少拋人容易去。

年輕時的歲月或情感最容易拋下人們，飛速地離去。

【解析】晏殊詞中回顧其年輕時，還不能理解離情之苦，因而把與情人的分手看得很淡薄，等到年歲漸長，才驚覺青春時光原來也和不經事的少年對待戀情的態度一樣，輕率就把人給拋棄。可用來形容年少時的情感，容易輕言別離，薄倖無情。另可用來形容光陰易逝，人生易老。

【出處】北宋．晏殊〈木蘭花．綠楊芳草長亭路〉詞：「綠楊芳草長亭路，年少拋人容易去。樓頭殘夢五更鐘，花底離愁三月雨。無情不似多情苦，一寸還成千萬縷。天涯地角有窮時，只有相思無盡處。」

百草千花寒食路，香車繫在誰家樹？

寒食節時，整條道路上各式各樣的花草盛開，妳（你）那輛華麗的車子究竟是停在誰家的樹旁呢？

【解析】大約清明節前的一、兩日為寒食節。馮延巳描寫春日將盡，其所朝思暮想的戀人到了寒食節時仍未出現，興起一股對方究竟情歸何處的擔憂？語意中流露出他對女子的迷戀。另有一說，認為詞中「百草千花」指的是風情萬種的青樓妓女，主在描寫女子埋怨丈夫或情人成日在風月場所冶遊，樂不思歸的苦痛。可用來形容因思念久未見面的心上人，懷疑對方已然變心。

【出處】五代．馮延巳〈鵲踏枝．幾日行雲何處去〉詞：「幾日行雲何處去？忘了歸來，不道春將暮。百草千花寒食路，香車繫在誰家樹？淚眼倚樓頻獨語，雙燕來時，陌上相逢否？撩亂春愁如柳絮，悠悠夢裡無尋處。」（此詞一說作者為歐陽脩）

最恨多才情太淺。

最遺憾的事情，就是一個人的才華出眾，情感卻是極為淺薄。

【解析】趙令時將唐人元稹所寫的傳奇小說〈鶯鶯傳〉原文分成十章，並針對各章的故事內容填寫一詞，此詞即為十首中的第一首。作者在詞中暗諷〈鶯鶯傳〉中的男主人翁張生縱然文采風流，卻以追求功名為藉口，與戀人鶯鶯遠別後便從此恩斷情絕。可用來形容有才而薄情的負心人。

【出處】北宋．趙令時〈蝶戀花．麗質仙娥生月殿〉詞：「麗質仙娥生月殿，謫向人間，未免凡情亂。宋玉牆東流美盼，亂花深處曾相見。密意濃歡方有便，不奈浮雲，旋遣輕分散。最恨多才情太淺，等閑不念離人怨。」

嫁時羅衣羞更著，如今始悟君難託。

我羞於再穿上出嫁時的絲質衣裳，直到現在才醒悟，像你這樣的人是難以託付終身的。

【解析】王安石詩中描寫一名遭到丈夫拋棄的女子，回憶其與丈夫新婚時的纏綿相愛，婚後自己辛苦操持家計，然而隨著年歲漸增，丈夫竟然聽信讒言，狠心將她離棄，女子這時才恍然大悟，原來當初嫁的不過是個背棄恩義之人，心中悔之莫及。可用來形容女子對婚姻所託非人的悔怨。

【出處】北宋．王安石〈君難託〉詩：「槿花朝開暮還墜，妾身與花寧獨異。憶昔相逢俱少年，兩情未許誰最先。感君綢繆逐君去，成君家計良辛苦。人事反復那能知？讒言入耳須臾離。嫁時羅衣羞更著，如今始悟君難託。君難託，妾亦不忘舊時約。」

輕別離，甘拋擲，江上滿帆風疾。

把離別的事看得很輕，甘願拋棄愛情，乘著鼓滿風帆的船，從江上疾駛而去。

【解析】孫光憲描寫一名讀書人在江岸與情人道別

後的心聲，為了追求功名，他決意離開情人，還不忘提醒自己縱使留了下來，對未來前程也毫無助益，等同賦予自己一個冠冕堂皇的薄情理由，他更恨不得搭乘的船隻再快一些，示意對這份情感已無所眷戀。可用來形容辜負戀人，絕情離去。

【出處】五代．孫光憲〈謁金門．留不得〉詞：「留不得，留得也應無益。白紵春衫如雪色，揚州初去日。輕別離，甘拋擲，江上滿帆風疾。卻羨綵鴛三十六，孤鸞還一隻。」

■無緣■

留人不住，醉解蘭舟去。

畢竟還是無法把人留下來，他就這樣帶著幾分醉意，解開纜繩，乘舟遠去。

【解析】晏幾道描寫一名女子在渡船頭設宴送別情人，即使她不死心苦苦挽留，無奈情人的去意堅定，只能眼睜睜地看著對方登舟離開，這也注定了兩人的情緣，至此終止。可用來形容和心愛的人緣分已盡，對方絕情而去。

【出處】北宋．晏幾道〈清平樂．留人不住〉詞：「留人不住，醉解蘭舟去。一棹碧濤春水路，過盡曉鶯啼處。渡頭楊柳青青，枝枝葉葉離情。此後錦書休寄，畫樓雲雨無憑。」

縱妙手、能解連環，似風散雨收，霧輕雲薄。

縱然擁有高妙的手藝，連難解的連環套索都能解開，但我們的感情已如風雨般地過去，雲霧般地淡薄，再也回不去從前的時光了。

【解析】周邦彥與情人分手後，對方從此音信全無，情斷恩絕，於是他寫詞抒發怨懷情傷，暗諷對方有一雙妙手能解開難解的連環，瀟灑地擺脫與他的情感糾葛，而始終無法忘情的自己，卻一直陷在無盡的絕望中，難以自拔。可用來形容往日情人狠心斷絕一切往來聯繫。

【出處】北宋．周邦彥〈解連環．怨懷無托〉詞：「怨懷無託，嗟情人斷絕，信音遼邈。縱妙手、能解連環，似風散雨收，霧輕雲薄。燕子樓空，暗塵鎖、一床絃索。想移根換葉，盡是舊時，手種紅藥……」（節錄）

羅帶同心結未成，江頭潮已平。

我想要用絲綢腰帶打出一個心形的結，可是還沒來得及結成，潮水已經漲到與岸邊一樣齊平，你的船要開了。

【解析】古代有女子用羅帶打成結，送給男方作定情物的習俗，象徵同心相愛，永不分離。林逋詩中以一女子的口吻，描寫其與情人在江岸分手的情景，女子以「結未成」示意他們的愛情遭遇到嚴重的阻擾，心心相印的兩人，終究來不及結為同心，當男子的船隻一離開女子所在的江頭，便是他們不得不被迫分離的時刻。可用來形容有情人終不成眷屬，含淚訣別。

【出處】北宋．林逋〈相思令．吳山青〉詞：「吳山青，越山青。兩岸青山相送迎，誰知離別情？君淚盈，妾淚盈。羅帶同心結未成，江頭潮已平。」

閨怨

月滿西樓憑闌久，依舊歸期未定。

月光灑滿西邊的樓房，我靠在闌干旁已有一段很長的時間，仍是盼不到他確定回來的日子。

【解析】李玉詞中描寫一名痴情女子，悄悄登上西樓，憑闌久佇，由於心上人音訊杳然，她便想像著對方可能還在估算著回來的時間，所以才一直沒有捎來書信，語氣中透露其長守深閨的寂寞情懷。南宋人黃昇《花庵詞選》評曰：「然風流蘊藉，盡此篇矣。」《全宋詞》雖僅收錄李玉這一闋詞，但在詞人的筆下，把思婦的閨情表現得含蓄雅致，別有韻味，遂得以孤篇而流芳後世。可用來形容女子久候丈夫或意中人歸來，然而希望一再落空，悵然若失。

【出處】北宋．李玉〈賀新郎．篆縷消金鼎〉詞：「……江南舊事休重省，遍天涯、尋消問息，斷鴻難倩。月滿西樓憑闌久，依舊歸期未定。又只恐、瓶沉金井。嘶騎不來銀燭暗，枉教人、立盡梧桐影。誰伴我，對鸞鏡？」（節錄）

如今但暮雨，蜂愁蝶恨，小窗閑對芭蕉展。

現在只能望著傍晚的細雨，蜜蜂和蝴蝶彷彿都感到憂愁，唯獨窗前舒展的芭蕉葉對著閒來無事的我。

【解析】呂渭老（一說作呂濱老）詞中抒寫一名住在深閨高樓的女子，春日百無聊賴，回憶起過去和戀人酌酒對飲、攜手同遊的繾綣情景，如今卻只見暮雨綿綿，窗前形隻影單，陪伴她的只有飛來舞去的蜂蝶和綠意盎然的芭蕉樹。可用來形容心上人久未歸來或戀情已逝的落寞怨抑。

【出處】北宋．呂渭老〈薄倖．青樓春晚〉詞：「……怎忘得、迴廊下，攜手處、花明月滿。如今但暮雨，蜂愁蝶恨，小窗閑對芭蕉展。卻誰拘管？盡無言、閑品秦箏，淚滿參差雁。腰肢漸小，心與楊花共遠。」（節錄）

沉恨細思，不如桃杏，猶解嫁東風。

懷著幽恨，細細沉思，覺得自己的命運還不如桃花、杏花，它們都能嫁給東風，並且隨風而去。

【解析】張先詞中寫一名閨中女子久待情人歸來，希望卻是一再落空，不禁抱怨春花猶能與東風自在飛揚，風吹花隨，一路作伴，恨自己竟然連花都不如，情感孤寂空虛，日子過得百無聊賴。言外之意，就是懊惱當初沒有追隨情人的行蹤，才造成了今日任由青春消損的後果。明末清初人賀裳《皺水軒詞筌》對三句詞的評語為：「無理而妙。」可用來形容女子獨守深閨，渴望心上人陪伴在身旁。

【出處】北宋．張先〈一叢花．傷高懷遠幾時窮〉詞：「……雙鴛池沼水溶溶，南北小橈通。梯橫畫閣黃昏後，又還是、斜月簾櫳。沉恨細思，不如桃杏，猶解嫁東風。」（節錄）

妾有容華君不省，花無恩愛猶相並。花卻有情人薄倖。

我有美麗的容顏，你卻不加理會，花與花之間沒有愛意，仍舊依偎一起。花反而可以有情，人竟能這般無情。

【解析】歐陽脩抒寫一名貌美怨婦的自嗟自嘆，她望著水上的紅色蓮花，明明就是無情之物，彼此尚能並蒂開放，弄影雙雙，叫人羨慕不已。回過頭來看自己，空有豔美姿色，丈夫卻無動於衷，處境可說是比花還不如。可用來形容女子獨守空寂的閨房，怨恨情人或丈夫薄情。

【出處】北宋．歐陽脩〈漁家傲．為愛蓮房都一柄〉詞：「為愛蓮房都一柄，雙苞雙蕊雙紅影。雨勢斷來風色定。秋水靜，仙郎彩女臨鸞鏡。妾有容華君不省，花無恩愛猶相並。花卻有情人薄倖。心耿耿，因花又染相思病。」

故攲[1]單枕夢中尋，夢又不成燈又燼。

故意斜靠著孤枕，要到夢中去尋找你，誰知道夢還沒成，燈芯已經燒成了灰燼。

【注釋】1.攲：音ㄑㄧ，傾斜。

【解析】歐陽脩描寫一名女子思念久別的情人或丈夫，想要入夢後去尋找對方，以化解白日孤單一人所承受的鬱悶，偏偏斜臥床上又久久不能睡去，而此時油燈已滅，天也快要亮了，渴望夢中相見的願望，終究落空。可用來形容女子空閨獨睡，因心中有事而徹夜難眠。

【出處】北宋．歐陽脩〈玉樓春．別後不知君遠近〉詞：「別後不知君遠近，觸目淒涼多少悶。漸行漸遠漸無書，水闊魚沉何處問？夜深風竹敲秋韻，萬葉千聲皆是恨。故攲單枕夢中尋，夢又不成燈又燼。」

細雨夢回雞塞[1]遠，小樓吹徹玉笙寒。

一覺醒來，屋外濛濛細雨，想念的人遠在邊塞。在小樓吹起玉笙，吹奏完一整套曲子後，心裡更覺得淒寒。

【注釋】1.雞塞：古邊塞名，即雞鹿塞，為古代貫通陰山南北的交通要衝，大約位在今內蒙古自治區一帶。此泛指邊塞。

【解析】南唐中主李璟描寫一名女子在飄飛細雨中醒來，夢裡與心上人會面的情景猶在眼前，然夢醒之後冷清如故，思念如雨綿綿不斷，於是想要借吹笙遣懷，卻反被自己嗚咽低沉的樂聲平添更多的哀愁。可用來形容雨夜思念遠人的淒苦心情。

【出處】五代．李璟〈攤破浣溪沙．菡萏香銷翠葉殘〉詞：「菡萏香銷翠葉殘，西風愁起綠波間。還與韶光共憔悴，不堪看。細雨夢回雞塞遠，小樓吹徹玉笙寒。多少淚珠何限恨，倚闌干。」

莫道不消魂，簾捲西風，人比黃花瘦。

別說心中不傷神，看那秋風捲起窗簾，才發現窗內的人比菊花還要消瘦。

【解析】李清照的丈夫趙明誠因事遠遊，重陽節這天，李清照獨自一人賞菊飲酒，更覺孤單惆悵，宛如魂魄離開了軀體般。詞中她以纖細秀氣的黃菊，比擬自己因思念遠人而日漸憔悴的清瘦體態，委婉表達她極度煩悶的情緒。可用來形容與心上人分隔兩地而黯然神傷，導致身形瘦損。

【出處】北宋末、南宋初・李清照〈醉花陰・薄霧濃雲愁永晝〉詞：「薄霧濃雲愁永晝，瑞腦消金獸。佳節又重陽，玉枕紗廚，半夜涼初透。東籬把酒黃昏後，有暗香盈袖。莫道不消魂，簾捲西風，人比黃花瘦。」

換我心，為你心，始知相憶深。

若能把我的心，換成是你的心，那時你就會明白我對你的思念有多深。

【解析】顧敻（ㄒㄩㄥˋ）抒寫一名獨守空閨女子的突發奇想，盼望能將自己的一顆心移入久候未歸的人身上，好讓對方切身體會她為情所苦的怨憤。清人王士禎《花草蒙拾》評論這三句詞：「自是透骨情語。」可用來形容希望意中人理解自己的用情至深。

【出處】五代・顧敻〈訴衷情・永夜拋人何處去〉詞：「永夜拋人何處去？絕來音。香閣掩，眉斂，月將沉。爭忍不相尋？怨孤衾。換我心，為你心，始知相憶深。」

傷高懷遠幾時窮？無物似情濃。

站在高樓上，想念遠方的心上人，這樣的傷痛幾時可以結束呢？世間沒有任何事物比情感更濃烈了。

【解析】張先詞中抒寫一名女子，歷經了長時間與情人或丈夫的分離，於春日登上高樓，遙想遠人，從中體悟到這個世上唯有「情」，能讓人心生如此強烈的悲傷。可用來形容登高念遠，甚是傷情。

【出處】北宋・張先〈一叢花・傷高懷遠幾時窮〉詞：「傷高懷遠幾時窮？無物似情濃。離愁正引千絲亂，更東陌、飛絮濛濛。嘶騎漸遙，征塵不斷，何處認郎蹤……」（節錄）

新來瘦，非干病酒，不是悲秋。

近來日漸消瘦，不是因為喝了太多的酒而生病，也不是因為蕭瑟秋氣而感到悲傷。

【解析】李清照想念遠行的丈夫，但於詞中並不明白道出，而是用消去法，先說自己形貌變得比以往憔悴瘦弱，原因其實與病酒無關，也絕非是悲秋的緣故，除卻以上所說，即是導致她身形消損的答案，藉此突顯離懷別苦正是折磨她的唯一因由。清人陳廷焯《白雨齋詞話》評論這三句詞：「新來瘦三語，婉轉曲折，煞是妙絕。」可用來形容女子為情茶飯不思，心神迷亂。

【出處】北宋末、南宋初・李清照〈鳳凰臺上憶吹簫・香冷金猊〉詞：「香冷金猊，被翻紅浪，起來慵自梳頭。任寶奩塵滿，日上簾鉤。生怕離懷別苦，多少事、欲說還休。新來瘦，非干病酒，不是悲秋……」（節錄）

獨抱濃愁無好夢，夜闌猶剪燈花[1]弄。

一人懷抱過多的愁思是作不成美夢的，到了深夜還在剪弄著油燈上的燈花。

【注釋】1.燈花：燈芯燃燒時所結成的花形，習俗上認為是吉祥的徵兆。

【解析】李清照寫其因思念丈夫而愁懷濃重，始終無法入睡，夜裡寂寞無聊，便以剪弄燈花來消解愁悶，期待傳說中會帶來喜兆的燈花出現，能讓她日夜企盼的人儘早歸來。清人賀裳《皺水軒詞筌》對這兩句詞的評論為：「入神之句。」可用來形容女子徹夜難眠，深情等待離人返家。

【出處】北宋末、南宋初．李清照〈蝶戀花．暖日晴風初破凍〉詞：「暖日晴風初破凍，柳眼梅腮，已覺春心動。酒意詩情誰與共？淚融殘粉花鈿重。乍試夾衫金縷縫，山枕斜欹，枕損釵頭鳳。獨抱濃愁無好夢，夜闌猶剪燈花弄。」

鎮相隨、莫拋躲，針線閑拈伴伊坐。

整日跟隨著他，不再躲躲閃閃，手裡拿著針線，悠閑地坐靠在他的身旁。

【解析】柳永詞中以一名女子的口吻，抒發後悔當初讓心上人離開，以致生活從此變得了無生趣的苦悶心情，如果時間能夠倒轉的話，她一定成日輕偎倚傍在對方的身邊，一人吟詩寫字，一人拈著針線在旁陪伴，就不會像如今這般，讓光陰白白虛度。可用來形容情人或丈夫遠去不歸，女子渴望能與對方形影不離，永遠相伴。

【出處】北宋．柳永〈定風波．自春來慘綠愁紅〉詞：「……早知恁麼，悔當初、不把雕鞍鎖。向雞窗，只與蠻箋象管，拘束教吟課。鎮相隨、莫拋躲，針線閑拈伴伊坐。和我，免使年少，光陰虛過。」（節錄）

悼亡

十年生死兩茫茫，不思量，自難忘。

十年來一生一死，音訊阻絕，茫然不知對方現在的景況，其實也不用刻意想念，自然而然就是無法忘懷。

【解析】蘇軾寫此詞悼念去世十年的亡妻王弗。由於王弗葬於家鄉眉州，離蘇軾當時任官的密州相隔甚遠，即使想要到墳地憑弔，訴說衷腸，也是空想，只能任憑愛妻的孤墳在千里之外。但十年過去，蘇軾對王弗的情感始終存在，他根本用不著認真回想，而是從來不曾遺忘。可用來形容無時無刻不掛念死去的伴侶。

【出處】北宋・蘇軾〈江城子・十年生死兩茫茫〉詞：「十年生死兩茫茫，不思量。自難忘。千里孤墳，無處話淒涼。縱使相逢應不識，塵滿面，鬢如霜。夜來幽夢忽還鄉，小軒窗。正梳妝。相顧無言，惟有淚千行。料得年年斷腸處，明月夜，短松岡。」

玉骨久成泉下土，墨痕猶鎖壁間塵。

妳的骸骨如今早已化為黃泉下的泥土，而我當時在沈園牆壁題寫〈釵頭鳳〉詞的墨跡上，也滿布塵埃。

【解析】這一首詩是年老的陸游，為悼念去世許久的元配唐琬而作。原本相愛的兩人，被陸母強迫分離，陸游後來另娶王氏，唐琬則改嫁皇族後輩趙士程。某年春天，唐琬與丈夫同遊名園沈園時巧遇陸游，陸、唐兩人當下百感交集，事後陸游在沈園壁間題寫著名的〈釵頭鳳〉詞，記敘他與唐琬在沈園相遇的悲傷記憶。孰料，詞寫成後不久，便獲知唐琬抑鬱而終的消息，陸游為此痛苦萬分，即使到他年紀老邁，對唐琬的懷念仍與日俱增，情感歷久彌堅，而當年在沈園題寫的〈釵頭鳳〉詞，至今也仍然深植人心。可用來形容對亡妻的追憶思念。

【出處】南宋．陸游〈十二月二日夜夢遊沈氏園亭〉詩二首之二：「城南小陌又逢春，只見梅花不見人。玉骨久成泉下土，墨痕猶鎖壁間塵。」

忍此連城寶，沉埋向九泉。

不忍心我這個價值連城的寶物，就這樣沉埋於九泉之下。

【解析】梅堯臣結髮十七年的妻子謝氏過世，詩人回憶兩人過往相處的情形，自認世間女子無人能和妻子的美麗賢慧相比，可惜如此良善美好的人已撒手離他而去，令人不勝悲慟。可用來形容不忍愛妻離世，視妻如無價之珍寶。

【出處】北宋．梅堯臣〈悼亡〉詩三首之三：「從來有脩短，豈敢問蒼天？見盡人間婦，無如美且賢。譬令愚者壽，何不假其年。忍此連城寶，沉埋向九泉。」

空床臥聽南窗雨，誰復挑燈[1]夜補衣？

一個人臥躺在空蕩蕩的床上，聽著雨敲打南面窗子的聲音，想著今後還有誰會挑亮油燈，連夜為我縫補衣裳呢？

【注釋】1.挑燈：挑起油燈的燈芯，使燈更加明亮。

【解析】賀鑄寫其回到多年前和亡妻的舊寓，夫妻曾經共眠的床上，如今空蕩冷清，腦海裡浮現出妻子在世時挑燈為其補衣的畫面，生活即使清貧，只要兩人能夠廝守一起便溫馨無比，可惜這些都已成了煙雲往事。可用來形容感念已故妻子的辛勞付出，難忘兩人幸福恩愛的過往。

【出處】北宋．賀鑄〈鷓鴣天．重過閶門萬事非〉

詞：「……原上草，露初晞，舊棲新壟兩依依。空床臥聽南窗雨，誰復挑燈夜補衣？」（節錄）

珠碎眼前珍，花凋世外春。

眼前珍愛的寶珠破碎，遠離人煙的春花也凋謝了。

【解析】此為李煜為大周后及其幼子所寫的輓歌。李煜的次子李仲宣在四歲時因受驚嚇後病卒，原本正在養病的大周后，無法承受愛子突然夭折的打擊，病情更加惡化，不久也離開了人世。李煜詞中以「珠碎」和「花凋」抒發同時失去摯愛妻兒的椎心傷痛。可用來形容對愛妻或妻兒逝去的極度哀痛。

【出處】五代．李煜〈輓辭〉詩二首之一：「珠碎眼前珍，花凋世外春。未銷心裡恨，又失掌中身。玉筍猶殘藥，香奩已染塵。前哀將後感，無淚可沾巾。」

梧桐半死清霜後，白頭鴛鴦失伴飛。

我像是秋天降霜之後半死的梧桐樹，枝葉零落，也像是到了白頭失去伴侶的鴛鴦，孤獨單飛。

【解析】賀鑄一生官運不濟，沉淪下僚，妻子趙氏雖出身皇族，卻始終無怨無悔，甘願與丈夫貧賤相守，情感篤厚。賀鑄近五十歲時，趙氏亡故，若干年後，他回到兩人當年居住的寓所，睹物思人，借雌雄同株的梧桐如今半死不活，總是形影不離的鴛鴦，到了年老才變得影隻形單，刻畫出自己形貌衰頹，心情孤淒。可用來形容中、老年喪偶，無法與伴侶白頭偕老的苦痛。

【出處】北宋．賀鑄〈鷓鴣天．重過閶門萬事非〉詞：「重過閶門萬事非，同來何事不同歸？梧桐半死清霜後，頭白鴛鴦失伴飛……」（節錄）

絕筆無〈求凰〉曲[1]，痴心有返魂香[2]。

從妳去世後，我再也沒有寫過向人求愛的〈求凰〉曲子，痴心期盼得到傳說中返魂樹的香氣。

【注釋】1.〈求凰〉曲：樂曲名，即〈鳳求凰〉曲。為西漢司馬相如在卓王孫家為追求其女卓文君所奏之曲，後卓文君與司馬相如私奔。2.返魂香：神話傳說中一種取材自返魂樹的薰香類藥物，香氣極為濃郁，具有起死回生或召喚亡靈與生者再見的功效而得名。

【解析】劉克莊與妻子林氏感情甚篤，林氏逝世十五年後，他回到妻子的家鄉，佇立在妻子曾經居住的院落門前，感嘆如今已尋覓不到妻子的身影。而這麼多年下來，也不再對其他女子萌生追求的情意，靜若死水，一心期待著妻子的芳魂能夠重返人間與之相聚。可用來形容對亡妻的悼念追懷。

【出處】南宋．劉克莊〈風入松．殘更難睚抵年長〉詞：「殘更難睚抵年長，曉月淒涼。芙蓉院落深深閉，嘆芳卿、今在今亡。絕筆無〈求凰〉曲，痴心有返魂香。起來休鑷鬢邊霜，半被堆床。定歸兜率蓬萊去，奈人間、無路茫茫。緣斷漫三彈指，憂來欲九回腸。」

友情

五更千里夢，殘月一城雞。

五更時分，從穿越千里的夢裡醒來，看見了將要落下的月亮，聽到了整座城的雞啼。

【解析】人在家鄉的梅堯臣，寄這一首詩給遠在京城的歐陽脩，敘說自己在夢裡走過杳杳千里，前來與其話舊，等到夢醒時，窗外殘月斜照，滿城雞鳴，而夢中兩人促膝談心的話語，仍深印在他的腦海，不願相信剛才的相談甚歡只是夢一場。可用來表達對遠方友人的想念，連作夢都夢見對方。

【出處】北宋．梅堯臣〈夢後寄歐陽永叔〉詩：「不趁常參久，安眠向舊溪。五更千里夢，殘月一城雞。適往言猶是，浮生理可齊。山王今已貴，肯聽竹禽啼。」

且待淵明賦歸去，共將詩酒趁流年。

請你暫且等我，他日我將效法東晉詩人陶淵明吟賦辭官返鄉的詩，到時與你一同寫詩喝酒，趁著我們如水般流逝的光陰還在的時候。

【解析】蘇軾在密州擔任知州期間，遙寄此詩給在家鄉眉州擔任知州的好友黎錞，除了表達對已逝的共同恩師歐陽脩之緬懷，也期待兩人有朝一日辭官引退後，可以把握人生有限的年光，再像過去一樣對酒賦詩。可用來表達對遠方友人的思念以及歸隱的心志。

【出處】北宋．蘇軾〈寄黎眉州〉詩：「膠西高處望西川，應在孤雲落照邊。瓦屋寒堆春後雪，峨眉翠掃雨餘天。治經方笑《春秋》學，好士今無六一賢。且待淵明賦歸去，共將詩酒趁流年。」

行樂及時雖有酒，出門無侶漫看書。

享受歡樂要趁早，雖然身邊有酒可喝，想要出外走走，卻找不到人陪伴，就在家裡閑散地看看書。

【解析】此為蘇軾回給友人柳瑾（字子玉）寄來的一首詩作，柳瑾是蘇軾兄弟的共同好友，善行草書，其子柳仲遠還娶了蘇軾的堂妹，原本交好的兩家，又多了一層姻親的關係。蘇軾詩中抒發自己沒有知心好友相伴，即使有酒有閑，卻顯得漫不經心，無論做什麼事都提不起勁，藉此傳達對柳瑾的想念。可用來形容在家散漫隨意地看書，期待及早見到友人的寂寞心情。

【出處】北宋・蘇軾〈次韻柳子玉見寄〉詩：「薄雷輕雨曉晴初，陌上春泥未濺裾。行樂及時雖有酒，出門無侶漫看書。遙知寒食催歸騎，定把鴟夷載後車。他日見邀須強起，不應辭病似相如。」

把酒祝東風，且共從容。

舉起酒杯，向春風祈願，請它陪我再逗留久一點的時間。

【解析】歐陽脩早年在洛陽任職時，與尹洙、梅堯臣等志同道合的友人經常四處遊樂，之後，梅堯臣遠調他地，仍在隔年春天抽空回來與好友相聚。歐陽脩詞中寫其與梅堯臣等人重遊洛陽，一同賞花暢飲的歡情，也抒發他對好友隨即又將離去的不捨。可用來形容希望春光不要走得太快，才能和友人多享受一下春遊的樂趣。

【出處】北宋・歐陽脩〈浪淘沙令・把酒祝東風〉詞：「把酒祝東風，且共從容。垂楊紫陌洛城東，總是當時攜手處，遊遍芳叢。聚散苦匆匆，此恨無窮。今年花勝去年紅，可惜明年花更好，知與誰同？」

依然一笑作春溫。

見面的時候，彼此仍像過去一樣露出笑容，便覺得有如春天般的溫暖。

【解析】蘇軾與先前同在朝中為官的錢勰，氣義相投，即使後來兩人都離開了京城，交誼依舊深厚。蘇軾此詞寫於錢勰再度被朝廷調至遠地，途中經過杭州，由擔任知州的蘇軾為其餞行，兩人雖已分別多年，再度相會，對視而笑，如有陣陣暖流注入彼此的心頭。可用來形容與好友久別重逢，相見歡笑如故。

【出處】北宋．蘇軾〈臨江仙．一別都門三改火〉詞：「一別都門三改火，天涯踏盡紅塵。依然一笑作春溫。無波真古井，有節是秋筠。惆悵孤帆連夜發，送行淡月微雲。尊前不用翠眉顰。人生如逆旅，我亦是行人。」

秋雨晴時淚不晴。

秋天的雨雖然停了，但我的淚水如雨，不能停住。

【解析】在杭州任通判（負責與地方知州共同處理政務並監督知州行動的官職）的蘇軾於秋日送別好友陳襄離開之後，一路伴隨著淒清晚風回到家中，對著屋內殘燈，不覺輾轉難眠，內心倍感孤寂，當窗外的秋雨直落時，他淚水潸潸，等到雨停時，他依然眼淚盈眶，也就是說，不管秋雨「晴」或「不晴」，蘇軾的眼眶都是「不晴」的，足見其與陳襄的情誼非比尋常。可用來形容因思念遠行的友人而淚流不止。

【出處】北宋．蘇軾〈南鄉子．回首亂山橫〉詞：「回首亂山橫，不見居人只見城。誰似臨平山上塔？亭亭。迎客西來送客行。歸路晚風清，一枕初寒夢不成。今夜殘燈斜照處，熒熒。秋雨晴時淚不晴。」

桃李春風一杯酒，江湖夜雨十年燈。

想當年，我們在桃花、李花和春風的陪伴下，舉杯歡飲，而如今，各自浪跡江湖十年，經常在飄雨的夜晚，獨自對著孤燈想著你。

【解析】這首詩的詩題〈寄黃幾復〉，作者黃庭堅寫此詩給他的少年好友黃介（字幾復）。詩中借追憶兩人過去在明媚春景下暢快痛飲，再回頭對照自己如今在夜雨孤燈下飽嘗漂泊淒苦，突顯出歡聚之短促而離別之久長，兩人的交情不言可喻。可用來形容夜晚不寐，回想昔時與友人共處的快樂，感觸良深。

【出處】北宋．黃庭堅〈寄黃幾復〉詩：「我居北海君南海，寄雁傳書謝不能。桃李春風一杯酒，江湖夜雨十年燈。持家但有四立壁，治病不蘄三折肱。想見讀書頭已白，隔溪猿哭瘴溪藤。」

陳跡可憐隨手盡，欲歡無復似當時。

令人傷感的是，過去歷經的所有事情，只能隨著你的離世而散去，想要重拾以往的歡笑，卻無論如何也尋不回舊日的時光。

【解析】王安石的好友王令（字逢原），不幸英年早逝。王安石在王令逝世後的一年寫下這首詩，對於昔日兩人交遊時投契相知的情景，仍然深念在心，無法忘記。可用來形容對喪逝友人的無限悼念。

【出處】北宋．王安石〈思王逢原〉詩三首之二：「蓬蒿今日想紛披，冢上秋風又一吹。妙質不為平世得，微言唯有故人知。廬山南墮當書案，湓水東來入酒卮。陳跡可憐隨手盡，欲歡無復似當時。」

遙知湖上一樽酒，能憶天涯萬里人。

知道遠方的你，在湖上喝酒的時候，還沒有忘記身在萬里之外的友人。

【解析】被朝廷貶到夷陵的歐陽脩，收到於許州（位在今河南境內）任職司法參軍（從事司法工作的官員）的友人謝伯初來信問候。人在患難當頭，還有人願意伸出友誼的手，表達其對自己的惦念，讓歐陽脩感動莫名，便想著遠在天涯的謝伯初，此時應該在許州風景勝地西湖的船上，一邊飲酒，一邊牽掛著自己。可用來形容朋友之間雖相隔遙遠，但彼此都一直縈繫著對方。

【出處】北宋．歐陽脩〈春日西湖寄謝法曹歌〉詩：「西湖春色歸，春水綠於染。群芳爛不收，東風落如糝。參軍春思亂如雲，白髮題詩愁送春。遙知湖上一樽酒，能憶天涯萬里人。萬里思春尚有情，忽逢春至客心驚。雪消門外千山綠，花發江邊二月晴。少年把酒逢春色，今日逢春頭已白。異鄉物態與人殊，惟有東風舊相識。」

誰教風鑒[1]在塵埃？醞造一場煩惱、送人來。

誰叫我在眾多人群中賞識了你的人品風采？釀成了這場惹人煩惱的風波來。

【注釋】1.風鑒：指以風貌品評人物。也可指相人之術。

【解析】蘇軾年長秦觀十餘歲，兩人有著亦師亦友的情誼，他屢次向朝廷舉薦，相當器重秦觀的才情。之後，蘇軾歷經了「烏臺詩案」，被貶至黃州，過去曾與其交往的人多受到牽連，秦觀也是其中之一。蘇軾多年後離開黃州，去找當時賦閑在高郵（位在今江蘇境內）家中的秦觀，兩人四處遊樂，然還是不免一別。此詞便是蘇軾回憶他與秦觀這段時間的相聚，他一方面相信自己看人的眼光，一方面也為秦觀的際遇深深自責，畢竟秦觀是緣於自己先前的提拔，才無法在政治上出頭。可用來形容雖有知人之明，彼此珍惜，卻也造成了對方的一些麻煩或困惱。

【出處】北宋．蘇軾〈虞美人．波聲拍枕長淮曉〉詞：「波聲拍枕長淮曉，隙月窺人小。無情汴水自東流，只載一船離恨、向西州。竹溪花浦曾同醉，酒味多於淚。誰教風鑒在塵埃？醞造一場煩惱、送人來。」

別情

人生無物比多情，江水不深山不重。

人生中沒有任何事物，能與看重感情相互比較，江裡的水若是不深，便無法顯現出山的沉重。

【解析】張先與友人互道別離，他深知今日一別，日後兩人再見的機會將困難重重，故借詞抒發離愁，強調這個世上最動人的，唯有人與人之間的真摯情感，即使是分量深重的山水，也不足以和人的多情相比。可用來形容送別友人時，真切地感受到對方的深情厚意。

【出處】北宋．張先〈木蘭花．相離徒有相逢夢〉詞：「相離徒有相逢夢，門外馬蹄塵已動。怨歌留待醉時聽，遠目不堪空際送。今宵風月知誰共？聲咽琵琶槽上鳳。人生無物比多情，江水不深山不重。」

不管煙波與風雨，載將離恨過江南。

（畫船）不管水面雲煙瀰漫和風雨飄搖，它將載著人們對離別的恨意駛向江南。

【解析】作者描寫送行者與行人在潭邊對飲話別，正當酒興正濃之際，華美的大船準備啟航，不禁讓人怨怪船隻的無情，竟可漠視眼前的煙波風雨，自顧自的滿載人的離愁別恨，瀟灑而去。值得一提的是，詩中將無形的離恨，化為有具體分量的物質，更顯現出離恨的沉重。可用來形容送人遠行時離情依依的景象。

【出處】北宋．鄭文寶〈柳枝詞〉詩：「亭亭畫舸（ㄍㄜˇ）繫春潭，直待行人酒半酣。不管煙波與風雨，載將離恨過江南。」（此詩一說作者為張耒，詩題則作〈絕句〉）

今古柳橋多送別，見人分袂亦愁生，何況自關情。

自古至今，人們多在柳橋上送行，即使是看見他人離別的場面，心裡也會湧上一股愁情，況且此刻自己也牽涉在這場離情當中。

【解析】古人常折柳贈別，柳橋也成了送別處的代稱。張先詞中描寫一名女子在長堤上折柳送別戀人，她回想過去看別人在此話別時，難免牽動自己的愁思，沒想到如今主角竟換成了自己，離情別緒更是無法算計。可用來形容送人遠行令人悲愁。

【出處】北宋．張先〈江南柳．隋堤遠〉詞：「隋堤遠，波急路塵輕。今古柳橋多送別，見人分袂亦愁生，何況自關情。斜照後，新月上西城。城上樓高重倚望，願身能似月亭亭，千里伴君行。」

少年離別意非輕，老去相逢亦愴情。

年少時面對分離，心情已是沉重不輕了，如今年老，更連相見都讓人分外悲傷。

【解析】王安石與受封「長安君」的大妹王文淑從小感情親近，只是自王文淑嫁人後，兩人見面的機會不多。詩中抒發兄妹相隔了三年才見上一面，知心話都還沒說夠，卻又要匆匆道別的不捨。自認年輕時就很重視感情的王安石，步入中老年以後，才發現原來在一次次的久別短聚後隨之而來的，竟是一次次的各奔東西，難得會面的歡喜，瞬間就被離情給取代了。可用來形容人的一生總是在面對聚少離多的無奈。

【出處】北宋．王安石〈示長安君〉詩：「少年離別意非輕，老去相逢亦愴情。草草杯盤供笑語，昏昏燈火話平生。自憐湖海三年隔，又作塵沙萬里行。欲問後期何日是？寄書應見雁南征。」

平蕪盡處是春山，行人更在春山外。

平曠草原的盡頭，只看得見春山，遠遊的人，更在那春山之外的更遠處。

【解析】歐陽脩詞中設想送行的女子自知登樓憑

闌，望斷春山，終究也望不見那個已走遠的心上人，因為對方和自己的距離愈來愈遠，更何況前方又有重重春山阻擋，忍不住柔腸粉淚，滿心蒼涼。明人王世貞《藝苑卮言》評論這兩句詞：「此淡語之有情者也。」意即文字看似平淡，卻蘊含了深婉的情意。可用來形容送人遠行，而人漸走漸遠，難掩失落傷悲。

【出處】北宋．歐陽脩〈踏莎行．候館梅殘〉詞：「候館梅殘，溪橋柳細，草薰風暖搖征轡。離愁漸遠漸無窮，迢迢不斷如春水。寸寸柔腸，盈盈粉淚，樓高莫近危闌倚。平蕪盡處是春山，行人更在春山外。」

亦知人生要有別，但恐歲月去飄忽。

也知道人生必然會有別離，只是擔心時間流逝得太快。

【解析】時年二十六歲的蘇軾，準備前往鳳翔擔任判官（地方長官的輔吏），弟弟蘇轍自京城一路相送，直至鄭州西門外才告別，再折返京城陪伴父親蘇洵。蘇軾從高處看著戴著黑帽、衣衫單薄的蘇轍，在寒天雪地中騎著瘦馬、踏著殘月遠去的孤單身影，作詩抒發心中的淒苦離情。可用來形容面對與至親好友的分別，唯恐聚少離多而心神不安。

【出處】北宋．蘇軾〈辛丑十一月十九日，既與子由別於鄭州西門之外，馬上賦詩一篇寄之〉詩：「不飲胡為醉兀兀，此心已逐歸鞍發。歸人猶自念庭闈，今我何以慰寂寞？登高回首坡隴隔，但見烏帽出復沒。苦寒念爾衣裘薄，獨騎瘦馬踏殘月。路人行歌居人樂，童僕怪我苦悽惻。亦知人生要有別，但恐歲月去飄忽。寒燈相對記疇昔，夜雨何時聽蕭瑟？君知此意不可忘，慎勿苦愛高官職。」

多情自古傷離別。

自古以來，情感豐富者最傷心的就是面對離

別。

【解析】柳永在蕭瑟的秋天與戀人在岸邊餞別，眼看著開船的時間分秒逼近，很快就要與情人分手，下次再見不知何時，縱使萬般不捨也只能無奈面對，於是他思索著，這世上所有像他一樣重情又無法承受離情的人，必定比其他人來得更容易心碎腸斷。可用來形容分離帶給人的傷痛至深。

【出處】北宋．柳永〈雨霖鈴．寒蟬淒切〉詞：「……多情自古傷離別，更那堪、冷落清秋節。今宵酒醒何處？楊柳岸、曉風殘月。此去經年，應是良辰好景虛設。便縱有、千種風情，更與何人說？」（節錄）

此去還知苦相憶，歸時快馬亦須鞭。

這次離去，莫忘了有人還在苦苦思念著你，回來的時候，就算騎著快馬，仍要不斷鞭策馬匹跑得再快一點。

【解析】王安石的同母弟弟王安上（字純甫）即將遠赴江南迎娶新婦，王安石在汴京為其送行，再三叮囑胞弟，回程時務必要快馬加鞭，盡早歸來。可用來形容和親友道別時，希望能和對方早日再見。

【出處】北宋．王安石〈送純甫如江南〉詩：「青溪看汝始蹁躚（ㄒㄧㄢ），兄弟追隨各少年。壯爾有行今納婦，老吾無用亦求田。初來淮北心常折，卻望江南眼更穿。此去還知苦相憶，歸時快馬亦須鞭。」

別時容易見時難。

別離是那樣的容易，想要再見上一面，卻是那樣的困難。

【解析】南唐後主李煜認為，一生當中，別離是經常可見的，然而希望能在分開後的再見，卻是相對不易的。也可以說，在情感上，每個人要與心愛的人或事物分離必然是百般不願的，但這也是人生的無可奈何且不得不面對。可用來抒發對眷戀的人或事物離開或逝去的傷感。

【出處】五代．李煜〈浪淘沙．簾外雨潺潺〉詞：「簾外雨潺潺，春意闌珊。羅衾不耐五更寒。夢裡不知身是客，一晌貪歡。獨自莫憑闌，無限江山，別時容易見時難。流水落花春去也，天上人間。」

念去去、千里煙波，暮靄沉沉楚天闊。

想到此行遠去，路程一程又一程，千里江水煙霧瀰漫，南方遼闊的天空，籠罩著傍晚深沉的雲霧。

【解析】柳永即將離開京城，遠赴江南，他的情人在江邊長亭為其餞行。詞中描述離別的當下，江上煙靄茫茫，天空雲霧低沉，彷彿天地也感染了他心中的悲楚。可用來形容準備遠行的人，面對煙波浩蕩、雲天廣漠的景色，離愁也隨之無盡。

【出處】北宋．柳永〈雨霖鈴．寒蟬淒切〉詞：「寒蟬淒切，對長亭晚，驟雨初歇。都門帳飲無緒，留戀處，蘭舟催發。執手相看淚眼，竟無語凝噎。念去去、千里煙波，暮靄沉沉楚天闊……」（節錄）

直須看盡洛城花，始共春風容易別。

就該賞遍整座洛陽城的花朵，我才能放心地與春風道別。

【解析】歐陽脩準備離開洛陽，一名女子為其設宴惜別，此時耳邊奏起哀哀離歌，光聽一曲，就足以讓人肝腸寸結。詞人提出解決痛苦的方法是「看盡洛陽花」，意即生命中若曾擁有過一段最美好的情事，人生便不致留下遺憾。近人王國維《人間詞話》評曰：「於豪放之中有沉著之致，所以尤高。」意思是，詞句看似瀟灑豪邁，實含有作者深沉執著的情意。可用來形容捨不得與人分離的場景。

【出處】北宋．歐陽脩〈玉樓春．尊前擬把歸期說〉詞：「尊前擬把歸期說，欲語春容先慘咽。人生自是有情痴，此恨不關風與月。離歌且莫翻新闋，一曲能教腸寸結。直須看盡洛城花，始共春風容易別。」

記得綠羅裙，處處憐芳草。

請記得我今天穿的絲綢綠裙，日後不管身在何地，都要憐惜你所見到的芳草。

【解析】牛希濟描寫一名女子在臨別前與愛人的對話，她擔心對方離開的日子久了就會忘了自己，但又不願明說，便把今日穿著綠羅裙的自己，和天涯隨處可見的芳草聯想在一起，希望對方在外看見芳草之綠時，心生憐愛，同時也會憶起今日穿著綠裙的自己。近人俞陛雲《唐五代兩宋詞選釋》認為這兩句詞所要表達的是：「長勿相忘之意。」可用來叮嚀即將遠行的人切莫相忘。另可用來比喻愛一個人，也連帶著喜歡與其有關的人或事物。

【出處】五代．牛希濟〈生查子．春山煙欲收〉詞：「春山煙欲收，天淡星稀小。殘月臉邊明，別淚臨清曉。語已多，情未了，回首猶重道。記得綠羅裙，處處憐芳草。」

執手相看淚眼，竟無語凝噎。

我們緊緊握住彼此的手，流著眼淚相互凝望著，竟然一句話都說不出來，全都哽塞在喉頭。

【解析】柳永告別京城的情人，準備乘舟南下，臨別在即，他緊握對方的手，兩人淚眼婆娑，本有千言萬語想要訴說，卻因極度悲傷而氣塞，終是什麼話都沒有說出口，然無言之中，更見離情之苦。可用來形容惜別之際，哽噎難言，握住對方的手，不忍放開的情狀。

【出處】北宋．柳永〈雨霖鈴．寒蟬淒切〉詞：「寒蟬淒切，對長亭晚，驟雨初歇。都門帳飲無緒，留戀處，蘭舟催發。執手相看淚眼，竟無語凝噎。念去去、千里煙波，暮靄沉沉楚天闊……」（節錄）

最是倉皇辭廟[1]日，教坊[2]猶奏別離歌，垂淚對宮娥。

最讓我痛苦的是，在慌亂中辭別了祖廟，宮廷樂隊這時還在演奏著別離的樂曲，我對著身邊的宮女流下淚來。

【注釋】1.辭廟：辭別祖先，離開了祖先創建的國家。廟，指宗廟，古代帝王把自己的祖先供奉在宗廟裡。2.教坊：此指古代管理宮廷音樂的官署。另一說指妓院。

【解析】淪為北宋臣虜的李煜，回憶南唐亡國，他在宗廟拜別祖先時的慘痛景象，眼睜睜看著祖父打下近四十年的基業，壯麗江山，就要斷送在自己的手上，偏偏耳邊此時傳來令人不忍聽聞的驪歌，更添悲痛。可用來形容面臨國家覆亡或自身大難臨頭，準備匆忙離開前的慟哭哀傷。

【出處】五代．李煜〈破陣子．四十年來家國〉詞：「四十年來家國，三千里地山河。鳳閣龍樓連霄漢，玉樹瓊枝作煙蘿，幾曾識干戈？一旦歸為臣虜，沈腰潘鬢銷磨。最是倉皇辭廟日，教坊猶奏別離歌，垂淚對宮娥。」

聚散苦匆匆，此恨無窮。

人生的聚合與離散，實在太過匆忙，不但令人痛苦，更留下沒有盡頭的遺憾。

【解析】曾與歐陽脩同在洛陽擔任官職的梅堯臣，被調離洛陽後的隔年春天，又回來探望好友，和歐陽脩一同重遊滿城的奼紫嫣紅。無奈的是，歡樂痛快時光總是來去匆匆，讓詞人不禁感嘆世間的聚散難期，只能抱著憾恨送離摯友。可用來形容與人相逢後又要立刻作別，悵恨不盡。

【出處】北宋．歐陽脩〈浪淘沙令．把酒祝東風〉詞：「把酒祝東風，且共從容。垂楊紫陌洛城東，總是當時攜手處，遊遍芳叢。聚散苦匆匆，此恨無窮。今年花勝去年紅，可惜明年花更好，知與誰同？」

語已多，情未了，回首猶重道。

已說了很多的話，還是無法把心中的感情訴盡，離開之前，仍回過頭來頻頻囑咐。

【解析】牛希濟詞中描寫情人在話別時的難分難捨，即使送行者已說了萬語千言，依然覺得有很多話還沒有說，眼見時間迫臨，遠行者準備動身啟程了，送行者轉身離去後，忍不住又回首叮嚀對方一些話語，足見其用情之深。可用來形容與人道別時，能述說的言語雖然有限，但情意卻深長無限。

【出處】五代．牛希濟〈生查子．春山煙欲收〉詞：「春山煙欲收，天淡星稀小。殘月臉邊明，別淚臨清曉。語已多，情未了，回首猶重道。記得綠羅裙，處處憐芳草。」

樽罍飲散長亭暮，別語纏綿不成句。

天色黃昏，送別的酒席就要散去了，想要說的話綿長宛轉，卻又無法說出一句完整的話來。

【解析】黃大臨寫其餞別即將遠赴貶地宜州的弟弟黃庭堅，這場酒宴從清晨喝到了傍晚，最終不得不面對離別時刻。黃大臨想對弟弟叮囑的話很多，卻全都哽噎在喉頭，一句話都無法完整地說出來，顯見心中的哀痛至極。可用來形容與親人或愛人分手在即，悲傷到難以用言語表達。

【出處】北宋．黃大臨〈青玉案．千峰百嶂宜州路〉詞：「千峰百嶂宜州路，天黯淡、知人去。曉別吾家黃叔度。弟兄華髮，遠山修水，異日同歸處。樽罍飲散長亭暮，別語纏綿不成句。已斷離腸能幾許？水村山館，夜闌無寐，聽盡空階雨。」

離恨恰如春草，更行更遠還生。

離別的恨意，就像是春天叢生的野草，愈走愈遠，愈是蔓延滋長。

【解析】李煜心繫遠人，他借寫春天隨處而生的茂盛野草，喻比心中的離愁別恨，無論走得多遠，不管身在何處，都一直如影隨形，且日增月長。可用來形容離恨悠悠，永難消歇。

【出處】五代．李煜〈清平樂．別來春半〉詞：「別來春半，觸目愁腸斷。砌下落梅如雪亂，拂了一身還滿。雁來音信無憑，路遙歸夢難成。離恨恰如春草，更行更遠還生。」

離愁漸遠漸無窮，迢迢不斷如春水。

人走得愈遠，心中的愁緒愈濃，就像那綿延不止的春水一樣。

【解析】歐陽脩描寫一位旅人，在初春時節告別心上人後，信馬徐行，沿途梅殘柳細，草薰風暖，春水迢迢，面對如畫般的春色風景，旅人卻抑制不住內心強烈的離愁，猶如眼前無盡不休的春水般。詞人在此以實寫虛，也就是用有形的春水，比喻無形的離愁。可用來形容行人隨著離家或離心上人愈遠，憂愁也愈多。

【出處】北宋．歐陽脩〈踏莎行．候館梅殘〉詞：

「候館梅殘，溪橋柳細，草薰風暖搖征轡。離愁漸遠漸無窮，迢迢不斷如春水。寸寸柔腸，盈盈粉淚，樓高莫近危闌倚。平蕪盡處是春山，行人更在春山外。」

觸景生情

三分春色二分愁，更一分風雨。

把春色分成三等分，其中的兩等分是愁情，另外的一等分是風又是雨。

【解析】此詞為葉清臣在汴京設宴留別友人之作，其借風雨交加的春日氣候，傾訴內心的不捨離情一如淒淒風雨，設想春色共有三分的話，二分是愁，一分為風雨，將情和景交織融合，表達出詞人的愁思何止二分，其實剩下一分的風雨也都是愁。可用來形容春日風雨時節，容易讓人湧上千愁萬緒。

【出處】北宋．葉清臣〈賀聖朝．滿斟綠醑留君住〉詞：「滿斟綠醑留君住，莫匆匆歸去。三分春色二分愁，更一分風雨。花開花謝，都來幾許？且高歌休訴。不知來歲牡丹時，再相逢何處？」

千里江山寒色遠，蘆花深處泊孤舟。

連綿千里的山河國土，在寒涼秋色裡更顯得遙遠，河邊瑟瑟蘆花的深處停泊著一艘小船。

【解析】被囚禁在汴京的李煜，借夢境抒發他對故國山水風光的追慕與懷念，感慨南唐大好河山已離他如此遙遠，唯有到夢裡才能相見。詞中「寒色」一點出作者的內心如同清秋一樣淒寒，「孤舟」則是暗喻其漂泊異地的孤獨感受。近人唐圭璋《唐宋詞簡釋》評曰：「此首寫江南秋景，如一幅絕妙圖畫。」可用來形容秋寒時節，追懷家鄉故土的美好景物。

【出處】五代．李煜〈望江南．閑夢遠〉詞：「閑夢遠，南國正清秋。千里江山寒色遠，蘆花深處泊孤舟，笛在月明樓。」

夕陽芳草本無恨，才子佳人空自悲。

將要西下的太陽、芳香的青草，並沒有懷帶任何愁恨，只是文士美人自己寄託了情意於景物之上，徒自感到悲傷罷了！

【解析】晁補之認為大自然的風花雪月本來就是無情物，日升日落，花開花謝，都是天地根據四時運轉的法則，根本不會受到人的情感影響而有所改變，只是歷來不少男女把自己的悲痛移情到景物之中，沉湎於傷春悲秋而無法自拔。可用來形容人們因眼前的景物而興起傷懷。

【出處】北宋．晁補之〈鷓鴣天．繡幕低低拂地垂〉詞：「繡幕低低拂地垂，春風何事入羅幃？胡麻好種無人種，正是歸時君未歸。臨晚景，憶當時，愁心一動亂如絲。夕陽芳草本無恨，才子佳人空自悲。」

山映斜陽天接水，芳草無情，更在斜陽外。

夕陽餘暉映照著群山，水天相接，不諳人情的芳草，還延伸到夕陽照不到的更遠處。

【解析】羈旅在外的范仲淹，於傍晚時分極目遠方，面對遠山秋水，以及芳草連天的蒼茫景色，從而觸發了他的愁思。草木原本就是無情物，詞中「芳草無情」一語，正反襯作者為情所苦的心境，斜陽已是遠在天邊，而芳草竟然蔓延得比天邊的斜陽還遠，再看看自己，卻是連歸鄉的道路都望不到，讓人更生悲愁。可用來形容夕陽西下，天水一色，芳草無邊的景致，興起遊子的懷思愁情。

【出處】北宋．范仲淹〈蘇幕遮．碧雲天〉詞：「碧雲天，黃葉地。秋色連波，波上寒煙翠。山映斜陽天接水，芳草無情，更在斜陽外。黯鄉魂，追旅思，夜夜除非，好夢留人睡。明月樓高休獨倚。酒入愁腸，化作相思淚。」

今宵酒醒何處？楊柳岸、曉風殘月。

今晚醉酒醒來時，我將會在何處呢？大概是在楊柳岸邊，迎著拂曉的風和即將落下的月亮。

【解析】柳永寫其與心上人在長亭餞別，他想像著登舟離岸後的夜晚，除了在舟上醉到不省人事之外，還能做什麼來忘記離情的悲傷呢？等到快要天明時醒來，他所乘坐的小舟，應該行駛到了柳條依依的岸邊，料想此時陪伴自己的，只有淒寒的曉風和斜掛的殘月，而伊人的蹤影已無處尋覓。明末清初人賀裳《皺水軒詞筌》對這三句詞的評語：「自是古今俊句。」可用來形容歷經一場離別，酒醒後滿目清冷的景色，更添悲情。

【出處】北宋．柳永〈雨霖鈴．寒蟬淒切〉詞：「……多情自古傷離別，更那堪、冷落清秋節。今宵酒醒何處？楊柳岸、曉風殘月。此去經年，應是良辰好景虛設。便縱有、千種風情，更與何人說？」（節錄）

出門一笑大江橫。

走出門去，露出開懷的笑容，見那浩蕩江水橫於眼前。

【解析】作者黃庭堅寫其因太過專注欣賞水仙花的美姿，不自覺被花給撩亂了心緒。他起身出門，近在眼前的是氣勢盛大的滔滔江水，讓他心念一轉，原本的煩擾也隨之拋除。可用來形容見壯盛的大江大水，胸懷也為之開闊而痛快大笑。

【出處】北宋．黃庭堅〈王充道送水仙花五十枝，欣然會心，為之作詠〉詩：「凌波仙子生塵襪，水上輕盈步微月。是誰招此斷腸魂？種作寒花寄愁絕。含香體素欲傾城，山礬是弟梅是兄。坐對真成被花惱，出門一笑大江橫。」

只恐雙溪[1]舴艋舟，載不動、許多愁。

唯恐在雙溪上像是蚱蜢般的小船，承載不了我沉重的哀愁。

【注釋】1.雙溪：水名，位在今浙江金華市境內。

【解析】每天淚眼愁眉的李清照，本有意泛舟出遊，希望藉由雙溪的佳麗風光，讓自己脫離愁苦的情境，然而，她又擔心小舟根本負荷不了她心靈深處的愁悶。詞人通過想像，以客觀具體的「舟」，載不動主觀抽象的「愁」，突顯其心中的愁不僅具有實質重量，甚至比舟還要更重。可用來形容愁思深切到讓人無法承受。

【出處】北宋末、南宋初・李清照〈武陵春・風住塵香花已盡〉詞：「……聞說雙溪春尚好，也擬泛輕舟。只恐雙溪舴艋舟，載不動、許多愁。」（節錄）

可堪孤館閉春寒，杜鵑聲裡斜陽暮。

怎能孤獨一人，在幽閉的旅館中忍受春日寒涼，聽著杜鵑鳥的啼鳴，直到夕陽斜照。

【解析】秦觀寫其流放貶途中，孤身住在渡口一家冷清的旅店，日暮黃昏，他的耳邊一直傳來杜鵑鳥發出「不如歸去」的淒厲叫聲，但在現實生活中，貶謫之人毫無人身自由可言，即使想要歸去，也終是無謂的空想。可用來形容春寒冷峭，杜鵑淒鳴，人心痛苦難熬。

【出處】北宋・秦觀〈踏莎行・霧失樓臺〉詞：「霧失樓臺，月迷津渡，桃源望斷無尋處。可堪孤館閉春寒，杜鵑聲裡斜陽暮。驛寄梅花，魚傳尺素，砌成此恨無重數。郴江幸自繞郴山，為誰流下瀟湘去？」

可憐新月為誰好？無數晚山相對愁。

可愛的一彎細月，是為了誰而如此美好呢？整個夜晚，都面對著群山發愁。

【解析】愁緒如麻的王安石，寫其遠望如眉新月，不禁質疑月亮何以如此不近人情，完全不理解自己的憂傷，猶在天空綻放討人喜愛的皎潔光芒，幸好還有連綿的山巒願意與他對看互望，陪著他一同煩惱。在詩人的筆下，彷彿「新月」、「晚山」也和人一樣充滿著悲喜情緒。可用來形容月夜下心事滿腹，難以排遣。

【出處】北宋．王安石〈北望〉詩：「欲望淮南更白頭，杖藜蕭颯倚滄洲。可憐新月為誰好？無數晚山相對愁。」

自在飛花輕似夢，無邊絲雨細如愁。

自由飛舞的花瓣，輕得像夢一樣飄忽，濛濛綿密的雨絲，細得像我心中的憂愁。

【解析】秦觀詞中摹寫暮春飛花飄颺、細雨綿綿的景象，如似無憑無據的輕柔夢境，為此生出像絲雨般的縷縷輕愁。可用來形容滿天輕花細雨，迷漫如夢，引發人的無盡愁思。

【出處】北宋．秦觀〈浣溪沙．漠漠輕寒上小樓〉詞：「漠漠輕寒上小樓，曉陰無賴似窮秋。淡煙流水畫屏幽。自在飛花輕似夢，無邊絲雨細如愁。寶簾閑挂小銀鉤。」

把酒送春春不語，黃昏卻下瀟瀟雨。

舉起酒杯，送走春天，春天默默無語，只是在黃昏時分，下起了瀟瀟細雨。

【解析】留春不得的朱淑真，端起手中的酒杯，表達其送春的赤忱心意，無奈春天不但沒有回應她的一片痴情，還在傍晚送來了瀟瀟雨聲，勾起詞人更多的寂寞與悲涼情緒。可用來形容殘春時節，暮雨瀟瀟，令人黯然神傷。

【出處】南宋．朱淑真〈蝶戀花．樓外垂楊千萬縷〉詞：「樓外垂楊千萬縷，欲繫青春，少住春還去。猶自風前飄柳絮，隨春且看歸何處？綠滿山川聞杜宇，便做無情，莫也愁人苦。把酒送春春不語。黃昏卻下瀟瀟雨。」

往事只堪哀，對景難排。

想起過去的事情就感到悲哀，對著眼前的景色，愁苦難以排解。

【解析】李煜回想他在南唐故都金陵的歡樂過往，對照現今被囚禁在長滿苔蘚的冷清庭院內，周遭靜寂無聲，沒人可以傾訴心懷，倍感孤獨。可用來形容追憶往事，對景傷情。

【出處】五代．李煜〈浪淘沙．往事只堪哀〉詞：「往事只堪哀，對景難排。秋風庭院蘚侵階，一桁珠簾閑不卷，終日誰來？金鎖已沉埋，壯氣蒿萊。晚涼天淨月華開，想得玉樓瑤殿影，空照秦淮。」

明月卻多情，隨人處處行。

皎潔的月亮卻是那麼的多情，不管人走到哪裡，都一路跟隨著。

【解析】天上的明月映照人間萬物，地上的行人四處走動，兩者本是互不相干，但在感情豐富的作者張先眼中，就看成了是多情月對行人的不離不棄，無論人心是喜或是悲，當空皓月都會緊緊相隨。可用來形容月隨人行，人因月的陪伴，心靈得到莫大的撫慰。

【出處】北宋．張先〈菩薩蠻．玉人又是匆匆去〉詞：「玉人又是匆匆去，馬蹄何處垂楊路？殘日倚樓時，斷魂郎未知。闌干移倚遍，薄倖教人怨。明月卻多情，隨人處處行。」

林花謝了春紅，太匆匆。無奈朝來寒雨晚來風。

春天的紅花在林中凋謝，實在是走得太匆忙了。朝朝暮暮都有冷雨寒風吹打著，紅花的凋殘也是無可奈何的事啊！

【解析】李煜描寫春日紅花，在早晚風雨的打擊下，呈現一片落紅滿地的景象，感嘆人間美好的事物和時光，也如紅花一樣來去匆匆且不長久，心中百般無奈卻也無力挽救或改變。近人唐圭璋《唐宋詞簡釋》評曰：「『無奈』二字，且見無力護花、無計回天之意，一片珍惜憐愛之情，躍然紙上。」可用來形容傷春惜花的情懷。

【出處】五代．李煜〈相見歡．林花謝了春紅〉詞：「林花謝了春紅，太匆匆。無奈朝來寒雨晚來風。胭脂淚，相留醉，幾時重？自是人生長恨水常東。」

物是人非事事休，欲語淚先流。

景物依然如故，但人已和原先不同，所有的事情都結束了，想要訴說什麼，話還沒說出口，淚水就先流了下來。

【解析】北宋滅亡，李清照舉家南渡避難，丈夫趙明誠卻在調任的途中去世。數年之後，已是半百婦人的她，輾轉流落到了金華，眼前塵香花盡的殘春景色，觸動她興起了國破家亡、物是人非的悲痛，人間的一切風物，此時在她看來，彷彿都不具任何的意義。明人李攀龍《草堂詩餘雋》評曰：「景物尚如舊，人情不似初。言之於邑，不覺淚下。」可用來形容睹物懷人，心灰意冷而哽咽淚流。

【出處】北宋末、南宋初・李清照〈武陵春・風住塵香花已盡〉詞：「風住塵香花已盡，日晚倦梳頭。物是人非事事休，欲語淚先流……」（節錄）

知否？知否？應是綠肥紅瘦。

知道嗎？知道嗎？應該是綠葉變得更肥壯繁茂，而紅花變得更消瘦枯萎了。

【解析】春夜下了一場風雨，李清照清早醒來，她顧不得還未完全消褪的醉意，趕緊問正在捲簾的侍女，庭院外面的海棠是否有什麼改變？侍女回答「海棠依舊」，但顯然這個答案讓詞人不太滿意，向來心思細巧的她，知道經過了一夜的風急雨潤，海棠的模樣怎麼可能沒有變化呢？詞中最令人稱道的就是「綠肥紅瘦」一語，作者除了以顏色「綠」、「紅」來代稱葉和花，還將本是用來形容體態的「肥」、「瘦」兩字，轉化成形容綠葉茂盛以及紅花殘敗的樣子，使葉和花的特點更加突出。清人黃蘇《蓼園詞選》對這四字的評語為：「無限淒婉，卻又妙在含蓄。」可用來形容面對枝葉繁茂而花朵稀疏的暮春景色，引發人的惜花深情。

【出處】北宋末、南宋初・李清照〈如夢令・昨夜雨疏風驟〉詞：「昨夜雨疏風驟，濃睡不消殘酒。試問捲簾人？卻道海棠依舊。知否？知否？應是綠肥紅瘦。」

雨橫風狂三月暮，門掩黃昏，無計留春住。

暮春三月，風大雨驟，黃昏來臨，即使把門掩住，也無法將春天留下。

【解析】歐陽脩詞中抒寫一名住在深院女子的幽怨寂寞。晚春傍晚，門外風雨交加，然而在傷心女子的眼中，無情的風雨就像是在催促春天快點離開似的，她關緊門戶，想擋住的豈止是風雨，更渴望能留住殘春的腳步，但顯然一切都是徒勞。可用來形容春歸時的一場狂風暴雨，興起人們的憐春之情。

【出處】北宋・歐陽脩〈蝶戀花・庭院深深深幾許〉詞：「庭院深深深幾許？楊柳堆煙，簾幕無重數。玉勒雕鞍遊冶處，樓高不見章臺路。雨橫風狂三月暮，門掩黃昏，無計留春住。淚眼問花花不語，亂紅飛過秋千去。」

青鳥[1]不傳雲外信，丁香空結[2]雨中愁。

不見信使捎來遠方的消息，卻見丁香花空自在雨中含苞未放，心中的愁苦更加難解。

【注釋】1.青鳥：傳說中西王母欲出訪西漢武帝時，先命青鳥去報信。後多用來比喻傳遞信息的人。2.丁香結：即丁香的花蕾。由於丁香簇生莖頂，經常含苞不放，後多被用來比喻愁思鬱結。

【解析】李璟詞中借有信使寓意的「青鳥」，以及含有愁腸百結之意的「丁香結」，抒發其等不到迢遙千里之外，心上人傳來隻字片語的痛苦與糾結。清人黃蘇《蓼園詞選》評曰：「清和宛轉，詞旨秀穎。」可用來形容因失去某人的音訊而悲傷悵惘。

【出處】五代・李璟〈攤破浣溪沙・手卷真珠上玉鉤〉詞：「手卷真珠上玉鉤，依前春恨鎖重樓。風裡落花誰是主？思悠悠。青鳥不傳雲外信，丁香空結雨中愁。回首淥波三峽暮，接天流。」

昨夜西風凋碧樹，獨上高樓，望盡天涯路。

昨天夜裡，西風吹落了綠樹上的葉子，我獨自登上高樓，遠眺那條通往天邊的道路。

【解析】晏殊詞中描寫主人公於秋夜難眠而登樓，

凝視著一夜寒風吹殘落葉，綠樹凋零，暗示自己的心靈也同樣飽受思念的摧折，縱使望眼欲穿，始終不見心上人的身影，更添落寞。可用來形容在蕭索秋色下，懷想遠人。另可用來比喻學習過程中，立志向上的階段，必然歷經的孤獨感受。

【出處】北宋．晏殊〈蝶戀花．檻菊愁煙蘭泣露〉詞：「檻菊愁煙蘭泣露，羅幕輕寒，燕子雙飛去。明月不諳離恨苦，斜光到曉穿朱戶。昨夜西風凋碧樹，獨上高樓，望盡天涯路。欲寄彩箋兼尺素，山長水闊知何處？」

風乍起，吹皺一池春水。

忽然起風，一池的春水泛起了粼粼波紋。

【解析】馮延巳詞中藉由描寫春風輕拂，使得原本平靜的池水因而掀起了陣陣漣漪，暗喻風吹的不僅是一池春水而已，其實也攪動了女主人公的寂寞芳心。可用來形容春風吹拂水面，人的情思也隨著水波震動起伏。另可用來說明某一事物擾亂了人的心境或引起生活上的變化。

【出處】五代．馮延巳〈謁金門．風乍起〉詞：「風乍起，吹皺一池春水。閑引鴛鴦芳徑裡，手挼（ㄋㄨㄛˊ）紅杏蕊。鬥鴨闌干獨倚，碧玉搔頭斜墜。終日望君君不至，舉頭聞鵲喜。」

淚眼問花花不語，亂紅飛過秋千去。

我流著淚水問花朵，但花朵沒有回答我，而是隨風散亂地往鞦韆的方向飛過去。

【解析】歐陽脩描寫一名幽居深院的女子，滿懷悲傷心事，但無人可以訴說，淚眼盈盈，本欲對滿庭花朵傾吐苦水，卻見花遭風雨吹打，自顧紛飛，哪裡還有餘力寬慰她的苦痛心靈，此情此景，不禁悲憐花的命運，也暗傷自己與花的處境並無別異。可用來形容看見落花隨風亂舞，心生惜花與自傷之情。

【出處】北宋・歐陽脩〈蝶戀花・庭院深深深幾許〉詞：「庭院深深深幾許？楊柳堆煙，簾幕無重數。玉勒雕鞍遊冶處，樓高不見章臺路。雨橫風狂三月暮，門掩黃昏，無計留春住。淚眼問花花不語，亂紅飛過秋千去。」

這次第，怎一個、愁字了得？

（聽著雨打梧桐葉的聲響）這般光景，怎麼是一個愁字可以道盡的呢？

【解析】李清照透過秋日黃昏時的梧桐細雨聲，來表現她心中的悽愴愁苦，詞中一聲聲的秋雨，敲打著一葉葉的梧桐，其實也在叩擊著詞人冷寒絕望的心，僅是一個「愁」字，根本容納不了她那早已滿溢、卻又無處傾瀉的怨意。可用來形容人在痛苦至極時，所見所聞都使其悲愁更深。

【出處】北宋末、南宋初・李清照〈聲聲慢・尋尋覓覓〉詞：「……滿地黃花堆積。憔悴損，如今有誰堪摘？守著窗兒，獨自怎生得黑？梧桐更兼細雨，到黃昏、點點滴滴。這次第，怎一個、愁字了得？」（節錄）

郴[1]江幸自繞郴山，為誰流下瀟湘去？

郴江本來就是圍繞著郴山，是為了誰才流向瀟水、湘水而去？

【注釋】1.郴：音ㄔㄣ，郴江、郴山皆位在今湖南境內。

【解析】秦觀緣於和蘇軾關係密切而捲入了新舊黨爭，被新黨人士冠上不實罪名後遷謫郴州，詞中他借郴州山水「郴江」、「郴山」、「瀟水」、「湘水」的地理位置和水流方向，賦予無情山水擬人化的情感，並融入了自己在政治上遭到誣陷的滿腔怨艾。作者的情緒可作以下兩種解釋，一種是責備郴江的語氣，怪怨郴江的自私，怎不也帶著自己一起離開呢？另一種是替郴江感到慶幸，欣羨郴江可以流出去，自己卻只能坐困郴州而出不去。據北宋僧人惠洪《冷齋夜話》記載，蘇軾絕愛秦觀這兩句詞，還題寫在扇子上。可用來形容見山中的水自在奔流，憂傷人反而無法選擇自己人生的去向。

【出處】北宋．秦觀〈踏莎行．霧失樓臺〉詞：「霧失樓臺，月迷津渡，桃源望斷無尋處。可堪孤館閉春寒，杜鵑聲裡斜陽暮。驛寄梅花，魚傳尺素，砌成此恨無重數。郴江幸自繞郴山，為誰流下瀟湘去？」

無言獨上西樓，月如鉤。

夜裡一個人默默走上西邊的樓閣，抬頭望見月亮如彎曲的鉤子一樣。

【解析】南唐亡國後，李煜被幽禁在北宋京都汴京的小樓，內心縱有滿腔痛苦也無處傾訴，只能在夜深人靜時，登樓望月，把當空的一彎新月當成消解憂愁的媒介，孰料消憂不成，反而湧上更多難以言喻的哀傷。近人唐圭璋《唐宋詞簡釋》評曰：「此種無言之哀，更勝於痛哭流涕之哀。」可用來形容人的心事重重，月夜下睹物興悲。

【出處】五代．李煜〈相見歡．無言獨上西樓〉詞：「無言獨上西樓，月如鉤。寂寞梧桐深院鎖清秋。剪不斷，理還亂，是離愁。別是一般滋味在心頭。」

菡萏[1]香銷翠葉殘，西風愁起綠波間。

荷花的香氣消失，荷葉凋零，秋風吹拂碧綠的水波，也撩起了人的愁情。

【注釋】1.菡萏：音ㄏㄢˋ ㄉㄢˋ，荷花的別名。

【解析】李璟詞中描寫一女子見秋風吹水、荷花殘敗的景象，興起了人也同花一樣逐漸邁向衰暮的憂傷。近人王國維《人間詞話》評論這兩句詞：「大有眾芳蕪穢，美人遲暮之感。」意即讓人讀來有百花枯萎、青春易逝的感覺。可用來形容因淒清秋色而心生惆悵。

【出處】五代．李璟〈攤破浣溪沙．菡萏香銷翠葉殘〉詞：「菡萏香銷翠葉殘，西風愁起綠波間。還與韶光共憔悴，不堪看。細雨夢回雞塞遠，小樓吹徹玉笙寒。多少淚珠何限恨，倚闌干。」

暖日晴風初破凍，柳眼梅腮，已覺春心動。

溫暖的陽光、晴朗的微風，使冰封的大地開始解凍，初生的柳葉、盛開的梅花，已讓人感受到春意的萌動。

【解析】李清照描寫風和日暖、冰雪將融的早春景色，詞中「柳眼梅腮」一語以人的眼和腮，來比擬細長如眼的柳葉，以及嬌紅如少女香腮的梅花瓣兒，柳和梅彷彿不止具備了人的神態，也富有了人的情感。可用來形容目睹春光融融，花木宜人，使人萌生蕩漾的春心。

【出處】北宋末、南宋初．李清照〈蝶戀花．暖日晴風初破凍〉詞：「暖日晴風初破凍，柳眼梅腮，已覺春心動。酒意詩情誰與共？淚融殘粉花鈿重。乍試夾衫金縷縫，山枕斜欹，枕損釵頭鳳。獨抱濃愁無好夢，夜闌猶剪燈花弄。」

落花人獨立，微雨燕雙飛。

我一個人，在花落紛飛中佇立著，看著一雙燕子，在細雨中飛舞。

【解析】晏幾道寫其醉酒後醒來，站在落花微雨之下，思念一位久別不見的歌女小蘋，詩中借燕子比翼雙飛的幸福情景，反襯自己形隻影單的寂涼。有趣的是，這兩句美詞並非晏幾道原創，而是出自五代詩人翁宏在〈春殘〉中的詩句，只是翁宏的詩名沒沒無聞，直到晏幾道將這十字填入〈臨江仙〉詞，才成為千古傳誦的名句。可用來形容暮春花雨飄飛，欣羨雙燕形影不離，自己卻孤立無伴。

【出處】北宋．晏幾道〈臨江仙．夢後樓臺高鎖〉詞：「夢後樓臺高鎖，酒醒簾幕低垂。去年春恨卻來時。落花人獨立，微雨燕雙飛。記得小蘋初見，兩重心字羅衣。琵琶絃上說相思。當時明月在，曾照彩雲歸。」

落絮無聲春墮淚，行雲有影月含羞。

落花柳絮飛落，無聲無聲，連春天也流下了淚水，天空雲影浮動，月亮好似害羞般地躲在雲後，不好意思露臉。

【解析】吳文英詞中借景抒懷，對舊情依然魂牽夢縈的他，看見暮春的漫天花絮，夜晚的浮雲遮月，都像是在為自己的情傷悲泣般。「含羞」兩字在此隱含有以手掩飾淚水的委屈貌，顯然是作者不願被人發現自己正在哭泣的模樣。可用來形容春夜花絮紛飛，月影朦朧，引發人的盈盈愁思。

【出處】南宋．吳文英〈浣溪沙．門隔花深夢舊遊〉詞：「門隔花深夢舊遊，夕陽無語燕歸愁。玉纖香動小簾鉤。落絮無聲春墮淚，行雲有影月含羞。東風臨夜冷於秋。」

試問閑愁都幾許？一川煙草，滿城風絮，梅子黃時雨。

想要問我無端而來的愁緒到底有多少？就像是一望無垠的煙霧和蔓草，整座城飄飛的柳絮，以及梅子變黃時連續不斷的雨。

【解析】晚年寓居蘇州的賀鑄，詞中寫其對一位美人殷切思念，卻難以與其再次相遇的苦悶，但該如何表達出他所承受的閑愁呢？若只寄託一物，實在撐不起詞人的沉重落寞，故借眼前的煙嵐、芳草、輕風、柳絮、梅子和細雨等江南景色，抒發他的淒涼傷懷，賀鑄也因這闋詞得到了「賀梅子」的雅號。南宋人羅大經《鶴林玉露》評論這三句詞：「蓋以三者比愁之多也，尤為新奇，兼興中有比，意味更長。」意即詞人為寫其無所算計的深愁，託物寓情之中，也運用了博喻的表現手法。可用來形容煩愁盛多，如似迷濛煙雨，風中柳絮，無邊蔓草。

【出處】北宋．賀鑄〈青玉案．凌波不過橫塘路〉詞：「凌波不過橫塘路，但目送、芳塵去。錦瑟華年誰與度？月橋花院，瑣窗朱戶，只有春知處。飛雲冉冉蘅皋暮，彩筆新題斷腸句。試問閑愁都幾許？一川煙草，滿城風絮，梅子黃時雨。」

綠楊芳草幾時休？淚眼愁腸先已斷。

這些翠綠的楊柳、芳美的青草，幾時才會消失呢？淚水盈眶，愁緒湧上，肝腸早已寸斷。

【解析】此詞為錢惟演晚年之作，一般人面對明麗春光總會陶醉其中，他卻一反常態，寫其對著婉轉鳥語、芬芳花草，生起愁情而淚眼矇矓，恨不得眼前美景儘早消失。作者早年仕途得意，權重一時，晚年遭貶，再加上年老體衰，美好春色會讓他更眷戀過往的榮光，故希望春天快點結束，詞中以樂景寫哀情，反襯人心的悲戚。可用來形容春色惱人，對景傷懷。

【出處】北宋．錢惟演〈木蘭花．城上風光鶯語亂〉詞：「城上風光鶯語亂，城下煙波春拍岸。綠楊芳草幾時休？淚眼愁腸先已斷。情懷漸覺成衰晚，鸞鏡朱顏驚暗換，昔年多病厭芳尊，今日芳尊惟恐淺。」

誰道閑情拋棄久？每到春來，惆悵還依舊。

是誰說那份無由來的感情是可以拋卻的？每逢春天到來時，還是讓人感到同樣的憂傷。

【解析】作者詞中描寫一股無法言說又難以擺脫的煩亂情緒，每每到了繁花盛開的春日，自然會湧上他的心頭，感傷失意的情懷年年仍舊，足見其愁苦之沉重，以及盤旋時間之長久。可用來形容多愁善感的傷春心情。

【出處】五代．馮延巳〈鵲踏枝．誰道閑情拋棄久〉詞：「誰道閑情拋棄久？每到春來，惆悵還依舊。日日花前常病酒，不辭鏡裡朱顏瘦……」（節錄）（此詞一說作者為歐陽脩）

獨立小橋風滿袖，平林新月人歸後。

獨自在小橋上佇立，任憑風灌入整個衣袖，到了黃昏，所有的行人都回家之後，就見細彎的月牙在平曠的樹林間升起。

【解析】馮延巳詞中描寫自己孤伶一人，站立橋上風中不知有多長的時間，直到新月爬上林梢，行人歸盡。其中「風滿袖」象徵著他正在面對一股不可明說的強大壓力，以致他心神煩亂。可用來用以形容久立風寒之中，靜觀周遭景物，心中冷然淒涼。

【出處】五代．馮延巳〈鵲踏枝．誰道閑情拋棄久〉詞：「……河畔青蕪堤上柳，為問新愁，何事年年有？獨立小橋風滿袖，平林新月人歸後。」（節錄）（此詞一說作者為歐陽脩）

勸君莫上最高梯。

（為了避免引起感傷）勸你千萬不要登上那最高層的樓梯。

【解析】悒悒不樂的周邦彥，明知登樓望遠，更容易觸景生懷，故詞中用反語「莫上最高梯」，暗示他內心的積鬱早已深不見底，從樓上高處遙望晴空芳草，視野開闊無邊，同時也讓他勾引起莫大的哀戚。可用來形容憑高眺遠，眼前天遼地闊，使人心中的悲思更加強烈。

【出處】北宋．周邦彥〈浣溪沙．樓上晴天碧四垂〉詞：「樓上晴天碧四垂，樓前芳草接天涯。勸君莫上最高梯。新筍已成堂下竹，落花都上燕巢泥。忍聽林表杜鵑啼。」

覽景想前歡，指神京，非霧非煙深處。

覽遍眼前的風光景物，想起從前的歡樂，手指京都汴京的方向，它不在霧裡，也不在煙裡，而是在比煙霧更深邃的遠方。

【解析】柳永漫遊江南期間，登樓覽景，滿目盡是古戰場留下的殘壁廢壘，一片荒蕪，讓詞人的心情無比沉重，不由得追憶起他和情人那段在京城共處的時光，想要指出女子所在的方位，姑且撫慰一下自己的寂寞心靈，只見煙霧迷濛，原來京城比煙霧還要更遠更遙不可及。可用來形容因觀覽風景，進而追想故人或往事。

【出處】北宋．柳永〈竹馬子．登孤壘荒涼〉詞：「登孤壘荒涼，危亭曠望，靜臨煙渚。對雌霓掛雨，雄風拂檻，微收殘暑。漸覺一葉驚秋，殘蟬噪晚，素商時序。覽景想前歡，指神京，非霧非煙深處。向此成追感，新愁易積，故人難聚。憑高盡日凝佇，贏得消魂無語。極目霽靄霏微，暝鴉零亂，蕭索江城暮。南樓畫角，又送殘陽去。」

聽風聽雨過清明，愁草瘞[1]花銘。

在聽著風聲、聽著雨聲中送走了清明節，掩埋了落花，悲傷的我，想要草擬一篇葬花的銘文。

【注釋】1.瘞：音一ˋ，掩埋。

【解析】清明前後，風雨不歇，吳文英回首和昔日情人的點滴往事，思愁難抑，待風雨新停，他走到過去兩人同遊的花園，把零落一地的花瓣親手埋入土中，葬花的同時，也像是在埋葬他那段已逝不回的愛情，當下不僅是為花而悲，也是在為自己的痴情感到哀哀欲絕。清人許昂霄《詞綜偶評》中對「愁草瘞花銘」五字的評語為「琢句險麗」，意指詞句工於雕琢，奇峭華麗。可用來形容暮春風雨後，見落花遍地的惜花傷春情緒。

【出處】南宋．吳文英〈風入松．聽風聽雨過清明〉詞：「聽風聽雨過清明，愁草瘞花銘。樓前綠暗分攜路，一絲柳、一寸柔情。料峭春寒中酒，交加曉夢啼鶯……」（節錄）

戀樹濕花飛不起，愁無際，和春付與東流水。

被春雨淋濕的花朵依戀著樹枝，無法飛起，而心中無窮的愁恨，只能連同著春光，交付江水東流而去。

【解析】暮春時節，細雨紛飛，朱服詞中用擬人筆法寫沾著雨水的花朵，是緣於眷戀春色而不忍離開樹枝，寄寓自己面對春天將逝，卻又留春不住的傷懷。可用來形容人因惜春而心生愁怨。

【出處】北宋．朱服〈漁家傲．小雨纖纖風細細〉詞：「小雨纖纖風細細，萬家楊柳青煙裡。戀樹濕花飛不起，愁無際，和春付與東流水。九十光陰能有幾？金龜解盡留無計。寄語東陽沽酒市，拚一醉，而今樂事他年淚。」

愛國之情

了卻君王天下事，贏得生前身後名。

待我們替陛下完成統一天下的大事，為我們的生前身後留下不朽的美名。

【解析】此為辛棄疾寫給好友陳亮的一闋詞，兩人因主戰的立場而氣味相投，政治生命卻也因此屢遭當政者的打壓，陳亮甚至多次遭人誣陷入獄。詞中辛棄疾與友人相互激勵，深信總有一天，他們還有機會能夠替君上效忠，上陣殺敵，收復中原，完成統一大宋國土的事業，英名永留青史。可用來形容心懷忠君報國之志，期待建立功勛，揚名後世。

【出處】南宋．辛棄疾〈破陣子．醉裡挑燈看劍〉詞：「醉裡挑燈看劍，夢回吹角連營。八百里分麾下炙，五十絃翻塞外聲，沙場秋點兵。馬作的盧飛快，弓如霹靂弦驚。了卻君王天下事，贏得生前身後名。可憐白髮生。」

王師北定中原日，家祭無忘告乃翁。

當朝廷的軍隊北上收復中原國土的那天，家中祭祀的時候，千萬不要忘記告訴我這個喜訊。

【解析】此詩是陸游臨終之前，對他的兒子所交代的遺言。已高齡八十多歲的陸游，畢生以抗金復國為志業，知道自己來日無多，希望到了九泉之下，家中後輩在祭祀祖先時，能告知他北方失地已經光復的消息，傳達出詩人對於有生之年無法看見北伐成功的遺憾，但對於宋軍日後的勝利仍充滿信心。清初文人賀詒孫《詩筏》評曰：「率意直書，悲壯沉痛，孤忠至性，可泣鬼神。」可用來形容人在死去之前，都還在憂心國家大事。

【出處】南宋．陸游〈示兒〉詩：「死去元知萬事空，但悲不見九州同。王師北定中原日，家祭無忘告乃翁。」

未甘身世成虛老，待見天心卻[1]太平。

我不甘心因出身貧困，從此虛度到老，希望能看見皇帝實現心願，讓天下重回太平盛世。

【注釋】1.卻：此作返回之意。

【解析】二十來歲的王令，自詡才情不凡，卻因身世貧寒，以致際遇窘迫，後來得到了王安石的賞識，詩名才開始為世人所重。王令在詩中直抒懷抱，他不願自己的生命受限於屯蹇而一事無成，期待有朝一日，能替當時正在煩心遼國、西夏侵略的皇帝分憂解勞，殺敵立功，名揚天下。可惜的是，王令沒有機會完成理想，二十八歲那年便因病去世。可用來形容人雖身處困頓，仍不忘報國的心願。

【出處】北宋．王令〈感憤〉詩：「二十男兒面似冰，出門噓氣玉蜺橫。未甘身世成虛老，待見天心卻太平。狂去詩渾誇俗句，醉餘歌有過人聲。燕然未勒胡雛在，不信吾無萬古名。」

臣心一片磁針石，不指南方不肯休。

身為人臣的我，對大宋皇帝的忠心就像是指南針一樣，沒有指向南方是不肯罷休的。

【解析】文天祥出使元營談判時遭到拘留，之後他設法逃脫出來。此詩抒發他脫險後來到揚子江（即長江）頭，準備南奔在福州（位在今福建境內）被擁立的端宗趙昰之心境，表達其永遠一心向著南方宋帝的堅貞信念，他將自己後期的詩作命名為《指南錄》，正是由這兩句詩而來。可用來形容人誓死不二的愛國情操。

【出處】南宋．文天祥〈揚子江〉詩：「幾日隨風北海游，回從揚子大江頭。臣心一片磁針石，不指南方不肯休。」

壯志飢餐胡虜肉，笑談渴飲匈奴血。

我立下消滅金兵的雄壯心志，餓了就吃他們的肉，笑談之間，渴了就喝他們的血。

【解析】岳飛詞中以誇飾的筆法，表達他對金人侵略中原，展開燒殺擄掠之舉的極端憎恨，恨不得以牙還牙，以血償血，語氣中也展現其對戰勝敵人，收復失地的滿滿自信。可用來形容對凶殘敵人充滿仇恨，立志殲滅對方。

【出處】北宋末、南宋初．岳飛〈滿江紅．怒髮衝冠〉詞：「……靖康恥，猶未雪。臣子恨，何時滅。駕長車、踏破賀蘭山缺。壯志飢餐胡虜肉，笑談渴飲匈奴血。待從頭、收拾舊山河，朝天闕。」（節錄）

斬除頑惡還車駕，不問登壇萬戶侯。

剷除愚妄凶狠的金人後，迎回兩位君王的車駕，不去問有關拜將封侯的事。

【解析】此為岳飛於南宋高宗紹興年間，駐軍新淦（位在今江西境內）時題寫在寺壁上的一首詩。作者一心繫念「靖康之難」被金人俘虜北去的宋徽宗和欽宗，詩中表達其對國家蒙受此等奇恥大辱的恨怒，他誓死也要殺入敵軍的陣營，迎接二帝還朝，洗雪前恥，但對於可以因而獲得高官厚祿的事則毫不關心。可用來形容戰士出生入死，只為殺敵報國，不為一己私利。

【出處】北宋末、南宋初．岳飛〈駐兵新淦題伏魔寺壁〉詩：「雄氣堂堂貫斗牛，誓將直節報君仇。斬除頑惡還車駕，不問登壇萬戶侯。」

會挽雕弓如滿月，西北望，射天狼[1]。

我可以把那雕花的弓箭，拉得像十五日的月亮一樣圓，朝向西北方，射下暴虐的天狼星。

【注釋】 1.天狼：星名。古代相傳天狼星出現時，將會發生災難或疾病等事，被視為不吉祥或侵略者的象徵。此引指經常侵犯北宋邊境的遼國與西夏。

【解析】 在密州的蘇軾，通過出外打獵場面的描寫，抒發其渴望朝廷對自己委以重任，他願意親赴西北邊境，拚盡他的全部力氣，抗擊不時侵擾北宋的遼國和西夏，替國家解除邊患。可用來表達自請赴戰場殺敵的心願。

【出處】 北宋．蘇軾〈江城子．老夫聊發少年狂〉詞：「老夫聊發少年狂，左牽黃，右擎蒼。錦帽貂裘，千騎卷平岡。為報傾城隨太守，親射虎，看孫郎。酒酣胸膽尚開張，鬢微霜，又何妨。持節雲中，何日遣馮唐？會挽雕弓如滿月，西北望，射天狼。」

內心情緒

歡喜

久旱逢甘雨，他鄉遇故知。洞房花燭夜，金榜挂名時。

長久旱災後天降甘甜的雨水，在異鄉遇見舊日的知交。新婚房間內點著花燭的夜晚，殿試榜單上有自己姓名的時候。

【解析】 一般認為這四句詩是出自北宋有神童之譽的汪洙之手，寫的是人生四件大喜之事，簡單來說，指的就是「水」、「友」、「妻」、「名」四字。第一件，天降甘霖，人自是無法離開水而生存；第二件，異鄉遇友，頓時撫慰遊子孤獨的心靈；第三件，新婚之夜，從此肩上多了成家後的負荷卻也甜蜜歡喜；第四件，殿試中試，代表的是科舉時代讀書人至高無上的榮譽。可用來形容生活中令人開懷的四件快事。也可用來比喻人的欲望得到實現後，欣喜若狂。

【出處】北宋・汪洙〈神童詩〉詩：「……久旱逢甘雨，他鄉遇故知。洞房花燭夜，金榜挂名時……」（節錄）（此詩一說作者為南宋人洪邁，詩題則作〈得意失意詩〉）

今宵賸[1]把銀釭[2]照，猶恐相逢是夢中。

今晚我只管舉起銀燈把妳一再細看，還在擔心著我們這次的相逢只是在夢裡。

【注釋】1.賸：音ㄕㄥˋ，此作只管之意。2.釭：音ㄍㄤ，指燈。

【解析】晏幾道寫其與心愛的女子久別重逢的驚喜心情，由於中間歷經了長時間相思的煎熬，不知夢過多少次兩人歡聚的情景，但等到心上人在眼前出現時，反而讓他疑惑是否仍置身在過去的夢境當中，遲遲無法相信美夢果然成真。可用來形容與愛人別後再次相見的歡快喜悅。

【出處】北宋・晏幾道〈鷓鴣天・彩袖殷勤捧玉鍾〉詞：「彩袖殷勤捧玉鍾。當年拚卻醉顏紅。舞低楊柳樓心月，歌盡桃花扇底風。從別後，憶相逢，幾回魂夢與君同。今宵賸把銀釭照，猶恐相逢是夢中。」

喜極不得語，淚盡方一哂。

高興到了極點，竟然什麼話都說不出來，眼淚一直流下，哭到沒淚了才露出笑容。

【解析】陳師道因家貧的緣故，忍痛先把妻子和年幼的兒女寄養在岳父家中，四年後才將他們接回身邊，一家人得以團聚。由於分別的時日久長，他幾乎認不出眼前孩子們的容貌，情緒激動到不知該說什麼才好，只能任憑淚水迸出，待心情稍微平撫，確定一切不是夢，方才喜笑顏開。可用來形容人高興到了極點時，反而無法言語，感動到流下開心的淚水。

【出處】北宋．陳師道〈示三子〉詩：「去遠即相忘，歸近不可忍。兒女已在眼，眉目略不省。喜極不得語，淚盡方一哂。了知不是夢，忽忽心未穩。」

【悲愁】

人生愁恨何能免？銷魂獨我情何限。

人生的愁與恨哪裡有可能避免？然舉世卻只有我的心神恍惚，好像靈魂離開肉體一樣，痛苦綿長無限。

【解析】離開南唐故都金陵，來到北宋都城汴京成為俘虜的李煜，詞中抒發他雖能理解人的一生不免生愁存恨，但個人承受國破家亡的苦楚卻是無邊無際，其他人的愁恨根本無法與之比擬。近人俞陛雲《南唐二主詞集述評》評論這兩句詞：「起句用翻筆，明知難免而自我銷魂，愈覺埋愁之無地。」所謂的翻筆，即是作者為表達感情先設一案，再把一案推翻來成立此一感情。可用來形容極度傷心。

【出處】五代．李煜〈子夜歌．人生愁恨何能免〉詞：「人生愁恨何能免？銷魂獨我情何限。故國夢重歸，覺來雙淚垂。高樓誰與上？長記秋晴望。往事已成空，還如一夢中。」

人到愁來無處會，不關情處總傷心。

人在憂愁來襲時，是沒有辦法控制的，連一些與感情無關的事物都會讓人感到傷心。

【解析】此為黃庭堅寫其在讀了史官樂史講述楊貴

妃事跡的《太真外傳》後，以站在唐玄宗的角度所發出的喟嘆。一場安史之亂，被六軍脅持必須賜死楊貴妃的唐玄宗，在逃難的途中，失去愛人的悲傷無處可訴，再加上連日陰雨，道路難行，夜雨中聽到從遠山傳來鈴聲，於是作〈雨霖鈴〉曲悼念貴妃，對於傷心的人來說，任何的風吹草動或觸目所見，都足以令其痛裂肺腸，黃庭堅詩中即是描述唐太宗作曲前的靈感來源和淒涼心情。可用來形容人在愁緒湧上時，很容易出現移情的現象，即使與情感不相干的事物，也能撩撥人悲痛的心弦。

【出處】北宋．黃庭堅〈和陳君儀讀太真外傳〉詩五首之二：「扶風喬木夏陰合，斜谷鈴聲秋夜深。人到愁來無處會，不關情處總傷心。」

分明一覺華胥夢[1]，回首東風淚滿衣。

過去的一切是那樣的祥和安樂，而今回首像是做了一場夢般，春風吹在我的臉上，眼淚已濕透了衣衫。

【注釋】1.華胥夢：相傳黃帝曾夢遊華胥氏之國，醒來後效法其崇尚自然的治國方式，天下從此太平。後多用來比喻理想安樂之境，或代稱仙境、夢境。

【解析】隨高宗南渡的趙鼎，是南宋初期著名的中興名臣，他回憶起靖康之變前，國家鼎盛時的美好風貌，就像是一場「華胥夢」，只是自金人入侵後，瞬間風雲變色，景物全非，而從夢中驚醒過來的詞人，仔細思量今昔變化，不覺潸然淚流。清人況周頤《蕙風詞話》評曰：「故君故國之思，流溢行間句裡。」可用來形容人追思昔時的榮盛，對比今日的蒼涼，不禁悲從中來。

【出處】北宋末、南宋初．趙鼎〈鷓鴣天．客路那知歲序移〉詞：「客路那知歲序移，忽驚春到小桃枝。天涯海角悲涼地，記得當年全盛時。花弄影，月流輝，水精宮殿五雲飛。分明一覺華胥夢，回首東風淚滿衣。」

日日花前常病酒，不辭鏡裡朱顏瘦。

每日都到花前縱飲直到醉倒，即使紅潤的容顏日益消損，也毫無怨尤。

【解析】馮延巳抒寫其終日到花前醉酒，宿醉醒來後又繼續狂飲，或許是有感於人間生命的無常，或許是出於對短暫春花的惜護，他寧可傷害自己的身體，也堅持要投入自己全部的情意，伴隨花開與花落。清人陳廷焯《白雨齋詞話》評曰：「可謂沉著痛快之極，然卻是從沉鬱頓挫來，淺人何足知之？」可用來形容人藉酒消愁，容貌逐日憔悴。

【出處】五代．馮延巳〈鵲踏枝．誰道閑情拋棄久〉詞：「誰道閑情拋棄久？每到春來，惆悵還依舊。日日花前常病酒，不辭鏡裡朱顏瘦……」（節錄）（此詞一說作者為歐陽脩）

多少恨，昨夜夢魂中。

昨天夜裡作的那個夢，勾起我心中太多太深的恨啊！

【解析】李煜降宋之後，一直被囚居在汴京，詞中抒寫其於睡夢時，靈魂離開了肉身，飛回南唐舊時宮苑，遊走在金陵昔往車水馬龍的路上，看著花月春風共舞，景色綺麗迷人，只是夢醒之後，發覺自己依然逃不開現實的殘酷不仁，悲恨更甚。可用來形容沉湎於美夢，不堪面對真實人生的慘境。

【出處】五代．李煜〈望江南．多少恨〉詞：「多少恨，昨夜夢魂中。還似舊時遊上苑，車如流水馬如龍。花月正春風。」

多少淚珠何限恨，倚闌干。

獨自倚著闌干，已流下了太多的淚水，因為心中有無限的愁苦啊！

【解析】李璟描寫一女子午夜夢回，無法再入睡，她在樓閣上憑闌遠望，憶起了與情人昔往的恩愛點滴，卻不知對方何時才能歸來，不禁潸然淚下。可用來形容滿懷幽怨無處宣洩，只能淚流不止。

【出處】五代·李璟〈攤破浣溪沙·菡萏香銷翠葉殘〉詞：「菡萏香銷翠葉殘，西風愁起綠波間。還與韶光共憔悴，不堪看。細雨夢回雞塞遠，小樓吹徹玉笙寒。多少淚珠何限恨，倚闌干。」

守著窗兒，獨自怎生得黑？

我守在窗邊，孤單一個人怎麼熬到天黑呢？

【解析】李清照寫其獨守寒窗，百無聊賴，好不容易從清早挨到了傍晚，她不解時間為何過得如此緩慢，天色竟然還沒有變暗，表現出詞人晚年的生活失去了重心，無依無靠，一分一秒對她而言都極其難熬。可用來形容憂悶欲絕，慵懶度日。

【出處】北宋末、南宋初·李清照〈聲聲慢·尋尋覓覓〉詞：「……滿地黃花堆積。憔悴損，如今有誰堪摘？守著窗兒，獨自怎生得黑？梧桐更兼細雨，到黃昏、點點滴滴。這次第，怎一個、愁字了得？」（節錄）

衣上酒痕詩裡字，點點行行，總是淒涼意。

衣服上的酒漬和詩裡頭的字句，每一點、每一行，無不含著一股淒涼的意味。

【解析】晏幾道詞中追述在一場宴飲上，因不敢面對離別而故意醉倒不省人事，醒來時，感覺席間所發生的事如雲似夢，而人生的聚合和離散，竟然可以這般的輕易，當時留有汙痕的衣衫以及所寫的詩詞，皆是這場筵席真實存在的見證，只是如今撫觸衣上一點一點的酒痕，看著一行一行的墨跡，讓他悲不可抑。可用來形容憶舊懷人，引起愁傷意緒。

【出處】北宋．晏幾道〈蝶戀花．醉別西樓醒不記〉詞：「醉別西樓醒不記，春夢秋雲，聚散真容易。斜月半窗還少睡，畫屏閑展吳山翠。衣上酒痕詩裡字，點點行行，總是淒涼意。紅燭自憐無好計。夜寒空替人垂淚。」

何處合成愁？離人心上秋。

怎樣合成一個「愁」字呢？就是在一個離家的人「心」上，加了一個「秋」字。

【解析】秋雨初停的夜晚，客居外地的吳文英原本打算登樓賞月，但他又擔心自己在高處望月之後，擾人的愁情更難撫平，愁上更添愁，詞中他先試問「愁」從何而來，答案正是他這個異鄉人的「秋心」所拼成的，一語雙關「愁」字的寫法以及他的悲秋心緒。可用來形容人面對秋思離愁的傷懷。

【出處】南宋．吳文英〈唐多令．何處合成愁〉詞：「何處合成愁？離人心上秋。縱芭蕉、不雨也颼颼。都道晚涼天氣好，有明月、怕登樓。年事夢中休，花空煙水流。燕辭歸、客尚淹留。垂柳不縈裙帶住，漫長是、繫行舟。」

酒濃春入夢，窗破月尋人。

只有在濃濃的醉意下，才能伴著春夢入睡，月光穿過窗戶的縫隙進來尋找我。

【解析】北宋詞人毛滂一生鬱鬱不得志，詞中寫其羈旅江南時正逢元宵燈夜，他遙想著京城此時該是花燈似海、燈火如畫的景象，自己卻淹留異鄉，忍受著淒冷孤寂，若不將自己給灌醉，實在無法感受春意的美好，幸好還有月亮悲憫他的處境，願意破窗來和他這個潦倒失意人作伴。可用來形容心中苦悶難眠，只能借酒澆愁。

【出處】北宋・毛滂〈臨江仙・聞道長安燈夜好〉詞：「聞道長安燈夜好，雕輪寶馬如雲。蓬萊清淺對觚稜。玉皇開碧落，銀界失黃昏。誰見江南憔悴客，端憂懶步芳塵。小屏風畔冷香凝。酒濃春入夢，窗破月尋人。」

剪不斷，理還亂，是離愁。別是一般滋味在心頭。

萬縷千絲的離愁想剪又剪不斷，想理卻理得更亂，一種說不出的複雜感受在心裡頭。

【解析】承受南唐亡國之痛，同時又遭到北宋拘禁的李煜，詞中抒發其心亂如麻又無人可以傾訴或理解的愁苦，由於他的離愁並非源於一般人的離情別緒，而是身為亡國之君，面對國破家亡的愁恨，自是無法向人道破而沉痛更甚。近人俞陛雲《唐五代兩宋詞選釋》評論這四句詞：「後闋僅十八字，而腸回心倒，一片淒異之音，傷心人固別有懷抱。」可用來形容難以名狀的煩亂愁緒。

【出處】五代・李煜〈相見歡・無言獨上西樓〉詞：「無言獨上西樓，月如鉤。寂寞梧桐深院鎖清秋。剪不斷，理還亂，是離愁。別是一般滋味在心頭。」

問君能有幾多愁？恰似一江春水向東流。

想要問你的心中到底有多少的哀愁？就好像春天滔滔不盡的流水向東流去。

【解析】李煜回首過去那段貴為國主時錦衣玉食、美人隨伺的生活，而今繁華消逝，故國不堪回首，苦恨無以言喻，故借長流不斷的「一江春水」，喻比他積壓內心已久且永難泯滅的「愁」。近人俞陛雲《唐五代兩宋詞選釋》評論這闋詞的最末一句：「真傷心人語也。」可用來形容愁思翻騰如奔騰無盡的流水。

【出處】五代・李煜〈虞美人・春花秋月何時了〉詞：「春花秋月何時了？往事知多少？小樓昨夜又東風，故國不堪回首月明中。雕闌玉砌應猶在，只是朱顏改。問君能有幾多愁？恰似一江春水向東流。」

尋尋覓覓，冷冷清清，淒淒慘慘戚戚。

想要尋找失去的事物，周遭一片冷清，什麼也找不到，只感到內心悲慘哀戚。

【解析】李清照晚年流落江南，由於中原為金人所攻占，與她志同道合的丈夫在兵荒馬亂中因病過世，詞人接連遭逢國破、家變的重大打擊，讓她感到萬念俱灰，一開篇便連下了十四個疊字，大力渲染她當時茫然若失又難說難言的寂寞愁苦。南宋張端義《貴耳集》評曰：「此乃公孫大娘舞劍手。」稱頌讀這三句詞，就像是在看唐代舞蹈家公孫大娘舞劍一樣，具有節奏美感。可用來形容人心孤獨空虛，悲涼無奈。

【出處】北宋末、南宋初・李清照〈聲聲慢・尋尋覓覓〉詞：「尋尋覓覓，冷冷清清，淒淒慘慘戚戚。乍暖還寒時候，最難將息。三盃兩盞淡酒，怎敵他、晚來風急。雁過也，正傷心，卻是舊時相識……」（節錄）

殘燈明滅枕頭攲[1]，諳盡孤眠滋味。

房內的燈火閃閃將滅，床上的枕頭傾斜側臥，早已習慣了獨眠的滋味。

【注釋】1.攲：音ㄑㄧ，傾斜。

【解析】范仲淹詞中寫其深夜獨自斜倚著枕頭，凝望著室內的一盞燈火，直到火光即將殘盡，接近拂曉時分，藉此抒發自己心事重重，以致長期以來，飽嘗睡臥不寧之苦，經常徹夜失眠。可用來形容愁思滿懷，孤寂難眠。

【出處】北宋．范仲淹〈御街行．紛紛墜葉飄香砌〉詞：「……愁腸已斷無由醉，酒未到，先成淚。殘燈明滅枕頭欹，諳盡孤眠滋味。都來此事，眉間心上，無計相迴避。」（節錄）

愁病相仍，剔盡寒燈夢不成。

愁病交加，在這寒冷的夜裡，把燈芯都挑盡了，還是無法入睡，連夢也作不成。

【解析】朱淑真詞中描寫一名女子壓抑內心極度的鬱悶悲苦，導致積憂成疾，天黑之後，對著油燈，重複做著挑著燈芯的動作，終夜不能成眠。其中「盡」字，道出了女子在漫長淒冷寒夜下的憂慮煎熬。可用來形容多愁多病，耿耿不寐。

【出處】南宋．朱淑真〈減字木蘭花．獨行獨坐〉詞：「獨行獨坐，獨唱獨酬還獨臥。佇立傷神，無奈輕寒著摸人。此情誰見？淚洗殘妝無一半。愁病相仍，剔盡寒燈夢不成。」

愁腸已斷無由醉，酒未到，先成淚。

因愁苦而使腸子斷裂，酒已無法入腸使人醉了，即使是酒還沒有喝，眼淚已先流下。

【解析】人們常言借酒澆愁，范仲淹詞中主在抒發其所承受的羈愁，已經到了醉酒也無以消除的程度，因為他的腸早被愁所斷，縱使勉強喝下了酒，也無法入腸，為其解開心中深沉的鬱結，只好化成兩行淚水，撲簌簌地掉了下來。明人李攀龍《草堂詩餘雋》評曰：「月光如晝，淚深於酒，情景兩到。」點出了「淚」與「酒」的重要關聯。可用來形容心情極為憂愁苦悶。

【出處】北宋．范仲淹〈御街行．紛紛墜葉飄香砌〉詞：「……愁腸已斷無由醉，酒未到，先成淚。殘燈明滅枕頭攲，諳盡孤眠滋味。都來此事，眉間心上，無計相迴避。」（節錄）

舊愁新恨知多少？目斷遙天。

極目遠望天邊，過去放在心頭的憂愁以及近來新生的怨恨交融相和，不知已經累積了多少？

【解析】春天黃昏時分的河岸旁，柳綠花紅，酒旗飄揚，人聲雜沓，然而面對眼前爛漫春色，馮延巳卻是興致索然，因為長期下來內心早已負荷了太多的悒鬱，再加上新增的憾事不斷，精神承受極大的壓力，讓他只能無語望蒼天。可用來形容不愉快的事情接踵而來，憂苦難言。

【出處】五代．馮延巳〈采桑子．馬嘶人語春風岸〉詞：「馬嘶人語春風岸，芳草綿綿，楊柳橋邊，落日高樓酒旆（ㄆㄟˋ）懸。舊愁新恨知多少？目斷遙天。獨立花前，更聽笙歌滿畫船。」

》三、抒發自我

感傷身世

人生到處知何似？應似飛鴻踏雪泥。

人生到處奔走，所到之處知道像是什麼模樣嗎？應該就像那飛雁停踏在雪泥上的爪痕一樣。

【解析】年僅二十六歲的蘇軾，回憶他和弟弟蘇轍當年進京應試時，經過澠池所歷經的一段艱辛崎嶇路程，其後兄弟雖同時考中進士而入仕，但仍得為了宦途東奔西走，不得不和親人分離，行蹤漂泊不定。這個情形在蘇軾看來，就如似那南來北往的雁子，偶然在雪泥上留下指爪的痕跡，但轉眼又要飛走了，而雪泥上的爪印很快地就會隨著融雪消失。可用來形容人生來去匆匆，居無定所，猶如飛鴻踏雪，蹤跡倏忽即逝。

【出處】北宋．蘇軾〈和子由澠池懷舊〉詩：「人生到處知何似？應似飛鴻踏雪泥。泥上偶然留指爪，鴻飛那復計東西？老僧已死成新塔，壞壁無由見舊題。往日崎嶇還記否？路長人困蹇驢嘶。」

山河破碎風飄絮，身世浮沉雨打萍。

國土破碎有如被狂風吹散的柳絮，一生動盪不安，像是被暴雨打的水上浮萍。

【解析】此詩的詩題為〈過零丁洋〉，為文天祥兵敗被元軍俘虜後，搭船經過零丁洋時所寫的。零丁洋，位在今廣東境內，作者借地名「零丁」雙關當時處境之孤苦艱難。文天祥不幸生在國力衰頹的南宋末世，目睹了山河變色，即使他拚命與元軍奮戰，多年以來幾度出生入死，而今身陷敵人手中，命運完全由不得自己。可用來形容國家危亡之際，百姓身家飄搖無定，個人生命禍在旦夕。

【出處】南宋．文天祥〈過零丁洋〉詩：「辛苦遭逢起一經，干戈寥落四周星。山河破碎風飄絮，身世浮沉雨打萍。惶恐灘頭說惶恐，零丁洋裡歎零丁。人生自古誰無死，留取丹心照汗青。」

不是愛風塵，似被前緣誤。

並非是我生性喜好墜入風塵，成為妓女應該是被前生的因緣所耽誤。

【解析】此詞的作者嚴蕊是南宋時期台州（位在今浙江境內）的一名官妓。當時官府嚴格規定官妓不得與官員私下往來，嚴蕊遭人檢舉，說她與知州唐仲友的關係曖昧，有傷風化。當時擔任浙東常平茶鹽公事（掌管平常稅收和茶鹽稅收的長官）的朱熹，剛好與唐仲友結怨，將嚴蕊逮捕入獄，杖責到幾乎死去，嚴蕊仍堅持自己絕無罪責。之後朱熹改官，岳飛之子岳霖任浙東提點刑獄公事（簡稱提刑官，負責監督所轄州、府、軍的刑獄、訴訟、平反冤案等事），他命嚴蕊自陳，嚴蕊於是寫了這闋詞，訴說自己因命運的捉弄才淪落風塵，俯仰隨人，希望有機會恢復自由之身，過著尋常人家的生活。岳霖憐憫她病容滿面，神形憔悴，而且始終找不出她犯法的證據，便將嚴蕊釋放，判令從良，從此脫離官妓生涯。可用來形容風塵女子自傷身世，悲嘆人生不由自主的心情。

【出處】南宋．嚴蕊〈卜算子．不是愛風塵〉詞：「不是愛風塵，似被前緣誤。花落花開自有時，總賴東君主。去也終須去，住也如何住？若得山花插滿頭，莫問奴歸處。」

天涯流落思無窮，既相逢，卻匆匆。

淪落在外，內心愁思無盡，人與人之間既然相遇，卻又要猝然分別。

【解析】此詞為蘇軾準備離開徐州至湖州赴任前所作，抒發自己的官宦生涯，四方流離，如無根浮萍般，好不容易在當地結交了新知好友，過不了多久，又被調往他處，不得不與友人別離。可用來形容遊子漂泊天涯，萍蹤無定，不斷歷經與人邂逅又與人告別，心中痛惜悲傷。

【出處】北宋．蘇軾〈江城子．天涯流落思無窮〉詞：「天涯流落思無窮，既相逢，卻匆匆。攜手佳人，和淚折殘紅。為問東風餘幾許？春縱在，與誰同……」（節錄）

日典春衣非為酒，家貧食粥已多時。

每天典當春衣，並不是為了買酒，而是因為家裡貧窮，只靠喝粥果腹，已有好長的一段時間了。

【解析】本詩詩題〈春日偶題呈上尚書丈丈〉，為秦觀寫給錢勰這位曾任尚書的長輩，「丈丈」即是對尊長的稱呼。秦觀詩中向錢勰訴說其來到京城擔任國史院編修官（負責編修國史、會要、實錄的官吏）三年，經濟仍然拮据，迫使他經常要拿著春衣去當鋪典押，以換取家用。其中「日典春衣非為酒」化用了唐人杜甫〈曲江〉詩「朝回日日典春衣，每日江頭盡醉歸」兩句，秦觀暗示他出入當鋪可不是像前人杜甫是為了給自己買醉，而是一家老小窮到只能食粥的境地，日子過得比當年杜甫還要艱難。可用來抒發生活困乏潦倒的悲哀。

【出處】北宋．秦觀〈春日偶題呈上尚書丈丈〉詩：「三年京國鬢如絲，又見新花發故枝。日典春衣非為酒，家貧食粥已多時。」

此生此夜不長好，明月明年何處看？

我這一生的中秋夜經常過得不好，很少能見到像今夜如此美好的明月，明年的中秋夜，我又會在哪裡看月呢？

【解析】北宋神宗在位期間，蘇軾因與王安石變法的理念不合，自請出任地方官，七年下來，從杭州至密州，之後又被改派到徐州，此詩即是他赴徐州上任那年的中秋所作，尤其難得的是，弟弟蘇轍特地留在徐州陪他共度中秋後才離去。蘇軾詩中回想自己之前東奔西走的官宦生涯，也很珍惜能與手足在中秋團聚賞月，但一想到過了今夜，良宵佳節不在，兄弟分離在即，而不知明年此時此夜，自己將會在何處仰望明月？湧上傷感無限。可用來形容人的行跡無定，縱使良辰美景當前，卻也是短暫不常有的，感慨人生樂少而苦多。

【出處】北宋．蘇軾〈中秋月〉詩：「暮雲收盡溢清寒。銀漢無聲轉玉盤。此生此夜不長好，明月明年何處看？」

此生誰料？心在天山[1]，身老滄洲[2]。

這一生有誰能料想得到呢？我的心一直繫在遙遠的邊疆，身子卻只能在水邊等老。

【注釋】1.天山：位在今新疆維吾爾自治區內，為唐朝時的邊域。此借指邊塞前線。2.滄洲：本指水濱之地，後多來代指隱者的居處。此指陸游晚年閑居山陰的鏡湖水畔。

【解析】陸游中年曾赴南宋西北邊境南鄭，晚年退隱江湖時，仍然對那段戎馬生涯念念不忘，他的畢生心志就是抗金復國，卻受到主和派的排擠，理想抱負未成，而今兩鬢斑白，金人還是未滅，忍不住在詞中抒發年老仍無所作為的怨憤。可用來形容雖懷有報國的一腔熱血，命運卻安排自己在江湖終老的悲愴。

【出處】南宋・陸游〈訴衷情・當年萬里覓封侯〉詞：「當年萬里覓封侯，匹馬戍梁州。關河夢斷何處？塵暗舊貂裘。胡未滅，鬢先秋，淚空流。此生誰料？心在天山，身老滄洲。」

長恨此身非我有，何時忘卻營營？

我經常怨恨身子並不屬於自己所有，什麼時候才能擺脫為功名事業汲營奔逐的生活？

【解析】貶謫至黃州的蘇軾，於詞中除了感傷身不由己，也對自幼立下經世濟民的志向，是否還要堅持下去興起了懷疑思考，畢竟當時的學子日夜苦讀，全心致力於科舉，無不是為了光耀門楣和成就個人功業，只不過蘇軾在中第之後，宦海沉浮了二十餘載，竟還落得罪人的身分，不免對功名這個世俗枷鎖感到厭煩，嚮往過著從心所欲的日子。可用來形容無法掌握人身命運的苦悶，欲脫離塵俗紛擾卻又脫離不了。

【出處】北宋・蘇軾〈臨江仙・夜飲東坡醒復醉〉

詞：「夜飲東坡醒復醉，歸來彷彿三更。家童鼻息已雷鳴。敲門都不應，倚杖聽江聲。長恨此身非我有，何時忘卻營營？夜闌風靜縠紋平。小舟從此逝，江海寄餘生。」

塵埃[1]落魄誰如我？一事無成白髮生。

世間沉淪潦倒的境遇，有誰能和我相比呢？如今雖已生出白髮，卻還是什麼事情都沒能做成。

【注釋】1.塵埃：此指社會的低層。

【解析】張耒雖為「蘇門四學士」之一，但一生仕途蹭蹬，偃蹇困窮，他寫此詩給曾向自己問學的晁應之，一方面自嘆身世落魄，命途坎坷，白首無成，一方面激勵晁應之要承襲家風，畢竟晁氏家族在宋朝累代考取進士者達數十人，除了在官場上備受歷任皇帝重用，更讓人稱道的是他們在文學上的成就，如晁端友、晁端禮、晁補之、晁沖之、晁說之等，皆一時名士，可謂人才濟濟，連一代文豪蘇軾都對晁氏家族發出「信乎其家多異材也」的讚賞之詞。由此不難看出，張耒刻意對比兩人懸殊的家世門第，提醒晁應之應當珍惜先人留給後輩優越的學習環境，更加上進努力才是。可用來形容家境清貧，見年華老去又毫無成就，所生出的悲苦情懷。

【出處】北宋．張耒〈寄晁應之〉詩二首之二：「瑜珥瑤環豁眼明，碧梧翠竹照人清。同車汲黯今難忮，挾彈潘郎舊有名。自是風流襲家世，行看談笑取公卿。塵埃落魄誰如我？一事無成白髮生。」

夢裡不知身是客，一晌貪歡。

只有在睡夢中，才能忘記自己身不由主的事實，貪戀那片刻的歡樂時光。

【解析】李煜從南唐一國之主，被俘虜到汴京成為北宋朝廷的階下囚，起居作息全無人身自由，唯有在夢境之中，才得以獲得短暫的解脫，可見在現實生活中，他沒有絲毫的快樂可言。可用來形容人的處境苦不堪言，睡夢中的美好情事，成了唯一的心靈寄託。

【出處】五代．李煜〈浪淘沙．簾外雨潺潺〉詞：「簾外雨潺潺，春意闌珊。羅衾不耐五更寒。夢裡不知身是客，一晌貪歡。獨自莫憑闌，無限江山，別時容易見時難。流水落花春去也，天上人間。」

獨行獨坐，獨唱獨酬還獨臥。

一個人走著，一個人坐著，一個人吟歌，一個人唱和，乃至躺臥在床上，也都只有我一個人。

【解析】朱淑真詞中描寫一名女子從白天開始，無論坐立都是孤形單影，並且同時扮演著相互唱和詩詞的兩個角色，到了夜晚就寢，依然孤零零的獨自挨過那漫漫長夜。作者連續用了五個「獨」字，充分表現出女子在現實生活中無人可說或難以向人提及的孤立無助景況。可用來形容人處在煢煢孑立的獨居狀態。

【出處】南宋．朱淑真〈減字木蘭花．獨行獨坐〉詞：「獨行獨坐，獨唱獨酬還獨臥。佇立傷神，無奈輕寒著摸人。此情誰見？淚洗殘妝無一半。愁病相仍，剔盡寒燈夢不成。」

自娛自適

一壺酒，一竿綸，世上如儂有幾人？

身邊帶著一壺酒，手裡拿著一根釣竿，獨自在江上喝酒釣魚，世上像我這樣的能有幾個人呢？

【解析】在歷來文人的眼中，漁父總是給人一種怡然自足、與世無爭的隱士形象。李煜詞中描寫一名漁父遠離塵囂，在江上一邊釣魚、一邊自酌的悠哉情景，抒發其對自由逍遙生活的憧憬，畢竟對出身帝王之家的李煜來說，想要效法漁父從心所欲、灑脫自在的過日子，根本就是遙不可及的事。可用來形容倘佯山水、不受拘束的愜意情懷。

【出處】五代．李煜〈漁父．浪花有意千重雪〉詞：「浪花有意千重雪，桃李無言一隊春。一壺酒，一竿綸，世上如儂有幾人？」

九死南荒吾不恨，茲遊奇絕冠平生。

被貶到南方荒遠之地，多次瀕臨死亡險境，我並沒有怨恨，因為這次極其神奇的遊歷，可說是一生從來都沒有過的。

【解析】蘇軾在六十二歲高齡來到流放地儋州（位在今海南境內），隔年被逐出官舍，只能在城南修築茅屋，作為遮蔽風雨的克難住所。在蠻荒之地整整三年，生活條件極為惡劣，直到哲宗過世，朝廷大赦，蘇軾才得以從儋州返回中原，此詩便是他在船上夜渡北歸時所作，將其在海外九死一生的坎坷際遇，視為生平最驚奇絕妙的一段經驗，也讓他見識到一般人無法體會的精彩人生。可用來形容屢經波折，仍樂觀看待自己所處的艱難環境。

【出處】北宋．蘇軾〈六月二十日夜渡海〉詩：「參橫斗轉欲三更，苦雨終風也解晴。雲散月明誰點綴？天容海色本澄清。空餘魯叟乘桴意，粗識軒轅奏樂聲。九死南荒吾不恨，茲遊奇絕冠平生。」

小舟從此逝，江海寄餘生。

駕著小船自此離開，到江湖大海去度過我的下半生。

【解析】人在黃州的蘇軾，詞中抒發其急欲離開世俗這個名利是非之地，隱逸江湖。據南宋初人葉夢得《避暑錄話》記載，蘇軾填完此詞後，又與朋友高歌狂飲數回而散，隔日「小舟從此逝，江海寄餘生」兩句喧傳鄉里，大家都以為蘇軾早已乘舟而去。由於蘇軾在黃州仍是罪人身分，不得擅離貶所，當地郡守聽聞消息後，驚懼萬分，連忙派人到蘇軾家裡探察，發現他正躺在床上呼呼大睡呢！從這裡也可得之，想要遠離熙攘塵世，寄託餘生於湖光水色，終是蘇軾遙不可及的想望。可用來形容放浪形骸於江海之間，遁世離群。

【出處】北宋．蘇軾〈臨江仙．夜飲東坡醒復醉〉詞：「夜飲東坡醒復醉，歸來彷彿三更。家童鼻息已雷鳴。敲門都不應，倚杖聽江聲。長恨此身非我有，何時忘卻營營？夜闌風靜縠紋平。小舟從此逝，江海寄餘生。」

山靜似太古，日長如小年。

山中靜寂，彷彿回到了遠古時代似的，清閑度日，感覺一天像是一年一樣漫長。

【解析】來到貶地惠州的唐庚，描寫住在僻遠惠州的山中，長日漫漫，陪伴消磨時光的只有花和鳥，醉酒後便在竹蓆上沉沉睡去，日子過得和遙遠年代的古人一樣單純無憂。可用來形容遠離塵囂的寧靜悠閑生活。

【出處】北宋．唐庚〈醉眠〉詩：「山靜似太古，日長如小年。餘花猶可醉，好鳥不妨眠。世味門常掩，時光簟已便。夢中頻得句，拈筆又忘筌。」

日長睡起無情思，閑看兒童捉柳花。

白天漸漸變長，剛剛午睡醒來，什麼情緒也沒有，悠閑地看著孩童捕捉飄飛在空中的柳絮。

【解析】楊萬里詩中描寫時序進入夏季後，白晝變長。他午睡初醒，睏意還未消褪，整個人顯得無精打采的，閑看著小孩子開懷隨風追逐柳花的情狀，讓他也從中感染到一份天真童趣。可用來形容人剛睡醒時慵懶閑散的樣子。

【出處】南宋・楊萬里〈閑居初夏午睡起〉詩二首之一：「梅子留酸軟齒牙，芭蕉分綠與窗紗。日長睡起無情思，閑看兒童捉柳花。」

世路如今已慣，此心到處悠然。

世間道路的坎坷艱辛，現在都已經走習慣了，無論身在何處，我的心都能保持怡然自得。

【解析】走過政治上風風雨雨的張孝祥，看盡了官場的爭吵惡鬥，讓他了解到面對世事的成敗得失，根本不必太過耿耿於懷，如此一來，眼前所見的大小風景，都能讓自己平下心來，靜靜欣賞，詞意間流露出一種安恬悠閑的人生態度。可用來形容人在歷經一番磨練後，心胸豁達坦然，無所牽掛。

【出處】南宋・張孝祥〈西江月・問訊湖邊春色〉詞：「問訊湖邊春色，重來又是三年。東風吹我過湖船，楊柳絲絲拂面。世路如今已慣，此心到處悠然。寒光亭下水如天，飛起沙鷗一片。」

半記不記夢覺後，似愁無愁情倦時。

夢醒之後，好像還記得夢中情景，又彷彿什麼都不記得了，只覺得意興闌珊，彷彿有股淡淡的愁思，又好似什麼都沒有的樣子。

【解析】邵雍抒寫其在房內床上酣睡初醒，腦海裡仍是一片朦朧恍惚，心中頓時揚起一股淡淡的懶散情緒，於是繼續裹在被子裡躺著，靜靜地看窗外的落花亂舞。有趣的是，行事向來一絲不苟且自律甚嚴的司馬光，竟然對此詩情有獨鍾，還特意抄下來貼在簾上，隨時吟詠玩味。本句可用來形容生活慵懶恬靜，心境閑逸淡泊。

【出處】北宋．邵雍〈懶起吟〉詩：「半記不記夢覺後，似愁無愁情倦時。擁衾側臥未欲起，簾外落花撩亂飛。」

有約不來過夜半，閑敲棋子落燈花。

過了半夜，已約好的朋友還沒有到來，我無聊的輕敲棋子，不小心令燒殘的燈芯灰燼落了下來。

【解析】趙師秀寫其約了朋友前來家裡作客，一直等到深夜，還是不見朋友光臨，他獨自坐在油燈前，靜靜聽著黃梅時節的雨聲蛙鳴，百無聊賴敲打著棋盤上的棋子，表現出不焦不躁的閑適心境。可用來形容等人久候未至時，安然自若的神態。

【出處】南宋．趙師秀〈約客〉詩：「黃梅時節家家雨，青草池塘處處蛙。有約不來過夜半，閑敲棋子落燈花。」

此心安處是吾鄉。

能讓我心安的地方，就是我的家鄉。

【解析】蘇軾因烏臺詩案而入獄，獲釋後貶謫至黃州，先前與他友好的人也大多受到牽連，其中貴為駙馬的王鞏，也因此被放逐到蠻荒的嶺南（此泛指五嶺以南地區）一帶，當時身邊許多家奴歌女紛紛求去，有一歌妓柔奴無畏艱辛，一路隨行相伴。過了幾年，王鞏奉旨北歸，蘇軾特地問柔奴：「廣南風土，應是不好？」沒想到柔奴回說：「此心安處，便是吾鄉。」令蘇軾大受感動。此詞即是歌頌柔奴視險若夷、安恬隨緣的態度。可用來形容心若淡定祥和，無論身在何處，都能隨遇而安。

【出處】北宋．蘇軾〈定風波．長羨人間琢玉郎〉詞：「常羨人間琢玉郎，天應乞與點酥娘。自作清歌傳皓齒。風起，雪飛炎海變清涼。萬里歸來年愈少，微笑，笑時猶帶嶺梅香。試問嶺南應不好？卻道，此心安處是吾鄉。」

竹杖芒鞋輕勝馬，誰怕？一蓑煙雨任平生。

手裡一根竹杖，腳下一雙草鞋，走得比騎馬還要快，有什麼好怕的呢？身上披著一件蓑衣，任憑煙霧迷漫、風雨吹打，我照樣過自己的人生。

【解析】蘇軾寫其謫居黃州的某日外出，中途遇雨，同行的人都因淋了一身濕而感到狼狽不已，他卻若無其事的繼續吟嘯徐行，步調輕鬆愉快，心境坦然平和，視無來由的風雨為人生本就會遭遇的常態。可用來形容面對人生不測風雨，態度從容豁達，無所畏懼。

【出處】北宋．蘇軾〈定風波．莫聽穿林打葉聲〉詞：「莫聽穿林打葉聲，何妨吟嘯且徐行。竹杖芒鞋輕勝馬，誰怕？一蓑煙雨任平生。料峭春風吹酒醒，微冷，山頭斜照卻相迎。回首向來蕭瑟處，歸去，也無風雨也無晴。」

我見青山多嫵媚，料青山、見我應如是。

我看青山是那樣可愛動人，料想青山看我時也應該是一樣的感覺。

【解析】謫居江湖多年的辛棄疾，慨嘆自己白首無成，友朋稀疏，於是將情思投注在山水風光上。詞中作者以擬人的筆法，寫其遠望青山的優美景致，便覺得青山和自己對望時，也抱持著和自己同樣的美好感受，彼此情義相挺，互為對方的知音。可用來形容人對自然景物的喜愛，已達到物我合一、兩兩相悅的境界。

【出處】南宋．辛棄疾〈賀新郎．甚矣我衰矣〉詞：「甚矣吾衰矣，悵平生、交游零落，只今餘幾？白髮空垂三千丈，一笑人間萬事。問何物、能令公喜？我見青山多嫵媚，料青山、見我應如是。情與貌，略相似……」（節錄）

求田問舍笑豪英。自愛湖邊沙路、免泥行。

只想著購田置產，必會受到豪傑英雄的嘲笑。但我就是喜歡在沒有泥濘的湖畔沙路上，隨意散步。

【解析】蘇軾詞中抒發他渴望早日置產安居，從此過著漫步於自然山水間的閑適日子，即使因此被懷有雄心壯志的人取笑也毫不在意，語氣中流露出對仕途的倦怠，對世俗功名亦已不忮不求。可用來形容胸無大志，一心尋求安定的生活，不願再勞碌奔走。

【出處】北宋．蘇軾〈南歌子．帶酒衝山雨〉詞：「帶酒衝山雨，和衣睡晚晴。不知鐘鼓報天明。夢裡栩然蝴蝶、一身輕。老去才都盡，歸來計未成。求田問舍笑豪英。自愛湖邊沙路、免泥行。」

垂下簾櫳，雙燕歸來細雨中。

窗戶簾子低垂，窗外有一雙燕子正冒著濛濛細雨，飛回牠們的燕巢。

【解析】歐陽脩深愛潁州西湖的秀麗景色，詞中描寫暮春黃昏，笙歌唱罷，遊人盡歸，白日湖畔熱鬧的場景，已隨著天光將盡而逐漸歸於寧靜，此時卻見雙燕從迷濛小雨中比翼歸來，讓作者剛沉澱下來的心，頓時又揚起一股親切又愉悅的情愫。可用來形容春日雨中，見到燕子雙飛雙宿的閑適心情。

【出處】北宋．歐陽脩〈采桑子．群芳過後西湖好〉詞：「群芳過後西湖好，狼藉殘紅。飛絮濛濛，垂柳闌干盡日風。笙歌散盡遊人去，始覺春空。垂下簾櫳，雙燕歸來細雨中。」

客子光陰詩卷裡，杏花消息雨聲中。

客居他鄉的時間，都是在讀詩作詩中度過的，從雨聲中得知杏花開放的消息。

【解析】金兵攻陷開封後，隨著朝廷南遷的陳與義，有一段時間寓居在杭州苕溪附近的僧舍養病，詩中寫其每日沉浸在詩的世界裡怡然自得，聽著雨聲，準備迎接冬去春來的杏花時節。可用來形容平淡度日，以詩娛心。

【出處】北宋末、南宋初．陳與義〈懷天經、智老因以訪之〉詩：「今年二月凍初融，睡起苕溪綠向東。客子光陰詩卷裡，杏花消息雨聲中。西菴禪伯還多病，北柵儒先只固窮。忽憶輕舟尋二子，綸巾鶴氅試春風。」

茅簷相對坐終日，一鳥不鳴山更幽。

坐在茅屋的房簷下一整天，沒有聽見一聲鳥鳴，山顯得格外幽靜。

【解析】此詩為王安石罷相後，晚年寓居金陵鍾山附近時所作，抒發其終日面對幽深山林的淡泊情懷。詩中「一鳥不鳴山更幽」是改寫南朝梁人王籍〈入若耶溪〉詩之「鳥鳴山更幽」句，同樣都是要表現出山林的幽靜，前人王籍採用的是反襯筆法，以動寫靜，而王安石在此則是以直筆書之。可用來形容幽居靜寂山中的閑適心情。

【出處】北宋．王安石〈鍾山即事〉詩：「澗水無聲繞竹流，竹西花草弄春柔。茅簷相對坐終日，一鳥不鳴山更幽。」

時人不識余心樂，將謂偷閑學少年。

當時一旁的人，根本不理解我內心的快樂，還以為我在學年輕人，喜歡抽出空暇來娛樂一下。

【解析】未滿三十歲的程顥，寫其趁著公務閑暇之餘出來春遊，欣賞沿途浮雲微風、紅花綠柳的景色，心情歡快愉悅，但也察覺到周遭人們看待他的異樣眼光，認為他的年紀已不小了，卻還在模仿不務正業、到處遊蕩的年輕人，完全不懂他接受大自然洗禮後的快意滿足。可用來形容中、老年人的舉止一派輕鬆自在，即使被誤解成不夠端莊嚴肅也無妨的樂觀心境。

【出處】北宋．程顥〈偶成〉詩：「雲淡風輕近午天，傍花隨柳過前川。時人不識余心樂，將謂偷閑學少年。」

情如落絮無高下，心似游絲自往還。

情感如柳絮隨風上下，任意飛舞，心思像飄蕩在空中的細絲，自在往返。

【解析】邵雍詩中主在抒發其對閑適生活的深刻體會，他認為歷來標榜要過返璞歸真而回歸山林的文人隱士並不少，但長久下來，竟沒有見到一個真正內心閑適的人。在邵雍看來，所謂的閑適，是感情不為外在事物所拘泥，心境脫離世俗的利害得失，否則就只是落入了形式上的閑適而已，心靈仍然受著欲望的箝制而不得自由。可用來形容情感超然灑脫，心不執著於外境，一切順應自然。

【出處】北宋．邵雍〈閑適吟〉詩：「南窗睡起望春山，山中霏微煙靄間。千里難逃兩眼淨，百年未見一人閑。情如落絮無高下，心似游絲自往還。又恐幽禽知此意，故來枝上語綿蠻。」

細數落花因坐久，緩尋芳草得歸遲。

仔細數著地上的落花，因而坐了很久，慢慢地尋找芳草的蹤跡，所以回家的時間晚了些。

【解析】這首詩的詩題為〈北山〉，即是王安石晚年寓居江寧附近的鍾山。作者詩中寫其不問政事之後，終日流連於山光水色，靜心欣賞芳美花草的閑適心懷。可用來形容平靜悠閑的生活與心境。

【出處】北宋．王安石〈北山〉詩：「北山輸綠漲橫陂，直塹回塘灩灩時。細數落花因坐久，緩尋芳草得歸遲。」

閑來無事不從容，睡覺[1]東窗日已紅。

日子閑暇的時候，沒有一件事情不是慢條斯理的，東邊的窗子都已被太陽照紅了才睡醒起床。

【注釋】1.睡覺：此作剛睡醒之意。

【解析】程顥寫其閑來無所事事，經常是睡到紅日高照才緩緩起身，精神飽滿，態度優游自若，不疾不徐，彷彿人間沒有一件事情足以讓他掛牽羈絆。可用來形容心境安然恬靜，與世無爭。

【出處】北宋．程顥〈秋日偶成〉詩二首之二：「閑來無事不從容，睡覺東窗日已紅。萬物靜觀皆自得，四時佳興與人同。道通天地有形外，思入風雲變態中。富貴不淫貧賤樂，男兒到此是豪雄。」

煙雨微微，一片笙歌醉裡歸。

煙霧中夾帶著毛毛細雨，船上的人在熱鬧的奏樂聲、歌唱聲中暢飲而醉，船隻正準備歸航。

【解析】歐陽脩詞中描寫其搭乘畫船，在潁州西湖賞荷的情景，滿眼盡是湖上朵朵出水荷花，不時還傳來陣陣撲鼻的荷香，當時的天氣雖然煙雨迷茫，卻完全不減遊人的高昂興致，船中笙歌鼎沸，杯觥交錯，氣氛熱絡非凡。可用來形容在綿綿細雨下，乘船遊覽湖景，飲酒聽歌，愜意開懷。

【出處】北宋．歐陽脩〈采桑子．荷花開後西湖好〉詞：「荷花開後西湖好，載酒來時。不用旌旗，前後紅幢綠蓋隨。畫船撐入花深處，香泛金卮。煙雨微微，一片笙歌醉裡歸。」

薄薄酒，勝茶湯。粗粗布，勝無裳。醜妻惡妾勝空房。

有味道淡薄的酒可喝，勝過平淡無味的茶湯。有粗糙的布製成的衣服可穿，勝過沒有衣裳。有相貌醜惡的妻妾陪伴，勝過一個人守在空房裡。

【解析】蘇軾詩中透過層層有和無的對比，勸人不必為了生活之外的過多欲求而勞神費力，無端自尋煩惱，語氣中含有「比上不足，比下有餘」、「聊勝於無」的意思。可用來形容知足才能常保喜樂。

【出處】北宋．蘇軾〈薄薄酒〉詩二首之一：「薄薄酒，勝茶湯。粗粗布，勝無裳。醜妻惡妾勝空房。五更待漏靴滿霜，不如三伏日高睡足北窗涼。珠襦玉柙萬人祖送歸北邙，不如懸鶉百結獨坐負朝陽。生前富貴，死後文章，百年瞬息萬世忙。夷齊、盜跖俱亡羊，不如眼前一醉是非憂樂兩都忘。」

歸時休放燭花紅，待踏馬蹄清夜月。

回去的路上，不要點上紅色的蠟燭，我要騎著馬，任由馬蹄去踏那清夜的一片月色。

【解析】李煜描寫其在一場歌舞酒宴結束後，仍興致不減，他命令部下熄滅回程沿路的所有燭火，只要靜夜的清明月色和踢躂的馬蹄聲相伴就好，享受宴會聲色娛樂之外的另一種意趣。明人王世貞在《藝苑巵言》中評論這兩句詞：「致語也。」意即雅趣興致之語。可用來形容踏月歸來的風雅逸興。

【出處】五代．李煜〈玉樓春．晚妝初了明肌雪〉詞：「晚妝初了明肌雪，春殿嬪娥魚貫列。鳳簫吹斷水雲閑，重按霓裳歌遍徹。臨風誰更飄香屑？醉拍闌干情味切。歸時休放燭花紅，待踏馬蹄清夜月。」

抒解不平

人生識字憂患始，姓名粗記可以休。

人一旦識了字，就是一生憂愁苦難的開始，所以只要粗略地記得姓名就可以了。

【解析】蘇軾表面上看似在講識字的壞處，實是感嘆人因對知識的理解愈多，思考問題的層次也愈深沉，尤其置身在複雜的官場，日夜承受極大的壓力，煩惱自是無可避免的。可用來形容書讀得愈多，對人生各種事物的領略也愈多，隨之而來的愁苦也更深。也可用於文人對自己乖舛境遇的牢騷語。

【出處】北宋．蘇軾〈石蒼舒醉墨堂〉詩：「人生識字憂患始，姓名粗記可以休。何用草書誇神速？開卷惝怳（ㄏㄨㄤˇ）令人愁……」（節錄）

人皆養子望聰明，我被聰明誤一生。

父母養孩子都希望子女聰穎，我卻是被聰穎耽誤了一生。

【解析】蘇軾借寫他對剛出生的么兒蘇遯不必太過聰明的期望，抒發自己官宦生涯的牢騷不平。蘇軾在貶地黃州期間，妾王朝雲生下兒子蘇遯，一向自恃聰明絕頂的蘇軾，仕途卻失意不順，甚至先前還遭到當朝權貴誣陷，險些被處死。詩中他用帶詼諧的口吻，嘲弄自己以為聰明便率性逞能，不管是與人說話還是書寫文章皆無所顧忌，從未想過會因此得罪了多少人，導致如今流落偏鄉，連累家人陪同受罪。可用來形容雖聰慧過人，但不知藏鋒，故屢遭打壓，際遇坎坷。

【出處】北宋．蘇軾〈洗兒戲作〉詩：「人皆養子望聰明，我被聰明誤一生。惟願孩兒愚且魯，無災無難到公卿。」

才子詞人，自是白衣卿相[1]。

有才學的詞人，也算得上民間沒有科舉功名的公卿宰相。

【注釋】1.白衣卿相：指有卿相的才幹，而無功名的人。

【解析】柳永參加科舉考試落第，寫詞抒發牢騷，他自認才華洋溢，只是時運不濟，才會金榜失意，於是便用「白衣卿相」之說，聊以自慰，可見其自視甚高。可用來形容才學兼優，足堪重任，卻苦無機會施展。

【出處】北宋．柳永〈鶴沖天．黃金榜上〉詞：「黃金榜上，偶失龍頭望。明代暫遺賢，如何向？未遂風雲便，爭不恣狂蕩？何須論得喪。才子詞人，自是白衣卿相。……」（節錄）

有道難行不如醉，有口難言不如睡。

有路卻行走困難，還不如喝醉不走，有嘴卻不敢說話，還不如臥睡不語。

【解析】蘇軾詩中寫其欲借酩酊大醉和沉沉昏睡，好讓自己忘卻舉步維艱的惡劣處境，以及難以向人吐露肺腑之言的痛苦，但事實上，無論是醉或睡，都會有醒來的時候，那時的落寞與無力感，應是比醉或睡之前更加劇烈。可用來形容環境困厄，只能把真話藏在心中不便說出。

【出處】北宋．蘇軾〈醉睡者〉詩：「有道難行不如醉，有口難言不如睡。先生醉臥此石間，萬古無人知此意。」

自古蛾眉嫉者多，須防按劍向隨和[1]。

從古以來，美麗的女子容易招引多數人的嫉妒，身懷寶物的人，也會一直按住劍小心提防著。

【注釋】 1.隨和：此指貴重的寶物。為古時隨侯珠、和氏璧兩種寶物的合稱。隨侯珠，相傳是春秋隨侯出遊時救了一條受傷的大蛇，蛇在痊癒後，由江中銜來一顆會在黑夜發光的寶珠，自稱是龍王之子，以珠作為對隨侯的報答。和氏璧，為春秋楚人卞和所得的一塊璞玉，後經琢磨後成為寶玉。

【解析】 一心欲收復中原失土的辛棄疾，因主張與南宋當政者迥異，不斷遭人構陷，理想一再受挫，報國無路。詩中以「蛾眉」比喻自己的美好節操猶如美人，無奈圍繞皇帝身邊的盡是忌妒自己的小人；又以「隨和」比喻自己的本領有如隨侯珠、和氏璧一樣光輝耀眼，以致他人對自己小心防備著，語氣中難掩憂憤激動。可用來形容人因容貌俊美或才能出眾，而遭人嫉恨的不滿情緒。

【出處】 南宋．辛棄疾〈再用韻〉詩：「自古蛾眉嫉者多，須防按劍向隨和。此身更似滄浪水，聽取當年孺子歌。」

自笑平生為口忙，老來事業轉荒唐。

可笑的是，我一生為了餬口而忙碌，到年老時，事業變得比以前更加荒誕。

【解析】 蘇軾詩中以「平生為口忙」的自嘲之詞，表達自己遭到朝廷貶逐黃州，是因為言語和詩文得罪了當權者，導致如今年紀老大，還是一事無成，前途一片茫然，故借詩發發牢騷，苦中作樂一番。其中「口」字，一語雙關，可以作養家餬口，也可以解釋為禍從口出。可用來形容因口快而得罪人，導致處境窘迫。也可用來形容為了生計拚命努力，但結果還是不盡人意。

【出處】 北宋．蘇軾〈初到黃州〉詩：「自笑平生為口忙，老來事業轉荒唐。長江繞郭知魚美，好竹連山覺筍香。逐客不妨員外置，詩人例作水曹郎。

只慚無補絲毫事，尚費官家壓酒囊。」

忍把浮名，換了淺斟低唱。

還是忍著辛酸，把對虛浮功名的追求，換成飲酒吟唱的享樂時光。

【解析】柳永從年輕到中年不斷地參加科舉考試，卻是一次又一次地鎩羽而歸，他雖自恃才學不凡，然因喜作豔詞，在文人圈中風評不佳，甚至連北宋仁宗皇帝都對他的負面傳聞頗為反感。也因此，柳永為了忘卻落第的感憤，成日流連狎邪，與歌妓們喝酒唱和，更強言人生不該執著於浮名而虛擲青春。但事實上，柳永並未真的就此放棄科舉，考場上還是會出現他的身影，終於以接近半百之齡考取了進士。這一闋詞不過是抒發落榜當下的怨尤而已，他依然擺脫不掉對登科中試的憧憬。可用來形容不願為了虛名而捨棄悠閑的生活。也可用來形容追求的人生目標已經沒有指望，退而享受及時的歡樂。

【出處】北宋．柳永〈鶴沖天．黃金榜上〉詞：「……煙花巷陌，依約丹青屏障。幸有意中人，堪尋訪。且恁偎紅倚翠，風流事，平生暢。青春都一餉。忍把浮名，換了淺斟低唱。」（節錄）

把吳鉤[1]看了，闌干拍遍，無人會，登臨意。

把我佩帶在身上的寶刀拿起一看再看，一遍又一遍拍打著闌干，沒人懂我此時登樓的心情。

【注釋】1.吳鉤：刀名。相傳是春秋吳王闔閭所鑄造的一種彎形寶刀。後泛指鋒利的寶刀。

【解析】辛棄疾自詡負有治軍濟世的才略，卻一直沉於下僚，不受到當政者的重用，使其報國壯志無處施展。詞中寫他登高撫劍，不斷怒拍闌干，宣洩滿腔的悲憤，並以名刀「吳鉤」喻比自己作戰殺敵的能力，如同銳利的寶刀一樣，只可惜英雄終究是無用武之地。可用來形容空有一身膽識才華，卻無人賞識的苦悶。

【出處】南宋．辛棄疾〈水龍吟．楚天千里清秋〉詞：「楚天千里清秋，水隨天去秋無際。遙岑遠日，獻愁供恨，玉簪螺髻。落日樓頭，斷鴻聲裡，江南游子。把吳鉤看了，闌干拍遍，無人會，登臨意……」（節錄）

卻將萬字平戎策，換得東家種樹書。

當時向朝廷提出上萬字平定外患策略的策論，如今只能拿去和鄰居換回一本教人栽植花木的書籍。

【解析】辛棄疾曾多次向朝廷上疏抗金對策的奏章，但他的建議非但沒有被採納，還遭到政敵的疑忌而落得被免職的下場。詞中他故意用反語，自嘲所寫的那些論述治軍用兵的洋洋灑灑萬言書，還比不上鄰居一本有關種樹技能的書來得實用。可用來形容向上位者提出與敵人的作戰計畫，卻受到漠視。

【出處】南宋．辛棄疾〈鷓鴣天．壯歲旌旗擁萬夫〉詞：「壯歲旌旗擁萬夫，錦襜突騎渡江初。燕兵夜娖銀胡簶，漢箭朝飛金僕姑。追往事，嘆今吾，春風不染白髭鬚。卻將萬字平戎策，換得東家種樹書。」

怒髮衝冠，憑闌處、瀟瀟雨歇。

我憤怒到頭髮都豎立起來，直衝帽冠，靠著闌干，急驟的風雨剛剛停歇。

【解析】岳飛寫其雨後倚闌遠望，一想到北方國土慘遭金人蹂躪摧殘，百姓生活陷入水火之中，實在按捺不住心中的熊熊怒火，激憤至極，矢志殺敵救國，收復山河。可用來形容對某人或某事感到痛恨難平，怒不可遏。

【出處】北宋末、南宋初．岳飛〈滿江紅．怒髮衝冠〉詞：「怒髮衝冠，憑闌處、瀟瀟雨歇。抬望

眼、仰天長嘯，壯懷激烈。三十功名塵與土，八千里路雲和月。莫等閑、白了少年頭，空悲切……」（節錄）

若有知音見採，不辭遍唱〈陽春〉[1]。

假使能夠得到知音的接納，我不會拒絕為他唱盡像〈陽春白雪〉那樣艱難又典雅的曲子。

【注釋】1.陽春：即〈陽春白雪〉曲，相傳為春秋晉人師曠所作，到了戰國成了楚國一種藝術性、難度都較高的樂曲。後多用來比喻高雅精深的音樂或文藝作品。

【解析】晏殊詞中借一名歌女的口吻，述說自身的不幸遭遇。她雖曾因歌藝精湛，紅遍一時，獲得客人的賞賜無數，但後來歷經流離，姿色漸衰，生意每況愈下，經常吃著人家剩餘的飯菜，歌女希望此時還能遇見聽得懂她歌聲的人，縱使為對方一遍又一遍地唱〈陽春白雪〉這類高難度的樂曲，也是心甘情願的，語氣中充滿知音難覓的悲嘆。可用來形容才藝超群，卻苦於無人欣賞。

【出處】北宋．晏殊〈山亭柳．家住西秦〉詞：「家住西秦，賭博藝隨身。花柳上，鬥尖新。偶學念奴聲調，有時高遏行雲。蜀錦纏頭無數，不負辛勤。數年來往咸京道，殘杯冷炙謾消魂。衷腸事，託何人？若有知音見採，不辭遍唱〈陽春〉。一曲當筵落淚，重淹羅巾。」

躬耕本是英雄事，老死南陽[1]未必非。

親自耕種本來就是英雄該做的事，（諸葛亮）即便最後是老死在南陽，也未必是錯的。

【注釋】1.南陽：位在今河南境內，為三國蜀相諸葛亮未出山前居住的地方。

【解析】陸游在成都任官時遭彈劾而被罷職，那段閑來無事的日子裡，他經常到附近的鄉間走走，打算日後在此終老。當他一想到曾在這裡為蜀漢鞠躬盡瘁的丞相諸葛亮，原本隱居南陽，之後才被劉備三顧茅廬請出山來，詩中一方面感佩諸葛亮對國家的忠心付出，另一方面又嚮往歸耕的生活，顯而易見，陸游還是不能忘懷國家的安危，只是現實環境中，找不到一處可以讓他揮灑軍事長才的舞臺。可用來形容渴望為國效勞的心志一再落空，在不得已的情況下，產生歸隱田園的想法。

【出處】南宋．陸游〈過野人家有感〉詩：「縱轡江皋送夕暉，誰家井臼映荊扉？隔籬犬吠窺人過，滿箔蠶饑待葉歸。世態十年看爛熟，家山萬里夢依稀。躬耕本是英雄事，老死南陽未必非。」

欲將心事付瑤琴，知音少，絃斷有誰聽？

想要借助琴聲來訴說心裡的話，但無奈知心的人太少，即使把絃給彈斷了，又有誰來聽呢？

【解析】岳飛一心欲收復北方失土，主張舉兵抗敵，但朝廷權臣卻計畫和金人進行議和，並大力排擠堅持抗金的文武官員。詞人見北伐受阻，報國的心志難以實現，不禁痛恨這世上豺狼當道，知音寥寥，無人理解他的一腔憂憤。其中「絃斷」出自春秋時期俞伯牙和鍾子期的典故，善鼓琴的俞伯牙，自從知音鍾子期過世後便絕絃不彈，因為再也沒人能像鍾子期一樣聽得懂自己的音樂。可用來形容心事重重，卻苦於找不到可以傾訴和體會的人。

【出處】北宋末、南宋初．岳飛〈小重山．昨夜寒蛩不住鳴〉詞：「昨夜寒蛩不住鳴。驚回千里夢，已三更。起來獨自繞階行，人悄悄，簾外月朧明。白首為功名。舊山松竹老，阻歸程。欲將心事付瑤琴，知音少，絃斷有誰聽？」

堪笑翰林陶學士，年年依樣畫葫蘆。

可笑的是，我這個翰林院陶學士，年復一年，只會照著葫蘆的樣子畫葫蘆。

【解析】據北宋人魏泰《東軒筆錄》記載，宋太祖未登基前發動陳橋兵變，脅迫後周恭帝禪位，在如此重大的關鍵時刻，竟然忘記派人書寫禪文，熟料陶穀早已把寫好的禪文放在身上，協助太祖順利完成了受禪儀式。陶穀自認是大宋的開國功臣，並在翰林院盡心任職多年，卻遲遲沒有升官，便託人在太祖面前推薦自己。怎知太祖認為翰林學士不過是負責草擬典章制度，內容多依前人的版本稍作修改，也就是依樣葫蘆罷了，根本稱不上辛勞。陶穀得知此事後，心裡悶悶不樂，便在翰林院的牆上寫下此詩自嘲。可用來形容凡事只能沿襲前例去做，無法創新，難以展露自己的學識才華。

【出處】北宋．陶穀〈題玉堂壁〉詩：「官職須由生處有，才能不管用時無。堪笑翰林陶學士，年年依樣畫葫蘆。」

經世才難就，田園路欲迷。

治理天下的才能難以施展，歸隱田園的路又感到十分迷惘。

【解析】這首詩的詩題為〈秣陵道中口占〉。秣陵，古縣名，屬江寧府，即今之南京。口占，意指隨口吟成的詩文。推行變法失敗的王安石，罷相後從京城回到江寧住所，他自許懷有經世之才，縱使退居江湖，對於新法遭到保守派反對而無法成功，始終耿耿於心，也因而失去了鄉村生活的恬淡樂趣，詩中寄寓其在出仕和隱遁之間的矛盾情結。可用來形容因政治抱負無法實現的挫折與失落。

【出處】北宋．王安石〈秣陵道中口占〉詩二首之一：「經世才難就，田園路欲迷。殷勤將白髮，下馬照青溪。」

賢愚千載知誰是？滿眼蓬蒿共一丘。

過了千年，賢能或是愚昧有誰可以知道呢？放眼望去，不過都是滿目野草裡的一堆土丘。

【解析】黃庭堅在清明這天，看著長滿野草的丘墳，想起了《孟子．離婁》中的寓言，講述有一妻一妾的齊人，經常到墳地去向人乞討祭品，回家還和妻妾誇耀是到富貴人家吃飯的醜態；以及西漢人劉向《新序．節士》記載春秋高士介之推在助晉文公回國即位後，隱居山中，晉文公為逼其出仕而燒山，介之推寧願被燒死也不要公侯高位的氣節。作者在此要表達的是，無論是齊人或是介之推，到頭來都是「共一丘」，而後世的人們，又有誰能夠分辨得出長眠黃土下的是賢者還是愚人呢？可用來抒發對世人賢愚不分、是非不明的憤慨與無奈。

【出處】北宋．黃庭堅〈清明〉詩：「佳節清明桃李笑，野田荒壟只生愁。雷驚天地龍蛇蟄，雨足郊原草木柔。人乞祭餘驕妾婦，士甘焚死不公侯。賢愚千載知誰是？滿眼蓬蒿共一丘。」

醉鄉路穩宜頻到，此外不堪行。

只有在喝醉的時候，走路是穩的，可以經常去，除此之外，哪裡都不能去的啊！

【解析】人在醉酒的時候，明明處在走路最不穩的狀態，李煜卻故意說成「醉鄉路穩」，意即酒醒之後，對他而言更是舉步維艱，所以寧可頻頻爛醉，才能從困厄的現實處境中，獲得暫時的解脫。可用來形容利用縱酒來麻醉自己，求得忘卻愁苦。

【出處】五代．李煜〈烏夜啼．昨夜風兼雨〉詞：「昨夜風兼雨，簾幃颯颯秋聲。燭殘漏斷頻欹枕，起坐不能平。世事漫隨流水，算來一夢浮生。醉鄉路穩宜頻到，此外不堪行。」

憑誰問，廉頗老矣，尚能飯否？

誰會來詢問，廉頗如今老了，還能和過去一樣吃很多飯嗎？

【解析】辛棄疾作此詞時已高齡六十六歲，詞中他以戰國時期的趙國名將廉頗自比，表達渴望受到朝廷重用的心志。據《史記．廉頗藺相如列傳》記載，趙悼襄王面對秦軍來勢洶洶，想要再度起用投奔魏國的舊將廉頗，便派使臣前去探望廉頗的身體狀況，廉頗也很想回去為趙國效力，當著使者的面前吃了一斗米、十斤肉，披甲上馬奔馳，顯示自己仍大有可為，只不過使臣早已被趙國的權臣郭開給收買，回來後便在趙王面前謊稱，說廉頗吃一頓飯就跑了三趟廁所，使趙王誤認廉頗已老不堪用，遂不召回。辛棄疾雖自認與廉頗一樣老當益壯，然而他的際遇可說是比廉頗還不如，因為連前來探詢他的使者都不曾出現，一生懷抱雪恥復國的心志最後還是落空。可用來形容人雖老而雄心遠大，但終是不獲重用。

【出處】南宋．辛棄疾〈永遇樂．千古江山〉詞：「……元嘉草草，封狼居胥，贏得倉皇北顧。四十三年，望中猶記，烽火揚州路。可堪回首，佛狸祠下，一片神鴉社鼓。憑誰問，廉頗老矣，尚能飯否？」（節錄）

磨穿鐵硯非吾事，繡折金針卻有功。

勤奮向學，把鐵鑄的硯臺都磨穿了，並不是身為女子的我該做的事，擅長於刺繡針線等方面的技藝，才是女子的本分工作。

【解析】此詩的詩題為〈自責〉，表面上看似是朱淑真對於自己只愛舞文弄墨之事的懺悔，自責不該違背傳統禮教，以致荒廢了時下女子必須具備的婦功。然事實上，朱淑真是故意用反諷的筆法，表達其對封建制度下，普遍認為「女子無才便是德」觀念的藐視，發出她勇於追求自我的聲音。可用來形容女子雖具有文藝才情，卻不為當時社會主流或思想保守人士所見容，為此氣憤難平。

【出處】南宋・朱淑真〈自責〉詩二首之一：「女子弄文誠可罪，那堪詠月更吟風？磨穿鐵硯非吾事，繡折金針卻有功。」

勸君莫作獨醒人，爛醉花間應有數。

奉勸你不要孤獨地做一個保持清醒的人，還是在花叢裡痛飲爛醉才是最好的。

【解析】此乃晏殊在酣醉下對紅塵如夢的感悟，體認到既然青春與愛情皆無法長駐，不如把握「有花堪折直須折」的歡愉時光，即時爛醉在花叢脂粉堆裡也是無妨的，畢竟要效法前人「眾人皆醉我獨醒」，可是得承受極大的精神痛苦，實在不是他所能負荷的。可用來形容借痛飲大醉以消愁。

【出處】北宋・晏殊〈木蘭花・燕鴻過後鶯歸去〉詞：「燕鴻過後鶯歸去，細算浮生千萬緒。長於春夢幾多時，散似秋雲無覓處。聞琴解佩神仙侶，挽斷羅衣留不住。勸君莫作獨醒人，爛醉花間應有數。」

胸懷壯志

一點浩然氣，千里快哉風。

胸中懷有一點剛直正氣，就像是千里涼風吹拂身上，讓人感到心神暢快。

【解析】蘇軾謫居黃州時，好友張懷民亦貶至黃州，在長江邊建造了一座亭子，蘇軾替張懷民為亭子命名為「快哉亭」。蘇軾在詞中先是描寫快哉亭周遭的壯觀山水，之後借寫江面興起狂風，一名漁夫在風中與江浪搏鬥的驚險景象，引出其對戰國宋玉〈風賦〉把風分為「大王之雄風」和「庶民之雌風」乃可笑之說的議論。蘇軾認為宋玉根本不理解《莊子．齊物論》所言的「天籟」是大自然的聲音，本無貴賤之分；又引《孟子．公孫丑上》中「我善養吾浩然之氣」來加以發揮，意即江上的漁夫因心中存有一股浩然氣，故能無畏風浪，逆境中仍快意自適，精神昂揚。可用來形容心懷正氣，自然胸襟坦蕩，氣勢豪壯。

【出處】北宋．蘇軾〈水調歌頭．落日繡簾卷〉詞：「……一千頃，都鏡淨，倒碧峰。忽然浪起，掀舞一葉白頭翁。堪笑蘭臺公子，未解莊生天籟，剛道有雌雄。一點浩然氣，千里快哉風。」（節錄）

不畏浮雲遮望眼，自緣身在最高層。

不必擔心飄浮的雲會遮住我遠望的視線，只因我站在山峰的頂處。

【解析】剛步入政壇的王安石，登上杭州的飛來峰，此時正意氣飛揚的他從山的高處極目遠眺，體悟出一個人唯有爬得愈高，才可以看得愈遠，不會被遮蔽物擋住眼前美好的景色。可用來形容人立志遠大，不畏險阻。另可用來說明立場客觀，才不會被眼前一時的現象或不實的假象所迷惑。

【出處】北宋．王安石〈登飛來峰〉詩：「飛來山上千尋塔，聞說鷄鳴見日昇。不畏浮雲遮望眼，自緣身在最高層。」

有筆頭千字，胸中萬卷，致君堯舜，此事何難？

想當年，我們兄弟文思敏捷，也讀了很多的書，實現輔佐國君成就堯、舜之治的心志，又有什麼困難呢？

【解析】蘇軾準備由杭州通判調任密州知州，途中寫了此詞寄給弟弟蘇轍，回憶兄弟兩人年少同登進士，意氣風發，詩書萬卷在胸，自信滿滿認為實踐經世濟民的抱負，必是一件輕而易舉的事。詩中化用了唐人杜甫〈奉贈韋左丞丈二十二韻〉之「讀書破萬卷、下筆如有神」與「致君堯舜上，再使風俗淳」詩句，展現出蘇軾年輕時躊躇滿志的豪情。可用來形容文采飛揚，學問淵博，滿懷治世抱負。

【出處】北宋．蘇軾〈沁園春．孤館燈青〉詞：「……當時共客長安。似二陸初來俱少年。有筆頭千字，胸中萬卷，致君堯舜，此事何難？用舍由時，行藏在我，袖手何妨閑處看。身長健，但優游卒歲，且鬥尊前。」（節錄）

何日請纓提銳旅？一鞭直渡清河洛。

等到哪天，皇上才會同意我帶領精銳部隊出兵殺敵的請求？我要揮鞭渡過黃河和洛水，徹底掃清敵人的蹤跡。

【解析】已為南宋朝廷收復部分失土的岳飛，迫切期待高宗批准他率領精英戰士繼續北伐的奏章，認為此乃乘勝追擊金兵的大好時機，他要揮鞭渡河，直搗中原，收復宋朝舊有疆土。可惜的是，岳飛的心願並未能實現，便被命令班師回朝，事敗垂成。可用來形容人一心渴望得到領軍殺敵、報效國家的機會。

【出處】北宋末、南宋初．岳飛〈滿江紅．遙望中原〉詞：「……兵安在？膏鋒鍔。民安在？填溝壑。嘆江山如故，千村寥落。何日請纓提銳旅？一鞭直渡清河洛。卻歸來、再續漢陽遊，騎黃鶴。」（節錄）

夜闌臥聽風吹雨，鐵馬冰河入夢來。

夜裡躺在床上，聽著風吹雨打聲，到了夢中，風雨聲便化成了披上鐵甲的戰馬行進於冰凍河流上的聲音。

【解析】年老退居山村的陸游，報國心志至老而未衰。詩中寫其在風雨大作的夜晚沉沉入睡，而出現在他夢境的是，由風雨聲轉化成萬馬奔騰聲的征戰場景，意在突顯作者在現實中難以實現的心願，只能寄託在夢裡完成。可用來形容人日夜思盼投身戰場，保國安民。

【出處】南宋．陸游〈十一月四日風雨大作〉詩二首之二：「僵臥孤村不自哀，尚思為國戍輪臺。夜闌臥聽風吹雨，鐵馬冰河入夢來。」

當年萬里覓封侯，匹馬戍梁州[1]。

我回想當年離家萬里，為了尋找建功立業的機會，獨自一人騎馬到邊境梁州防守。

【注釋】1.梁州：古九州之一，約位在今陝西、四川境內。此指陸游當時戍守所在南鄭，位在今陝西漢中市境內，為南宋朝廷的西北邊防重鎮。

【解析】陸游詞中回憶其壯年時期，曾奔赴西北邊境南鄭從軍，當時他懷抱著高昂的鬥志，渴望上陣殺敵，收復中原失地，可惜不到一年的時間就被召回。報國宏願雖未能了，但那段戍衛邊疆的歲月，讓他到老都一直牢記在心。可用來形容志在效命疆場，立功封侯。

【出處】南宋．陸游〈訴衷情．當年萬里覓封侯〉詞：「當年萬里覓封侯，匹馬戍梁州。關河夢斷何處？塵暗舊貂裘。胡未滅，鬢先秋，淚空流。此生誰料？心在天山，身老滄洲。」

調鼎[1]為霖，登壇作將[2]，燕然[3]即須平掃。

我若為宰相，必先拯救百姓脫離痛苦，我若為將領，必定即刻出兵，橫掃金國，收復失土。

【注釋】1.調鼎：本指處理國家大事，就如同在鼎中調味一樣。後來多比喻宰相治理天下。2.登壇作將：古代任命將帥的隆重儀式。3.燕然：即杭愛山，位在今蒙古國境內。此代指金國土地。

【解析】金人攻陷北宋國都，朝廷被迫南遷，一度被南宋高宗拜為宰相的李綱，因力主抗敵而與高宗的心意不符，隨後即被罷相，這時的他，深感自己空有匡時濟世的能力以及對敵作戰的策略，只是上位者卻不願給他施展的機會。可用來形容一個人自認具備文武全才，無論是入相或出將都當仁不讓。

【出處】北宋末、南宋初·李綱〈蘇武令·塞上風高〉詞：「塞上風高，漁陽秋早。惆悵翠華音杳，驛使空馳，征鴻歸盡，不寄雙龍消耗。唸白衣、金殿除恩，歸黃閣、未成圖報。誰信我、致主丹衷，傷時多故，未作救民方召。調鼎為霖，登壇作將，燕然即須平掃。擁精兵十萬，橫行沙漠，奉迎天表。」

戲馬臺[1]南追兩謝，馳射，風流猶拍古人肩。

我要在戲馬臺的南邊，追尋謝瞻、謝靈運族兄弟當時作詩的風采，騎馬射箭，意氣昂揚，足以和古人並肩而立。

【注釋】1.戲馬臺：為秦末項羽在徐州所築的高臺。東晉末年，時為宋公的劉裕北征至此，於重陽節大宴僚屬於戲馬臺，詩人謝瞻、謝靈運族兄弟兩人皆有作詩。

【解析】滿頭白髮的黃庭堅，寫其在貶地黔州過重陽節，適逢久雨的天氣難得放晴，他把黃菊插在蒼蒼白髮上，來到蜀江前暢快飲酒，想起了文采風流的謝瞻、謝靈運族兄弟，當年曾在戲馬臺前賦詩，神色飛揚，而今自己不止要寫出好詩，還要馳馬射箭，豪情絲毫不比謝家子弟來得遜色。可用來形容人的氣勢豪壯，堪與古代的風流人物媲美。

【出處】北宋·黃庭堅〈定風波·萬裡黔中一漏

天〉詞：「萬里黔中一漏天，屋居終日似乘船。及至重陽天也霽，催醉，鬼門關外蜀江前。莫笑老翁猶氣岸，君看，幾人黃菊上華顛？戲馬臺南追兩謝，馳射，風流猶拍古人肩。」

鬢華雖改心無改。

兩鬢的頭髮已變得花白，但我的心志始終沒有改變。

【解析】歐陽脩詞中抒發其十年來歷經宦海浮沉，一同共患難的老友相繼凋零，對著鏡子時，又發現自己面容老化的速度快到令人吃驚的地步，但即使如此，已是一頭白髮的他，依然懷著勃勃雄心，豪邁意氣完全不減壯盛當年。可用來形容一個人老當益壯，充滿不服老的精神。

【出處】北宋．歐陽脩〈采桑子．十年前是尊前客〉詞：「十年前是尊前客，月白風清。憂患凋零，老去光陰速可驚。鬢華雖改心無改，試把金觥。舊曲重聽，猶似當年醉裡聲。」

懷古抒志

大江東去，浪淘盡、千古風流人物。

長江的水浩蕩東流而去，千百年來，波濤巨浪，淘洗出無數的傑出人才。

【解析】蘇軾在黃州與友人遊長江岸邊的赤鼻磯（非赤壁之戰的發生地），面對翻滾江水東去，讓他想起了當年孫吳大將周瑜，在赤壁破曹操軍隊的壯闊場面，不禁讚嘆那個時代，產生了多少個豪傑英雄，即使時間如江流一樣無情，不論才能多麼出眾的人物，終究都抵不過生命有限的自然規律，但他們留在史冊上的超凡風采，至今仍留給後人景仰。南宋人胡仔《苕溪漁隱叢話》評曰：「語意高妙，真古今絕唱。」可用來形容面對大江大海，抒發懷古幽情。

【出處】北宋・蘇軾〈念奴嬌・大江東去〉詞：「大江東去，浪淘盡、千古風流人物。故壘西邊，人道是、三國周郎赤壁。亂石崩雲，驚濤裂岸，捲起千堆雪。江山如畫，一時多少豪傑……」（節錄）

王霸謾[1]分心與跡，到成功處一般難。

從史書中，不易分辨出古人的思想與行為是王業還是霸業，但無論如何，他們能夠取得成功，必然歷經了超乎常人的艱辛過程。

【注釋】1.謾：空、徒然。

【解析】此詩的詩題〈讀史〉，意即作者朱淑真抒發閱讀史書的感觸。在宋朝那樣封建保守的年代，朱淑真堪稱是一位勇於擺脫傳統束縛的女性，她為了與個性不合的丈夫離婚，無視於社會輿論的壓力，其後為了與自己喜愛的人幽會，明知難以長久廝守，也要把握住當下的相處。更難得的是，朱淑真並不是只會寫吟風弄月或抒發個人情愛的詩文，從這首詩就可看出她異於一般人的穎悟力。她深感自古流傳下來的史書，大多是後一朝代的統治者（亦是打敗前朝的勝利者）下令史家撰寫，史家再將史料進行主觀性的取捨，呈現出來的內容自然失去了客觀平衡。也因此，朱淑真認為讀史書時，必須保有自己的獨立見解，仔細辨別那些所謂王業或霸業人物的心態和手段，千萬不要被書中偏頗的文字給欺瞞，進而對某些被醜化的歷史人物造成誤解。可用來說明對於書上記載的古人古事，應進行多方面的思考和研究。

【出處】南宋・朱淑真〈讀史〉詩：「筆頭去取萬千端，後世遭它恣意瞞。王霸謾分心與跡，到成功處一般難。」

生當作人傑，死亦為鬼雄。

活著要當人中的豪傑，死了也要成為鬼中的英雄。

【解析】李清照借憑弔西楚霸王項羽，雖敗退烏江，卻不肯苟安江東、愧對父老子弟，寧可自刎而死，這段至今還讓後人追思的壯烈史實，諷刺被金兵打到退至南方的南宋朝廷，只圖眼前的安逸，情願活在金人的威嚇下，忍辱偷生，也沒有勇氣來和敵人拚命一搏。可用來形容人生在世，理當效法英豪雄傑，立下一番功業，縱死也要保持氣節，英烈成仁。

【出處】北宋末、南宋初．李清照〈絕句〉詩：「生當作人傑，死亦為鬼雄。至今思項羽，不肯過江東。」

多少六朝興廢事，盡入漁樵閑話。

那些六朝興盛衰亡的往事，如今都成了漁人、樵夫閑談的話語。

【解析】史上稱先後建都於南京（舊稱建康、金陵）的三國東吳、東晉、南朝宋、齊、梁、陳為六朝。張昪（ㄅㄧㄢˋ）來到六朝的舊都，望著江南如畫般的山水美景，遙想昔時此地的金粉風華、文士風流雖已不復，但仍是現今尋常百姓喜愛在茶餘酒後當成聊天的話題，讓他興起一股世事滄桑的感傷。可用來表達看到歷史陳跡景物，湧上對古人古事的追思。

【出處】北宋．張昪〈離亭燕．一帶江山如畫〉詞：「一帶江山如畫，風物向秋瀟灑。水浸碧天何處斷？霽色冷光相射。蓼嶼荻花洲，掩映竹籬茅舍。雲際客帆高掛，煙外酒旗低亞。多少六朝興廢事，盡入漁樵閑話。悵望倚層樓，寒日無言西

下。」（此詞一說作者為孫浩然）

江山如畫，一時多少豪傑？

江河山岳如似一幅壯麗的圖畫，一時之間，出現了多少的優秀才士？

【解析】蘇軾所遊的赤鼻磯，雖非東漢末年赤壁之戰的所在，仍讓詞人對過往那段風雲際會，各路英雄競相湧現的歷史心馳神往，期盼自己也能像歷代豪傑一樣，立下不朽的豐功偉業。可用來形容大好河山，俊傑輩出。

【出處】北宋．蘇軾〈念奴嬌．大江東去〉詞：「大江東去，浪淘盡、千古風流人物。故壘西邊，人道是、三國周郎赤壁。亂石崩雲，驚濤裂岸，捲起千堆雪。江山如畫，一時多少豪傑……」（節錄）

君不見咫尺長門閉阿嬌，人生失意無南北。

你難道沒有看見，西漢武帝皇后陳阿嬌雖然距離君王極近，但被幽閉在長門宮中，當人遭遇不如意的時候，是不分身處南方或北方的。

【解析】詩題中的「明妃」，指的是西漢元帝的宮女王昭君，西晉時因避司馬昭諱，改稱之。作者王安石借寫西漢武帝皇后陳阿嬌失寵後，被幽禁冷宮的史實，以及西漢時因不肯賄賂畫工而無緣被元帝召幸，之後遠嫁匈奴的王昭君作南北對比，認為仍一心惦記著漢帝的王昭君，應在匈奴國展開新的生活，若是連在皇帝身旁的陳阿嬌都受到如此無情的對待，那麼距離的遠近和情感的厚薄實在沒有絕對的關聯，暗喻自己的心志如出塞的王昭君，縱使離朝廷再遠，也不會忘記君恩。可用來形容人生無論身在何處，都有可能陷入低潮或遭遇不幸。

【出處】北宋．王安石〈明妃曲〉詩二首之一：

「……一去心知更不歸，可憐著盡漢宮衣。寄聲欲問塞南事，只有年年鴻雁飛。家人萬里傳消息，好在氈城莫相憶。君不見咫尺長門閉阿嬌，人生失意無南北。」（節錄）

紅顏勝人多薄命，莫怨春風當自嗟。

世上擁有出眾美貌的女子，大多命運不太好，但也不要埋怨春風無情，只能自己嗟嘆。

【解析】西漢宮人王昭君因自恃貌美而未賄絡畫工，以致無法留在元帝身邊，最後自願嫁到匈奴，成為兩國和親政策下的犧牲品，作者歐陽脩借寫此事，抒發古來紅顏多命薄的感喟，縱使心中充滿怨尤，也無法改變不濟的時運。可用來說明才貌過人者，大都命途坎坷，經常遭受各種磨難。

【出處】北宋．歐陽脩〈再和明妃曲〉詩：「漢宮有佳人，天子初未識。一朝隨漢使，遠嫁單于國。絕色天下無，一失難再得。雖能殺畫工，於事竟何益？耳目所及尚如此，萬里安能制夷狄？漢計誠已拙，女色難自誇。明妃去時淚，灑向枝上花。狂風日暮起，飄泊落誰家？紅顏勝人多薄命，莫怨春風當自嗟。」

想當年，金戈鐵馬，氣吞萬里如虎。

回想當年，劉裕手持金戈，身跨披著鐵甲的戰馬，氣勢有如猛虎般，長征萬里以外的敵人。

【解析】此詞作於辛棄疾鎮守京口期間，他遙想東晉末年曾住在此地的劉裕（日後篡晉，改國號宋，史稱劉宋或南朝宋），率領精銳的晉軍兩度北伐，先後滅南燕、後秦，收復洛陽、長安等大片失土，立下赫赫偉業的這段史實，藉此暗批當時的南宋朝廷懦弱怯戰，只圖偏安一方，以致其懷抱恢復中原的壯志，到老都難以實現。可用來形容對昔日帶兵殺敵、所向披靡的風雲人物之仰慕追懷。

【出處】南宋．辛棄疾〈永遇樂．千古江山〉詞：「千古江山，英雄無覓，孫仲謀處。舞榭歌臺，風流總被，雨打風吹去。斜陽草樹，尋常巷陌，人道寄奴曾住。想當年，金戈鐵馬，氣吞萬里如虎……」（節錄）

漢恩自淺胡自深，人生樂在相知心。

漢朝對妳的恩情淺薄，胡人對妳的情誼卻很深，人生最快樂的事情，是在於有人與自己相互知心。

【解析】王安石詩中敘述王昭君剛要嫁與匈奴時，前來迎娶的華麗車子達上百輛，載的全是專門侍奉她的匈奴女子，足見匈奴單于對王昭君的重視。只是王昭君一直無法忘情漢朝，經常一邊彈著琵琶，一邊仰視飛鴻、飲著胡酒，將心事寄託琵琶曲聲中。一名在大漠上經過的行人，聽了王昭君的哀戚絃音後，遂以胡恩比漢恩更深作為勸慰語，希望王昭君珍惜理解她且真正對她好的人，別再留戀對她情義淡薄的人。王安石寫這首詩，意在讚美王昭君的為人忠厚，即使漢朝情薄，她仍不忘舊恩。可用來抒發人對知己的渴求。也可用來形容期待自己在乎的人，終會明瞭自己的心意並珍視自己。

【出處】北宋．王安石〈明妃曲〉詩二首之二：「明妃初嫁與胡兒，氈車百兩皆胡姬。含情欲說獨無處，傳與琵琶心自知。黃金捍撥春風手，彈看飛鴻勸胡酒。漢宮侍女暗垂淚，沙上行人卻回首。漢恩自淺胡自深，人生樂在相知心。可憐青冢已蕪沒，尚有哀絃留至今。」

詠物吟志

【詠動物】

老牛粗了耕耘債，
齧草坡頭臥夕陽。

年老的牛剛忙完耕耘的粗活，卸下沉重的負荷，在夕陽餘暉下，橫臥山坡上啃著草。

【解析】孔平仲描寫秋收後禾香撲鼻，穀場收成豐足，而促成豐收的功勞，非辛勤耕耘近一年的老牛莫屬，此時卻見牠如釋重負地靜臥在坡頭嚼著草，一派悠閑滿足，完全沒有居功自恃的樣子。可用來讚賞耕牛勤勞務實的精神。

【出處】北宋．孔平仲〈禾熟〉詩：「百里西風禾黍香，鳴泉落竇穀登場。老牛粗了耕耘債，齧草坡頭臥夕陽。」

但得眾生皆得飽，
不辭羸病臥殘陽。

只要所有的人都能夠吃得飽，我（這頭病牛）即使疲累到病倒在夕陽下也在所不辭。

【解析】宋朝南渡之初，曾任南宋高宗宰相的李綱，因支持主戰而和朝廷主和的立場不同，很快就遭到罷職，詩中他借歌詠為人耕田到又弱又病的牛隻，暗喻自己憂國愛民的心也同牛一樣，只要天下蒼生得以飽食，情願終生辛勞，甚至奉獻生命，亦是無怨無悔。可用來比喻為了大眾利益而不惜犧牲自己的情操。

【出處】北宋末、南宋初．李綱〈病牛〉詩：「耕犁千畝實千箱，力盡筋疲誰復傷？但得眾生皆得飽，不辭羸病臥殘陽。」

揀盡寒枝不肯棲，
寂寞沙洲冷。

孤雁在寒天中，挑遍了所有的樹枝，仍然不肯棲息在枝頭，寧願停留在那荒冷的沙洲間。

【解析】此詞為蘇軾貶居黃州時所作，借月夜下的孤雁，不肯棲息樹枝而甘願獨宿於沙洲，寄託自己同孤雁一樣，寧可忍受孤寂淒冷，也不願苟合取容的心境，亦含有良禽擇木而棲的意思。清人黃蘇《蓼園詞選》評論這闋詞的下片：「下專就鴻說，語語雙關，格奇而語雋，斯為超詣神品。」可用來比喻人孤高自許，即使飽受淒苦，也不肯俯仰由人，始終堅持原則。

【出處】北宋．蘇軾〈卜算子．缺月挂疏桐〉詞：「缺月挂疏桐，漏斷人初靜。誰見幽人獨往來？縹緲孤鴻影。驚起卻回頭，有恨無人省，揀盡寒枝不肯棲，寂寞沙洲冷。」

■詠植物■

一塵不染香到骨，姑射仙人[1]風露身。

（雪後的梅花）沒有沾惹絲毫的塵汙，綻放出沁入骨髓的寒香，就像是姑射山上的仙女，亭亭立於風雪露霜之中。

【注釋】1.姑射仙人：古來傳說姑射山上住有仙女，後多代稱美人。姑射，山名，位在今山西臨汾市境內。

【解析】張耒歌詠臘月雪後的梅花淨潔無瑕，寒香徹骨，宛若住在仙山的冰霜美人。詩中「一塵不染」的「塵」本指塵垢、汙染，後被佛家引申作塵俗欲念，認為修行者應當保持心地明淨，不為世俗塵埃所沾染。可用來形容梅花純淨脫俗，如同人的品格清高廉潔，不受流俗惡習的影響。

【出處】北宋．張耒〈臘初小雪後梅開〉詩二首之二：「晨起千林臘雪新，數枝雲夢澤南春。一塵不染香到骨，姑射仙人風露身。」

也知造物有深意，故遣佳人在空谷。

也知道這是出自上天深刻的用意，故意將絕代佳人安排住在空曠的山谷中。

【解析】蘇軾在黃州看到一株本應長在故鄉蜀地的名貴海棠，竟然流落到偏僻閉塞的黃州山谷，認為這一切必定是造物者刻意的安排，好讓這株盛開繁茂的海棠花在此陪伴孤獨的他。作者在詩中託物遣興，抒發海棠和自己同為天涯淪落人，命運相仿。清人紀昀評點《蘇文忠公詩集》寫道：「純以海棠自寓，風姿高秀，興象微深。」可用來形容天姿雍容華貴的海棠，即使生長在惡劣的環境，仍保持其高潔清雅的姿容。

【出處】北宋．蘇軾〈寓居定惠院之東，雜花滿山，有海棠一株，土人不知貴也〉詩：「江城地瘴蕃草木，只有名花苦幽獨。嫣然一笑竹籬間，桃李漫山總粗俗。也知造物有深意，故遣佳人在空谷。自然富貴出天姿，不待金盤薦華屋……」（節錄）

只恐夜深花睡去，故燒高燭照紅妝。

只怕夜深海棠要入睡了，所以點燃長燭，映照著海棠鮮豔盛麗的妝容。

【解析】蘇軾詩中將月色籠罩下的海棠花，比喻成夜深欲睡的美人，當月光轉過迴廊，照不到海棠時，他因不忍海棠的芳容被黑夜給掩蓋，竟想到以高燭相照，足見蘇軾愛花的執著深情。據唐人鄭處誨《明皇雜錄》記載，唐玄宗某日欲召見醉酒未醒的楊貴妃，侍女只好扶著貴妃前來拜見，玄宗見狀便說：「豈是妃子醉耶？真海棠睡未足耳。」花草本無知無情，怎會知睡，有情的是惜花的痴心人，蘇軾在此借用前人典故，表現其對海棠的一片愛憐情意，可用來形容春夜點上燈火，欣賞海棠花如美人般的明豔風姿。

【出處】北宋．蘇軾〈海棠〉詩：「東風嫋嫋泛崇光，香霧空濛月轉廊。只恐夜深花睡去，故燒高燭照紅妝。」

朱唇得酒暈生臉，翠袖卷紗紅映肉。

紅色的嘴唇沾了酒，臉頰泛起紅暈，捲起翠綠薄紗的衣袖，露出紅潤的肌膚。

【解析】人在貶地黃州的蘇軾，詩中借歌詠一株風姿高貴、色豔絕倫的海棠，本是家鄉蜀地盛產的名花，竟然長在偏僻的黃州與雜花野草為伍，寄寓自己同海棠一樣流落異鄉的感懷。可用來形容海棠花色澤嬌豔，葉綠花紅，足以和天姿國色相媲美。另可用來比喻美人微醺的姿色情態。

【出處】北宋．蘇軾〈寓居定惠院之東，雜花滿山，有海棠一株，土人不知貴也〉詩：「……朱唇得酒暈生臉，翠袖卷紗紅映肉。林深霧暗曉光遲，日暖風輕春睡足。雨中有淚亦淒愴，月下無人更清淑……」（節錄）

似花還似非花，也無人惜從教墜。

楊花像花又不像是花，也沒有人會惋惜它，總是任它飄散墜落。

【解析】一般人對別名柳絮的楊花多充滿鄙薄之意，蘇軾卻一反常情，在此借花抒情，說楊花空有花名，卻沒有花的妍麗形態，且不帶怡人的香氣，自是不惹人憐惜，表達對楊花長期遭到人們輕視的遺憾。可用來形容楊花隨風飄零，故不被人愛憐，就像四處漂泊的人生一樣，也不受人注目。

【出處】北宋．蘇軾〈水龍吟．似花還似非花〉

詞：「似花還似非花，也無人惜從教墜。拋家傍路，思量卻是，無情有思。縈損柔腸，困酣嬌眼，欲開還閉。夢隨風萬里，尋郎去處，又還被、鶯呼起……」（節錄）

何須淺碧深紅色？自是花中第一流。

（桂花）為什麼一定要有淺綠和深紅的美麗色澤呢？它本來就是花界中最上等的。

【解析】李清照詞中讚美桂花的花色輕淡淺黃，體積細小，外表雖沒有其他名花來得豔麗，但是香味純真。即使得不到眾人的注目和喜愛，但在詞人的眼底，桂花的柔美姿態和秀雅風韻，絕對稱得上是一等一的花。可用來形容桂花不以嬌媚顏色取悅於人，而是散發出馥郁芬芳，表現其內在美好，韻味高雅。

【出處】北宋末、南宋初・李清照〈鷓鴣天・暗淡輕黃體性柔〉詞：「暗淡輕黃體性柔，情疏跡遠只香留。何須淺碧深紅色？自是花中第一流。梅定妒，菊應羞。畫闌開處冠中秋。騷人可煞無情思，何事當年不見收？」

更無柳絮因風起，惟有葵花向日傾。

現在再也沒有柳絮隨風飄舞了，只有看見葵花向著太陽生長。

【解析】北宋神宗時期，司馬光因反對王安石的新法而離開京城，在洛陽閑居十多年。期間他見柳絮紛飛的暮春已過，正值初夏葵花盛開，作詩寄寓自己絕不會像因風起舞的柳絮，輕薄隨便，而是和有向日性的葵花一樣，一心朝著太陽，磊落光明。可用來形容心志忠誠如一，如葵花向陽。另可用來形容初夏時節，葵花向日傾長。

【出處】北宋・司馬光〈客中初夏〉詩：「四月清

和雨乍晴，南山當戶轉分明。更無柳絮因風起，惟有葵花向日傾。」

待浮花浪蕊都盡，伴君幽獨。

等到所有輕浮浪蕩的花朵都凋謝時，石榴花才會綻開，陪伴幽居孤獨的你。

【解析】蘇軾詞中主在歌詠石榴花不在春天與百花爭妍鬥豔，而是待繁花落盡之後的初夏時節才盛開，以彰顯石榴花卓然孤高的特質，後人也多以「浮花浪蕊」一詞來比喻舉止輕浮、妝扮豔冶的女子。可用來形容人的品格如初夏開放的石榴花一樣獨立不群。

【出處】北宋・蘇軾〈賀新郎・乳燕飛華屋〉詞：「……石榴半吐紅巾蹙，待浮花浪蕊都盡，伴君幽獨。穠豔一枝細看取，芳心千重似束。又恐被、西風驚綠。若待得君來向此，花前對酒不忍觸。共粉淚，兩簌簌。」（節錄）

根到九泉無曲處，世間惟有蟄龍知。

檜樹的根，即使到了九泉之下也不曾盤曲，但人們看不見，只有潛伏於地下等待時機以飛天的龍才能了解。

【解析】蘇軾的友人王復，家門外種有兩棵聳入雲天的檜樹，詩中借歌詠檜樹不僅樹幹挺立高大，連扎在地底下的樹根也是又深又直，讚美王復的品格一如檜樹正直不屈，不論是在明處或暗處都不改其志。古來「蟄龍」常被用來比喻隱匿於民間的有志之士，蘇軾在此暗指王復剛正耿介卻懷才不遇。值得一提的是，這首詠檜詩，後來竟遭到有心人士的操弄，誣陷蘇軾無視有如飛龍在天的皇帝，卻說要去地下尋求蟄龍，根本是在嘲諷神宗識人不明，給蘇軾扣上「不臣」的罪名，隨即逮捕入獄，欲治其死罪，最後是在各方人士的奔走與求情下，蘇軾才結束一百多天的文字獄。本句可用來頌揚檜樹挺直磊落，表裡如一。

【出處】北宋．蘇軾〈王復秀才所居雙檜〉詩二首之二：「凜然相對敢相欺，直幹淩空未要奇。根到九泉無曲處，世間惟有蟄龍知。」

將飛更作〈迴風〉舞[1]，已落猶成半面妝[2]。

掉落的花朵，彷彿隨著〈迴風〉曲子在風中翻飛起舞，落到地面時，猶如美人化了半面的粉妝。

【注釋】1.〈迴風〉舞：相傳西漢武帝有一位名叫麗娟的宮人，在宮中唱〈迴風〉曲，庭中花皆翻落。此指花落隨風而舞。2.半面妝：南朝梁元帝因獨眼，其妃子徐昭佩每知帝至，必在臉上化半面妝，故意惱怒元帝。後多用來比喻僅得到事物的片面而未得全貌。此指花雖落地，卻仍堅持如美人一樣猶帶妝容。

【解析】年少時的宋祁，與兄長宋庠以布衣遊學，某日在宴席上賦此〈落花〉詩，一時膾炙人口，聲名鵲起。詩中他以美人快舞比喻隨風飛動的落花，以美人殘妝比喻一地的落花，即使著地非花所自願，花也執意要為自己保留美麗高貴的身影，暗喻人在落難或生命低潮時，也要像花一樣奮力振作，愛惜自己。近人吳闓生《古今詩範》評論這兩句詩：「此聯興會飆舉，能盡落花之神態。」可用來說明落花帶妝飄舞，其自珍自重的精神，值得人們學習。

【出處】北宋．宋祁〈落花〉詩二首之二：「墜素翻紅各自傷，青樓煙雨忍相忘？將飛更作〈迴風〉舞，已落猶成半面妝。滄海客歸珠迸淚，章臺人去骨遺香。可能無意傳雙蝶？盡付芳心與蜜房。」

疏影橫斜水清淺，暗香浮動月黃昏。

梅枝的影子錯落有致，斜映在清澈低淺的水

邊，淡雅的幽香，在黃昏月色下隨處飄散。

【解析】隱居於杭州西湖的林逋，以種梅養鶴自娛，因其無妻無子，而得有「梅妻鶴子」之稱，詩中描寫梅花的容態和神韻，彰顯出梅花的高潔幽雅，寄託人的品格同梅花一樣拔俗超塵。可用來形容梅樹或梅花清幽脫俗的風姿，令人神往。

【出處】北宋．林逋〈山園小梅〉詩：「眾芳搖落獨暄妍，占盡風情向小園。疏影橫斜水清淺，暗香浮動月黃昏。霜禽欲下先偷眼，粉蝶如知合斷魂。幸有微吟可相狎，不須檀板共金尊。」

無肉令人瘦，無竹令人俗。

飲食中沒有肉會使人消瘦，居住處沒有竹會讓人變得庸俗。

【解析】蘇軾借詩讚美於潛（位在今浙江杭州市境內）寂照寺的僧人孜，字惠覺，長期住在種植很多竹子的綠筠軒中，情操有如竹子一樣高節清芬，其以「肉」的美味對比「竹」的美德，更彰顯出這位愛竹僧人的不同凡俗。可用來稱頌竹子高雅脫俗，風骨剛直。

【出處】北宋．蘇軾〈於潛僧綠筠軒〉詩：「可使食無肉，不可使居無竹。無肉令人瘦，無竹令人俗。人瘦尚可肥，俗士不可醫。旁人笑此言，似高還似痴？若對此君仍大嚼，世間那有揚州鶴？」

菊殘猶有傲霜枝。

菊花雖已凋殘，但菊枝仍傲立在風霜之中。

【解析】此詩是蘇軾為其好友劉季孫（字景文）而作，借寫秋末初冬菊花謝了之後，菊枝猶在寒霜中傲然挺立的神態，喻比好友的人品風範正如耐寒的殘菊一樣，意志堅強，節操高尚，絕不為惡劣環境所屈撓。可用來讚美殘菊不畏嚴霜的勁節風骨。

【出處】北宋·蘇軾〈贈劉景文〉詩：「荷盡已無擎雨蓋，菊殘猶有傲霜枝。一年好景君須記，最是橙黃橘綠時。」

當年不肯嫁春風，無端卻被秋風誤。

（荷花）回想當時不肯與百花一樣，跟隨春風綻放，如今卻無緣無故被秋風給耽誤了。

【解析】賀鑄詞中歌詠荷花不與春花爭奇鬥妍，獨自選擇在夏季盛開，不幸的是，秋天一來，荷花紅衣脫盡，飽受冷風摧殘，處境淒涼。作者借荷花的自開又自落，無人理睬，寄寓自己過去不肯附勢趨時，如今年華老去，仍孑然落魄。可用來形容夏季開的荷花幽潔孤傲，不願媚俗的倔強品格。

【出處】北宋·賀鑄〈踏莎行·楊柳回塘〉詞：「楊柳回塘，鴛鴦別浦，綠萍漲斷蓮舟路。斷無蜂蝶慕幽香，紅衣脫盡芳心苦。返照迎潮，行雲帶雨，依依似與騷人語。當年不肯嫁春風，無端卻被秋風誤。」

嫣然搖動，冷香飛上詩句。

（荷花）微笑輕搖身子，一陣幽冷的清香飛來，讓我寫下了詠荷的詩句。

【解析】姜夔與友人蕩舟賞荷，在微雨涼風下，整片火紅盛開的荷花在水波上婀娜搖曳，幽香撲鼻，在詞人的眼裡，彷彿看見了一個個巧笑倩兮的輕盈美人，散發出縷縷襲人的冷香，讓他忍不住妙發靈機，信筆寫成了這闋詠荷的美詞。可用來形容出水荷花清麗娉婷的高雅風韻，令人心儀神往。

【出處】南宋·姜夔〈念奴嬌·鬧紅一舸〉詞：「鬧紅一舸，記來時、嘗與鴛鴦為侶。三十六陂人未到，水佩風裳無數。翠葉吹涼，玉容銷酒，更灑菰蒲雨。嫣然搖動，冷香飛上詩句……」（節錄）

寧可抱香枝上老，不隨黃葉舞秋風。

（菊花）寧可懷抱著香氣，在枝頭上老去，也不想與枯黃的葉子，在秋風裡一同飄舞著。

【解析】此詩的詩題為〈黃花〉，指的就是菊花。朱淑真詩中借寫菊花一般都是在枝頭上枯萎，並不會墜落後隨風飛舞的物性，來比喻一個人自始至終對於自我的堅持，即使快要走到生命的盡頭，也不肯跟從世俗而改變自己的原則。可用來說明菊花抱枝而謝，正如人堅守自己的獨立特性和處事準則，至死也不妥協。

【出處】南宋．朱淑真〈黃花〉詩：「土花能白又能紅，晚節由能愛此工。寧可抱香枝上老，不隨黃葉舞秋風。」

遙知不是雪，為有暗香來。

遠遠看過去就知道那不是雪，因為有陣陣清幽的香氣飄過來。

【解析】王安石詩中描寫嚴寒中獨自怒放的梅花，遠看潔白如雪，卻又散發出一股白雪所沒有的淡淡幽香，借喻人的品格也應效法梅花的淨潔無瑕，面對惡劣的環境也從不屈服。可用來形容梅花清香高潔的神韻。

【出處】北宋．王安石〈梅花〉詩：「牆角數枝梅，凌寒獨自開。遙知不是雪，為有暗香來。」

濃綠萬枝紅一點，動人春色不須多。

在濃密的綠葉和樹枝中，露出一朵紅花，能讓人心動的春景，實在不用過多。

【解析】王安石寫其漫步於庭園，發現茂密綠叢中的一朵紅石榴花，頓時眼睛為之一亮，原本滿園濃綠的畫面，因這一點紅的綴飾，倍增明媚春色。可用來形容紅花有了茂盛綠葉的陪襯，更顯花的妍麗光彩。另可用來比喻掌握了事物的關鍵，就能用最少的力氣，發揮最大的效果。

【出處】北宋．王安石〈詠石榴花〉詩：「濃綠萬枝紅一點，動人春色不須多。」

蕭然風雪意，可折不可辱。

竹子生長在冷落蕭條的風雪中，雖可折斷卻不可以被侮辱。

【解析】蘇軾因詩文惹禍，從湖州被抓來京城，關押在御史臺監獄，陷害他的人說蘇軾的詩文充滿怨謗神宗的意涵，欲定其死罪。蘇軾此時雖身在囹圄，風骨依舊凜然。這首描寫御史臺前竹子的詩，表面上是在詠竹可受摧折，但絕不接受被玷汙羞辱，實是寄寓自己的心志和竹子一樣寧折不彎，剛毅正直。可用來形容人的氣節崇高挺直如長竹，不可凌辱侵犯。

【出處】北宋．蘇軾〈御史臺榆、槐、竹、柏〉詩四首之三：「今日南風來，吹亂庭前竹。低昂中音會，甲刃紛相觸。蕭然風雪意，可折不可辱。風霽竹已回，猗猗散青玉……」（節錄）

縱被春風吹作雪，絕勝南陌碾成塵。

即使水邊的杏花被春風吹落，如雪花般地飄入清澈的水中，也絕對勝過長在南邊路上的杏花，被往來的車輛碾作塵土。

【解析】晚年退隱江寧的王安石，藉由描寫臨水杏花與路旁杏花，兩者最終命運的截然不同，抒發自己寧可選擇遠離塵囂，清白一世，也不願處於喧囂道路，任由人車踐踏，沾滿了一身汙穢。近人陳衍《宋詩精華錄》評曰：「末二語恰似自己身分。」

意即王安石借花喻己。可用來比喻人的品格雅潔，不落凡俗。

【出處】北宋・王安石〈北陂杏花〉詩：「一陂春水繞花身，花影妖饒各占春。縱被春風吹作雪，絕勝南陌碾成塵。」

露痕輕綴，疑淨洗鉛華，無限佳麗。

花瓣上還隱約留著露珠的痕跡，簡直就像一位美人把臉上的脂粉都洗淨了，無比清新美麗。

【解析】周邦彥詞中歌詠梅花的氣質素淨淡雅，與百花喜好鬥巧爭奇，盡情向世人展現嬌媚姿態的風格迥然不同，宛如不染纖塵的麗質佳人，令人傾心。可用來讚賞梅花高雅絕俗，風采自然生成。

【出處】北宋・周邦彥〈花犯・粉牆低〉詞：「粉牆低，梅花照眼，依然舊風味。露痕輕綴，疑淨洗鉛華，無限佳麗。去年勝賞曾孤倚，冰盤同燕喜。更可惜、雪中高樹，香篝熏素被……」（節錄）

■詠物質■

太陽初出光赫赫，千山萬山如火發。

初升的旭日光芒耀眼，群山被它照得好像在噴火一樣。

【解析】北宋開國君王宋太祖趙匡胤，借歌詠初日的火紅熱烈，抒發自己的聲勢，正處於和太陽一樣朝氣蓬勃的鼎盛狀態。可用來比喻心志遠大，如熾盛顯赫的朝陽。另可用來形容太陽升起時光輝燦爛，紅光照耀群山的景象。

【出處】北宋・宋太祖趙匡胤〈詠初日〉詩：「太陽初出光赫赫，千山萬山如火發。一輪頃刻上天衢，逐退群星與殘月。」

幾人平地上？看我碧霄中。

有多少人在平地上，仰望著在碧空中飛舞的我（風箏）？

【解析】侯蒙其貌不揚，到了三十歲科舉仍一再失利，經常遭人譏笑，有人為了奚落他，故意把他的容貌畫在風箏上，再乘風升到空中。侯蒙見狀不但沒有被激怒，反而哈哈大笑，還在風箏上題了這闋詠風箏的詞。詞中表示他深信自己大器晚成，到那個時候，人們看著他施展抱負，就像此時身在平地，抬頭仰望繪有他畫像的風箏登上雲霄一樣，只是態度會從現在的嘲弄，轉變成羨慕與崇拜。侯蒙不久後果然高中進士，仕途平步青雲，真應驗了他詞中所言。可用來比喻人的心志遠大不凡，有如飛翔在高空的風箏。

【出處】北宋．侯蒙〈臨江仙．未遇行藏誰肯信〉詞：「未遇行藏誰肯信？如今方表名蹤。無端良匠畫形容。當風輕借力，一舉入高空。才得吹噓身漸穩，只疑遠赴蟾宮。雨餘時候夕陽紅。幾人平地上？看我碧霄中。」

爛銀盤、來從海底，皓色千里澄輝。

一輪圓月如一個燦爛的銀盤，從海底升起，皓白月色傳遍了千里人間。

【解析】這闋詞的詞題為〈詠月〉。晁端禮描寫晚霞收盡時，天空出現一片琉璃般的彩光，預示著皓月將要從海底冉冉躍出，為天地綻放其晶瑩無塵的清輝，人們沉浸在如此靜謐的月色下，久久不忍離開。可用來形容明月皎潔佳美，使人的心胸豁然清朗。

【出處】北宋．晁端禮〈綠頭鴨．晚雲收〉詞：「晚雲收，淡天一片琉璃。爛銀盤、來從海底，皓色千里澄輝。瑩無塵、素娥淡竚，靜可數、丹桂參

差。玉露初零，金風未凜，一年無似此佳時。露坐久，疏螢時度，烏鵲正南飛。瑤臺冷，闌干憑暖，欲下遲遲……」（節錄）

貳、議論篇

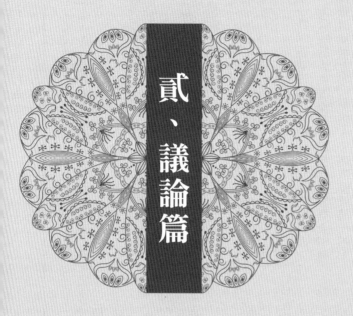

一、論生命

人生領悟

人生如逆旅，我亦是行人。

人生在世，猶如住在旅館，我也和你一樣，都只是個過客。

【解析】此詞為蘇軾寫給遭到朝廷一貶再貶的友人錢勰，他深感於人生就像是一場旅行，每個人不過是停留在這個世上的短暫旅人，和廣漠天地比起來實在極為渺小，以此慰勉錢勰莫因仕途受挫而沮喪不振，也無須為眼前的別離而不捨感傷。可用以形容人生匆促如寄，得或失皆無須掛懷。

【出處】北宋．蘇軾〈臨江仙．一別都門三改火〉詞：「一別都門三改火，天涯踏盡紅塵。依然一笑作春溫。無波真古井，有節是秋筠。惆悵孤帆連夜發，送行淡月微雲。尊前不用翠眉顰。人生如逆旅，我亦是行人。」

人生自是有情痴，此恨不關風與月。

人生中離別的苦恨，本來就會引發人們的痴迷多情，這和風花雪月等外在環境是沒有關係的。

【解析】人們常會目睹了自然界的風月景物，進而觸動內心的愁情恨意，但歐陽脩個人的體悟是，痴情是人與生俱來的，縱使眼前沒有令人傷感的景物，多情人還是免不了因別離而湧上萬千情愁。可用來說明情感豐富是人的本性，故也容易為情苦惱。

【出處】北宋．歐陽脩〈玉樓春．尊前擬把歸期說〉詞：「尊前擬把歸期說，欲語春容先慘咽。人生自是有情痴，此恨不關風與月。離歌且莫翻新闋，一曲能教腸寸結。直須看盡洛城花，始共春風容易別。」

人有悲歡離合，月有陰晴圓缺，此事古難全。

人生難免有悲傷歡樂、分離聚合，月亮也一定會有陰暗晴朗、盈滿虧損的時候，這種事情從古至今，就是難以兩全其美的。

【解析】蘇軾於中秋月夜下，感嘆月圓而人卻無法團圓，然他心念一轉，想著月亮其實也常被烏雲遮擋或殘缺不圓，不也和人無法常聚一起是相同的道理嗎？無論是天上或是人間，狀況都是時好時壞，不應事事求取周全，以此化解他的失落哀情。晚清學者王闓（ㄎㄞˇ）運《湘綺樓詞選》評論這三句詞：「大開大合之筆，他人所不能。」可用來形容月盈月虧，人聚人散，本是自古而然之常態，故不必為聚散無常而感到憾恨。

【出處】北宋．蘇軾〈水調歌頭．明月幾時有〉詞：「……轉朱閣，低綺戶，照無眠。不應有恨，何事長向別時圓？人有悲歡離合，月有陰晴圓缺，此事古難全。但願人長久，千里共嬋娟。」（節錄）

人間如夢，一樽還酹[1]江月。

人世間就像夢境一樣，我舉杯灑酒，祭奠江水和明月。

【注釋】1.酹：音ㄌㄟˋ，以酒澆地，表示祭奠。

【解析】蘇軾寫其神遊東漢末年奠定三國鼎立的赤壁戰場，遙想起風起雲湧於那個時代的豪俊之士，再回頭看看一頭白髮的自己，至今仍一事無成，於是拿起酒杯，祭奠江月。縱使無法完成一直潛伏於心中的英雄夢，他也不會再為其執著苦惱。可用來形容浮生若夢，一生無論功過成敗，終將成為未來人們的歷史。

【出處】北宋．蘇軾〈念奴嬌．大江東去〉詞：「……遙想公瑾當年，小喬初嫁了，雄姿英發。羽扇綸巾，談笑間、檣櫓灰飛煙滅。故國神遊，多情應笑我，早生華髮。人間如夢，一樽還酹江月。」（節錄）

少年辛苦真食蓼，老景清閑如啖蔗。

年輕時備嘗辛苦，真像是在吃苦辣的蓼草一樣，年老時生活清閑，有如在吃香甜的甘蔗一樣。

【解析】人在貶地黃州的蘇軾，對先前在京城御史臺遭遇的禍患心有餘悸，詩中寬慰自己年少為了追求功名，歷經勞累艱苦，老來能在鄉野安閑度日，何嘗不是一件很有興味的事呢？可用來勉勵人趁著年輕辛勤耕耘，年紀大時安享閑適的日子。

【出處】北宋．蘇軾〈次韻前篇〉詩：「……少年辛苦真食蓼，老景清閑如啖蔗。飢寒未至且安居，憂患已空猶夢怕。穿花踏月飲村酒，免使醉歸官長罵。」（節錄）

心似已灰之木，身如不繫之舟。

心如已燒成灰的枯木，身體像是沒有繫纜而到處飄盪的小船。

【解析】北宋哲宗過世，徽宗即位，被放逐到海外儋州的蘇軾得以獲赦，北返中原。途中經過鎮江金山寺，看到了寺內留有好友李公麟過去為他畫的畫像，不禁讓六十六歲的他回顧起自己的平生，寫下了這一首詩。詩中化用了《莊子．齊物論》中「形固可使如槁木，而心固可使如死灰乎」，以及《莊子．列禦寇》中「飽食而遨遊，泛若不繫之舟」兩段文字，抒發他的心已如槁木死灰，不為外物所動，身軀像是沒有纜繩拴繫的舟船，任其自由飄流。兩個月後，蘇軾病逝，人生歷經幾度起落浮沉，走到生命盡頭之前，他總結自己的畢生功業，竟是在飽嘗困頓的三處貶地黃州、惠州、儋州，而非早年在朝或地方任官的顯達時期。表面上看，「已灰之木」和「不繫之舟」都像是在自嘆身世飄零，但細細思索，不管是面對羈旅漂泊、困厄羞辱，甚至是瀕臨危亡險境，蘇軾總是習於用曠達幽默、自我解嘲的基調，來化解無比沉重的失意哀愁。可用來形容身心不受任何事物的干擾，飄然自由。

【出處】北宋．蘇軾〈自題金山畫像〉詩：「心似已灰之木，身如不繫之舟。問汝平生功業？黃州、惠州、儋州。」

世事相違每如此，好懷百歲幾回開？

世間的事情，往往與人的願望相互違背，人生一世不過百年，開懷歡笑的日子算起來有幾次呢？

【解析】陳師道寫其讀書往往讀到意猶未盡時，便發現這本書已快要讀完了；一心期待與知己好友會面，但希望總是一再落空，藉由這些親身的失望經歷，讓他理解到人一生的歲月，遂心如意的事其實屈指可數，背離自己意願的事倒是經常發生。可用來說明人活在世上的時間，大多都是事與願違，很難從心所欲。

【出處】北宋．陳師道〈絕句〉詩四首之四：「書當快意讀易盡，客有可人期不來。世事相違每如此，好懷百歲幾回開？」

世事漫[1]隨流水，算來一夢浮生。

世上所有的事情皆是徒然，最後都會隨著水流而逝，算來人的一生就像是作了一場短暫的夢一樣。

【注釋】1.漫：此作枉然、白費。

【解析】經歷亡國之痛的李煜，回首前塵往事，宛若流逝而過的水，一去便不再復返，進而領悟到人生猶如夢幻泡影，虛浮而不定。可用來形容人生短促無常，虛幻若夢。

【出處】五代．李煜〈烏夜啼．昨夜風兼雨〉詞：「昨夜風兼雨，簾幃颯颯秋聲。燭殘漏斷頻欹枕，起坐不能平。世事漫隨流水，算來一夢浮生。醉鄉路穩宜頻到，此外不堪行。」

功名本是無憑事，不及寒江日兩潮。

所謂的功績名聲，本來就是虛幻又毫無憑據的事，還比不上寒天裡的江水，每天固定漲潮和退潮來得有規律。

【解析】仕途一再遭受流言毀謗打壓的陸游，乘舟於寒江中，趁著酒意漸漸消退時寫信給友人，抒發他在官場上的深刻體悟。歷經了世事起伏，看盡了人間冷暖，他發現過去自己所致力追求的功名，其實是很空泛而不實際的，大海的潮汐漲退有時比功名可靠多了。可用來形容人世間的功業名望，變幻無憑，任誰都難以捉摸。

【出處】南宋．陸游〈舟中感懷三絕句，呈太傅相公兼簡岳大用郎中〉詩三首之二：「雨打孤篷酒漸消，昏燈與我共無聊。功名本是無憑事，不及寒江日兩潮。」

生前富貴草頭露，身後風流陌上花。

人在生前的金錢地位，有如草上的露水，只會留下片刻的晶瑩，很快就會蒸發散去，人在死後的風雅名聲，有如路邊的花朵，只會綻放短暫的芳香，很快就會枯萎謝去。

【解析】蘇軾詩中以「草頭露」和「陌上花」兩語，比喻人間的富貴和死後的名聲其實都難以持久，有如雲煙過眼，實在不必苦心企求，耗盡了畢生心血卻只是白忙一場。可用來說明人生的富貴、名氣，轉瞬成空。

【出處】北宋．蘇軾〈陌上花〉詩三首之三：「生前富貴草頭露，身後風流陌上花。已作遲遲君去魯，猶教緩緩妾回家。」

休言萬事轉頭空，未轉頭時皆夢。

不要說所有的事情死後都是空的，即使活著的時候也全是在作夢啊！

【解析】蘇軾有感於人生大半輩子，在彈指聲間就過去了，往昔提攜自己的恩師歐陽脩離開人世也已八年多了，撫今追昔，想起人們常言「萬事轉頭空」，但蘇軾認為不止死後一切成空，連活著也不過就是一場夢罷了，意味著世事終歸虛無，故面對各種打壓與挫折不妨泰然處之。可用來形容人生如夢，因而心無須為虛幻的是非有無而執著煩惱。

【出處】北宋．蘇軾〈西江月．三過平山堂下〉詞：「三過平山堂下，半生彈指聲中。十年不見老仙翁，壁上龍蛇飛動。欲弔文章太守，仍歌楊柳春風。休言萬事轉頭空，未轉頭時皆夢。」

江頭未是風波惡，別有人間行路難。

船隻行駛在大風大浪的江頭，都不算是真正的險惡，人間的道路比起江頭的風波，還要更加難行。

【解析】辛棄疾在江頭送別準備搭船離去的友人，仕途屢遭打擊的他，望著眼前風高浪急的江水，不禁聯想到自己一路走來，歷經的曲折險阻，遠遠勝過江水所能興起的起伏波瀾，故以自然界的「風波惡」，突顯出人世間的「行路難」。可用來說明世途充滿凶險艱苦，坎坷難行。

【出處】南宋．辛棄疾〈鷓鴣天．唱徹陽關淚未乾〉詞：「唱徹〈陽關〉淚未乾，功名餘事且加餐。浮天水送無窮樹，帶雨雲埋一半山。今古恨，幾千般，只應離合是悲歡。江頭未是風波惡，別有人間行路難。」

而今識盡愁滋味，欲說還休。欲說還休，卻道天涼好個秋。

如今已理解了憂愁的感受，很想要說出什麼，卻說不出口。很想要說出什麼，終是說不出口，只好說「好一個涼爽的秋天啊」！

【解析】因讒言而被迫罷官的辛棄疾，閑居信州（位在今江西境內）期間，登覽住家附近的博山，他的滿腔憤懣無處宣洩，題寫此詞在博山途中的石壁上。詞中抒發自己早已飽經風霜，備嘗憂患，抑鬱的心事即便想說也不知從何道起，最後只好顧左右而言他，隨口說眼前氣候清爽宜人，表達面對世事的無能為力與萬般無奈的複雜心情。可用來形容歷經辛酸，卻不想找人傾訴，因明白說出來也是無濟於事的心境。

【出處】南宋．辛棄疾〈醜奴兒．少年不識愁滋味〉詞：「少年不識愁滋味，愛上層樓。愛上層樓，為賦新詞強說愁。而今識盡愁滋味，欲說還休。欲說還休，卻道天涼好個秋。」

自是人生長恨水長東。

人生本來就是恨事不斷，就好像那東流水一樣，無止無休。

【解析】李煜透過對春花匆匆逝去的哀感，體會到人只要活在世上，必然存有永恆的痛苦，以及無力挽回的遺恨，而這樣的苦恨，宛如無情流水般，綿延不盡，誰都無所遁逃，道盡了做人的悲哀與無奈。近人王國維《人間詞話》評曰：「詞至李後主而眼界始大，感慨遂深。」意味著李煜的詞作，由個人遭遇，悟出人生之理，足以引起所有人的共鳴。可用來說明人生的惆悵惱恨，永無絕期。

【出處】五代．李煜〈相見歡．林花謝了春紅〉

詞：「林花謝了春紅，太匆匆。無奈朝來寒雨晚來風。胭脂淚，相留醉，幾時重？自是人生長恨水常東。」

利牽名惹逡巡過，奈兩輪、玉走金飛[1]。

人總是被名與利所牽絆著，但一生的時間過得極快，就好像日和月這兩個如飛的圓輪子一樣。

【注釋】1.玉走金飛：日月如飛，比喻時光飛逝。玉，即玉兔，相傳月中有兔，故以玉兔代指月亮。金，即金烏，相傳日中有三足烏，故以金烏代指太陽。

【解析】柳永看見人們為了奔名競利，汲營不休，等到身心勞累不堪時，才猛然發現已是一頭白髮，此時縱使擁有再多的財物或了不起的功業，也換不回青春年華。可用來形容韶光轉瞬即逝，不值得為名利所羈縛而勞苦終生。

【出處】北宋．柳永〈看花回．屈指勞生百歲期〉詞：「屈指勞生百歲期，榮瘁相隨。利牽名惹逡巡過，奈兩輪、玉走金飛。紅顏成白髮，極品何為？塵事常多雅會稀，忍不開眉。畫堂歌管深深處，難忘酒盞花枝。醉鄉風景好，攜手同歸。」

兒孫自有兒孫計，莫與兒孫作馬牛。

兒子、孫子們自有他們的打算，當父母的切莫為了他們去做馬做牛。

【解析】這首詩的作者為徐守信，乃北宋著名道士，人稱「徐神翁」。他認為父母對子孫不可溺愛，如果凡事都要替晚輩去費心代勞，反而會讓他們失去了學習和歷練的機會，一生只知坐享其成，這樣不但苦了自己，也等同害了子孫。可用來說明父母無須為兒孫事事操心擔憂，每個人都得為自己的人生負責。

【出處】北宋．徐守信〈絕句〉詩三首之一：「遙望南莊景色幽，前人田土後人收。兒孫自有兒孫計，莫與兒孫作馬牛。」

浮生長恨歡娛少，肯愛千金輕一笑。

人生只恨歡樂的時光太少，何必為了獲得更多的錢財而輕視難得的歡笑。

【解析】終日忙於公務的宋祁，難得抽空出來春遊，在爛漫春光的感召下，體悟到人生匆匆如夢，值得歡樂的事情已經很少了，實不必為了金錢而放棄難得的開懷時光。可用來形容人生苦多樂少，應把握時機，盡情享受生命的美好瞬間。

【出處】北宋．宋祁〈玉樓春．東城漸覺風光好〉詞：「東城漸覺風光好，縠皺波紋迎客棹。綠楊煙外曉寒輕，紅杏枝頭春意鬧。浮生長恨歡娛少，肯愛千金輕一笑。為君持酒勸斜陽，且向花間留晚照。」

紫陌縱榮爭及睡，朱門雖貴不如貧。

在繁華京城的道路上，縱使光耀尊榮，還比不上大睡一場，顯貴人家的紅色大門，雖然富麗堂皇，還不如住在清貧人家裡坦然自在。

【解析】這首詩的作者陳摶，是五代末、北宋初隱居華山（位在今陝西境內）的高人，自號「扶搖子」。相傳後周世宗和北宋太宗都曾召見過陳摶，希望他出來做官，陳摶勉強赴京，但大部分時間都在睡覺，短則十來天，長則數月不起，對仕途毫無興趣，最後朝廷不得已只好放他歸山。對陳摶而言，豪門生活顯然不如每天安穩睡覺、簡樸過日來得舒適。可用來形容對世俗名利無欲無求，心中了無牽掛。

【出處】北宋．陳摶〈歸隱〉詩：「十年蹤跡走紅塵，回首青山入夢頻。紫陌縱榮爭及睡，朱門雖貴不如貧。愁聞劍戟扶危主，悶聽笙歌聒醉人。攜取舊書歸舊隱，野花啼鳥一般春。」

達人自達酒何功？世間是非憂樂本來空。

澹泊曠達的人是出自其達觀的本性，酒對他來說哪有什麼功用呢？世上所謂的對或錯、憂傷或快樂，本來就是空的。

【解析】此詩為蘇軾飲酒時的領悟，人們總以為飲酒可以忘憂，但在蘇軾看來，一個人的憂樂與否，根本和酒毫無關係。他認為世上無論貧富，任誰最後都不免一死，縱有再多的珠玉錢財也沒人可以帶走，所有的是非憂樂，皆是人心無法勘透而生出的苦痛。可用來說明心胸豁達的人，能安於命運，不為物欲所牽絆，逍遙自得。

【出處】北宋．蘇軾〈薄薄酒〉詩二首之二：「薄薄酒，飲兩鍾。粗粗布，著兩重。美惡雖異醉暖同，醜妻惡妾壽乃公。隱居求志義之從，本不計較東華塵土北窗風。百年雖長要有終，富死未必輸生窮。但恐珠玉留君容，千載不朽遭樊崇。文章自足欺盲聾，誰使一朝富貴面發紅。達人自達酒何功？世間是非憂樂本來空。」

蝸角虛名，蠅頭微利，算來著甚乾忙？

像蝸牛角一樣的虛浮名聲，像蒼蠅的頭一樣的微薄利益，算起來是為了什麼在空忙呢？

【解析】蘇軾遭朝中小人陷害而入獄，歷劫歸來後被貶官至黃州，詞中他感嘆人們常為了微不足道的浮名薄利，窮其一生苦心爭逐，有人甚至不惜做出構陷他人入罪的行徑，機關用盡，到頭來卻什麼也帶不走，可謂白忙一場。可用說明世俗名利都是極為虛幻渺小的，生命不值得為此奔波不止。

【出處】北宋．蘇軾〈滿庭芳．蝸角虛名〉詞：「蝸角虛名，蠅頭微利，算來著甚乾忙？事皆前定，誰弱又誰強？且趁閑身未老，須放我、些子疏狂。百年裡，渾教是醉，三萬六千場……」（節錄）

誰能役役[1]塵中累？貪合魚龍[2]構強名。

有誰願意在塵俗中奔逐，讓自己如此疲累不堪呢？（人們總是）貪圖著有朝一日魚化成龍的幻想，強求那些沒有意義的虛名。

【注釋】1.役役：勞苦不息的樣子。2.魚龍：即鯉魚躍入龍門後化成龍。後多用來比喻人飛黃騰達或登上顯位。

【解析】此為李煜到山中隱居時題在牆上的一首詩，身心早已被塵世俗務給牽累的李煜，在大病初癒後，體悟到人何以要耗費有限的生命，竭力去營求不可企及又虛無縹緲的名聲地位？這樣的人生實在是徒勞無益。可用來形容追逐虛榮名利使人身心勞頓，終是白忙一場。

【出處】五代．李煜〈病起題山舍壁〉詩：「山舍初成病乍輕，杖藜巾褐稱閑情。爐開小火深回暖，溝引新流幾曲聲。暫約彭涓安朽質，終期宗遠問無生。誰能役役塵中累？貪合魚龍構強名。」

縱有千年鐵門限，終須一箇土饅頭。

縱使有上千年的鐵製門檻，家世顯赫不凡，最後用得到的，不過是一座形似土饅頭的墳墓而已。

【解析】此詩為范成大於重陽節這天，看見有人正在預先替自己建造墳塋，心生感觸，認為即使富貴人家能把大門門檻做得堅固宏偉，讓人從外觀上，一眼感受到門第的威嚴氣派，但到頭來仍不免一死，那時真正需要的，不過是一坏黃土來埋葬肉體軀殼罷了！可用來說明儘管生前家道興盛，財富豐厚，死後卻任何東西都帶不走。

【出處】南宋．范成大〈重九日行營壽藏之地〉詩：「家山隨處可行楸，荷鍤攜壺似醉劉。縱有千年鐵門限，終須一箇土饅頭。三輪世界猶灰劫，四大形骸強首丘。螻蟻烏鳶何厚薄？臨風拊掌菊花秋。」

鬢底青春留不住，功名薄似風前絮。

耳旁的毛髮發白，年輕時光已經無法挽回，功業名聲薄得像是在風前飄飛的輕盈柳絮。

【解析】毛滂發現雙鬢長出白髮，察覺自己的容貌日漸衰老。他回首過往，即使竭力在宦海追逐，功績祿位卻還是升沉無定，不禁感慨人生忙了大半輩子，到頭來只是一場空。可用來形容年華易逝，功名難取也難以久存。

【出處】北宋．毛滂〈漁家傲．鬢底青春留不住〉詞：「鬢底青春留不住，功名薄似風前絮。何似瓮頭春沒數。都占取，只消一紙長門賦。寒日半窗桑柘暮，倚闌目送繁雲去。卻欲載書尋舊路。煙深處，杏花菖葉耕春雨。」

哲思禪道

千江有水千江月，萬里無雲萬里天。

江河只要有水，不分大小的江河水面都能映出明月，無邊無際的天空只要沒有雲朵，整片天空都是晴朗的天。

【解析】這是一首佛家借物喻理的偈，以「月」比喻佛性，「千江有水」比喻芸芸眾生，亦即眾生不分貴賤高低，人人與生俱來皆有佛性；以「雲」比喻欲念煩惱，「萬里無雲」比喻清淨無垢的佛心，亦即眾生若不受塵俗雜念的干擾，佛心本性自然顯現而悟道。可用來說明佛性本然存於人心，明心即能見性，了悟生死。

【出處】南宋．雷庵正受《嘉泰普燈錄》偈：「千山同一月，萬戶盡皆春。千江有水千江月，萬里無雲萬里天。」

手把青秧插滿田，低頭便見水中天。

農夫手裡拿著秧苗插滿了稻田，低頭便看見映在水中的天空。

【解析】布袋和尚於詩中描寫農人在田裡低頭插秧的動作，表面上看似在強調人活在世上必須務實工作，切莫好高騖遠。然若由詩的後兩句「心地清淨方為道，退步原來是向前」往前推論，「水中天」在這裡實是喻指人的心地，意即人唯有懷抱謙讓胸懷，才能見到自己的本來面目，洞明心性的本源。也就是說，自恃甚高從不反省的人，遇事橫衝直撞，只知前進而不知先退一步，心自然苦不堪言。可用來說明謙和修持，才能明心見性，認識真實的自己。另可用來形容農夫務實耕作，腳踏實地。

【出處】五代．布袋和尚〈插秧〉詩：「手把青秧插滿田，低頭便見水中天。心地清淨方為道，退步原來是向前。」

回首向來蕭瑟處，歸去，也無風雨也無晴。

回頭看了剛剛走來遇到風雨的地方，還是回去吧，也無所謂風雨也無所謂天晴。

【解析】蘇軾寫他在路上偶遇一陣大雨，身披一件蓑衣，嘯然閑行，完全無視穿林打葉的風雨聲。過了一會兒，天氣轉晴，落日在山頭相迎，不禁領悟自然氣候的風雨不定，正如社會人生中的禍福無常，當人心從世俗的得或失中解脫，面對無端來去的榮辱勝敗，無喜亦無悲，詞中「也無風雨也無晴」，意即心若無風雨，晴日又從何而來？一切苦痛皆是起於心對外物的依賴，化解了依賴，心便得到了自由。可用來表達對人生命運順任自然的態度，心沒有預期或欲求，就不致患得患失。

【出處】北宋．蘇軾〈定風波．莫聽穿林打葉聲〉詞：「莫聽穿林打葉聲，何妨吟嘯且徐行。竹杖芒鞋輕勝馬，誰怕？一蓑煙雨任平生。料峭春風吹酒醒，微冷，山頭斜照卻相迎。回首向來蕭瑟處，歸去，也無風雨也無晴。」

我有一布袋，虛空無罣[1]礙。

我有一個布袋，裡頭空蕩蕩的，來去無所牽掛。

【注釋】1.罣：音ㄍㄨㄚˋ，牽絆、阻礙。

【解析】這首詩的作者是五代高僧布袋和尚，法名契此，號長汀子。他經常用一根長杖背負著一只布袋，笑口常開的到處去化緣，稱號也是由此而來。相傳布袋和尚圓寂前作了一首詩：「彌勒真彌勒，分身千百億。時時示時人，時人自不識。」人們便認為其乃佛教彌勒菩薩的化身。詩中布袋和尚借自己隨身攜帶的布袋為喻，開示世人，所有的東西都是帶不走的，也不曾屬於過自己，看似存在，實是虛無，故不必執著追逐而痛苦不堪。可用來說明人的心境虛懷若谷，大度包容，便能不生煩惱。

【出處】五代．布袋和尚〈我有一布袋〉詩：「我有一布袋，虛空無罣礙。展開遍十方，入時觀自在。」

忽然性命隨煙焰，始覺從前被眼瞞。

（飛蛾誤把燭火當成燈光）突然性命就這樣隨著火焰而逝，才發現從以前就一直被自己的眼睛給欺瞞。

【解析】僧人惠洪描寫飛蛾具趨光的特性，把燭火當成是燈光而飛撲過去，直到被燒死的那一瞬間，方才醒悟，藉此警示人也常犯下和飛蛾一樣的錯誤，難以割捨自己所珍愛的事物，對於假象深信不疑，最後就是自取其禍。可用來說明人常被自以為是的認知所矇騙，以假為真，蒙昧無知。

【出處】北宋・惠洪〈鷓鴣天・蜜燭花光清夜闌〉詞：「蜜燭花光清夜闌，粉衣香翅繞團團。人猶認假為真實，蛾豈將燈作火看？方歎息，為遮攔，也知愛處實難拚。忽然性命隨煙焰，始覺從前被眼瞞。」

明月幾時有？把酒問青天。

明月是何時開始有的呢？我拿起酒杯詢問青天。

【解析】在密州任知州的蘇軾，於中秋佳節乘醉望月，寫下了這闋千古名篇。面對皓月當空，詞人大膽把酒問天有關月的起源，反映其對人間秩序的懷疑與焦慮，以及對天上仙境的嚮往，想要進一步探究上天如何看待，發生在世上這麼多的不公不幸之事。可用來表達因關懷人間生命的挫折失意，進而對自然宇宙充滿探索的欲望，從中尋求可以安頓身心的力量。

【出處】北宋・蘇軾〈水調歌頭・明月幾時有〉詞：「明月幾時有？把酒問青天。不知天上宮闕，今夕是何年？我欲乘風歸去，又恐瓊樓玉宇，高處不勝寒。起舞弄清影，何似在人間……」（節錄）

若無閑事掛心頭，便是人間好時節。

假若沒有那些掛記心上的雜事，每一天都是人世間的美好時光。

【解析】無門慧開禪師藉由四季的風景變化，表達大自然的規律更替，正如人生的老病生死、盛衰榮辱、是非恩怨等，其實都是每個人活在凡塵的必經常態，人無須為了這些「閑事」而煩心，甚至迷失了自我，應該認真活在當下，從容看待出現在自己生命中的每一段不同風景。可用來勸勉世人凡事隨緣，面對得失成敗無所掛慮，自然過得心安理得。

【出處】南宋・無門慧開〈頌古〉詩四十八首之十

九：「春有百花秋有月，夏有涼風冬有雪。若無閑事掛心頭，便是人間好時節。」

袈裟未著愁多事，著了袈裟事更多。

還沒穿上出家人的袈裟前，總煩惱著人生許多的事情，等到穿上了出家人的袈裟後，煩惱的事情比未出家前更多。

【解析】此為楊萬里寫給一位苦行僧人的詩。他認為人若因苦惱不斷而選擇出家，渴望從此遠離俗緣的紛擾，之後將會發現困惑自己的事情，竟然還比出家前更甚。詩人所要表達的是，逃避現實是沒有意義的，人心煩惱的生滅，與是否穿上這件袈裟並無關聯，勸人不必執著於外相，而是要重視心的修為。可用來說明不涵養內在心性，無論身處於空門或俗世，都無法獲得心靈的平靜。

【出處】南宋・楊萬里〈送德輪行者〉詩：「瀝血抄經奈若何？十年依舊一頭陀。袈裟未著愁多事，著了袈裟事更多。」

溪聲便是廣長舌[1]，山色豈非清淨身？

潺潺溪聲，就像是佛陀在講經說法的聲音，山巒景色，不正是佛陀清淨的法身？

【注釋】1.廣長舌：本指佛的舌頭，據說佛的舌葉廣長，覆蓋至髮際。後多用來比喻善說教法。

【解析】九江廬山東林寺的常總禪師與蘇軾交情友好，蘇軾夜宿東林寺時與常總禪師徹夜暢談佛法，讓他體悟到所謂的佛法其實無所不在，遍布虛空，甚至大自然中的水聲山色，也都是佛現身在對眾生說法，人們只須用心體會，就能感受到佛隨時都在我們的身邊，有所覺悟，就可以從世間一切色相洞見人生。可用來形容生活中處處充滿佛理禪機。

【出處】北宋．蘇軾〈贈東林總長老〉詩：「溪聲便是廣長舌，山色豈非清淨身？夜來八萬四千偈，他日如何舉似人？」

萬物靜觀皆自得，四時佳興與人同。

靜下心來，仔細觀察世間所有物類，都能從中獲得樂趣，欣賞四季不同風光的美好興致，你也可以和任何人一樣。

【解析】理學家程顥通過其靜心觀照秋天景物的心得和意趣，表現其對宇宙萬物的省思和體悟。坦言之，一個人能夠達到「靜觀」之境，已是一種不凡的修持工夫，心思沉靜平和，便能發現以往煩擾生活下，所看不見天地造化的悠然妙趣。可用來說明以平靜從容的心看待一切事物，體會其中千變萬化的不同趣味。

【出處】北宋．程顥〈秋日偶成〉詩二首其二：「閑來無事不從容，睡覺東窗日已紅。萬物靜觀皆自得，四時佳興與人同……」（節錄）

道通天地有形外，思入風雲變態中。

真理貫通宇宙天地，超乎有形物體之外，思想滲透在變化莫測的風雲之中。

【解析】程顥透過靜觀自得，進一步體認到「道」乃天地萬物的本源，直通有形可見的世界，以及凡夫俗子所看不見卻真實存在的無形境界。而人的思緒也和變幻不定的風雲一樣，隨時隨地都會出現不同的領悟。人若能用更高的層次去思考宇宙義理時，就會感知世間遭遇的順逆，不過都是有形有限的人身所帶來的苦樂，生命中實存在著可以超越有形的無形主宰，從此便能精神自由，了無罣礙。可用來說明道不隨有形萬物的生滅而有所增減，心思可以超越有形和無形，無所不能，無所不在。

【出處】北宋・程顥〈秋日偶成〉詩二首其二：「……道通天地有形外，思入風雲變態中。富貴不淫貧賤樂，男兒到此是豪雄。」（節錄）

賴[1]問空門知氣味[2]，不然煩惱萬塗侵。

幸虧對於佛家諸法皆空的義理有所領悟，生活才有了趣味，不然便會讓無盡的煩惱從各方侵襲而來。

【注釋】1.賴：幸而。2.氣味：此指意趣或情調。

【解析】面對人生的憂患艱辛，李煜藉由皈依佛門，參透佛家經典來獲得精神寄託，理解世間所有的煩惱皆是虛相，從來不曾真實存在，人又何必為了虛空妄相而使自己深陷茫茫苦海。可用來說明潛心修行佛法，憂煩不生，以求達到解脫之境。

【出處】五代・李煜〈病中書事〉詩：「病身堅固道情深，宴坐清香思自任。月照靜居唯擣藥，門扃（ㄐㄩㄥ）幽院只來禽。庸醫懶聽詞何取，小婢將行力未禁。賴問空門知氣味，不然煩惱萬塗侵。」

禪心已作沾泥絮，肯逐春風上下狂？

心境靜寂，就像飄落在泥土上的柳絮，哪裡願意跟隨著春風上下翻飛？

【解析】據南宋人初人朱弁（ㄅㄧˋㄢ）在《風月堂詩話》記錄了關於這首詩的軼事。和蘇軾交情友好的詩僧道潛，特地前去拜訪蘇軾，蘇軾在宴席上為了捉弄道潛，故意派一名歌妓持紙筆向道潛求詩，道潛當場寫下此詩，表達他的心已擺脫塵俗欲念，猶如沾泥的柳絮，不會隨風輕狂飛舞。蘇軾見詩後大喜，說自己過去見柳絮落泥，就構思著如何寫入詩裡，誰知還沒想到，卻讓道潛給捷足先登了。可用來說明心無雜念，不因外物而有所動搖。

【出處】北宋．道潛〈子瞻席上令歌舞者求詩，戲以此贈〉詩：「底事東山窈窕娘，不將幽夢囑襄王。禪心已作沾泥絮，肯逐春風上下狂？」

歸來笑拈梅花嗅，春在枝頭已十分。

回來的時候，笑著把梅花拈在手上聞了又聞，發現春天已經出現在梅樹的枝頭上。

【解析】南宋人羅大經在《鶴林玉露》中收錄了這首詩，相傳是一名女尼寫其悟道的經歷。詩中描述有人為了尋找春天，踏遍了雲間山頭也不可得，回來時卻在自家開滿梅花的樹下，感受到春的氣息。作者意在提醒世人，所謂的道根本不必向外遠求，當人的心執著不放，一味捨本逐末，永遠不可能啟悟禪機妙道，一旦放下執念，心境自然豁然通曉。可用來比喻追尋真理的過程中，忽然受到某事的啟發，了悟真理原來就在自己身上。

【出處】南宋．羅大經《鶴林玉露》某尼〈悟道詩〉詩：「盡日尋春不見春，芒鞋踏遍隴頭雲。歸來笑拈梅花嗅，春在枝頭已十分。」

廬山煙雨浙江潮，未到千般恨不消。到得還來別無事，廬山煙雨浙江潮。

沒有看過廬山的煙雨和錢塘江的浪潮之前，總覺得遺恨萬千，內心難以平撫。終於親臨目睹了之後，並沒有什麼特別的感受，廬山的煙雨還是廬山的煙雨，錢塘江的浪潮還是錢塘江的浪潮。

【解析】蘇軾對九江廬山的迷濛煙雨和杭州錢塘江的壯觀潮水慕名已久，一直嚮往著有朝一日能夠親歷廬山和錢塘江，才不致此生遺憾。可是後來有機會登上了廬山，以及觀覽了錢塘江潮，他發現過去朝思暮想的目標如願以償時，內心卻是平靜如水，廬山的煙雨和錢塘江潮依然如故，改變的其實是自己過去的心境和現在的心境，已不再為外物的得或失而起漣漪，無喜無悲。可用來比喻人歷經妄念而執著苦痛的過程，等到認清一切妄念不過是源於心的紊亂浮動，便爽心豁目，神清氣和。

【出處】北宋．蘇軾〈觀潮〉詩：「廬山煙雨浙江潮，未到千般恨不消。到得還來別無事，廬山煙雨浙江潮。」

勸君不用鐫[1]頑石，路上行人口似碑。

奉勸你不必在石碑上刻寫自己的功德，路上行人的輿論就像是一座碑。

【注釋】1.鐫：音ㄐㄩㄢ，雕刻。

【解析】大約活動在北宋徽宗大觀年間的道寧禪師，是潭州（位在今湖南境內）長沙開福寺的住持，其語錄中收有這兩句詩，意在勸勉人們無須張揚自己的功勞，若言行值得被肯定，自然就會受到眾人的口頭傳頌，效果和刻石記功是一樣的；反之，若名不副實，徒有歌功頌德的碑文，也是枉費心機和氣力而已。可用來說明人的德行若名實相符，不用樹碑立傳也會廣受好評。

【出處】北宋．道寧〈偈〉詩：「勸君不用鐫頑石，路上行人口似碑。」

二、論生活

社會現象

世情冷暖

世事短如春夢，人情薄似秋雲。

世上的事情短暫有如春天的美夢，人與人之間的情誼淡漠到像是秋天的薄雲。

【解析】朱敦儒生長在國家動亂之際，使其看盡世態炎涼，進而體悟到人間美好的事物往往虛幻且不長久，世風日下，人情早已澆薄。可用來形容世事易杳，人情淺薄。

【出處】北宋末、南宋初．朱敦儒〈西江月．世事短如春夢〉詞：「世事短如春夢，人情薄似秋雲。不須計較苦勞心，萬事原來有命。幸遇三杯酒好，況逢一朵花新。片時歡笑且相親，明日陰晴未定。」

世味年來薄似紗。

世俗人情的興味，近來薄得像透明的紗一樣。

【解析】六十二歲的陸游，在家賦閑五年之久，某年春天，他奉召到京城臨安（位在今浙江境內）覲見孝宗皇帝前，先住在西湖附近的客棧等候召見，期間有感而發寫了此詩，抒發其對當時社會上人與人之間的往來日益疏離的感觸。可用來形容世情淡薄如紗，互動冷漠。

【出處】南宋．陸游〈臨安春雨初霽〉詩：「世味年來薄似紗，誰令騎馬客京華？小樓一夜聽春雨，深巷明朝賣杏花。矮紙斜行閑作草，晴窗細乳戲分茶。素衣莫起風塵嘆，猶及清明可到家。」

世情薄，人情惡，雨送黃昏花易落。

世間的情態如紙般薄，人與人之間的感情如此險惡，雨中黃昏的花朵更容易凋落。

【解析】這闋詞的作者唐琬是陸游的元配，原本琴瑟和諧的兩人，因故被陸母強迫拆散，陸游隨即在母親的安排下另娶，唐琬也在離開陸家後改嫁他人。經過了多年，陸游到沈園春遊時竟與唐琬不期而遇，彼此雖都沒有忘情，但也知道今生即使有緣也已無分，為此悵然許久的陸游，便在沈園壁間填寫〈釵頭鳳〉一詞，抒發心中無處言說的悲楚。唐琬見後也回寫了這闋〈釵頭鳳〉，表達其對人間世情的痛斥與控訴，然沒有選擇婚姻自由的她，根本無力對抗封建禮教的冷酷壓迫，當時的社會體制也不會站在她這一邊。相傳經過沈園會面後，唐琬不久就抑鬱而死。可用來形容世情薄惡，使人因而遭受摧殘折磨。

【出處】南宋．唐琬〈釵頭鳳．世情薄〉詞：「世情薄，人情惡，雨送黃昏花易落。曉風乾，淚痕殘。欲箋心事，獨語斜闌。難！難！難！人成各，今非昨，病魂常似秋千索。角聲寒，夜闌珊。怕人尋問，咽淚裝歡。瞞！瞞！瞞！」

世態十年看爛熟。

這十年來，已把世間人情百態看得極為透熟。

【解析】原本在成都擔任參議官的陸游，因不拘官場禮數而引起同僚的譏笑議論，認為他成日酗酒，態度頹放，於是再度遭到彈劾而被免除官職，這次距離他上回因力主抗金而被冠上「鼓唱是非」的罪名剛好過了十年。陸游在詩中抒發其在宦海浮沉十載的心路歷程，也讓他因此見識到官場上各種醜陋的情事。可用來形容人飽經世務，通達人情。

【出處】南宋．陸游〈過野人家有感〉詩：「縱轡江皋送夕暉，誰家井臼映荊扉？隔籬犬吠窺人過，滿箔蠶饑待葉歸。世態十年看爛熟，家山萬里夢依稀。躬耕本是英雄事，老死南陽未必非。」

冷暖舊雨今雨，是非一波萬波。

人情的冷暖，就好像朋友以前會在下雨天來探望你，但現在遇到雨天就不來了，事理的對錯，就好像水面一波才剛剛掀起，萬波隨即起伏。

【解析】范成大詩中抒發其對世態炎涼的感嘆，他發現當人在得意風光時，即使是雨天，朋友仍趕著前來親近，一旦失意時，朋友的態度便轉趨冷淡，天氣陰雨就成了不方便見面的理由。此外，在群體當中，只要有一人蓄意挑撥，興起波瀾，接著就會免不了有其他人跟著議論附和，輾轉相傳，不但引發無謂的糾紛，被謠言無辜中傷的人，更是飽受輿論壓力，苦不堪言。可用來說明世間的人情涼薄多變，口舌是非不休。

【出處】南宋．范成大〈題請息齋六言〉詩十首之八：「冷暖舊雨今雨，是非一波萬波。壁下禪枯達磨，室中病著維摩。」

故人通貴絕相過，門外真堪置雀羅。

老友都去顯貴人家的大門，不再和我往來，我家門前冷冷清清，真的可以張網來捕雀了。

【解析】北宋神宗重用主張變法的王安石，與反對變法的司馬光意見不合，司馬光為此離開京城，閑居洛陽，全心撰寫史書《資治通鑑》。詩中抒發他遠離朝政核心後，故友們紛紛趨炎附勢，奔向支持新法的當朝權貴，對賦閑在家的自己不相聞問，使其看盡人情翻覆。可用來說明人在失意之時，門庭乏人造訪。

【出處】北宋．司馬光〈閑居〉詩：「故人通貴絕相過，門外真堪置雀羅。我已幽慵僮更懶，雨來春草一番多。」

得志萬罪消，失志百醜生。

人一旦得勢，所有的罪惡都消除了，人一旦失勢，各種的醜陋罪名都出現了。

【解析】李覯詩中表達其對當時社會盛行一股勢利習氣的不滿，比如一個人有朝一日獲得了權勢地位，曾經做過的壞事即刻被人們給遺忘；反之，一個人失去了權勢地位，所有的罪名便莫名加諸於他的身上。換言之，得勢的人，容易受人逢迎和美化，而失勢的人，容易遭人輕視和醜化。可用來說明人們習慣以權位財利的多寡，來衡量人的品行優劣。

【出處】北宋．李覯〈感嘆〉詩二首之二：「得志萬罪消，失志百醜生。誰云王路寬？枯槁不敢行。出言到口角，縮舌悔恨并。自省猶若此，況乃蚩蚩氓。故知當今賢，未有非簪纓。」

社會風氣

市列珠璣，戶盈羅綺，競豪奢。

市集上陳列著琳瑯滿目的珍貴珠寶，家家戶戶都存滿了綾羅綢緞，爭相比較誰家比較奢華。

【解析】柳永描寫杭州街道上的各家商鋪，陳設華麗，擺滿了閃亮耀眼的珍珠寶石，以及杭州市民家中的婦女們，人人不缺羅綺華服，彼此爭妍鬥豔，藉此反映當時杭州的市場繁榮，百姓殷富，進而衍生出一股追求奢靡華麗的風氣。可用來形容居住在同一地區的人們，因財物豐實，生活富裕，形成眾人爭競炫耀的習慣。

【出處】北宋．柳永〈望海潮．東南形勝〉詞：「東南形勝，三吳都會，錢塘自古繁華。煙柳畫橋，風簾翠幕，參差十萬人家。雲樹繞堤沙，怒濤卷霜雪，天塹無涯。市列珠璣，戶盈羅綺，競豪奢……」（節錄）

名利最為浮世重，古今能有幾人拋？

名聲和金錢是最被世上人們所看重的，自古至今，能有幾個人可以將名聲和金錢給拋開呢？

【解析】廖匡圖認為世人多貪戀名聲地位與錢財利益，為了達到目的，不惜耗盡人生大半心力與時間去拚命追逐，其後還會洋洋得意自誇成就，實在是一件很不值得的事。可用來形容大多數的人很難去抗拒名利的誘惑。

【出處】五代．廖匡圖〈和人贈沈彬〉詩：「冥鴻跡在煙霞上，燕雀休誇大廈巢。名利最為浮世重，古今能有幾人拋？逼真但使心無著，混俗何妨手強抄。深喜卜居連岳色，水邊竹下得論交。」

如今白黑渾休問，且作人間時世妝。

現在白色的梅花成了畫中的墨梅，其實也不用再多問什麼了，姑且當是人世間最入時的妝扮。

【解析】這是一首題畫詩，墨畫中勾勒出蕊寒枝瘦的白梅，忍受著冰寒風霜，屹立在清澈的河畔。作者朱熹扣緊了現實世界裡純白的梅花，在畫家的筆下已為黑色的顏料所塗染，藉此諷喻世上充斥著一股黑白不分、善惡錯亂的歪風。最後他還不忘自我解嘲，說梅花到底是白是黑都無須多作解釋，因為一般人也難以分辨清楚，就當混淆黑白、顛倒是非已成了當下最時髦的打扮吧！可用來諷刺世道昏亂，是非善惡不明。

【出處】南宋．朱熹〈墨梅〉詩：「夢裡清江醉墨香，蕊寒枝瘦凜冰霜。如今白黑渾休問，且作人間時世妝。」

俗態重趨走，仕路饒險滑。

當今世俗的情態，看重的是一個人奔走逢迎的能力，做官的路上，還是會遭逢許多艱險不順的事情。

【解析】本詩的詩題為〈與蒲宗孟傳正察推〉，蒲宗孟，字傳正，考取進士後便到夔州擔任觀察推官（觀察使的屬吏）。作者馮山寫此詩給蒲宗孟，表達對當時的世態趨時捧勢，宦途充滿不測風險的看法，但還是勉勵彼此，日後的為官之道，必須從低處逐漸往上高飛，不要跟時下人們一樣，只想著平步青雲，迅速躋身高位，而不求循序漸進，到頭來終是一場徒勞。可用來說明世情崇尚趨附權門，官場上的升遷貶謫無常。

【出處】北宋．馮山〈與蒲宗孟傳正察推〉詩：「……俗態重趨走，仕路饒險滑。且當學鴻漸，不能助苗揠……」（節錄）

隋唐而下貴公卿，近世風波走利名。

自隋、唐兩代以後，社會上就開始重視擁有高官爵位的人，近來的習氣更走向貪圖利益和名聲。

【解析】終身不仕的思想家邵雍，詩中抒發其對社會上長期瀰漫一股對名聲利祿的嚮往風潮，莘莘學子苦讀全是為了科舉功名，成就個人勛業，為此勞役身心，苦惱不斷，也因而失去了安閑自在的生活樂趣。可用來說明社會上特別看重人的身分地位和權勢財利。

【出處】北宋．邵雍〈天津感事〉詩二十六首之二十二：「隋唐而下貴公卿，近世風波走利名。借問天津橋下水，當時湍急作何聲？」

■節日慶典■

六街[1]燈市，爭圓鬥小，玉碗頻供。

京城熱鬧的街上，到處張燈結綵，商店爭相製作出又圓又小的元宵，裝盛在精緻的瓷碗中，一碗接著一碗端上客人的桌前。

【注釋】1.六街：本指唐朝長安宮門外的六條中心大街，後泛指京都的大街和鬧市。此指南宋京城臨安的繁華街市。

【解析】作者史浩詞中描寫農曆正月十五日元宵燈

節這天，繁鬧京城臨安的街上，店家忙著販賣應時的食品湯圓（又名元宵），來自四面八方的遊客，在出外欣賞華麗花燈的同時，也不忘在寒天裡犒賞自己一碗熱呼呼又香氣四溢的湯圓，而販售湯圓的這些店家，也因來客接連不斷而眉開眼笑，詞意洋溢著一股人人歡喜過節的熱鬧氣氛。可用來說明元宵節有吃象徵闔家團圓的湯圓之習俗。

【出處】南宋．史浩〈人月圓．驕雲不向天邊聚〉詞：「驕雲不向天邊聚，密雪自飛空。佳人纖手，霎時造化，珠走盤中。六街燈市，爭圓鬥小，玉碗頻供。香浮蘭麝，寒消齒頰，粉臉生紅。」

平分秋色[1]一輪滿，長伴雲衢千里明。

中秋月夜，正好對半均分秋季的景色，一輪圓月長夜相伴，將雲河大道照亮千里。

【注釋】1.平分秋色：本指農曆八月十五日，因居於秋季三個月的中間，故有各得一半秋色之意。後多用來比喻兩者一樣出色，不分上下。

【解析】作者李朴描寫中秋時分的月亮，明淨圓滿，上至廣袤雲天，下至千萬家戶，無不領受它的燦爛清輝。也由於中秋正好是在秋季的中間，故以「平分秋色」來形容中秋這天月映千里的壯麗景象。可用來形容中秋時節，皓月明亮如鏡，天地一片通明。

【出處】北宋．李朴〈中秋〉詩：「皓魄當空曉鏡升，雲間仙籟寂無聲。平分秋色一輪滿，長伴雲衢千里明。狡兔空從弦外落，妖蟆休向眼前生。靈槎擬約同攜手，更待銀河徹底清。」

目窮淮海滿如銀，萬道虹光育蚌珍。

極目遠望，淮海上的月色，像灑滿銀色般的亮白，千萬道如彩虹般的光芒，有如珠蚌孕育珍珠。

【解析】北宋著名畫家米芾，在農曆八月十五日中秋夜登樓賞月，當他望著淮海上被月光映照得閃亮如銀的水波，不禁想起了古來傳說只有在月圓時分，珠蚌才能育出又亮又白的珍珠。可用來歌詠中秋月色如銀，月圓如珠。

【出處】北宋・米芾〈中秋登樓望月〉詩：「目窮淮海滿如銀，萬道虹光育蚌珍。天上若無修月戶，桂枝撐損向西輪。」

年年此夜，華燈盛照，人月圓時。

每年的這一個夜晚，遍地都是華麗的燈火，也是人間團圓以及月圓高照的日子。

【解析】人們對每年農曆正月十五日的元宵月夜，向來寄予美好的憧憬。王詵（ㄕㄣ）詞中描寫其在元宵節這天，人們卸下了厚重的冬裝，換上了輕薄的春衫，開懷與心愛的人共賞火樹銀花的燦爛街景。此時月是圓的，人也是圓滿的，天上人間充塞一片祥和歡喜氣氛。可以此說明元宵節是人們賞月團圓的節日。

【出處】北宋・王詵〈人月圓・小桃枝上春來早〉詞：「小桃枝上春來早，初試薄羅衣。年年此夜，華燈盛照，人月圓時。禁街簫鼓，寒輕夜永，纖手同攜。更闌人靜，千門笑語，聲在簾幃。」

東風夜放花千樹，更吹落、星如雨。

元宵節的夜晚，滿城的燈火，像東風吹開了千樹繁花，更像是如雨點般的星星飄落人間。

【解析】辛棄疾詞中描寫元宵之夜，京城臨安到處點亮燈籠，整座城市猶如火樹銀花，又似滿天星雨灑落人間，盛況空前。其中「花千樹」、「星如雨」都比喻燈火繁盛，夜空閃耀。可用來形容元宵燈會或晚會，燈火炫目輝煌的熱鬧景象。

【出處】南宋．辛棄疾〈青玉案．東風夜放花千樹〉詞：「東風夜放花千樹，更吹落、星如雨。寶馬雕車香滿路。鳳簫聲動，玉壺光轉，一夜魚龍舞。蛾兒雪柳黃金縷，笑語盈盈暗香去。眾裡尋他千百度，驀然回首，那人卻在，燈火闌珊處。」

金風[1]玉露[2]一相逢，便勝卻人間無數。

織女和牛郎每年雖只能在秋風白露的七夕相會，但已勝過人世間的夫妻無數次的相聚。

【注釋】1.金風：指秋風。古代以陰陽五行解釋季節演變，秋天屬五行當中的金，故稱之。2.玉露：指秋天瑩潔如玉的露水。

【解析】每年農曆七月七日的夜晚是傳統節日七夕，相傳織女和牛郎每年這天在鵲橋相會一晚。由於正逢秋季，作者秦觀便以象徵秋天景物的「金風玉露」來代稱七夕，同時歌詠織女牛郎平時雖不得相見，但兩人的情感堅若金石，如玉露般潔白純淨，比起許多早晚相依但感情卻貌合神離的夫妻更難能可貴。可用來說明在秋日的七夕，是神話中織女牛郎一年一度的相會時刻，雖是久別一會，仍親密恩愛。

【出處】北宋．秦觀〈鵲橋仙．纖雲弄巧〉詞：「纖雲弄巧，飛星傳恨，銀漢迢迢暗度。金風玉露一相逢，便勝卻人間無數。柔情似水，佳期如夢，忍顧鵲橋歸路。兩情若是久長時，又豈在朝朝暮暮？」

風銷絳蠟，露浥紅蓮，燈市光相射。

紅色蠟燭在風中燃燒，夜露浸濕了蓮花樣式的彩燈，街道上的燈光相互映射。

【解析】周邦彥描寫元月十五日上元節之夜，繁華街市上燈火燦爛耀眼，詞中以「風銷」和「露浥」

烘托出人們通宵慶祝燈節的熱鬧景象。可用來說明元宵節日的夜晚燈燭輝煌，徹夜通明。

【出處】北宋．周邦彥〈解語花．風銷絳蠟〉詞：「風銷絳蠟，露浥紅蓮，燈市光相射。桂華流瓦，纖雲散、耿耿素娥欲下。衣裳淡雅，看楚女、纖腰一把。簫鼓喧，人影參差，滿路飄香麝……」（節錄）

雪沫乳花[1]浮午盞，蓼茸蒿筍[2]試春盤。

午後，啜飲著茶杯上泛著像雪一樣的乳白色泡沫，品嘗著準備在立春那天拿來裝盤的鮮嫩蔬菜。

【注釋】1.雪沫乳花：此指烹煮茶葉時水面上浮現的白色泡沫。2.蓼茸蒿筍：泛指碧綠色的菜餚。蓼茸，蓼菜的嫩芽。

【解析】古來人們習於在立春這天，以蔬菜、水果、糕餅等裝盤，用來餽贈親友，稱之「春盤」。蘇軾與友人遊山時，嘗到了山村人家的煎茶與野蔬料理，茶湯雪白，蔬菜嫩綠，由於時間正好臨近立春，直道自己是在試吃應時節物春盤上的佳餚。可用來說明舊時民間在節氣立春時，有以當令鮮蔬裝盤互相餽贈的風俗。

【出處】北宋．蘇軾〈浣溪沙．細雨斜風作曉寒〉詞：「細雨斜風作曉寒，淡煙疏柳媚晴灘。入淮清洛漸漫漫。雪沫乳花浮午盞，蓼茸蒿筍試春盤。人間有味是清歡。」

雪消春淺，聽爆竹送窮，椒花[1]待旦。

積雪融化，此時春意還很淺，聽著爆竹聲送走窮神，飲著椒花酒，等待元旦的到來。

【注釋】1.椒花：酒名，用椒花浸製的酒。古時有在除夕這天，子孫向家長敬獻椒花酒的習俗。

【解析】這闋詞的作者史浩曾任南宋孝宗時期的宰相，地位相當顯赫。詞中描寫一個富貴家族在除夕守歲的情景，大家聽著轟隆隆的爆竹聲，送走了過去一年不好的運勢，迎接嶄新年度的到來，親友們歡聚一起，邊吃邊聊著，晚輩們向家中的長輩敬酒，祝禱大家都能健康長壽。可用來說明民間傳統於歲末的夜晚，有闔家設宴慶賀、通宵不眠的守歲風俗。

【出處】南宋．史浩〈喜遷鶯．雪消春淺〉詞：「雪消春淺，聽爆竹送窮，椒花待旦。繫馬合簪，鳴鴉列炬，幾處玳筵開宴。介我百千眉壽，齊捧玉壺金盞。最奇絕，是小桃新坼，爭妍粉面……」（節錄）

輕汗微微透碧紈，明朝端午浴芳蘭。

輕微的汗水，濕透了青綠色的細薄綢絹，明天是端午節，將要沐浴在芳香的蘭湯中。

【解析】農曆五月五日端午節是民間傳統的節日，蘇軾詞中描寫婦女準備歡度端午佳節的情景，由於時序正值炎夏，身體容易流汗，人們為了除去盛暑熱氣（一說祛除體內的邪氣或毒氣），多會在端午這天用相傳能辟穢的蘭花來煎湯洗浴，以求潔淨和保平安，故端午節又有「浴蘭節」之稱。可用來說明端午節有沐蘭浴芳的習俗。

【出處】北宋．蘇軾〈浣溪沙．輕汗微微透碧紈〉詞：「輕汗微微透碧紈，明朝端午浴芳蘭。流香漲膩滿晴川。綵線輕纏紅玉臂，小符斜挂綠雲鬟。佳人相見一千年。」

爆竹聲中一歲除，春風送暖入屠蘇[1]。

在陣陣的鞭炮聲中，宣告舊的一年已經過去，春天送來的暖意也融入了屠蘇酒中。

【注釋】1.屠蘇：酒名，以屠蘇、山椒、白朮等多種藥草調製而成，古來有農曆正月初一全家飲用屠蘇酒的風俗，相傳可以避邪和除瘟疫。

【解析】王安石詩中描寫人們在春節大年初一這天，點燃鞭炮，送走舊年，一家人迎著和煦的春風，飲用屠蘇酒的熱鬧情景。可用來形容家家戶戶放鞭炮、喝美酒，迎接新年的到來。另可用來比喻新生的事物即將取代過時的事物。

【出處】北宋．王安石〈元日〉詩：「爆竹聲中一歲除，春風送暖入屠蘇。千門萬戶曈曈日，總把新桃換舊符。」

艤[1]彩舫，看龍舟兩兩，
波心齊發。

把有彩飾的小舟停靠岸邊，觀看湖上雕刻成龍形的船隻，成雙成對地從水中央齊整前進。

【注釋】1.艤：音一ˇ，使船靠岸。

【解析】端午節這一天，原本泛舟於湖上的黃裳，先把自己的彩船停泊靠岸，然後在一旁欣賞龍舟競賽的盛況，看著選手們為了替隊伍奪取勝利的錦旗，齊心協力地划動手上的船槳，水面激起如雪般的浪花，龍舟上的鼓聲喧天如雷，氣氛緊張，場面熱鬧。可用來說明端午節自古以來便有龍舟競渡的習俗。

【出處】北宋．黃裳〈喜遷鶯．梅霖初歇〉詞：「梅霖初歇。乍絳蕊海榴，爭開時節。角黍包金，香蒲切玉，是處玳筵羅列。鬥巧盡輸少年，玉腕彩絲雙結。艤彩舫，看龍舟兩兩，波心齊發。奇絕。難畫處，激起浪花，飛作湖間雪。畫鼓喧雷，紅旗閃電，奪罷錦標方徹。望中水天日暮，猶見朱簾高揭。歸棹晚，載荷花十里，一鉤新月。」

纖雲弄巧，飛星傳恨，
銀漢迢迢暗度。

纖薄的雲彩，因織女星的巧手而幻化出各種花樣，天上的牽牛星傳遞著久別不見的愁恨，悄悄地度過迢迢漫長的銀河。

【解析】秦觀借寫七夕節日的由來，歌詠傳說中織女星和牛郎星的美好愛情。據說織女乃天帝的女兒，善於織造雲錦天衣，但自從和牛郎結為夫婦後就荒廢織事，天帝因而大怒，懲罰兩人分隔於銀河的兩岸，只准許在每年農曆七月七日相會，後人便把這天訂為七夕情人節。詞中以「纖雲弄巧」描寫織女編織雲錦的巧藝，以「飛星傳恨」比喻牛郎這顆飛星強忍一年的思念苦楚，方能與妻子短暫一見的恨意，巧妙地刻畫出神話人物的形象、性情。可用來說明七夕是天上手藝靈巧的織女星和深情不渝的牛郎星年度相會的日子。

【出處】北宋．秦觀〈鵲橋仙．纖雲弄巧〉詞：「纖雲弄巧，飛星傳恨，銀漢迢迢暗度。金風玉露一相逢，便勝卻人間無數。柔情似水，佳期如夢，忍顧鵲橋歸路。兩情若是久長時，又豈在朝朝暮暮？」

處世交際

【眞誠】

山中友，雞豚社酒[1]，相勸老東坡。

山村的朋友們，都拿出了過節用的酒肉，勸我不要離開。

【注釋】1.社酒：古代民間於春、秋兩季用來祭祀土神的酒。

【解析】蘇軾貶居黃州五年，接到朝廷調任他至汝州（位在今河南境內）的命令，臨行前，黃州父老們端出了家裡準備過節用的酒食，前來和蘇軾話別，這些全是他們平時自家捨不得吃的食物，足見蘇軾多麼受到當地百姓的愛戴。雖說蘇軾在黃州的職稱名義上為團練副使（掌管地方軍事的副職），但其實只是朝廷專門用來安置貶謫官員的職位，不得簽署公事，沒有行政實權，形同軟禁，也正因如此，蘇軾還能贏得人心，讓人不捨他的離開，更顯現出他和百姓之間純樸真摯的感情。可用來形容人與人之間純真無私的情誼。

【出處】北宋．蘇軾〈滿江紅．歸去來兮〉詞：「歸去來兮，吾歸何處？萬里家在岷峨。百年強半，來日苦無多。坐見黃州再閏，兒童盡、楚語吳歌。山中友，雞豚社酒，相勸老東坡……」（節錄）

事可語人酬對易，面無慚色去留輕。

如果做的事情，都是可以對人說出口的，與人應酬時說話，就會變得十分容易，臉上不帶羞慚，對於職務的離開或留下，也不會放在心上。

【解析】劉過的友人辭官準備返鄉，他作此詩相送，詩中稱許友人為官清廉，生平行止都可以接受公開檢視，沒有一件事情是不可告人的，也因而在與人交際時，態度自然輕鬆，對答無所畏忌。可用來形容行事光明坦蕩，無論是面對人或事物都誠懇無欺，忘懷得失。

【出處】南宋．劉過〈送王東鄉歸天台〉詩二首之二：「千岩萬壑天台路，一日分為兩日程。事可語人酬對易，面無慚色去留輕。放開筆下閑風月，收斂胸中舊甲兵。世事看來忙不得，百年到手是功名。」

莫笑農家臘酒渾，豐年留客足雞豚。

不要取笑農人在臘月裡釀製的酒渾濁，他們會在豐收之年，端出滿桌的雞肉和豬肉來招待客人。

【解析】陸游詩中描寫民風淳厚的農家，在收成豐足的那個年頭，全村歡欣鼓舞，見有客人到訪，即使家裡沒有上等的好酒，村民也會盡其所有，擺出豐盛的酒肉宴席，慷慨款待來客。可用來形容鄉野人家熱情好客。

【出處】南宋．陸游〈遊山西村〉詩：「莫笑農家臘酒渾，豐年留客足雞豚。山重水複疑無路，柳暗花明又一村。簫鼓追隨春社近，衣冠簡樸古風存。從今若許閑乘月，拄杖無時夜叩門。」

寒夜客來茶當酒，竹爐[1]湯沸火初紅。

寒冷的夜晚有客人來拜訪，我以茶代酒作為招待，竹爐上熱水沸騰，爐中的炭火燒到剛呈現紅色。

【注釋】1.竹爐：一種燒炭煮水的爐灶，內部是泥土材質，外殼是用竹子編成。

【解析】杜耒敘寫友人於寒夜登門拜訪，他生火沏茶接待對方，滾燙的熱水在壺裡翻騰著，爐火越來越旺，主客圍著火焰，一邊品味清茶，一邊閑話家常，湧上心頭的一股暖流，讓人幾乎忘卻了天候的冷寒，由此也可看出詩人對來客的欣喜與熱情。可用來形容有客人來訪，主人烹茶與客人對飲談天，賓主盡歡的情景。

【出處】南宋．杜耒〈寒夜〉詩：「寒夜客來茶當酒，竹爐湯沸火初紅。尋常一樣窗前月，才有梅花便不同。」

鵝毛贈千里，所重以其人。

從千里之外送來輕軟的鵝毛，其中懷有送禮的人對我的一片珍重情誼。

【解析】歐陽脩收到好友梅聖俞從家鄉寄來一包親手摘採的銀杏，便寫了這首詩作為答謝，詩中以「鵝毛」比喻銀杏，意即銀杏的價值雖如鵝毛一樣輕，卻包含了好友的一番深摯情意，故可說是一份彌足珍貴的禮物。可用來比喻禮物雖然微薄，但情意深重。

【出處】北宋．歐陽脩〈梅聖俞寄銀杏〉詩：「鵝毛贈千里，所重以其人。鴨腳雖百個，得之誠可珍。問予得之誰？詩老遠且貧。霜野摘林實，京師寄時新。封包雖甚微，採掇皆躬親。物賤以人貴，人賢棄而淪。開緘重嗟惜，詩以報殷勤。」

■圓融■

自出洞來無敵手，得饒人處且饒人。

自從與人下棋以來，從來沒人可以贏過我，但能夠寬恕人的地方，姑且就寬恕人。

【解析】此詩作者為蔡州一名精於棋藝的道士，相傳他每次與人對弈時，都會先讓子一步，只是對方最終還是落敗，無人可以與其匹敵，但即使如此，這位道士仍秉持著做人必須寬厚的原則，並不會因為自己的棋藝了得，便瞧不起那些輸棋的人。可用來說明與人往來或處理事情，要給人留餘地，切莫仗恃理直而苛薄他人。

【出處】南宋．蔡州道人〈絕句〉詩：「爛柯真訣妙通神，一局曾經幾度春？自出洞來無敵手，得饒人處且饒人。」

能斟時事高抬手，善酌人情略撥頭。

既能審度當時的情況，把手舉高起來，又善於顧及常情事理，稍微轉過頭去。

【解析】邵雍詩中意在強調，說話或處理事情千萬不可盛氣凌人，縱使自己得理，也要考慮人情，適時的「抬手」和「撥頭」，也是給人留情面和退路的意思，可見其為人敦厚。可用來形容做人處事不可逼人太甚，多一點寬容和諒解，退一步海闊天空。

【出處】北宋．邵雍〈謝甯寺丞惠希夷樽〉詩：「仙掌峰巒峭不收，希夷去後遂無儔。能斟時事高抬手，善酌人情略撥頭。畫虎不成心尚在，悲麟無應淚橫流。悟來不必多言語，贏得清閑第一籌。」

【謹慎】

平生不作皺眉事，天下應無切齒人。

一輩子不做讓人皺起眉頭的事，天底下應該不會有對你咬牙切齒的人。

【解析】邵雍一生安貧樂道，他認為一個人的心術正當，潔身自好，不貪戀名利便不會與人結怨，如此就不會讓自己陷入險境，以致遭來禍事。可用來說明保持自身清白，不做引人側目又憤恨的事，方能明哲保身。

【出處】北宋．邵雍〈詔三下答鄉人不起之意〉詩：「平生不作皺眉事，天下應無切齒人。斷送落花安用雨？裝添舊物豈須春？幸逢堯舜為真主，且放巢由作外臣。六十病夫宜揣分，監司何用苦開陳？」

君知此意不可忘，慎忽苦愛高官職。

你不要忘記我們相偕隱退的約定，切莫執意貪戀官場上的顯赫高位。

【解析】此詩為蘇軾前往鳳翔赴任時所作，人生宦途正要蓄勢待發的他，回想起過去和弟弟蘇轍在寒燈下共讀詩文，曾經相約日後要及早歸隱，一同聆聽蕭瑟夜雨的聲音。詩中蘇軾特別叮囑蘇轍千萬不可忘記兄弟之間的誓約，他擔心在宦海浮沉日久，人心很容易被崇高官爵下的權力與厚祿給迷惑，語氣中除了含有對兄弟閑居之樂的渴望，也表達其對官場升遷貶謫變化莫測的想法，提醒蘇轍與自己皆務必小心慎重。可用來說明不可執意戀棧高官顯爵而迷失自我，若一步走錯，極可能就會惹禍上身。

【出處】北宋．蘇軾〈辛丑十一月十九日，既與子由別於鄭州西門之外，馬上賦詩一篇寄之〉詩：「不飲胡為醉兀兀，此心已逐歸鞍發。歸人猶自念庭闈，今我何以慰寂寞？登高回首坡隴隔，但見烏帽出復沒。苦寒念爾衣裘薄，獨騎瘦馬踏殘月。路人行歌居人樂，童僕怪我苦悽惻。亦知人生要有別，但恐歲月去飄忽。寒燈相對記疇昔，夜雨何時聽蕭瑟？君知此意不可忘，慎勿苦愛高官職。」

工作謀生

十指不沾泥，鱗鱗居大廈。

有些人十根手指頭都不必沾到泥巴，就可以住在瓦片如魚鱗般密集的高樓大廈裡。

【解析】這首詩的詩題為〈陶者〉，指的是燒製磚瓦的工人。梅堯臣詩中描寫陶工挖盡家門前的土來製作磚瓦，但自家屋頂上卻是連一片瓦也看不到，可見住的房屋極為簡陋。反觀那些雙手從不勞動的富貴人家，竟都住在有瓦密如魚鱗層層排列的豪華樓房裡，意在揭露當時社會勞動者和使用者貧富不均的現象。可用來說明從事生產的人辛勤工作，獲得的報酬相當微薄，但權貴之家卻可以不勞而獲。

【出處】北宋．梅堯臣〈陶者〉詩：「陶盡門前土，屋上無片瓦。十指不沾泥，鱗鱗居大廈。」

千首富，不救一生貧。

即使寫了上千首富有精神內涵的詩篇，也無法補救現實人生的貧困不足。

【解析】作者戴復古對於自己一生致力寫詩，因而被稱為「詩人」的名號感到相當自豪，但不管他寫了多少首的好詩，事實上都是不值一文的，也改變不了他窮愁潦倒的命運，詞中借作詩的「富」對比生活的「貧」，更突顯出當時的世道對詩文作家的輕蔑貶抑。可用來形容文筆富麗，卻無法靠文藝創作來養家活口。

【出處】南宋·戴復古〈望江南·石屏老〉詞：「石屏老，家住海東雲。本是尋常田舍子，如何呼喚作詩人？無益費精神。千首富，不救一生貧。賈島形模元自瘦，杜陵言語不妨村。誰解學西崑？」

手把青秧插滿田，低頭便見水中天。

農夫手裡拿著秧苗插滿了稻田，低頭便看見映在水中的天空。

【解析】布袋和尚描寫農人在彎腰低頭插秧的當下，因而看見了倒映在田中的淨明天空，藉此表達做人做事必須埋首苦幹，認真切實，若是好高騖遠，不切實際，肯定是不會有所成的。詩中「水中天」也可引申成人的心地，意謂著人唯有在低頭時，才可觀照到自己的本來面目，洞明自己心性的本源。換言之，只會仰看高處的人，永遠體悟不到自己本心的所在。可用來形容農夫務實耕作，腳踏實地。另可用來說明謙和修持，才能明心見性，認識真實的自己。

【出處】五代·布袋和尚〈插秧〉詩：「手把青秧插滿田，低頭便見水中天。心地清淨方為道，退步原來是向前。」

半衲[1]遮背是生涯，以力受金飽兒女。

一輩子穿著的是只夠遮住背部的破衣服，付出體力賺錢養育兒女。

【注釋】1.衲：此指縫補過的破衣服。

【解析】張耒詩中描寫從事苦力的勞工，在炎夏烈陽的曝晒下，彎腰背負重物，身上衣不蔽體，揮汗如雨，勞累不堪，只為了換取微薄的報酬來勉強維持家庭的生計，表達對底層勞工的命運充滿悲憫同情。可用來形容工人出賣苦力，掙錢養家。

【出處】北宋．張耒〈勞歌〉詩：「暑天三月元無雨，雲頭不合唯飛土。深堂無人午睡餘，欲動身先汗如雨。忽憐長街負重民，筋骸長彀十石弩。半衲遮背是生涯，以力受金飽兒女。人家牛馬繫高木，惟恐牛軀犯炎酷。天工作民良久艱，誰知不如牛馬福？」

玉皇若問人間事，亂世文章不值錢。

玉皇大帝若問起人間的事情，請告訴祂如今正逢亂世，縱使能寫出一手好文章也是不值錢的。

【解析】這首詩的詩題為〈祭灶詩〉，古來民間於每年臘月二十三或二十四日有祭灶的習俗。灶，即灶君，又稱灶神，乃神話傳說中主管飲食的神祇。生活正處於窘困境地的呂蒙正，藉由祭祀灶君的日子，抒發自己不幸生逢亂世，滿腹才情無處伸展的委屈，希望灶君喝了他祭拜的清湯又讀了他的詩後，回到天庭，可以在玉皇大帝的面前吐一吐苦水，好讓玉皇大帝知道世間煮字實在難以療飢。可用來形容文人僅靠寫文章是無法維持生計的。

【出處】北宋．呂蒙正〈祭灶詩〉詩：「一碗清湯詩一篇，灶君今日上青天。玉皇若問人間事，亂世文章不值錢。」

君看一葉舟，出沒風波裡。

請你看看那些小船，船上的捕魚人正在風浪飄搖裡起起伏伏。

【解析】鱸魚肉味鮮美，是許多人心目中的一道美食，但在范仲淹的眼裡，看到的卻是正因人們喜愛鱸魚的美味，漁人們才會駕著小船，冒著澎湃浪濤來進行捕撈，滿足人們的口腹，同時換得一家生計的溫飽，反映出作者對漁民辛勤工作的體恤與同情。可用來說明漁民的勞作艱辛和危險。

【出處】北宋．范仲淹〈江上漁者〉詩：「江上往來人，但愛鱸魚美。君看一葉舟，出沒風波裡。」

我生無田食破硯，爾來硯枯磨不出。

我一生沒有田產，只靠著破舊的硯臺賴以維生，但近來連硯臺都已乾到磨不出墨來了。

【解析】蘇軾詩中述說自己一生沒有購置田產，只憑著寫作謀食營生，但仕途一路不順，讓他的處境日益艱辛。可用來形容讀書人生活窘困，只靠筆耕墨耘無法維持生計。

【出處】北宋．蘇軾〈次韻孔毅父久旱已而甚雨〉詩三首之一：「飢人忽夢飯甑（ㄗㄥˋ）溢，夢中一飽百憂失。只知夢飽本來空，未悟真飢定何物。我生無田食破硯，爾來硯枯磨不出……」（節錄）

空收一束萁，無物充煎釜。

辛苦耕作一場，收到的卻只有一把豆莖，根本沒有食物可以放進鍋子裡煮。

【解析】梅堯臣描寫農人耕種豆子，等到快要收成時，農田竟遭風雨襲擊，把豆子打得七零八落，導致歉收而無糧可食，詩中表達其對田家艱難處境的憂慮與憐憫。可用來說明農人辛勞工作，卻敵不過無情的天災，最終一無所獲。

【出處】北宋．梅堯臣〈田家〉詩：「南山嘗種豆，碎莢落風雨。空收一束萁，無物充煎釜。」

空腹有詩衣有結，濕薪如桂米如珠。

肚子裡沒有食物只有詩，衣服上滿是補丁，如今潮濕的柴木貴到有如桂花樹，米價也和珍珠一樣高不可攀。

【解析】蘇軾描寫在黃州生活貧寒窘困的景況，由於日常用品價格昂貴，經常是食不果腹，衣衫破爛，故在詞中嘲弄自己一肚子只剩下詩文學問，除此之外一無所有。可用來說明物價增漲時，文人空有生花妙筆，也無法維持生計。

【出處】北宋．蘇軾〈浣溪沙．半夜銀山上積蘇〉詞：「半夜銀山上積蘇，朝來九陌帶隨車，濤江煙渚一時無。空腹有詩衣有結，濕薪如桂米如珠，凍吟誰伴撚髭鬚。」

欲收禾黍善，先去蒿萊[1]惡。

想要穀物收成好，就要用鋤頭把危害穀物生長的雜草鋤去。

【注釋】1.蒿萊：泛指雜草。

【解析】王安石作了一系列和農具有關的組詩，希望藉此提高農作物的生產效能，其中這一首詩是針對農人用來翻土、鋤草的鋤頭，強調農田裡的雜草若不剷除，日後收成便不可能豐足。可用來說明從事農耕或其他行業，想要獲得好的結果，一定要先去除不利的因素。

【出處】北宋．王安石〈和聖俞農具詩〉詩十五首之十一：「於易見耒耜，於詩聞錢鎛。百工聖人為，此最功不薄。欲收禾黍善，先去蒿萊惡。願同鼓器悟，更使臣工作。」

清詩咀嚼那得飽？瘦竹瀟灑令人飢。

成日玩味那些清新的詩篇，如何得到溫飽呢？沉浸在那些脫俗的竹畫裡，使人感到飢餓。

【解析】蘇軾寫其門下弟子晁補之不善於謀生之道，卻又喜詩愛竹，經常讓自己處於忍飢挨餓的窘狀，故詩中用戲謔的口吻，說晁補之與其要當那非竹不食的高貴鳳凰，還不如去當得以飽食蔬菜的駑馬就好。表面上蘇軾好像是在調侃晁補之不務實際，但從「清詩」和「瘦竹」都含有清風勁節的寓意來看，蘇軾其實對晁補之寧可物質生活匱乏，也不容許自己的精神生活裡無詩無竹，這種堅持理想而甘於清貧的勇氣是深感佩服的。可用來說明從事和熱愛文藝工作，容易食不餬口。

【出處】北宋・蘇軾〈戲用晁補之韻〉詩：「昔我嘗陪醉翁醉，今君但吟詩老詩。清詩咀嚼那得飽？瘦竹瀟灑令人飢。試問鳳凰飢食竹？何如駑馬肥苜蓿？知君忍飢空誦詩，口頰瀾翻如布穀。」

遍身羅綺者，不是養蠶人。

那些全身穿著綾羅綢緞的人，都不是養蠶之人。

【解析】作者張俞借寫一名養蠶婦人進到城裡賣絲的遭遇，道出了當時社會認真工作的人，卻沒有能力享受自己勤奮的成果，反倒是從不養蠶的富人可以坐享其成。一身華麗的絲綢衣裳，正是養蠶人家費心製成的，兩相對比之下，前後境遇懸殊。可用來形容勞動者生活窮苦，不勞而獲者錦衣紈褲。

【出處】北宋・張俞〈蠶婦〉詩：「昨日入城市，歸來淚滿巾。遍身羅綺者，不是養蠶人。」

管城子[1]無肉食相，孔方兄[2]有絕交書。

僅靠著筆墨工作為生，難以有富貴人家有肉可食的面相，連金錢也給我發出了絕交的書信。

【注釋】1.管城子：毛筆的代稱，後多指寫作的人。2.孔方兄：金錢的代稱，因古代錢幣中有方形的孔，故稱之。

【解析】這是黃庭堅寫給同鄉友人孔平仲（字毅父）的一首自嘲詩，提到自己以筆耕維持生計，不僅無法加官進祿，甚至與財富絕緣，自然是糧不繼日，這道出了作者當時的生活極為困蹇，周遭友朋也與其疏離。可用來說明文人想要靠著寫文章餬口已十分困難，更遑論升官發財。

【出處】北宋．黃庭堅〈戲呈孔毅父〉詩：「管城子無肉食相，孔方兄有絕交書。文章功用不經世，何異絲窠綴露珠？校書著作頻詔除，猶能上車問何如？忽憶僧床同野飯，夢隨秋雁到東湖。」

鰣魚出網蔽洲渚，荻筍肥甘勝牛乳。

鰣魚從漁網中倒出的時候，數量多到蓋過水中的沙洲，初生的荻芽味道甘甜，比牛奶還要美味。

【解析】王安石藉由描寫北宋神宗元豐年間，江岸一帶，漁夫捕撈的漁獲量豐富，農人耕種的菜蔬滋味甜美，民間充滿一片喜慶豐收的氣氛，歌詠當時的政局安定，國家富強，人民擁有太平富庶的生活。可用來形容農漁業收穫豐饒，量大且品質美好。

【出處】北宋．王安石〈後元豐行〉詩：「……鰣魚出網蔽洲渚，荻筍肥甘勝牛乳。百錢可得酒鬥許，雖非社日長聞鼓，吳兒蹋歌女起舞，但道快樂無所苦……」（節錄）

日常生活

飲食

人間有味是清歡。

人世間最有味道的，就是吃起來可以讓人感受到清新喜悅的食物。

【解析】蘇軾詞中寫其與友人遊覽泗州（位在今安徽境內）南山，一同品嘗了當地的清茶野蔬，發覺看起來尋常的時鮮，滋味如此美好，從中體會到鄉野人家清淡簡單的飲食，才稱得上是人間美味。可用來說明吃食物自然樸實的本味，心情歡快滿足。

【出處】北宋．蘇軾〈浣溪沙．細雨斜風作曉寒〉詞：「細雨斜風作曉寒，淡煙疏柳媚晴灘。入淮清洛漸漫漫。雪沫乳花浮午盞，蓼茸蒿筍試春盤。人間有味是清歡。」

日啖荔枝三百顆，不辭長作嶺南[1]人。

要是能夠每天吃上三百顆荔枝，我不會拒絕長久留下來當個嶺南人。

【注釋】1.嶺南：泛指五嶺以南的地區，此指今之廣東。

【解析】年邁的蘇軾被朝廷貶到嶺南一帶的惠州（位在今廣東境內），正巧嶺南地區盛產多汁甘美的荔枝，蘇軾來此之後，不忘在逆境中找尋生活的樂趣，竟道出若要他一輩子當個嶺南人也無妨，只要每天有鮮美荔枝可以大啖一番便足矣，詩中也反映了他隨遇而安的樂觀天性。可用來形容荔枝的滋味美好，令人饞涎不已。

【出處】北宋．蘇軾〈食荔枝〉詩二首之二：「羅浮山下四時春，盧橘楊梅次第新。日啖荔枝三百顆，不辭長作嶺南人。」

并刀[1]如水，吳鹽[2]勝雪，纖指破新橙。

并州的刀子光亮如水，吳地的海鹽潔白勝過雪，纖細的手指剖開新熟的橙子。

【注釋】1.并刀：指并州的剪刀，以鋒刃銳利聞名。并州位在今山西境內。2.吳鹽：指吳地的鹽巴，以精細潔白著稱。吳地位在今江蘇境內。

【解析】相傳這闋詞是周邦彥在名妓李師師處時，宋徽宗突然臨時到訪，周邦彥連忙躲進床下，目睹了李師師切橙與宋徽宗一同品嘗的情景而寫成的。詞中描述一名女子以其纖纖玉指，拿起了鋒利無比的并州刀，劃開了新橙，飽滿的橙汁隨刀流溢而出，接著蘸上最高級的吳鹽，使橙的口感更添香甜美味。可用來說明柑橙類或其他帶有甜味的水果蘸鹽食用，別有風味。

【出處】北宋．周邦彥〈少年遊．并刀如水〉詞：「并刀如水，吳鹽勝雪，纖指破新橙。錦幄初溫，獸香不斷，相對坐調笙。低聲問，向誰行宿？城上已三更。馬滑霜濃，不如休去，直是少人行。」

空庖煮寒菜，破灶燒濕葦。

廚房裡空蕩蕩的，找不到什麼可煮的食物，只好煮些蔬菜，破舊的爐灶下，燒著是潮濕的蘆葦。

【解析】蘇軾寫其謫居黃州時，面對冷冷清清的廚房，勉強要煮些蔬菜來果腹，破灶下燒的還是潮濕的細蘆葦，等灶上的菜煮熟，不知得耗費多久的時間，道出了自己常處於飢餓的窘況。可用來形容食物匱乏，生活清苦。

【出處】北宋．蘇軾〈寒食雨〉詩二首之二：「春江欲入戶，雨勢來不已。小屋如漁舟，濛濛水雲裡。空庖煮寒菜，破灶燒濕葦。那知是寒食，但見烏銜紙。君門深九重，墳墓在萬里。也擬哭途窮，死灰吹不起。」

待他自熟莫催他，火候足時他自美。

要等豬肉在鍋子裡自然而然煮熟，不要心急催促，等到火候足夠了，自然滋味鮮美。

【解析】相傳「東坡肉」這道著名菜餚就是蘇軾在黃州時所創，烹調方法是用慢火把豬肉燜煮到爛熟，由於黃州豬肉的價錢低賤到和泥土一樣，富貴人家不願意吃，貧困人家又不會煮，蘇軾便想到用文火慢慢煨燉，過程中切莫急躁，等時間到了，自然生成一鍋滋味醇厚的美食。可用來說明烹煮東坡肉的訣竅就是控制火候不可過旺，心態從容不迫。

【出處】北宋．蘇軾〈豬肉頌〉詩：「淨洗鐺（ㄔㄥ），少著水，柴頭灶煙焰不起。待他自熟莫催他，火候足時他自美。黃州好豬肉，價錢如泥土，貴者不肯吃，貧者不解煮。早晨起來打兩碗，飽得自家君莫管。」

荒林春足雨，新筍迸龍雛[1]。

荒涼的山林裡春雨充裕，新發芽的竹筍生長茂盛。

【注釋】1.龍雛：此指剛發芽的筍子。古來有以「龍孫」稱筍。

【解析】此詩的詩題為〈食筍〉。張耒描寫春天的雨後，山林裡的竹筍迅速從泥土中冒出頭來，展現旺盛的生命力，由於數量多到驚人，鄰居經常餽贈，詩人也樂得享受這等美味爽口的山珍佳餚。可用來形容春雨過後，春筍怒發，味道嫩脆鮮美。另可用來比喻事物在某一時期大量湧現，發展快速。

【出處】北宋．張耒〈食筍〉詩：「荒林春足雨，新筍迸龍雛。鄰叟勤致饋，老人欣付廚。朝餐甘飽美，放箸為嗟吁。惜取葛陂杖，猶堪代我駒。」

茶酒

世間絕品人難識，閑對《茶經》憶古人。

建茶堪稱是世上最絕等的茶，只是人們對建茶的了解不深，我閑來無事，對著唐人陸羽寫的《茶經》一書，回憶這位愛茶的前輩。

【解析】林逋詩中指的世間絕品為建茶，因產於建溪流域（位在今福建境內）而得名。詩人寫其先拿出建茶茶餅，用石碾碾出茶粉，再加水烹煮，直到茶粉形成乳狀的泡沫，再細細品嘗茶的香氣與滋味。可惜的是，歷來有茶聖美譽的唐人陸羽《茶經》中，竟然未對如此人間極品予以品評與讚賞，語氣中帶有一股替建茶打抱不平的意味。可用來形容品味好茶的同時，也遺憾此茶得不到古人和今人的賞識。

【出處】北宋．林逋〈茶〉詩：「石碾輕飛瑟瑟塵，乳香烹出建溪春。世間絕品人難識，閑對《茶經》憶古人。」

活水還須活火烹，自臨釣石取深清。

煮茶最好是用流動的水還有猛烈的火，所以親自去釣磯石邊提回深澈澄清的江水。

【解析】蘇軾詩中解說茶湯要好喝，煮茶的過程也不得馬虎，包括水的來源必須是有源頭且經常流動的活水，火候當控制在有起熾熱烈焰的狀態。可用來說明古人烹煮茶葉十分重視水質和火候。

【出處】北宋．蘇軾〈汲江煎茶〉詩：「活水還須活火烹，自臨釣石取深清。大瓢貯月歸春甕，小杓分江入夜瓶。雪乳已翻煎處腳，松風忽作瀉時聲。枯腸未易禁三碗，坐聽荒城長短更。」

香於九畹[1]芳蘭氣，圓如三秋皓月輪。

普洱茶的香氣，勝過了一整片蘭園的芳香，茶餅的形狀，圓得好似秋天的一輪明月。

【注釋】1.九畹：此指種植很多的蘭花。畹，音

ㄨㄢˇ，量詞，古代計算土地面積的單位，一說三十畝地為一畹。另一說十二畝地等同一畹。

【解析】王禹偁詩中描寫普洱茶餅的外形像是秋天又圓又大的月亮，盛讚普洱茶的香氣更勝過蘭花，如此人間極品，除非是至親長輩要喝時才捨得拿出來品嘗，否則只想讓人好好珍藏，不忍享用。可用來形容茶形如皓月圓明，茶香勝幽雅芳蘭。

【出處】北宋．王禹偁〈龍鳳茶〉詩：「樣標龍鳳號題新，賜得還因作近臣。烹處豈期商嶺外，碾時空想建溪春。香於九畹芳蘭氣，圓如三秋皓月輪。愛惜不嘗惟恐盡，除將供養白頭親。」

消滯思，解塵煩，金甌雪浪翻。

（喝茶）可以消除思想凝滯，化解人世間的煩憂，茶水在金色杯子裡如白浪般地翻滾著。

【解析】愛好品茶的黃庭堅，詞中提到飲茶的具體功效，原本思緒阻滯且精神困倦的人，只要喝上一杯茶後，立刻感到神清氣爽，煩惱全部消散，尤其是當熱水注入茶杯時，看著茶葉在杯內上下翻飛的美妙姿態，更讓人想要把杯中尤物一飲再飲，縱使為此失眠也無怨無悔。可用來形容喝茶帶給人們怡情養性的感受。

【出處】北宋．黃庭堅〈阮郎歸．摘山初制小龍團〉詞：「摘山初制小龍團，色和香味全。碾聲初斷夜將闌。烹時鶴避煙。消滯思，解塵煩，金甌雪浪翻。只愁啜罷水流天，餘清攪夜眠。」

鬥茶味兮輕醍醐[1]，鬥茶香兮薄蘭芷。

評比茶的滋味時，連醇美的醍醐味也無法相比，評比茶的香氣時，連蘭芷這類香草都顯得香味薄弱。

【注釋】1.醍醐：從牛奶中精煉出來的一種乳酪，性甘美溫潤，氣味清涼。後多用來形容純一無雜的上味。

【解析】北宋時期，文人雅士之間盛行鬥茶的風俗，也就是以比賽的形式來評定茶葉的品質和烹茶技術的優劣，優勝的茶將會作為貢茶獻給天子飲用。范仲淹詩中描寫鬥茶時，茶的甘醇更勝過醍醐味，現場茶香四溢，比香草的氣味還要芬芳。可用來形容品茶時，對茶的甘美與香氣讚譽不已。

【出處】北宋．范仲淹〈和章岷從事鬥茶歌〉詩：「……北苑將期獻天子，林下雄豪先鬥美。鼎磨雲外首山銅，瓶攜江上中泠水。黃金碾畔綠塵飛，碧玉甌心翠濤起。鬥茶味兮輕醍醐，鬥茶香兮薄蘭芷。其間品第胡能欺？十目視而十手指。勝若登仙不可攀，輸同降將無窮恥……」（節錄）

溪邊奇茗冠天下，武夷仙人從古栽。

生長在溪畔的奇特茶葉堪稱是全天下最優良的，武夷山的仙人從古時候便開始栽種。

【解析】武夷山（位在今福建境內）生產的武夷茶歷史十分悠久，自古以來即享有美譽，到了北宋更是雄霸茶壇，成為進貢天子茶品的首選。范仲淹詩中極力讚揚武夷茶的品質絕佳，風靡全國。可用來說明武夷山的茶品極享盛譽。

【出處】北宋．范仲淹〈和章岷從事鬥茶歌〉詩：「年年春自東南來，建溪先暖冰微開。溪邊奇茗冠天下，武夷仙人從古栽……」（節錄）

戲作小詩君莫笑，從來佳茗似佳人。

隨興地寫下這首小詩，請你不要見笑，一直以來，好茶就宛如天生麗質的美人一樣。

【解析】蘇軾收到友人曹輔寄來在當時堪稱茶界之

絕品的壑源（位在今福建境內）新茶。蘇軾觀看了茶色、品嘗了茶湯之後，詩興大發，稱美壑源茶鮮嫩清新，氣味清香甘醇，堪與冰雪高雅的美人相比。可用來稱讚茶葉新鮮柔嫩，香氣宜人，像美女一樣令人喜愛。

【出處】北宋．蘇軾〈次韻曹輔寄壑源試焙新芽〉詩：「仙山靈雨濕行雲，洗遍香肌粉未勻。明月來投玉川子，清風吹破武林春。要知冰雪心腸好，不是膏油首面新。戲作小詩君勿笑，從來佳茗似佳人。」

【娛樂】

好山好水看不足，馬蹄催趁月明歸。

美好的山水景色還沒有看夠，便在馬蹄聲的催促下，踏著月光歸去了。

【解析】此為岳飛寫其登臨池州翠微亭覽勝後的欣喜感受，而這座亭子的建造人正是曾任池州刺史的唐代詩人杜牧。由於長期的軍旅生活，岳飛將其所有的心力全都投入於抗金活動，平時根本提不起出遊的興致。詩中雖未細述翠微亭的周遭風光如何優美，但從他深感意猶未盡，卻又因夜深而不得不歸來看，一代名將顯然對他這次騎馬出來踏青尋芳的經驗是相當珍惜的。可用來形容陶醉於山水美景之中，樂而忘返。

【出處】北宋末、南宋初．岳飛〈池州翠微亭〉詩：「經年塵土滿征衣，特特尋芳上翠微。好山好水看不足，馬蹄催趁月明歸。」

書冊埋頭無了日，不如拋卻去尋春。

長時間埋首在書堆裡，彷彿永遠沒有完結的時候，不如先把書本拋下，出外去尋訪春天的蹤跡。

【解析】終日沉浸在學術研究的朱熹，經年累月，把全部的心思都放在治學和著述上，少有休閑活動。某年的春日，朱熹突然心血來潮，告訴自己學海浩瀚，根本探究不盡，趁著可人的春光尚未溜走，趕緊出門踏青遊樂，稍微轉換一下心情。可用來說明人在讀書或工作之餘，不妨抽空到野外走走，享受親近自然的樂趣。

【出處】南宋．朱熹〈出山道中口占〉詩：「川原紅綠一時新，暮雨朝晴更可人。書冊埋頭無了日，不如拋卻去尋春。」

堤上遊人逐畫船，拍堤春水四垂天，綠楊樓外出秋千。

堤上遊人追逐水中這艘畫船，水花拍打著堤岸，春水與四方天幕連成一色，看見綠色楊柳下人家的鞦韆盪出牆外。

【解析】歐陽脩描寫其在潁州西湖的船上，看著堤上成群賞春的遊人隨船行走，場面熱鬧，沿途春水連天，遠望河岸人家，從柳樹下的樓外盪出鞦韆的身影，宛如一幅歡樂的春日嬉遊圖呈現讀者的眼前。南宋人吳曾《能改齋漫錄》引北宋蘇門四學士之一晁補之的評語：「只一『出』字，自是後人道不到處。」認為詞中「出」一字，已達後人無法企及之境。可用來形容春日郊野遊客如織，人們出門踏青、泛舟和嬉戲等。

【出處】北宋．歐陽脩〈浣溪沙．堤上遊人逐畫船〉詞：「堤上遊人逐畫船，拍堤春水四垂天，綠楊樓外出秋千。白髮戴花君莫笑，〈六么〉催拍盞頻傳，人生何處似尊前？」

舞低楊柳樓心月，歌盡桃花扇底風。

舞不停地跳著，跳到樓臺上的明月低沉在楊柳梢頭，歌一遍遍地唱著，唱到手上繪有桃花的扇子已無力再搖動搧風了。

【解析】晏幾道回憶過往的一場歌筵，陪客的歌女一邊揮扇起舞、一邊隨曲歌唱，只是這場宴飲的時間實在太長，歌女早已精疲力盡，漸漸地連舉扇的力氣都沒了。這闋詞最令人稱道的是，詞人以月被「舞低」和風被「歌盡」兩語，傳神表達出當時富貴人家通宵達旦飲酒作樂，歌女隨侍在旁酣歌恆舞的情景。可用來形容女子徹夜歌舞。

【出處】北宋．晏幾道〈鷓鴣天．彩袖殷勤捧玉鍾〉詞：「彩袖殷勤捧玉鍾。當年拚卻醉顏紅。舞低楊柳樓心月，歌盡桃花扇底風。從別後，憶相逢，幾回魂夢與君同。今宵賸把銀釭照，猶恐相逢是夢中。」

錯雜賢愚品，偏頗造化權。

在選官圖遊戲中，賢能和平庸的文武百官交錯夾雜，輸贏全都掌控在個人的運氣好壞。

【解析】這首詩的詩題為〈選官圖口號〉，選官圖為始創於唐代的一種賭博遊戲，又名陞官圖、彩選等，玩法是在紙上列出大小文武百官的名銜，玩家不限人數，依序輪流擲骰子，計點數和比色，配合紙上的官職進退升降，其中也有籌碼投注，至終局而定勝負。作者孔平仲詩中描寫了人們在玩選官圖遊戲時，官吏階級上下交錯，隨著擲骰點數的不同，局中官位也是須臾變化，一下子有人升了官，馬上飛黃騰達，一下子有人降了職，立即貶至蠻荒，誰也無法預料結果，然而所有的名位，全憑個人擲骰運氣的好壞，一切不過是紙上榮辱，終將隨著散局而消逝無蹤，玩家實在不必為了一時的趣味而患得患失。可用來說明選官圖遊戲是古代人們日常的消遣娛樂之一，其形制是在紙上開列大小官位，擲骰比色，以決定升官或降職，從遊戲中除了可以學習科舉官制，也可體會官場的浮沉進退、勝負無常。

【出處】北宋．孔平仲〈選官圖口號〉詩：「環合官圖展，觀呼象子圓。飛騰隨八赤，摧折在雙玄。

已貴翻投畚，將蕘卻上天。須臾文換武，俄頃後馳先。錯雜賢愚品，偏頗造化權。望移情欲脫，患失膽俱懸。慍色觀三已，豪心待九遷。寧知即罷局，榮辱兩茫然。」

三、論藝文教育

論勤學

少年易老學難成，一寸光陰不可輕。

年輕歲月很快就會變老，到那時再來學習就相對困難許多，所以每一點的時間都要珍惜，不可輕易浪費。

【解析】 作者朱熹發現不少年輕人自恃來日方長，而蹉跎了學習力正旺盛的青春年華，他認為時間是非常寶貴的，一轉眼少年郎就變成了白頭翁，就好像一個人剛剛還沉浸在池邊青綠春草的美夢裡，轉瞬之間，已傳來臺階前梧桐葉被秋風掃落的聲音，可見時間消逝之快速。可用來說明人應抓緊分分秒秒，努力向學。

【出處】 南宋．朱熹〈偶成〉詩：「少年易老學難成，一寸光陰不可輕。未覺池塘春草夢，階前梧葉已秋聲。」

古人學問無遺力，少壯工夫老始成。

古時候的人做學問總是全力以赴，從年少力壯時就開始努力，到了老年才有所成就。

【解析】 此為陸游在寒夜讀書時，寫來告誡兒子陸子聿勤學的重要性，他認為學子應從小養成良好的讀書習慣，持之以恆，根基一旦紮實，學問自然精博。可用來說明做學問或學習其他事情，終其一生都要竭力探索，堅持不懈。

【出處】南宋．陸游〈冬夜讀書示子聿〉詩八首之三：「古人學問無遺力，少壯工夫老始成。紙上得來終覺淺，絕知此事要躬行。」

安居不用架高堂，書中自有黃金屋。娶妻莫恨無良媒，書中有女顏如玉。

想要住得安逸不用蓋宏偉的房子，書中自會有如黃金般的華屋。想要娶妻不要遺憾沒有好的媒人，書中就有貌美如玉的女子。

【解析】北宋真宗趙恆為了勉勵人們勤奮好學，採取功利的角度來闡述讀書的好處，認為士子只要透過科舉出仕，日後便有金屋可住，美人可娶，榮華富貴享受不盡。但事實上，歷來不少文人即使考上進士，生活中也未必有黃金屋或顏如玉出現，甚至還遭貶謫遠地，窮困落魄一生，只能說這不過是宋真宗希望士子勤勉向學的善意利誘。可用來鼓勵人們認真上進，就會達成自己的夢想。

【出處】北宋．宋真宗趙恆〈勵學篇〉詩：「富家不用買良田，書中自有千鍾粟。安居不用架高堂，書中自有黃金屋。娶妻莫恨無良媒，書中有女顏如玉。出門莫愁無人隨，書中車馬多如簇。男兒欲遂平生志，五經勤向窗前讀。」

孤村到曉猶燈火，知有人家夜讀書。

天都快亮了，偏僻的村莊裡，依然還有點著燈火的人家，知道有人為了讀書而徹夜不眠。

【解析】晁沖之寫其騎著瘦馬夜行，途中偶然經過一處荒野小村，他發現直到拂曉，小村猶有人家燈火通明，便知屋內必有學子正在發憤苦讀，力拚日後的科舉考試。由於宋朝崇文的風氣，人們普遍認為唯有通過科舉，方能立下一番功名事業。可用來形容好學不倦，挑燈夜讀。

【出處】北宋末、南宋初．晁沖之〈夜行〉詩：

「老去功名意轉疏，獨騎瘦馬取長途。孤村到曉猶燈火，知有人家夜讀書。」

書當快意讀易盡。

讀到一本好書，心中暢意快活，很容易就把書給讀完了。

【解析】身為「蘇門四學士」之一，並以好學不倦著稱的陳師道，詩中陳述其讀書過程的體驗，每當碰到讓他對味的書籍，總是讀不捨手，只是讀到接近書的結尾時，便會感到一股不甚過癮的失落。可用來說明閱讀好書，是人生當中一件令人愜意歡喜的事。

【出處】北宋．陳師道〈絕句〉詩四首之四：「書當快意讀易盡，客有可人期不來。世事相違每如此，好懷百歲幾回開？」

紙上得來終覺淺，絕知此事要躬行。

從書本上所獲得的知識終歸是淺薄的，想要深刻理解事物的道理，一定要透過親身實踐才行。

【解析】陸游意在強調人不可讀死書，光只會紙上談兵學到的終究是書中的皮毛而已，無法認識到事物或事理的真諦，唯有身體力行，才能把書中文字轉化成自己的實際本事和內在涵養。可用來說明要真正掌握知識，除了學問上的追求之外，還得靠自己的實行踐履。

【出處】南宋．陸游〈冬夜讀書示子聿〉詩八首之三：「古人學問無遺力，少壯工夫老始成。紙上得來終覺淺，絕知此事要躬行。」

退筆如山未足珍，讀書萬卷始通神。

即使寫到筆尖都禿了的筆堆積成山，也不值得珍惜，只有讀書萬卷，才能達到通暢靈活的境界。

【解析】蘇軾的兩位外甥向蘇軾求索筆墨真跡，蘇軾在詩中告訴他們，即使把筆寫到不能再使用了，也未必能寫出好的作品，唯有多讀書才能在創作上得心應手，如有神助。換言之，欲練一手好字，不能只重視技巧，也要充實自身的知識。可用來說明作詩著文的基本功就是孜孜不倦。

【出處】北宋．蘇軾〈柳氏二外甥求筆跡〉詩二首之一：「退筆如山未足珍，讀書萬卷始通神。君家自有元和腳，莫厭家雞更問人。」

問渠[1]那得清如許？為有源頭活水來。

問它（方塘之水）怎麼會如此清澈？因為有源頭的水流，不斷為它注入活水進來。

【注釋】1.渠：此作它，指第三人稱。

【解析】這首詩的詩題為〈觀書有感〉，是朱熹抒發其治學經驗的心得，詩中他用借物喻理的筆法，以池塘的水長保清澈如鏡，是緣於有源頭活水之故，來比喻一個人也必須隨時從書本中補充新知，充實自己，有如源頭活水灌注不止，心靈澄明不染，事理才能看得透徹。可用來比喻求學的過程中，要不停攝取新的知識，保持思想的先進和活力。

【出處】南宋．朱熹〈觀書有感〉詩二首之一：「半畝方塘一鑑開，天光雲影共徘徊。問渠那得清如許？為有源頭活水來。」

須知三絕韋編[1]者，不是尋行數墨[2]人。

要知道可以把編綴竹簡的牛皮繩讀到脫斷了三次，絕對不是只會鑽研一行一句卻不明白義理的人。

【注釋】 1.三絕韋編：本指編綴竹書的牛皮繩斷了三次，後引申為用功苦讀。韋，熟皮。2.尋行數墨：計算書本上的字句。比喻讀書只會拘泥文句上所用的字眼，而不推究義理。

【解析】 西漢史家司馬遷在《史記．孔子世家》描述孔子晚年喜讀《易》，這是一本借自然現象變化以證人事得失吉凶的哲理典籍，經過孔子反覆研讀，不斷翻閱之後，造成竹簡上的皮繩脫落了好幾次，司馬遷便以「韋編三絕」來形容孔子勤於學問的程度。這首詩的作者朱熹，堪稱是宋代集理學之大成者，其所註解的《四書集註》，不但被學子奉為明、清科舉考試的圭臬，至今仍是研究儒家學說的代表作，他在詩中援引前人對孔子篤志好學的美譽，同時批評有些人只知道讀死書，執著於書本上的隻字片語，不曉得融會貫通，自然無法學以致用。可用來激勵人勤勉讀書，且要懂得靈活運用知識。

【出處】 南宋．朱熹〈易〉詩二首之一：「立卦生爻事有因，兩儀四象已前陳。須知三絕韋編者，不是尋行數墨人。」

舊書不厭百回讀，熟讀深思子自知。

已經讀過的書，反覆再讀也不會感到厭煩，仔細閱讀，深入思考，你自然就會明白書中的真義。

【解析】 這首詩原是蘇軾寫來勸勉落第的人，只要不厭其煩把書讀過一遍又一遍，久而久之，自會領悟其中的道理，日後再接再厲，宦途還是大有可為，若是因有所遲疑而怠惰，功名便永不可追。拋開古人讀書和科舉的密切關聯，試想一本典籍能夠經得起時間的考驗而流傳千古，肯定是有其學習的價值。可用來說明好書值得一讀再讀，溫故而知新。

【出處】 北宋．蘇軾〈送安惇秀才失解西歸〉詩：「舊書不厭百回讀，熟讀深思子自知。他年名宦恐

不免，今日棲遲那可追……」（節錄）

舊學商量加邃密，新知培養轉深沉。

對已有的知識，相互討論，使其更加精密，對於新的知識，繼續鑽研，使其更加深刻。

【解析】這首詩的詩題為〈鵝湖寺和陸子壽〉。陸子壽，即陸九齡，字子壽，其弟陸九淵，學者合稱「二陸」，皆儒家心學一派的代表人物，強調尊德性，以明本心，與朱熹主張道問學，格物致知的理念不同。南宋孝宗在位期間，朱熹和陸氏兄弟在信州鵝湖寺進行一場辯論會議，會議一開始，陸九齡和陸九淵便各賦一詩，表達自己的學術主張，之後展開辯論，朱、陸雙方各持己見，最後不歡而散，史稱「鵝湖之會」。隔了數年，朱熹與陸九齡再度在鵝湖寺相會，朱熹特作此詩追和陸九齡當時在會上的那首賦詩，他認為傳統知識經過一再商榷，相互切磋，必然更加細密周詳，然而對於新發現的知識，也要秉持深入探索的精神，如此一來，既可博古又能知今，視野為之開闊。可用來說明從事學術研究，無論舊學新知，都不可偏廢，使自己的理解更加周密完備，知識領域更加寬廣博大。

【出處】南宋．朱熹〈鵝湖寺和陸子壽〉詩：「德義風流夙所欽，別離三載更關心。偶扶藜杖出寒谷，又枉籃輿度遠岑。舊學商量加邃密，新知培養轉深沉。卻愁說到無言處，不信人間有古今。」

藏書萬卷可教子，遺金滿籯[1]常作災。

家中收藏上萬卷的書可以用來教育子女，遺留堆滿竹籠的金子卻時常招來災禍。

【注釋】1.籯：音ㄧㄥˊ，竹籠。

【解析】此為黃庭堅題寫在一位胡姓人家書齋的詩，稱美其詩書傳家的風範。詩中以「藏書萬卷」

對比「遺金滿籯」，直指培養後代接近書籍、喜愛讀書的家風，遠遠勝過給子孫萬貫家財。書不僅可以陶冶性靈，也可使人學問淵博，但過多的金錢如果沒有掌握好開銷用度，往往容易使人理智昏亂，養成怠惰的習性，可謂後患無窮。可用來說明培育後人重視學識涵養，而非只是滿足物質欲望所需。

【出處】北宋．黃庭堅〈題胡逸老致虛庵〉詩：「藏書萬卷可教子，遺金滿籯常作災。能與貧人共年穀，必有明月生蚌胎。山隨宴坐圖畫出，水作夜窗風雨來。觀水觀山皆得妙，更將何物汙靈臺？」

藜羹[1]麥飯[2]冷不嘗，要足平生五車讀。

簡單的菜粥粗飯冷了也沒空吃，只想著實現這一生要讀完很多的書的目標。

【注釋】1.藜羹：以藜菜作成羹湯。比喻粗食。藜，野菜的一種。2.麥飯：磨碎的麥煮成的飯。

【解析】陸游寫其為了拚命讀完更多書，吸收更多的知識而廢寢忘食的情況，由詩中「藜羹麥飯」可以看出詩人在飲食上的簡樸清淡，「冷不嘗」所表達的是，讀書和吃飯相比，他寧可先把時間拿來讀書，等到肚子真的很餓時才去用飯。可用來形容一個人勤奮上進，專注用心。

【出處】南宋．陸游〈讀書〉詩：「放翁白首歸剡曲，寂寞衡門書滿屋。藜羹麥飯冷不嘗，要足平生五車讀……」（節錄）

論詩文

天機雲錦用在我，剪裁妙處非刀尺。

寫文章時，就好像天女織出來的錦繡，任我隨意取用，至於刪除繁冗，留下精華，也不是借用剪刀和量尺這類的工具就可以做到的。

【解析】陸游詩中抒發其對創作的體會心得，他認為優秀作品的產生，主要在於寫者對於現實生活的真切感受，腦海中的構思高妙，材料多元，隨手拈來，自可鋪陳出渾然天成的美文。可用來說明在文藝創作上，利用豐富的素材，純熟精妙的技藝善加剪裁，寫出具有個人獨特思想的作品。

【出處】南宋．陸游〈九月一日夜讀詩稿有感走筆作歌〉詩：「……詩家三昧忽見前，屈賈在眼元曆曆。天機雲錦用在我，剪裁妙處非刀尺。世間才傑固不乏，秋毫未合天地隔。放翁老死何足論？廣陵散絕還堪惜。」（節錄）

文章功用不經世，何異絲窠綴露珠？

辭章若沒有治國的作用，那和蜘蛛網上點綴著晶瑩閃閃的露水珠兒，又有什麼差別呢？

【解析】一向對詩文創作自視甚高的黃庭堅，仕途卻十分坎坷，詩中描寫文章不為世人所賞識的處境，同時也批判許多內容空洞的詩文，就像蜘蛛網上的閃亮露珠，外表看似華美卻不堅實，根本經不起時間的考驗，很快就會消失不見。可用來說明文章應具備治理世事、安定人心的實用功能，否則便形同空文。

【出處】北宋．黃庭堅〈戲呈孔毅父〉詩：「管城子無肉食相，孔方兄有絕交書。文章功用不經世，何異絲窠綴露珠？校書著作頻詔除，猶能上車問何如？忽憶僧床同野飯，夢隨秋雁到東湖。」

文章本天成，妙手偶得之。

好的文章本來就是天然而成的，寫作的高手偶然間得到了它。

【解析】陸游詩中所要表達的是，優秀的作品絕不是矯揉造作而來的，所謂「本天生」並不是指天生不必學習，就可以寫出好的文章，而是指具備了深厚的文學基底，當靈感一來時，下筆便能揮灑出既有文采又有內涵的佳作。可用來說明文藝創作貴在不刻意追求，造詣精深的人善於捕捉瞬間的靈感，一揮筆自然得心應手。

【出處】南宋．陸游〈文章〉詩：「文章本天成，妙手偶得之。粹然無疵瑕，豈復須人為……」（節錄）

〈出師〉一表真名世，千載誰堪伯仲間？

三國蜀相諸葛亮寫的〈出師表〉聞名於世，上千年來，有誰能與諸葛亮相提並論呢？

【解析】〈出師表〉是三國蜀相諸葛亮在出兵伐魏之前，上呈給後主劉禪的一篇奏章，內容懇切感人，青史留名。陸游詩中除了表達他對諸葛亮盡瘁事國精神的尊崇，也流露其渴盼效法諸葛亮，貢獻一己的才能，力挽危弱的國勢。可用來稱美諸葛亮為歷史上難得一見的絕世奇才，流芳千古。

【出處】南宋．陸游〈書憤〉詩：「早歲那知世事艱？中原北望氣如山。樓船夜雪瓜洲渡，鐵馬秋風大散關。塞上長城空自許，鏡中衰鬢已先斑。〈出師〉一表真名世，千載誰堪伯仲間？」

本與樂天為後進，敢期子美是前身。

向來師法白居易的寫詩風格，敢於期望杜甫是自己的前世。

【解析】王禹偁寫了兩首〈春居雜興〉詩，其中兩句「何事春風容不得？和鶯吹折數枝花」被兒子說和杜甫〈絕句漫興〉組詩中「恰似春風相欺得，夜來吹折數枝花」用詞相似，因而建議王禹偁改寫。王禹偁從來不避諱自己創作的學習對象，是主張詩歌應為反映生活現實而作的白居易，他在聽了兒子的說法後，發現自己竟然能與杜甫的詩風暗合，反倒覺得沾沾自喜，執意不作更動。這一首詩除了記錄兒子對〈春居雜興〉詩提出的意見之外，也表達了他不更改詩句的理由。可用來說明對唐代詩人杜甫、白居易文學成就的嚮往，並期勉自己成為他們的後繼者。

【出處】北宋．王禹偁〈前賦春居雜興詩二首，間半歲，不復省視，因長男嘉祐讀杜工部集，見語意頗有相類者，咨於予，且意予竊之也，予喜而作詩聊以自賀〉詩：「……本與樂天為後進，敢期子美是前身。從今莫厭閑官職，主管風騷勝要津。」（節錄）

自古功名亦苦辛，行藏[1]終欲付何人？

自古以來，人們為了求取功名付出勞苦心血，然而他們一生的行止，最後交給誰去評論呢？

【注釋】1.行藏：本指出仕和退隱，後多引指人一生的經歷。

【解析】王安石詩中抒發其讀史籍的心得，感嘆歷來多少先人為了成就功業名聲，夙夜匪懈，耗費畢生心力，但等到人生一謝幕，在世的人評述其言行功過時，卻沒有掌握確切事實，僅憑一己主觀認知便下筆，這樣對先人是相當不公允的，更造成了後世的人難以探究當時的真相。可用來說明一個人的生平事蹟，能夠被後人客觀真實的記錄下來，是一件很不容易的事。

【出處】北宋．王安石〈讀史〉詩：「自古功名亦苦辛，行藏終欲付何人？當時黮（ㄊㄢˇ）闇猶承誤，末俗紛紜更亂真。糟粕所傳非粹美，丹青難寫是精神。區區豈盡高賢意，獨守千秋紙上塵。」

行筆因調性，成詩為寫心。

作文章是為了展現自己的風格和本性，作詩是為了寫出自己的思想和感情。

【解析】一生堅持不涉足官場的邵雍，對生命向來抱持一種直率自然的情懷，他不喜刻意雕琢或苦吟出來的文字，認為創作詩文主在抒發自己內在的真實心意，而不是為了求得爵位或博取文壇美名。可用來說明行文下筆，純粹是為了抒寫自得的理趣，沒有其他的目的。

【出處】北宋・邵雍〈無苦吟〉詩：「平生無苦吟，書翰不求深。行筆因調性，成詩為寫心。詩揚心造化，筆發性園林。所樂樂吾樂，樂而安有淫。」

作詩火急追亡逋，清景一失後難摹。

我趕緊寫下這首詩，就像追捕逃亡的人一樣火急，擔心清麗的景色從腦海中消失後，就難以再摹寫出來了。

【解析】蘇軾遊杭州孤山後一回到家，就片刻不得閒記錄他的遊山感受，擔心腦中的景象和浮現的靈感稍縱即逝，日後要再追憶也已無處尋覓。可用來說明創作者應及時記下所感悟的情思，描摹當下的景物，一旦錯失，時不再來。

【出處】北宋・蘇軾〈臘日遊孤山訪惠勤、惠思二僧〉詩：「……天寒路遠愁僕夫，整駕催歸及未晡。出山迴望雲木合，但見野鶻盤浮圖。茲遊淡薄歡有餘，到家恍如夢蘧蘧。作詩火急追亡逋，清景一失後難摹。」（節錄）

初如食橄欖，真味久愈在。

一開始讀時，好像吃生澀的橄欖一樣，但熟讀之後，便能體會出其中深刻綿長的真實意味。

【解析】歐陽脩是梅堯臣的好友，他認為梅堯臣的詩風從先前的清新切實，轉為硬澀艱深，使得一般人不易理解，但這也代表梅堯臣的功力日益精進老到，好比橄欖入口時味道苦澀，經過耐心咀嚼後，才能吃出其甘甜的滋味。可用來比喻一個人的詩文風格艱澀，涵義深遠，必須細細品味才能真正領悟。

【出處】北宋・歐陽脩〈水谷夜行寄子美、聖俞〉詩：「……梅翁事清切，石齒漱寒瀨。作詩三十年，視我猶後輩。文詞愈清新，心意雖老大。譬如妖韶女，老自有餘態。近詩尤古硬，咀嚼苦難嘬。初如食橄欖，真味久愈在……」（節錄）

命屈由來道日新，
詩家權柄敵陶鈞[1]。

命運坎坷，向來是在政治上主張革新的人，然而詩人的權力，絕對敵得過聖明君主治理天下。

【注釋】1.陶鈞：本指製造陶器所用的旋盤，後多用來比喻聖王統治天下。

【解析】王禹偁堪稱北宋詩文革新運動的先驅，生平致力學習唐人杜甫、白居易樸實平易的詩風，內容多反映社會現實或民間疾苦。從政期間，他因提出諫言而不見容於當政者，屢遭貶斥，仍不改其剛直敢言本色，堅持詩家之筆，足以讓君王戒慎恐懼。可用來說明文學作品具有撼動上位者的強大力量。

【出處】北宋・王禹偁〈前賦春居雜興詩二首，間半歲，不復省視，因長男嘉祐讀杜工部集，見語意頗有相類者，咨於予，且意予竊之也，予喜而作詩聊以自賀〉詩：「命屈由來道日新，詩家權柄敵陶鈞。任無功業調金鼎，且有篇章到古人……」（節錄）

忽有好詩生眼底，
安排句法已難尋。

（看見春日美景）忽然眼前浮現美好的詩句，正想著如何鋪排時，詩句已經消失不見了。

【解析】陳與義寫其一早起來，聽見來自庭院樹上的鳥鳴聲，接著看著鳥兒從紅花綠葉的院子飛往遠方的樹林，腦海頓時閃過了絕妙詩意，但還在構思文句時，詩意早已不翼而飛，之後任憑他再絞盡腦汁也想不起來了。可用來說明從事寫作和其他創作時，靈感忽而即來，但又稍縱即逝，極難捕捉。

【出處】北宋末、南宋初．陳與義〈春日〉詩二首之一：「朝來庭樹有鳴禽，紅綠扶春上遠林。忽有好詩生眼底，安排句法已難尋。」

非人磨墨墨磨人。

不是人在磨墨，而是墨在磨鍊人。

【解析】擅長書法的蘇軾藏有不少好墨，友人舒煥在參觀了蘇軾豐富的收藏後，寫詩表達其驚羨情意。蘇軾則是回給對方一首詩，抒發文人長年磨墨寫字，殫精竭慮，表面上看似是人在硯臺上研墨成汁，事實上可以說是墨在磨鍊人的耐性與心志，人在磨墨的同時，其實也絞盡腦汁，構思作品的布局。可用來說明人在書寫過程中消磨時光，修鍊心性。

【出處】北宋．蘇軾〈次韻答舒教授觀余所藏墨〉詩：「……非人磨墨墨磨人，瓶應未罄罍先恥。逝將振衣歸故國，數畝荒園自鋤理。作書寄君君莫笑，但覓來禽與青李。一螺點漆便有餘，萬灶燒松何處使……」（節錄）

看似尋常最奇崛，成如容易卻艱辛。

看起來似乎平凡尋常，其實是非常奇特突出，寫成好像很容易的樣子，實際上過程卻是歷經艱難辛苦。

【解析】此為王安石寫其對中唐詩人張籍的品評，他認為張籍的作品多用口語描寫百姓生活，乍看樸實平淡，然細讀內容，多在揭發社會黑暗，關懷民間疾苦，使人產生極大共鳴，故予以相當高的評價。可用來說明某些作品看似平常，卻有獨到之處，取得的成就，也是作者付出勞心苦慮所換來的。

【出處】北宋．王安石〈題張司業詩〉詩：「蘇州司業詩名老，樂府皆言妙入神。看似尋常最奇崛，成如容易卻艱辛。」

個個詩家各築壇，一家橫割一江山。

現在每個詩人各自成立門派，每一門派各占據著一片江山。

【解析】楊萬里根據自己的學習經驗，發現當時的詩壇有不少人熱中結黨立派，對這種風氣很不以為然，主張詩歌是為了抒發個人的切身情感，以及對事物的理解與觀察，不應拘囿於門戶之見，放棄了探索新知的精神，失去了自己的獨特風格，這樣寫出來的作品也不會引起共鳴的。可用來形容芸文界的門派眾多，各自壁壘分明，相互對立。

【出處】南宋．楊萬里〈和段季承、左藏會四絕句〉詩四首之一：「個個詩家各築壇，一家橫割一江山。只知輕薄唐將晚，更解攀翻晉以還？」

書生事業真堪笑，忍凍孤吟筆退尖。

讀書人平時所做的事情真的很可笑，忍受天寒地凍，獨自喃喃吟誦著、寫著，把筆尖都給磨平了。

【解析】蘇軾詩中以一種自我解嘲的口吻，抒發文士從事創作過程所歷經的孤獨與辛苦，實不足為外人道之，也唯有意志堅定、忍受得了寂寞苦悶的人，方能理解個中滋味。可用來說明創作歷程，備嘗艱辛。

【出處】北宋．蘇軾〈謝人見和前篇二首〉詩二首之一：「已分酒杯欺淺懦，敢將詩律鬥深嚴。漁蓑句好應須畫，柳絮才高不道鹽。敗履尚存東郭足，飛花又舞謫仙簷。書生事業真堪笑，忍凍孤吟筆退尖。」

高論無窮如鋸屑，小詩有味似連珠。

長篇大論有如鋸木材時落下的木屑，連續不斷，短小的詩有如一連串的珍珠，雋永有味。

【解析】蘇軾認為篇幅長的作品，可以深入議論高遠見解，但簡短的小詩也別有韻味，讀來字字皆是珠璣，可謂各有所長。其中「鋸屑」常用來比喻說話滔滔不絕或文章宏論滔滔，而「連珠」可用來比喻行文簡潔清麗，不直指事情，而是藉連串事例傳達意旨，使人容易明白。可用來讚美人的詩文長篇立論高妙，短篇清新動人。

【出處】北宋．蘇軾〈生日，王郎以詩見慶，次其韻，並寄茶二十一片〉詩：「……高論無窮如鋸屑，小詩有味似連珠。感君生日遙稱壽，祝我餘年老不枯。未辦報君青玉案，建溪新餅截雲腴。」（節錄）

琢雕自是文章病，奇險尤傷氣骨多。

在形式上過分修飾雕砌字句，本來就是文章的弊病，刻意追求奇特險怪，尤其損傷文章的思想和內容。

【解析】陸游詩中強調詩文應以內涵氣骨取勝，平淡中而見真味，若只想著如何標新立異或苦思冷僻難字，這也會失去了文章的自然本色。可用來說明在文字上追求奇巧怪異，是寫作的大忌。

【出處】南宋．陸游〈讀近人詩〉詩：「琢雕自是文章病，奇險尤傷氣骨多。君看大羹玄酒味，蟹螯蛤柱豈同科？」

鍊辭得奇句，鍊意得餘味。

修鍊文字，可以得到奇美的文句，修鍊文意，可以得到耐人體會的無窮興味。

【解析】邵雍認為寫詩是為了抒發自己的心志、情感，固然埋首鑽研在文詞的錘鍊上，會使得詩句更為優美，但他還是比較重視詩本身的立意，也就是詩中所要表達的思想和主題。他深信一首好詩絕不是因經過推敲苦思後就會得來，而是作者將其對生命、物情的深刻領悟寫入了詩，才會讓人在讀了之後，意味無盡。可用來說明行文時不可只在乎形式的美感，更要注重內容的本質。

【出處】北宋．邵雍〈論詩吟〉詩：「何故謂之詩？詩者言其志。既用言成章，遂道心中事。不止鍊其辭，抑亦鍊其意。鍊辭得奇句，鍊意得餘味。」

韓生畫馬真是馬，蘇子作詩如見畫。

唐代畫家韓幹畫的馬就像是真的馬，我寫的詩猶如讓人看見韓幹的畫。

【解析】詩中「韓生」指的是唐代畫家韓幹，以畫馬著稱。韓幹的這幅畫馬圖已佚失，此詩為蘇軾題寫在好友李公麟臨摹韓幹的畫馬圖上。蘇軾先是描繪韓幹所畫中的馬或馳、或立、或嘶、或飲等各種逼真形態與動勢，之後不忘自詡其題在畫上的詩，等同讓人欣賞到韓幹的畫作一樣。可用來形容作詩題在畫上，生動再現畫中意境，詩意如畫。

【出處】北宋．蘇軾〈韓幹馬十四匹〉詩：「二馬並驅攢八蹄，二馬宛頸鬃尾齊。一馬任前雙舉後，一馬卻避長鳴嘶。老髯奚官騎且顧，前身作馬通馬語。後有八匹飲且行，微流赴吻若有聲。前者既濟出林鶴，後者欲涉鶴俯啄。最後一匹馬中龍，不嘶不動尾搖風。韓生畫馬真是馬，蘇子作詩如見畫。

世無伯樂亦無韓，此詩此畫誰當看？」

辭嚴意正質非俚，古味雖淡醇不薄。

文辭嚴謹，義理端正，質樸而不流於俚俗，古樸的風格讀來雖似平淡，但文字精純，底蘊深厚。

【解析】石介是北宋初的理學家，其向歐陽脩大力推薦自己同鄉兗州（位在今山東境內）子弟張續、李常兩人的文章，歐陽脩讀了之後，便寫了這首詩給石介，詩中讚美張續、李常的文章用詞謹慎，義理正當，富有古樸的韻味。可用來形容一個人的詩文風格樸實，義理嚴正。

【出處】北宋．歐陽脩〈讀張、李二生文贈石先生〉詩：「先生二十年東魯，能使魯人皆好學。其間張續與李常，剖琢珉石得天璞。大圭雖不假雕琢，但未磨礱出圭角。二生固是天下寶，豈與先生私褚橐（ㄊㄨㄛˊ）。先生示我何矜誇，手攜文編謂新作。得之數日未暇讀，意欲百事先屏卻。夜歸獨坐南窗下，寒燭青熒如熠爚。病眸昏澀乍開緘，燦若月星明錯落。辭嚴意正質非俚，古味雖淡醇不薄……」（節錄）

論藝術

【音樂】

自作新詞韻最嬌，小紅低唱我吹簫。

自己創作的新調和填寫的新詞，音韻是最美妙的，歌妓小紅低聲輕唱著，我在一旁吹簫伴奏。

【解析】精通音律的姜夔，前去蘇州拜訪范成大時，譜寫了〈暗香〉和〈疏影〉兩首新曲與新詞，當他準備離開時，范成大將家裡一名喚作小紅的歌妓送給了姜夔。這首詩寫其返家路上，經過蘇州吳淞江上的名勝垂虹橋，掩飾不了喜獲佳人的欣喜，開懷地吹奏他自製的兩曲新調，色藝雙全的小紅則是嬌柔地唱著新詞，樂音和諧柔美，歌聲清婉動人。可用來形容音樂造詣深湛的人，除了填詞作曲，還負責伴奏，與演唱者的默契絕佳。

【出處】南宋．姜夔〈過垂虹〉詩：「自作新詞韻最嬌，小紅低唱我吹簫。曲終過盡松陵路，回首煙波十四橋。」

指尖歷歷泉鳴澗，腹上鏘鏘玉振金。

從指尖彈撥出清楚分明有如山泉淙淙的流水聲，從腹肚上方傳來鏗鏗鏘鏘如玉石金屬的撞擊聲。

【解析】這闋詞的詞題為〈詠阮〉。阮，是弦樂器的一種，音色圓潤醇厚，不似琵琶高亢，相傳是因魏晉竹林七賢之一的阮咸善彈此樂器而得名。作者張鎡在詞中敘述他和幾位友人在林泉月下彈阮相娛的情景，表達對前人隱逸竹林，展現清雅風度的心馳神往。可用來說明弦樂器所彈奏出的音韻和諧優美，聲調蒼勁嘹亮。

【出處】南宋．張鎡〈鷓鴣天．不似琵琶不似琴〉詞：「不似琵琶不似琴，四弦陶寫晉人心。指尖歷歷泉鳴澗，腹上鏘鏘玉振金。天外曲，月邊音。為君轉軸擬秋砧。又成雅集相依坐，清致高標記竹林。」

偶學念奴[1]聲調，有時高遏行雲。

偶然間，學會了唐代歌女念奴的唱腔，聲調有時高亢到能遏住正在行走的雲。

【注釋】1.念奴：指唐朝天寶年間著名歌女，以歌聲激越清亮而聞名。後多用來泛指歌女。

【解析】晏殊詞中描寫一名歌女，自詡年輕時精通一切歌舞技藝，花樣不時翻新，無人敢與之競爭，甚至連天上的雲朵，都為了聆聽她的歌聲而靜止不動，足見其歌唱技巧高妙絕倫，聲音響徹雲際。可用來形容歌喉嘹亮動聽。

【出處】北宋．晏殊〈山亭柳．家住西秦〉詞：「家住西秦，賭博藝隨身。花柳上，鬥尖新。偶學念奴聲調，有時高遏行雲。蜀錦纏頭無數，不負辛勤。數年來往咸京道，殘杯冷炙謾消魂。衷腸事，託何人？若有知音見採，不辭遍唱〈陽春〉。一曲當筵落淚，重淹羅巾。」

【書畫】

十年不見老仙翁，壁上龍蛇飛動。

近十年沒有見到歐陽脩這位已仙逝的老人家了，但他留在平山堂的墨跡，還像龍蛇般在牆壁上飛舞竄動。

【解析】這是蘇軾第三次經過揚州平山堂所寫的一闋詞。平山堂為歐陽脩出任揚州知州時所建，蘇軾曾於歐陽脩逝世前的一年路過揚州，第一次來到平山堂，並繞道到潁州去拜訪歐陽脩，不料那次竟成了他們師生間最後一次的會面。而今蘇軾三過平山堂，見壁上歐陽脩題寫的〈朝中措．平山闌檻倚晴空〉詞猶存，筆跡遒健有力，龍飛蛇舞，心中緬懷無限。可用來說明人的生命有限，但生前的書畫或詩文手跡卻可以流傳下來，供人瞻仰。

【出處】北宋．蘇軾〈西江月．三過平山堂下〉詞：「三過平山堂下，半生彈指聲中。十年不見老仙翁，壁上龍蛇飛動。欲弔文章太守，仍歌楊柳春風。休言萬事轉頭空，未轉頭時皆夢。」

丹青難下筆，造化獨留功。

書畫家也難以下筆描繪如此美景，因為這是大自然獨門留下的鬼斧神工。

【解析】北宋徽宗趙佶的書法字體修長，筆鋒勁瘦挺拔，自號「瘦金書」，他雖在治國方面毫無建樹，卻是歷史上少見頗具藝術涵養的帝王。徽宗詩中寫其見滿園燦爛盛開的花穠豔絕美，清晨沾了露珠，就像是喝醉了的美人，傍晚霞光映照，以為花就快要融化似的，不禁驚嘆大自然化育萬物的神奇巧妙，實非人為力量所能及。可用來比喻無論技藝多麼高超的書畫家，也無法再現自然天成的景致。

【出處】北宋．宋徽宗趙佶〈詩帖〉詩：「穠芳依翠蕚，煥爛一庭中。零露霑如醉，殘霞照似融。丹青難下筆，造化獨留功。舞蝶迷香徑，翩翩逐晚風。」

早知不入時人眼，多買胭脂畫牡丹。

若能提早知道山水畫不受時下人們的喜愛，當初應該多買一些胭脂顏料來畫牡丹花。

【解析】著名山水畫家李唐，曾靠賣畫為生，但人們當時對他的畫並不賞識，於是他透過對一幅描繪雲煙繚繞、灘水湍急的畫題寫詩句，表述完成一幅作品看似容易，其實創作過程十分困難，只是人們不了解也不在乎，因為他們偏愛的是色彩濃豔且含有富貴寓意的牡丹圖畫。這首詩表面意思是說，自己忍不住想要迎合時尚，改變本來的繪畫風格，實則藉此諷刺社會風氣崇尚浮華富麗，以致他的畫在市場上銷路不佳。可用來說明意境清高的畫無人欣賞，豔麗多彩的畫廣受歡迎。

【出處】北宋末、南宋初．李唐〈題畫〉詩：「雲裡煙村霧裡灘，看之容易作之難。早知不入時人眼，多買胭脂畫牡丹。」

君家自有元和腳[1]，莫厭家雞[2]更問人。

你們柳姓本家自己就有柳公權的書法，千萬不可輕視自家的，只看重他人的書法。

【注釋】1.元和腳：指唐人柳公權的書法。腳，本指筆形的捺，俗稱捺腳。在此代指書法。典出唐代詩人劉禹錫〈酬柳柳州家雞之贈〉詩中「柳家新樣元和腳」句，意指柳公權的書法翻新樣式，在唐憲宗元和年間聞名遐邇。2.家雞：指家傳的書法技藝。

【解析】蘇軾有一堂妹嫁給好友柳瑾之子柳仲遠，堂妹的兩個兒子十分仰慕堂舅蘇軾的書法，希望蘇軾贈字作為他們平日臨摹練字之用，蘇軾寫此詩相贈，一方面是留下墨跡提供晚輩學習，一方面是借詩提醒這兩個堂外甥，柳家就出過書法大家柳公權，更何況祖父柳瑾也是書法名家，實在不必貴遠厭近，妄自菲薄，只要能表現出個人獨有的特色風格便可。可用來說明每個人的書法都有自己的個性和風骨，不要認為寫得不夠好就盲目模仿別人。

【出處】北宋·蘇軾〈柳氏二外甥求筆跡〉詩二首之一：「退筆如山未足珍，讀書萬卷始通神。君家自有元和腳，莫厭家雞更問人。」

我書意造本無法，點畫[1]信手煩推求。

我的書法是憑著想像和創作力寫成的，本來就不受傳統法度的約束，隨意落筆，不喜歡每一筆畫都深入研究。

【注釋】1.點畫：指文字的點、橫、豎、撇、捺、鉤等筆畫。

【解析】宋代四大書法家為蘇軾、黃庭堅、米芾與蔡襄。不僅寫得一手好詩文，也擅長書法的蘇軾，在詩中提出自己寫字講求的不是依循規矩的筆法，而是表現出意態、情致、趣味以及個人的獨特風貌。其中「點畫信手」一語，絕不可視為是蘇軾倡導隨性任意的塗鴉，而是書法造詣已達純熟精鍊的他，更在乎寫字要自出新意，不襲前人。同樣是書法大家的黃庭堅在〈跋東坡墨跡〉評論蘇軾的書法：「至於筆圓而韻勝，挾以文章妙天下，忠義貫日月之氣，本朝善書，自當推為第一。」也可以說，蘇軾除了高度掌握書寫功力和技巧之外，他的學問文章、精神內涵以及人生態度，也全都融入了筆墨之間，故後人評價他的書法恣肆橫逸，洋溢一股浩蕩快意之氣，真可謂字如其人。可用來說明寫書法時崇尚意趣而不拘泥於形式或規範。

【出處】北宋．蘇軾〈石蒼舒醉墨堂〉詩：「……我書意造本無法，點畫信手煩推求。胡為議論獨見假，隻字片紙皆藏收。不減鍾、張君自足，下方羅、趙我亦優。不須臨池更苦學，完取絹素充衾裯。」（節錄）

前生或草聖，習氣餘驚蛇。

我前輩子應該是唐代書法家張旭轉世，所以寫字還留有像受驚的蛇竄入草叢般的靈活習性。

【解析】蘇軾先說自己三輩子都轉世為人，只因從前一個念頭的差錯，未能得道，猜想前世或許是人稱草聖的張旭，以致他的書法至今仍保有一股飄逸奔放的氣韻。可用來形容所寫的草書，如人稱草聖的唐人張旭一樣靈動縱逸，自然流暢。

【出處】北宋．蘇軾〈次韻致政張朝奉仍招晚飲〉詩：「……我本三生人，疇昔一念差。前生或草聖，習氣餘驚蛇……」（節錄）

胸中元自有丘壑，故作老木蟠風霜。

因為畫家的心中本來就懷有如高山深谷般的境界，所以能畫出老樹盤曲，飽經風霜的樣貌。

【解析】此為黃庭堅題寫在蘇軾畫作上的詩，借畫中主題枯木的形象，稱讚蘇軾具備高度的藝術涵養，胸懷遠大，故筆勢蒼勁有力，畫出來的老樹根枝纏繞糾結，一看就知道歷經過歲月滄桑的痕跡。

可用來形容書畫家學養豐富，表現在作品上，自然筆力雄厚，人如其畫，畫如其人。

【出處】北宋・黃庭堅〈題子瞻枯木〉詩：「折衝儒墨陣堂堂，書入顏楊鴻雁行。胸中元自有丘壑，故作老木蟠風霜。」

意足我自足，放筆一戲空。

只要能將胸中意趣抒發筆端就感到滿足，率性而為，把寫字當成是一種遊戲，不受任何拘束。

【解析】米芾是北宋書法名家，個性倜儻不羈，舉止顛狂，他的書法也如其人一樣恣意飄灑，自成一家。他在詩中主張書寫的目的，是為了傳達內心自然流露的情意，無須模仿他人，也不必去計較筆法工巧或是樸拙，擺脫了傳統法度的束縛，放鬆隨興去寫就可以了。可用來說明寫字是為了抒發感情，表現意趣。

【出處】北宋・米芾〈答紹彭書來論晉帖誤字〉詩：「何必識難字?辛苦笑揚雄。自古寫字人，用字或不通。要之皆一戲，不當問拙工。意足我自足，放筆一戲空。」

端莊雜流麗，剛健含婀娜。

書法的結構在端正莊嚴中揉雜流暢華，筆勢在剛強遒勁中蘊含輕盈柔美。

【解析】這是蘇軾回給弟弟蘇轍的一首詩，詩中提出他對書法的審美見解，認為好的書法並非一定得要求完美，即使有一點小瑕疵也不必過於在意，重點是在對於書法風格的掌握，把端莊剛健的陽剛之美和流麗婀娜的陰柔之美相互調合，呈現出來的便可謂重美兼具。可用來形容剛柔相濟的書法風格。

【出處】北宋・蘇軾〈次韻子由論書〉詩：「吾雖不善書，曉書莫如我。苟能通其意，常謂不學可。」

貌妍容有顰，璧美何妨橢。端莊雜流麗，剛健含婀娜……」（節錄）

糟粕所傳非粹美，丹青難寫是精神。

史書流傳下來的內容，也有很多是粗糙不實的，並非全都是精粹準確的，正如繪畫一樣，最難描摹的就是神情氣韻。

【解析】王安石寫此詩的用意，本是為了批判當時文人，只會把史書上如糟粕一樣粗劣的記載，當作精粹純美的史料來閱讀，從不認真去追究事件的來龍去脈，如此又怎會看清事實的真相呢？就好比一般畫家要描摹出對象的外貌表徵並不困難，但要畫出其栩栩如生的神韻，必須具備更卓越的才藝。可用來說明繪畫或其他文藝創作，要精準地表現出人或事物的本質或特性是最難的。

【出處】北宋．王安石〈讀史〉詩：「自古功名亦苦辛，行藏終欲付何人？當時黯闇猶承誤，末俗紛紜更亂真。糟粕所傳非粹美，丹青難寫是精神。區區豈盡高賢意，獨守千秋紙上塵。」

▌舞蹈▐

玲瓏繡扇花藏語，宛轉香茵雲襯步。

舞者手上拿著一把小巧的繡花扇子，朱脣藏在扇子的背後，悅耳的歌聲，像是扇子後面的花朵在說話一樣，翻來轉去的飄忽舞姿，如雲彩般襯托在華貴的地毯上。

【解析】此為柳永贈寫給一名擅長舞蹈的歌女心娘而作，詞中描寫心娘揮舞著刺有精美圖案的團扇，靈動曼妙的體態，更勝過能在掌中輕舞的西漢成帝皇后趙飛燕，以及唐代天寶年間以善舞而聞名的歌妓念奴。王孫公子即使花上了千金，也只能換得在畫樓東畔的客房目睹心娘一面而已，連一親芳澤的機會都沒有，足見心娘當時的非凡身價。可用來形容女子輕盈起舞，舞藝嫻熟精湛。

【出處】北宋．柳永〈木蘭花．心娘自小能歌舞〉詞：「心娘自小能歌舞，舉意動容皆濟楚。解教天上念奴羞，不怕掌中飛燕妒。玲瓏繡扇花藏語，宛轉香茵雲襯步。王孫若擬贈千金，只在畫樓東畔住。」

紅錦地衣隨步皺，佳人舞點金釵溜。

用紅錦織成的地毯，隨著女子快速旋轉的舞步而弄皺了。女子髮髻上的金釵已經滑落下來，她還是不停地跳著舞。

【解析】李煜描寫南唐末亡國之前，夜以繼日在宮廷歌舞飲宴的情景，舞者們經過徹夜的曼舞，天明時腳步踉蹌不穩，腳下踩的地毯早已打皺，甚至連頭上的金釵也已掉落，還是得陪伴著意猶未盡的王公貴族繼續宴飲作樂。可用來形容舞者輕盈曼妙的舞姿。

【出處】五代．李煜〈浣溪沙．紅日已高三丈透〉詞：「紅日已高三丈透，金爐次第添香獸。紅錦地衣隨步皺，佳人舞點金釵溜。酒惡時拈花蕊嗅，別殿遙聞簫鼓奏。」

棋藝

心似蛛絲遊碧落，身如蜩[1]甲化枯枝。

下棋的時候，棋者細微的心思，就像是在空中遊蕩的蜘蛛絲，一動也不動的身軀，如似蛻化的蟬殼，掛在枯朽的樹枝上。

【注釋】1. 蜩：音ㄊㄧㄠˊ，指蟬。

【解析】黃庭堅描寫棋手對弈的當下，因為意志集中，專注於棋盤上的攻防布局，心思細膩如蛛絲，以致身體長時間處於靜止不動的狀態，猶如蛻化的蟬殼，儼然達到一種忘我之境。可用來形容下棋或做其他事情時殫心竭慮、全神貫注的樣子。

【出處】北宋·黃庭堅〈弈棋二首呈任公漸〉詩二首之二：「偶無公事客休時，席上談兵校兩棋。心似蛛絲遊碧落，身如蜩甲化枯枝。湘東一目誠甘死，天下中分尚可持。誰謂吾徒猶愛日，參橫月落不曾知。」

坐隱不知巖穴樂，手談勝與俗人言。

下棋的時候，感受不到隱居於洞穴中修行的樂趣，下棋的時候，勝過於和庸俗的人交談。

【解析】古人常以「坐隱」和「手談」兩語作為下棋的雅稱，「坐隱」意即下棋時兩人對坐，專心致志，如同避世的隱者般；「手談」則是指兩位棋者交談的媒介是手上的黑子或白子，完全無須言語來溝通。黃庭堅詩中寫其和友人下棋時所獲得的快樂，不僅超越了身隱於巖穴的出世高人，更勝過與塵俗中的人清談。可用來形容棋手下棋時聚精會神的態度。

【出處】北宋·黃庭堅〈弈棋二首呈任公漸〉詩二首之一：「偶無公事負朝暄，三百枯棋共一樽。坐隱不知巖穴樂，手談勝與俗人言。簿書堆積塵生案，車馬淹留客在門。戰勝將驕疑必敗，果然終取敵兵翻。」

局合龍蛇成陣鬥，劫殘鴻雁破行飛。

雙方棋藝勢均力敵時，一方如飛躍的龍，一方如擺動的蛇，你爭我鬥，當一方突破了對方排列整齊如雁陣的防線，另一方立刻敗下陣來，彷彿雁陣被強風吹散般，鴻雁隨即各自紛飛。

【解析】邵雍詩中寫其觀棋的心得，他看兩位棋手在棋盤上各懷心思布局，運用戰術，相互鬥智，原本一路攻防下來，看似平分秋色的棋局，旁人根本難辨輸贏，卻在轉瞬間風雲變色，有一人技高一籌，打亂了對方的布陣，使其兵敗如山倒，觀棋的人到此才知誰勝誰負。可用來形容對弈過程中，兩方苦思致勝謀略，彼此勾心鬥角，直到一方贏棋為止。

【出處】北宋．邵雍〈觀棋長吟〉詩：「院靜春深晝掩扉，竹間閑看客爭棋。搜羅神鬼聚胸臆，措致山河入範圍。局合龍蛇成陣鬥，劫殘鴻雁破行飛。殺多項羽坑秦卒，敗劇苻堅畏晉師。座上戈鋋嘗擊搏，面前冰炭旋更移。死生共抵兩家事，勝負都由一著時……」（節錄）

獨翻舊局辨錯著，冷笑古人心許誰？

獨自一人反覆推演著棋局，發現了以前棋譜中許多錯誤的著法，心裡不禁冷笑，前人當中，有誰的棋藝能夠讓他推許的呢？

【解析】這首詩的作者文同，是蘇軾的從表兄，兩人感情十分友好，善畫墨竹。他在詩中描寫一位棋藝不凡的僧人惟照，不但精通數學，對於流傳下來的棋譜也經常不分晝夜、寒暑苦心推敲。其意在強調，惟照的棋藝之所以如此精進，除了數理基礎深厚，最重要的是平時用功的程度。可用來說明棋藝獨步天下的祕訣，是來自日常勤奮練習的扎實工夫。

【出處】北宋．文同〈送棋僧惟照〉詩：「學成九章開方訣，誦得一行乘除詩。自然天性曉絕藝，可敵國手應吾師。窗前橫榻擁爐處，門外大雪壓屋時。獨翻舊局辨錯著，冷笑古人心許誰？」

四、論國家社會

政治國事

一錢亦分明，誰能肆讒毀？

即便是一文錢，也都與人分得清清楚楚，這樣還有誰能任意用讒言來誹謗你？

【解析】這首詩的詩題〈送子龍赴吉州掾〉，子龍，指的是陸游的次子陸子龍。掾，為古代官署屬員的通稱。陸游的兒子陸子龍即將赴吉州做官，他寫詩告誡兒子除了吉州的水可以盡情喝之外，就算面對的是極小數目的一文錢，也要來路清楚分明的，絕對不能以為是小錢便等閑視之，才不會因此惹禍上身。可用來說明為官者要廉潔自守，即使是小惠或小利也不可貪圖。

【出處】南宋．陸游〈送子龍赴吉州掾〉詩：「……汝為吉州吏，但飲吉州水。一錢亦分明，誰能肆讒毀……」（節錄）

召到廟堂無一事，遭彈。昨日公卿今日閑。

被召來朝廷卻無事可做，接著遭到彈劾。昨天仍是一名有爵位的官員，今日就成了沒有官職的閑人。

【解析】趙葵是南宋後期的名將，從小跟隨父兄駐守邊疆，戰功無數，之後他來到朝廷任官，爵位雖高卻無實職，又因主張抗敵的立場與當權主和派不同而受到彈劾，成為名副其實的無事閑人。在這闋詞中，作者以一種平和冷靜的語氣，揭示了南宋吏治敗壞、奸佞當道的情況，也反映了他自知無力挽救政局即將走入末世的王朝。可用來說明國政任由掌權者把持操弄，充滿腐朽黑暗。

【出處】南宋．趙葵〈南鄉子．束髮領西藩〉詞：「束髮領西藩，百萬雄兵掌握間。召至廟堂無一事，遭彈。昨日公卿今日閑。拂曉出長安，莫待西風割面寒。羞見錢塘江上柳，何顏？瘦僕牽驢過遠山。」

自古驅民在信誠，一言為重百金輕。

自古以來，上位者統治百姓要講求信實誠懇，一句諾言的分量，比百斤黃金還要來得重。

【解析】受到北宋神宗重用的王安石，一心想要革新政治，執行變法，詩中意在稱譽戰國時為秦國進行變法成功的商鞅，因其言出必行，令出如山，賞罰分明，全國百姓自然對新的政令信服，且願意按新法行事。可用來說明當政者務必要對人民恪守承諾，才能取信於民。

【出處】北宋．王安石〈商鞅〉詩：「自古驅民在信誠，一言為重百金輕。今人未可非商鞅，商鞅能令政必行。」

空嗟覆鼎[1]誤前朝，骨朽人間罵未銷。

徒然嗟嘆那些握有大權的人敗壞國政，使前面的朝代滅亡，即使他們的屍骨已經腐爛，但世人的咒罵聲仍然持續不斷。

【注釋】1.覆鼎：比喻大臣失職誤國。

【解析】此詩的作者劉子翬（ㄏㄨㄟ）是南宋初著名的理學家，朱熹為其門生。宋室南渡之後，詩人回顧北宋都城被金人攻陷的緣由，歸咎於徽宗身邊的奸臣蔡京、王黼等人，對上讒言獻媚，粉飾太平，對下攬權斂財，禍害人民，導致社稷淪喪，王室被迫南遷。儘管蔡京、王黼已死，但人們無法忘記他們生前掌握國家權柄，卻擅作威福的滔天罪行，恨意久久難消。可用來說明統治者昏庸無能，放任奸臣弄權，禍國殃民，死後留下千古罵名。

【出處】北宋末、南宋初．劉子翬〈汴京紀事〉二十首之七：「空嗟覆鼎誤前朝，骨朽人間罵未銷。夜月池臺王傅宅，春風楊柳太師橋。」

虎踞龍蟠何處是？只有興亡滿目。

傳說中像猛虎蹲踞、像巨龍盤繞的建康城如今在哪裡呢？我眼前只看見興替衰亡的歷史陳跡而已。

【解析】辛棄疾任建康通判期間，與友人一起登亭俯瞰建康城的景色，不由得想起這座城市古來便有虎踞和龍蟠的稱號，以地勢險要而聞名，也因此成為三國吳、東晉和南朝宋、齊、梁、陳等六個朝代的國都。只不過六朝從興起到滅亡的時間都相當短暫，正好證明了即使所處的地理位置條件優越，終究還是不敵主政者的治國無方，以致山河盡失。可用來說明上位者若依恃地勢雄偉險要而貪圖安逸，荒廢政事，國家必然走向衰亡一途。

【出處】南宋．辛棄疾〈念奴嬌．我來弔古〉詞：「我來弔古，上危樓、贏得閑愁千斛。虎踞龍蟠何處是？只有興亡滿目。柳外斜陽，水邊歸鳥，隴上吹喬木。片帆西去，一聲誰噴霜竹……」（節錄）

國事如今誰倚仗？衣帶一江而已。

保衛國家的這等大事如今依靠的是誰呢？靠的只是一條細窄如衣帶的長江而已。

【解析】作者文及翁詞中抒發其對朝廷南渡百年以來，沉醉於歌舞享樂，不思恢復，縱使國內賢能才俊眾多，也不受到當權者起用。總以為倚賴著一條長江天險便可防禦敵人的侵襲，從來沒有想到狹窄江河根本不足以成為國防的屏障，可見南宋當時國政腐化，危機四伏。可用來形容上位者不積極蓄養國力，以保障國家安全，只圖苟安一隅。

【出處】南宋．文及翁〈賀新郎．一勺西湖水〉詞：「……余生自負澄清志。更有誰、磻溪未遇，傅岩未起？國事如今誰倚仗？衣帶一江而已。便都道、江神堪恃。借問孤山林處士，但掉頭、笑指梅花蕊。天下事，可知矣。」（節錄）

莫道而今官小，吾儒正要仁民。

不要說今日的官職十分卑微，我們身為儒者，所要做的就是對百姓懷有仁心。

【解析】此為作者韓淲寫給潘友文的一闋祝壽詞。潘友文，是朱熹門下的弟子，他無論被派到何處任官，始終奉行朱熹「臨民以寬」的思想，不但竭盡降低當地百姓的勞役稅賦，還平反許多的冤案，深受人民的愛戴，有「潘佛子」的稱號。韓淲詞中表達其對潘友文為政寬惠，力推儒家仁愛精神的感佩。可用來形容不計較官位的高低，只在乎施行仁德之政，嘉惠百姓。

【出處】南宋．韓淲〈清平樂．常思高致〉詞：「常思高致，又見涼風起。歡喜年時為壽意，快寫山歌重寄。願公好德康寧，青雲收取功名。莫道而今官小，吾儒正要仁民。」

廟堂無策可平戎，坐使甘泉[1]照夕烽。

朝廷毫無對策可以平定金兵的侵略，致使晚間的烽火照亮了皇宮。

【注釋】1.甘泉：一座秦代時所建造的離宮，位在今陝西咸陽市境內，後來成為漢代皇帝的避暑行宮。此代指南宋皇宮。

【解析】陳與義詩中描寫南宋高宗即位初期，金兵從邊境一路長驅直入，宋軍節節敗退，滿朝文武竟然拿不出應敵對策，堂堂皇帝只能拚命奔逃，最後甚至被追趕到海上，在船上漂流數月之久才狼狽返回陸地。作者對於朝廷的退卻懦弱，毫無能力抵抗外敵的可悲行徑，表達痛楚感傷。可用來形容國事危急，主政當局卻苦思不出良策，一味逃避退縮。

【出處】北宋末．南宋初．陳與義〈傷春〉詩：「廟堂無策可平戎，坐使甘泉照夕烽。初怪上都聞戰馬，豈知窮海看飛龍。孤臣霜髮三千丈，每歲煙花一萬重。稍喜長沙向延閣，疲兵敢犯犬羊鋒。」

諷諭針砭

十四萬人齊解甲，更無一個是男兒。

十四萬名將士同時脫下鎧甲，當中竟然沒有一個人是願意為國挺身作戰的志士。

【解析】這首詩的作者花蕊夫人，為五代後蜀主孟昶妃子的別號，一說姓費，另一說姓徐。她在詩中嘲諷了號稱擁有十四萬大軍的後蜀，面對宋軍數萬人壓境時，孟昶決定豎旗投降，所有人立刻放下武器，寧可當敵國的俘虜也不願浴血奮戰，可見後蜀朝政之腐敗，君臣上下無不貪戀享樂卻又害怕死亡，最後走向亡國的下場也是想當然耳。清人薛雪《一瓢詩話》評論這兩句詩：「何等氣魄，何等忠憤，當令普天下鬚眉一時俯首。」可用來表達對國家不戰而降的痛切屈辱。

【出處】五代．花蕊夫人〈述國亡詩〉詩：「君王城上豎降旗，妾在深宮那得知？十四萬人齊解甲，更無一個是男兒。」

不論天有眼，但管地無皮。

（這些官吏）哪裡在乎老天有沒有眼，他們只管四處去搜刮地皮。

【解析】這首詩的詩題為〈狐鼠〉，是作者洪咨夔暗批當時的官吏猶似狐鼠一窟，到處橫徵暴斂、魚肉鄉民的醜態。詩中以「不論天有眼」反襯官吏的膽大妄為，不怕天理昭昭，以「但管地無皮」揭露官吏貪得無厭的無恥行徑，恨不得榨乾百姓的所有財物。可用來諷刺惡吏肆無忌憚地剝削人民，無法無天。

【出處】南宋．洪咨夔〈狐鼠〉詩：「狐鼠擅一窟，虎蛇行九逵。不論天有眼，但管地無皮。吏鶩肥如瓠，民魚爛欲糜。交征誰敢問？空想素絲詩。」

卮[1]酒向人時，和氣先傾倒。最要然然可可，萬事稱好。

人應該學盛酒的卮器一樣，倒入酒時總是先傾著身子，一副和和氣氣的樣子。最要緊的是態度唯唯諾諾，每一件事情都說好！

【注釋】1.卮：音ㄓ，古時一種盛酒的容器，裝滿則傾，空則仰。

【解析】辛棄疾詞中借寫卮器裝滿酒時就傾倒一方，以及空無一物時就朝向上方的特性，諷刺朝廷中有許多人正與隨物而變的卮器一樣，缺乏自己的主見，只會附和當朝權貴，說討人喜歡的話。可用來嘲弄那些善於逢迎拍馬、循聲附會的小人。

【出處】南宋．辛棄疾〈千年調．卮酒向人時〉詞：「卮酒向人時，和氣先傾倒。最要然然可可，萬事稱好。滑稽坐上，更對鴟夷笑。寒與熱，總隨人，甘國老。少年使酒，出口人嫌拗。此個和合道理，近日方曉。學人言語，未會十分巧。看他們，得人憐，秦吉了。」

朱門沉沉按歌舞，廄馬肥死弓斷弦。

富貴人家的深宅大院裡，正依照樂曲節奏歌唱起舞，馬棚裡的馬因養得太肥而死，弓箭上的弦已經腐朽到斷開。

【解析】陸游詩中諷刺滿朝文武高官只圖眼前安逸享樂，寧可與金人議和，也不願作戰殺敵，導致軍隊裡養的戰馬因養得太肥而死了，弓箭也都放到朽壞而不能使用。可用來形容統治者或權貴沉溺於尋歡作樂，荒廢國政與軍事。

【出處】南宋．陸游〈關山月〉詩：「和戎詔下十五年，將軍不戰空臨邊。朱門沉沉按歌舞，廄馬肥死弓斷弦。戍樓刁鬥催落月，三十從軍今白髮。笛裡誰知壯士心，沙頭空照征人骨。中原干戈古亦聞，豈有逆胡傳子孫？遺民忍死望恢復，幾處今宵垂淚痕？」

耳目所及尚如此，萬里安能制夷狄？

連在自己身邊的事情尚且都會受到蒙蔽，哪裡能夠制服萬里之外的邊疆外族呢？

【解析】歐陽脩詩中借寫西漢美女王昭君因未賄賂畫工而不得元帝的召見，最後自請出嫁匈奴一事，諷刺元帝連自家後宮女子的美醜都分辨不了，更遑論征服遠方邊境未開化的蠻夷之邦這等大事，必定無法清楚區別是非忠奸，做出正確的判斷。可用來比喻從處理近處微小的事情，就可以看出上位者治國能力的高下。

【出處】北宋．歐陽脩〈再和明妃曲〉詩：「漢宮有佳人，天子初未識。一朝隨漢使，遠嫁單于國。絕色天下無，一失難再得。雖能殺畫工，於事竟何益？耳目所及尚如此，萬里安能制夷狄？漢計誠已拙，女色難自誇。明妃去時淚，灑向枝上花。狂風日暮起，飄泊落誰家？紅顏勝人多薄命，莫怨春風當自嗟。」

剛被太陽收拾去，卻教明月送將來。

太陽落下，花影就消失了，但月亮一升起，花影又隨著月光出現了。

【解析】這首詩的詩題為〈花影〉，影子本是靜態不動的，是日落和月升的光造成花影的去和來。北宋神宗崩逝，年幼的哲宗即位，向來反對新法的高太皇太后（神宗之母）垂簾聽政，貶謫一幫小人，等到高太皇太后去世，哲宗親政，小人又重新被起用。蘇軾詩中借物抒懷，以掃不開的重疊花影，比喻朝廷中位居高位的小人，「剛被太陽收拾去」意味著小人不過是暫時銷聲匿跡，「卻教明月送將來」暗諷小人隨即又出現在政治舞臺上。可用來諷刺上位者身邊的奸佞小人永遠清除不盡。

【出處】北宋．蘇軾〈花影〉詩：「重重疊疊上瑤臺，幾度呼童掃不開。剛被太陽收拾去，卻教明月送將來。」

暖風薰得遊人醉，直把杭州作汴州。

溫煦的和風吹得遊客昏沉欲醉，簡直快把此刻身處的杭州，當成是昔日國都汴京了。

【解析】詩題〈題臨安邸〉，為作者林升題寫在南宋京城臨安（即杭州）某店家壁上的一首詩。自宋朝遷都杭州後，林升目睹朝野上下一味貪圖安逸，社會上充斥著紙醉金迷、笙歌鼎沸的享樂情景，似乎全都忘了金人侵略北方江山，並擄走徽宗、欽宗兩帝的奇恥大辱「靖康之難」，讓他不禁產生一種錯覺，以為自己還置身在尚未發生靖康事件前的國都汴京呢？詩人題詩表達對當政者拋卻國仇家恨，不思抗金復國態度的憤慨不滿。可用來比喻國家有難，多數人卻仍沉迷於尋歡作樂，不思振作。

【出處】南宋．林升〈題臨安邸〉詩：「山外青山樓外樓，西湖歌舞幾時休？暖風薰得遊人醉，直把杭州作汴州。」

當時亦笑張麗華，不知門外韓擒虎。

想當年隋煬帝也曾嘲笑過南朝陳後主之妃張麗華，只知在宮內縱情享樂，渾然不知隋將韓擒虎已領兵在宮門之外。

【解析】蘇軾詩中借史事諷刺國君若沉湎淫逸，終將誤國。南朝陳為隋所滅，陳後主是歷史上以荒淫無度而惡名昭彰的君王，隋朝開國名將韓擒虎已攻打到門外，陳後主與其寵妃張麗華竟然還在歌舞行樂，當時尚未稱帝的隋煬帝曾為此譏笑陳後主和張麗華的荒唐行徑，哪知日後自己也和陳後主一樣成為亡國之君，重蹈前人的覆轍。可用來說明上位者荒廢國事，貪愛聲色，國家必將走向衰亡。

【出處】北宋．蘇軾〈虢國夫人夜遊圖〉詩：「佳人自鞚玉花驄，翩如驚燕蹋飛龍。金鞭爭道寶釵落，何人先入明光宮？宮中羯鼓催花柳，玉奴絃索花奴手。坐中八姨真貴人，走馬來看不動塵。明眸皓齒誰復見？只有丹青餘淚痕。人間俯仰成今古，吳公臺下雷塘路。當時亦笑張麗華，不知門外韓擒虎。」

解把飛花蒙日月，不知天地有清霜。

柳樹只曉得用柳絮把日月給矇蔽，竟不知道天地之間還有嚴霜的存在。

【解析】此詩詩題雖為〈詠柳〉，內容卻是借柳絮仗勢春風吹拂而顛狂亂舞的特性，諷刺那些在朝中依恃權勢、欺上瞞下的小人，一反歷來詩人多以正面的角度來歌詠柳絮飛舞的優美意態。詩人最後還語帶警示意味地提醒柳樹，休想永久遮天蔽日，等到正氣的秋霜降臨，就是柳葉凋零之時，猖狂的日子是不會持續太久的。可用來比喻小人得勢便胡作妄為，但邪不勝正，終究不會有好下場。

【出處】北宋．曾鞏〈詠柳〉詩：「亂條猶未變初黃，倚得東風勢便狂。解把飛花蒙日月，不知天地有清霜。」

戰事風雲

謀略

英雄多失守，制勝在人和。

即使是才能出眾的人物，也難免使堅固的防地失陷，想要制服對方而取勝，重點在於人事和諧。

【解析】這首詩的作者王十朋，是南宋高宗在殿試上親自擢拔的進士榜首，也就是所謂的狀元。孝宗時期，王十朋因力主北伐而與主和派不合，一度罷官返鄉，後來到各州擔任地方官，由於為人清廉又愛民如子，所到之處，無不受到當地百姓的歡迎。此詩吟詠的對象為夔州名樓「制勝樓」，王十朋借樓名「制勝」兩字加以發揮，認為敵我兩方交戰時，一方若自恃所處的地理條件優越，城池固若金湯，更有勇武能士駐守，預料此役必勝，孰知最後還是被對手給攻占下來，細究原因，是出在內部爭鬥失和所致。可用來說明欲戰勝敵人，首要在於贏得人心，不可引發內鬨。

【出處】南宋．王十朋〈州宅雜詠．制勝樓〉詩：「形勝據天險，金湯無以過。英雄多失守，制勝在人和。」

想烏衣年少[1]，芝蘭秀髮，戈戟雲橫[2]。

遙想當年的淝水之戰，謝家子弟意氣風發，年輕有為，統率大軍迎戰敵人。

【注釋】1.烏衣年少：指世家大族的子弟。因東晉王導、謝安兩大名門家族的人出入喜著黑衣，人們便以「烏衣巷」代稱王、謝兩家的居住地（位在今南京市秦淮河附近）。此指謝安家族的後輩。2.戈戟雲橫：本指戈、戟等武器像雲一樣橫列展開，可引申軍威壯盛或比喻將領的韜略滿腹。

【解析】活動於北、南宋之交的葉夢得，回憶東晉名相謝安於淝水之戰時，在後方運籌帷幄，此時與前秦苻堅軍隊拚鬥奮戰的正是謝安的弟弟謝石，以及姪子謝玄、兒子謝琰等人，最後大破前秦，立下戰功，也保全了東晉在南方的江山。詞中以「芝蘭秀髮」稱美在淝水戰役擔任前鋒都督的謝玄，英偉俊秀，才略過人。以「戈戟雲橫」誇讚謝玄善於治軍，指揮調度得宜，方能以寡擊眾，打敗前秦的百萬大軍。可用來形容年紀雖輕，但具備傑出的軍事才能和兵略，足智多謀。

【出處】北宋末、南宋初．葉夢得〈八聲甘州．故都迷岸草〉詞：「故都迷岸草，望長淮、依然繞孤城。想烏衣年少，芝蘭秀髮，戈戟雲橫。坐看驕兵南渡，沸浪駭奔鯨。轉盼東流水，一顧功成。千載八公山下，尚斷崖草木，遙擁崢嶸。漫雲濤吞吐，無處問豪英。信勞生、空成今古，笑我來、何事愴遺情？東山老，可堪歲晚，獨聽桓箏。」

邊防

八百里[1]分麾下炙，五十絃[2]翻塞外聲。

軍營正在烤著牛肉，分賞給辛勞的戰士，樂器演奏著邊塞雄壯的樂曲，鼓舞軍心。

【注釋】1.八百里：此指牛。相傳西晉富人王愷飼養一頭珍貴的名牛「八百里駁」，擅長射箭的王濟和王愷比射，以這頭牛作為賭注，王愷落敗，王濟立刻殺牛烤成肉來吃。2.五十絃：本指瑟，此泛指樂器。

【解析】被朝廷閑置不用的辛棄疾，回想昔日駐守邊地時，他與部下一同分食烤熟的牛肉，聽著振奮人心的軍歌，上下齊心，陣容浩大威武，藉此表達其渴望得到再度為國效命的機會。可用來形容軍隊出征前鬥志高昂，戰歌喧天，場面壯觀。

【出處】南宋・辛棄疾〈破陣子・醉裡挑燈看劍〉詞：「醉裡挑燈看劍，夢回吹角連營。八百里分麾下炙，五十絃翻塞外聲，沙場秋點兵。馬作的盧飛快，弓如霹靂弦驚。了卻君王天下事，贏得生前身後名。可憐白髮生。」

千嶂裡，長煙落日孤城閉。

在層疊起伏的山巒中，一縷長煙直上雲霄，落日斜暉，映照著一座大門深閉的孤城。

【解析】來到西北邊境鎮守邊地的范仲淹，詞中描寫秋日黃昏時，周遭層巒疊嶂，山勢巍峨，有如一道堅固的天然屏障，孤煙斜陽下，一座城門緊閉的堡壘靜靜地聳立其中，足見全體將士已做好嚴謹的防禦工作，隨時處在備戰的狀態。可用來形容邊塞的地理環境險峻荒蕪。

【出處】北宋・范仲淹〈漁家傲・塞下秋來風景異〉詞：「塞下秋來風景異，衡陽雁去無留意。四面邊聲連角起。千嶂裡，長煙落日孤城閉。濁酒一杯家萬里，燕然未勒歸無計。羌管悠悠霜滿地。人不寐，將軍白髮征夫淚。」

英勇善戰

壯歲旌旗擁萬夫，錦襜[1]突騎渡江初[2]。

早在我少壯時期，就已經高舉著旌旗，率領上萬名的士兵。曾有一支穿著錦衣戰袍的騎兵隊，跟隨著我向金人發動突擊，那是在渡江之前的事了。

【注釋】1.襜：音ㄔㄢ，繫在衣服前面的圍裙，即蔽膝。2.初：此作以前之意。

【解析】辛棄疾出生時，他的家鄉歷城（位在今山東境內）已淪陷金人之手，二十二歲那年，他集聚了數千名義軍抵抗金人，隨後加入另一支由耿京領導的抗金義軍，規模約二十五萬人，準備一同歸附南宋朝廷。就在耿京指派辛棄疾奉表歸宋，受到高宗接見褒獎後的北歸途中，竟接獲了耿京遭到叛將張安國殺害，以及部分義軍被脅持投降金人的消息，他即率五十餘名快馬騎兵，連夜奔襲有五萬兵馬駐守的濟州（位在今山東境內）金營，生擒張安國，並帶回上萬名不甘降金的義軍歸來，張安國被南宋斬於市。當時辛棄疾敢以少擊眾、突襲敵營的壯舉，震驚朝野，也成了詞中他回顧自己人生最勇武驕傲的一場戰果。可用來形容統帥年輕有為，聚眾率兵，勇悍果敢。

【出處】南宋．辛棄疾〈鷓鴣天．壯歲旌旗擁萬夫〉詞：「壯歲旌旗擁萬夫，錦襜突騎渡江初。燕兵夜娖銀胡䩮，漢箭朝飛金僕姑。追往事，嘆今吾，春風不染白髭鬚。卻將萬字平戎策，換得東家種樹書。」

佩刀一刺山為開，壯士大呼城為摧。

將軍拔出繫在腰間的刀刺去，高山為之開裂，戰士們大聲歡呼，敵人的城池將被摧毀。

【解析】陸游詩中運用誇張筆法，描寫氣概豪壯的戰將，揮刀一刺，山岳迅速崩裂倒塌，而正準備攻城的兵士受到這一幕的鼓舞，士氣為之大振，深信此戰必能大勝敵軍。可用來形容作戰將士的聲勢浩大，英明武勇。

【出處】南宋．陸游〈出塞曲〉詩：「佩刀一刺山為開，壯士大呼城為摧。三軍甲馬不知數，但見動地銀山來。長戈逐虎祁連北，馬前曳來血丹臆。卻回射雁鴨綠江，箭飛雁起連雲黑。清泉茂草下程時，野帳牛酒爭淋漓。不學京都貴公子，唾壺麈尾事兒嬉。」

醉裡挑燈看劍，夢回吹角連營。

在醉意中，挑亮燈火，仔細端詳著手裡的寶劍，夢醒時，聽到一個接著一個兵營的號角聲響起。

【解析】罷官後閑居鄉野的辛棄疾，於詞中回憶起當年他在沙場上領兵對抗金人的風光過往，即使夜深酣醉，也不忘挑亮燈火，望著手中陪伴自己一路斬殺敵人的寶劍，展現其對君上的忠心不二。天亮醒來，軍營傳來嘹亮的號角聲，足見其所領導的部隊，軍容井然有序，士兵氣概昂揚。可用來形容將士保衛家國，長期馳騁戰場，以軍旅為家。

【出處】南宋．辛棄疾〈破陣子．醉裡挑燈看劍〉詞：「醉裡挑燈看劍，夢回吹角連營。八百里分麾下炙，五十絃翻塞外聲，沙場秋點兵。馬作的盧飛快，弓如霹靂弦驚。了卻君王天下事，贏得生前身後名。可憐白髮生。」

■征戰苦楚■

人不寐，將軍白髮征夫淚。

夜裡大家無法入睡，將軍的頭髮已經發白，士兵們都在流淚。

【解析】正在西北疆域戍守邊陲，以防止西夏進犯的范仲淹，描寫將士們在深夜聽聞羌笛聲，情緒無不受到淒切樂音的感染而難以入睡。出征多年，將領增添了不少白髮，士兵則是在殺敵報國與思鄉懷人的情結中矛盾交戰著，忍不住潸潸淚下。可用來形容遠征戰士生活的艱苦。

【出處】北宋．范仲淹〈漁家傲．塞下秋來風景異〉詞：「塞下秋來風景異，衡陽雁去無留意。四面邊聲連角起。千嶂裡，長煙落日孤城閉。濁酒一杯家萬里，燕然未勒歸無計。羌管悠悠霜滿地。人不寐，將軍白髮征夫淚。」

三十功名塵與土，八千里路雲和月。

三十多歲的人了，為抗金復國的功業，終日在塵土瀰漫的戰場上拚殺，走過八千里的征戰路途，晝夜奔波，眼中看到的只有天上的白雲和明月。

【解析】岳飛詞中回憶自己的青壯歲月，幾乎都是在南征北戰的沙場上度過，已數不清有多少個日夜，他和兵士們披星戴月，一同長途跋涉，隨時可見揚起的滾滾黃塵，抬頭望去，雲和月永遠在空中不離相伴。可用來形容戎馬生涯的艱苦奔勞。

【出處】北宋末、南宋初．岳飛〈滿江紅．怒髮衝冠〉詞：「怒髮衝冠，憑闌處、瀟瀟雨歇。抬望眼、仰天長嘯，壯懷激烈。三十功名塵與土，八千里路雲和月。莫等閑、白了少年頭，空悲切……」（節錄）

兵安在？膏[1]鋒鍔。民安在？填溝壑。

我軍的士兵現在人在哪裡？他們的鮮血滋潤了敵人了刀鋒劍刃，我國的百姓現在人在哪裡？他們的屍體已填入了溝谷之中。

【注釋】1.膏：滋潤，此作動詞。

【解析】岳飛詞中以自問自答的寫法，來強調宋金大戰時，宋軍戰士為了收復失土而浴血奮戰，最後在刀劍之下喪生，老百姓因兵戈擾攘而無辜喪命，隨處可見屍橫遍野的慘烈景況。可來形容戰爭造成將士血染沙場，百姓生活塗炭。

【出處】北宋末、南宋初．岳飛〈滿江紅．遙望中原〉詞：「……兵安在？膏鋒鍔。民安在？填溝壑。嘆江山如故，千村寥落。何日請纓提銳旅？一鞭直渡清河洛。卻歸來、再續漢陽遊，騎黃鶴。」（節錄）

憂國憂民

而今風物那堪畫，縣吏催租夜打門。

現今朱陳村的風貌已經不堪入畫了，縣吏為了催收租稅，黑夜捶打村民的家門。

【解析】蘇軾在好友陳慥家裡看到一幅〈朱陳村嫁娶圖〉，畫中描繪了朱陳村舉辦婚宴時的歡樂場面。相傳位在徐州深山裡的朱陳村只有朱、陳兩姓，世世代代互為婚姻，百姓耕織自足，由於地處偏僻，少受官府煩擾，以民風淳樸聞名，唐人白居易作有〈朱陳村〉一詩，大力讚美朱陳村如似世外桃源。蘇軾回想起過去自己在徐州擔任地方長官時，曾為了勸導農政措施下鄉各地，對朱陳村的淳美風景印象深刻，不料新法才實施幾年，連少與外界往來的朱陳村都遭到官府催租，日夜不得安寧，足見新法之擾民。可用來形容原本遠離塵囂且民淳俗厚的村莊部落都逃不過苛政的殘害，今昔相比，面目全非。

【出處】北宋．蘇軾〈陳季常所蓄朱陳村嫁娶圖〉詩二首之二：「我是朱陳舊使君，勸農曾入杏花村。而今風物那堪畫，縣吏催租夜打門。」

但得官清吏不橫，即是村中歌舞時。

只要官吏為人清廉，不要行事蠻橫霸道，就是村裡的百姓能夠安心歌舞的時候。

【解析】退隱村野的陸游，詩中描寫農村人家的性情純樸，對物質和娛樂的要求不高，只要家裡瓦罐裡有米可以煮飯，閑暇時看著兒童騎著竹馬、放放風箏，便足以讓他們開懷到載歌載舞，然而，令村民唯一恐懼的事情是地方官吏的橫徵暴斂，魚肉鄉民，才是造成人民生活苦不堪言的源頭。可用來說明政治清明，百姓才能實現安居樂業的想望。

【出處】南宋．陸游〈春日雜興〉詩十二首之三：「小甔（ㄉㄢ）有米可續炊，紙鳶竹馬看兒嬉。但得官清吏不橫，即是村中歌舞時。」

我來屬[1]龍語，為雨濟民憂。

讓我來跟龍叮囑幾句話，請趕快降雨吧！這樣才能解除百姓的憂慮。

【注釋】1.屬：音ㄓㄨˇ，通「囑」字，託付。

【解析】岳飛屯兵洪州（位在今江西境內）期間遇到久旱不雨的天氣，遍地乾荒，民不聊生，他經過巍石山前的龍居寺，借寺名「龍居」題寫了這首詩，希望飛龍若真的住在此地並聽見了他的心聲，就趕緊展現其呼風喚雨的能力，盡速拯救蒼生脫離苦旱。可用來形容不忍百姓因缺雨的旱象而受苦，向上天祈求早下甘霖。

【出處】北宋末、南宋初．岳飛〈題鄱陽龍居寺〉詩：「巍石山前寺，林泉勝復幽。紫金諸佛相，白雪老僧頭。潭水寒生月，松風夜帶秋。我來屬龍語，為雨濟民憂。」

我願天公憐赤子，莫生尤物為瘡痏[1]。

我祈求上天可憐平民百姓，不要生出像荔枝這樣的珍奇美物，成為人民的禍害。

【注釋】1.瘡痏：本指瘡傷，此用來比喻民生疾苦。

【解析】此詩為蘇軾遠貶惠州時所作。荔枝為當地的名產，由於難保新鮮，摘採後必須儘快食用。詩中借寫歷代向帝王進獻荔枝一事，運送過程急如兵火，造成死傷無數，生靈塗炭，因而寧願上天不要化育出像荔枝這樣的奇珍異物來危害百姓，只要風調雨順，糧食豐收，黎民得以溫飽便是最好的吉兆。可用來形容虐政帶給百姓無比的災禍。

【出處】北宋・蘇軾〈荔枝歎〉詩：「……我願天公憐赤子，莫生尤物為瘡痏。雨順風調百穀登，民不飢寒為上瑞……」（節錄）

身為野老已無責，路有流民終動心。

我現在已是一個村野老人，也無法承擔什麼責任了，但看見路上有流離失所的百姓，還是會忍不住動惻隱之心。

【解析】高齡八十多歲的陸游，早已退休在家，但他看見路上有許多從外地逃難而來的飢民，把能吃上一頓飯，當成是比擁有千金還要珍貴的景象，他此時沒有官位也沒有實權，雖然心生悲憫，但無法有所作為。可用來形容國力衰竭，造成百姓流離失所，飢寒交迫，引人痛心。

【出處】南宋・陸游〈春日雜興〉詩十二首之四：「夜夜燃薪暖絮衾，禺中一飯值千金。身為野老已無責，路有流民終動心。」

欲駕巾車歸去，有豺狼當轍。

想要駕著有車布遮蓋的車子歸隱，可是又被豺狼擋去了去路。

【解析】作者胡銓為高宗時期主戰派的激烈代表人物，他曾因反對秦檜與金人議和，上書要求高宗殺秦檜，以振國人，秦檜對其懷恨在心，以「狂妄凶悖，鼓眾劫持」的罪名流放到南方。胡銓就是在如此惡劣的環境下寫了這闋詞，敘說自己雖然嚮往隱者閑適的生活，但朝廷內有如豺狼的奸人當道，又怎能安心歸隱江湖呢？表達其對國事的憂慮，無法置百姓安危於不顧的焦急心情。可用來形容只要把持朝政的奸佞不除，舉國人民都無法安心度日。

【出處】南宋．胡銓〈好事近．富貴本無心〉詞：「富貴本無心，何事故鄉輕別？空使猿驚鶴怨，誤薜蘿風月。囊錐剛要出頭來，不道甚時節。欲駕巾車歸去，有豺狼當轍。」

誰道田家樂？春稅秋未足。

是誰說農家的生活是快樂的？春季的賦稅到秋季都還沒有辦法繳足呢！

【解析】梅堯臣詩中模擬農家的口吻，否定了一般人以為農家生活是快樂無憂、與世無爭的想法，若不幸遇上天災蟲害，不僅田園毀壞，糧食無收，官府還是照樣徵收春、秋兩季的賦稅，這些窮到連春稅都尚未繳清的農人，已毫無餘力負擔即將到來的秋稅，面對地方官員日夜上門不停催稅，他們也只能在飽受煎迫下悲慘度日。可用來形容農民賦稅沉重，生活苦不堪言。

【出處】北宋．梅堯臣〈田家語〉詩：「誰道田家樂？春稅秋未足。里胥叩我門，日夕苦煎促。盛夏流潦多，白水高於屋。水既害我菽，蝗又食我粟……」（節錄）

賣衣得錢都納卻，病骨雖寒聊免縛。

把賣衣服的錢全都拿去繳租稅，多病的身軀雖然寒冷，但可以免去被官府綁縛的痛苦。

【解析】范成大詩中主在揭露地方官吏向農民催繳租賦的殘暴行止。農村不幸遇上災年，即使皇帝下令免徵災區租賦的詔書已到達了地方，官吏仍然繼續催租，完全不顧百姓的死活，逼迫著一身病軀的老農，只好典當家裡的禦寒衣物，寧可挨餓受凍，也不願承受被官府抓走後的種種暴力對待。可用來形容人民在苛政統治下的悲慘生活。也可用來形容官吏剝削貧弱百姓的惡行醜態。

【出處】南宋・范成大〈後催租行〉詩：「老父田荒秋雨裡，舊時高岸今江水。傭耕猶自抱長飢，的知無力輸租米。自從鄉官新上來，黃紙放盡白紙催。賣衣得錢都納卻，病骨雖寒聊免縛。去年衣盡到家口，大女臨歧兩分首。今年次女已行媒，亦復驅將換升斗。室中更有第三女，明年不怕催租苦。」

參、敘事寫物篇

≫一、敘說事理

事理寓意

一年好景君須記，最是橙黃橘綠時。

請你一定要記住，一年之中最好的景致，就是在這段橙子已黃、橘子剛綠的時候。

【解析】這首詩的詩題為〈贈劉景文〉，指的是蘇軾的好友劉季孫，字景文，比蘇軾年長三歲。五十五歲的蘇軾，在杭州擔任知州，時任兩浙兵馬都監（掌管本城軍隊屯駐、訓練、軍器和差役等事務）的劉季孫當時也駐守杭州，兩人經常詩歌唱酬往來。蘇軾詩中借寫初冬橙橘，在冷寒的氣候下依然結果豐碩，色彩黃綠鮮麗，意在讚美劉季孫雖已高齡五十八，但擁有豐沛的人生經驗和堅韌頑強的意志，正如橙橘在冬寒中展現其明豔光彩，撼動人心。可用來比喻晚年堪稱是人生的黃金階段，更要懂得分外珍惜。另可用來形容初冬橙子金黃、橘子青綠的亮麗景色。

【出處】北宋．蘇軾〈贈劉景文〉詩：「荷盡已無擎雨蓋，菊殘猶有傲霜枝。一年好景君須記，最是橙黃橘綠時。」

一派青山景色幽，前人田地後人收。後人收得休歡喜，還有收人在後頭。

一片青翠的山色，風景優美，前人留下的田地由後人來接收。後人接收了也不必太高興，因為還有接收的人正在後頭等著呢！

【解析】范仲淹援引歷來田產代代相傳承繼一事，表達了世上的財富，其實都是身外之物，從來不真正屬於某一個人所有，一代人走了，下一代人開心繼承時，卻沒看見他的後代子孫，也在等著繼承財產這天的來臨，故奉勸人們不要為了追逐更多的財產而苦苦執著。可用來說明世間的財物，皆生不帶來，死不帶去，切莫汲汲營營而迷失自我。

【出處】北宋．范仲淹〈書扇示門人〉詩：「一派青山景色幽，前人田地後人收。後人收得休歡喜，還有收人在後頭。」

一登一陟一回顧，我腳高時他更高。

每登上山嶺一步，便回頭張望一下自己爬了多高，但當我雖越爬越高，卻發現山還是比自己更高。

【解析】這是一首借物喻理的詩，人在山下的楊萬里，看遠山像是起伏的浪濤一樣，並不覺得山勢高聳，等到他親自攀登山嶺，才知道山永遠比自己站的地方還要更高，可仰望而不可及。詩人所要表達的是，人若沒有登高望遠的經驗，便永遠不會知曉過去在平地的自己眼界有多麼狹隘，閱歷有多麼淺薄。可用來比喻只有經過對照比較，才能更看清楚事物的真相。也可用來比喻治學或是做事都要不斷學習，由下而上，由淺而深，自然日益精進。

【出處】南宋．楊萬里〈過上湖嶺望招賢江南北山〉詩四首之二：「嶺下看山似伏濤，見人上嶺旋爭豪。一登一陟一回顧，我腳高時他更高。」

子規夜半猶啼血，不信東風喚不回。

杜鵑鳥到了半夜還在帶血鳴叫，牠不相信春風真的喚不回來。

【解析】詩題一作〈送春〉。王令詩中將暮春時的杜鵑鳥擬人化，寫其從白日鳴叫到夜半，早已聲嘶力竭，卻還是拚命想要喚回春天，藉此抒發自己對春光的痴情眷戀。可用來比喻以堅定信念去做某事，並深信自己竭盡全力必能把事情完成。另可用來形容杜鵑鳥從日到夜不住地鳴啼。

【出處】北宋．王令〈春晚〉詩二首之二：「三月殘花落更開，小簷日日燕飛來。子規夜半猶啼血，不信東風喚不回。」

山重水複疑無路，柳暗花明又一村。

一眼望去，一重重的山又一道道的水擋在面前，正在疑惑應已無路可走的時候，忽然看見柳色深綠，花色明豔，出現在我眼前的是一座村莊。

【解析】趁著大好春光乘船出遊的陸游，在山水縈繞的複雜地形中差一點就要因迷路而折返，卻意外發現一處被濃綠的柳蔭和繁盛的野花給遮蔽的小村，詩人的心境頓時從茫然迷惘轉折成豁然開朗的喜悅。可用來比喻歷經艱辛後絕處逢生。另可用來形容群山重疊，流水迴繞，四周柳綠花紅的景致。

【出處】南宋．陸游〈遊山西村〉詩：「莫笑農家臘酒渾，豐年留客足雞豚。山重水複疑無路，柳暗花明又一村。簫鼓追隨春社近，衣冠簡樸古風存。從今若許閑乘月，拄杖無時夜叩門。」

不如憐取眼前人。

還不如好好憐惜正在你眼前的人。

【解析】晏殊遙望遠方山河，感傷落花風雨，人身生命有限，體認到與其苦苦追憶那些遙不可及的人或如煙過往的舊情，最後仍是徒勞心神，於事無補，不如多加珍惜在身旁陪伴的人，避免日後又空留遺憾。可用來比喻人要認清現實，把握當下。

【出處】北宋．晏殊〈浣溪沙．一向年光有限身〉詞：「一向年光有限身，等閑離別易銷魂。酒筵歌席莫辭頻。滿目山河空念遠，落花風雨更傷春。不如憐取眼前人。」

不畏浮雲遮望眼，自緣身在最高層。

不必擔心飄浮的雲會遮蔽我遠望的視線，因為我站在山峰的最頂處。

【解析】此為王安石抒發自己登臨杭州飛來峰時的感受，從中領悟出人只有立足高遠，才能夠看清事情的本來面目，詩中以「浮雲」暗喻虛偽表象或是奸邪小人。可用來說明立場客觀，才不會被眼前的現象或不實假象所迷惑。另可用來形容人立志遠大，不畏困阻。

【出處】北宋．王安石〈登飛來峰〉詩：「飛來山上千尋塔，聞說鷄鳴見日昇。不畏浮雲遮望眼，自緣身在最高層。」

不識廬山真面目，只緣身在此山中。

之所以認不清廬山的真實面貌，只是因為自己置身在廬山裡頭。

【解析】蘇軾離開貶地黃州，準備赴另一貶地汝州，途中經過九江，登覽廬山而作此詩。當他站在不同的地點，發現廬山氣象萬千的不同景貌，體悟到自己身在山中，視野受到所處角度的局限，只能看見山的局部，反而看不清山的全貌，寓意人的立場不同，看法就會不同，以及當局則迷。可用來比喻觀察人或事物，應擺脫我執，客觀思考，才能認清其本來面目。

【出處】北宋．蘇軾〈題西林壁〉詩：「橫看成嶺側成峰，遠近高低各不同。不識廬山真面目，只緣身在此山中。」

天涯何處無芳草。

天涯無邊，到處都長滿了美麗的青草。

【解析】蘇軾於暮春時節，見四周殘紅褪盡，柳絮稀疏，心中雖不捨春光逝去，仍提醒自己不過是今年的花季已過罷了，明年春天一樣會再百花綻開，不妨將視線放在眼前和花一樣賞心悅目的漫漫芳草。此詞後來也被引申為無須太過在乎某一事物或某一人，而錯過了早已出現在身邊的那些值得珍惜的美好事物或人。可用來比喻不要過分眷戀某一人或特別注重某些事物。也可用來勸戒執著於追求自己的理想而不知變通的人。

【出處】北宋．蘇軾〈蝶戀花．花褪殘紅青杏小〉詞：「花褪殘紅青杏小。燕子飛時，綠水人家繞。枝上柳綿吹又少，天涯何處無芳草。牆裡秋千牆外道。牆外行人，牆裡佳人笑。笑漸不聞聲漸悄，多情卻被無情惱。」

月子彎彎照幾州？幾家歡樂幾家愁？

彎彎的弦月照亮了幾個州呢？月光下有多少人家的日子是開心的？又有多少人家是日子是哀愁的？

【解析】楊萬里詩中描寫一彎新月照耀人間，但在同樣月色下的不同人家，有人歡喜美滿，有人生活卻苦不堪言，他認為人世間的快樂還是悲傷，其實和月亮毫不相干，一切都是人自己的問題。可用來比喻每個人的苦樂際遇各不相同。

【出處】南宋．楊萬里〈竹枝詞〉詩七首之六：「月子彎彎照幾州？幾家歡樂幾家愁？愁殺人來關月事，得休休處且休休。」

牛驥同一皁[1]，雞棲鳳凰食。

牛和駿馬關在一起，共用一個食槽。鳳凰被關在雞窩裡，和雞一同飲食。

【注釋】1.皁：音ㄗㄠˋ，餵食牛馬的食槽。

【解析】被關入元朝大都牢獄已兩年的文天祥，詩中以駿馬和鳳凰自喻，以牛、雞比喻一般囚犯，寄託自己俯仰無愧卻遭逢厄運，與一般囚犯同處在幽暗牢房裡，就如同駿馬與牛同槽共食，鳳凰與雞一同吃住。可用來比喻能人志士或高風亮節者陷入險困處境。也可用來比喻賢愚不分。

【出處】南宋．文天祥〈正氣歌〉詩：「……嗟予遘陽九，隸也實不力。楚囚纓其冠，傳車送窮北。鼎鑊甘如飴，求之不可得。陰房闃鬼火，春院閟天黑。牛驥同一皁，雞棲鳳凰食。一朝蒙霧露，分作溝中瘠。如此再寒暑，百沴自辟易。嗟哉沮洳場，為我安樂國……」（節錄）

他時在平地，無忽險中人。

人從驚滔駭浪中脫險後，他日到了平地時，千萬不要忽視那些處在危險中的人。

【解析】范仲淹準備到桐廬郡（位在今浙江境內）赴任途中，經過淮水，他看著小船在狂風大浪中載浮載沉，連一旁的人看了都覺得膽戰心驚，更何況是正在船上的人呢？從中體悟到，一個人若曾遭遇凶險而平安度過，一定要謹記自己的親身經驗，日後看到他人逢險時，也要設身處地為他人著想。可用來說明將心比心的重要。

【出處】北宋．范仲淹〈赴桐廬郡淮上遇風〉詩三首之三：「一棹危於葉，傍觀亦損神。他時在平地，無忽險中人。」

名能使人矜，勢能使人倚。

名聲可以讓人感到驕傲，權勢可以讓人得以倚仗。

【解析】邵雍認為一個堂堂男子漢，必須捨棄人生的四大禍患，除了錢財和女色之外，就是名聲和權勢，一個熱中於響亮名聲與迷戀於權勢力量的人，絕對抗拒不了外在的各種誘惑，也會為此而迷失了本性，做出危害他人也傷害自己的事。可用來說明人不應為了獲得名望和權力而失去了自我，沉溺其中而無可自拔。

【出處】北宋．邵雍〈男子吟〉詩：「欲作一男子，須了四般事。財能使人貪，色能使人嗜。名能使人矜，勢能使人倚。四患既都去，豈在塵埃裡？」

向來枉費推移力，此日中流自在行。

回想當初江水低淺時推船，卻怎麼也推不動，實在是在白費力氣，如今江水上漲，根本不用推船，船已在江流中自由自在航行。

【解析】朱熹詩中借物喻理，以春水泛舟為例，水位低時舟擱淺，水深時則暢行無阻，來說明人生處事或讀書之道，意即當事情的時機尚未成熟或學習的基礎不夠扎實，此時絕對不可急於想把事情順利推動或想要學有所成，一切終將徒勞無功；反之，當事情的時機成熟，條件完備，或是累積了豐厚的知識，所學又能融會貫通，曉達事理，一切自然水到渠成。可用來比喻讀書或做事都是一開始困滯難行，但只要工夫積累日久，便能通達無礙。

【出處】南宋．朱熹〈觀書有感〉詩二首之二：「昨夜江邊春水生，蒙衝巨艦一毛輕。向來枉費推移力，此日中流自在行。」

衣帶漸寬終不悔，為伊消得人憔悴。

看著我衣服的腰帶逐漸寬鬆，但始終沒有後悔，為了思念我所愛的人而消瘦憔悴也是值得的。

【解析】柳永這闋詞本是抒發其對遠方情人的刻骨痴戀，即使為情而形容枯槁、身形瘦損，他也心甘情願，反映其對這份情感的堅定專一。近人王國維

《人間詞話》認為柳永的這兩句詞可以代表「古今之成大事業、大學問者」必會經歷的一種境界，即確定自己的目標後，不管過程中遭遇多大的困難，或要付出多大的代價，都不會改變心志。可用來比喻對事業或理想的艱苦追尋，勇往無悔的探索。另可用來形容對愛情的痴心執著。

【出處】北宋．柳永〈蝶戀花．佇倚危樓風細細〉詞：「佇倚危樓風細細，望極春愁，黯黯生天際。草色煙光殘照裡，無言誰會憑闌意？擬把疏狂圖一醉，對酒當歌，強樂還無味。衣帶漸寬終不悔，為伊消得人憔悴。」

何事春風容不得？和鶯吹折數枝花。

家門前的桃樹、杏樹是做了什麼事情讓春風容不下呢？還驚動了原本棲息在上頭的黃鶯鳥，又吹折了好幾根花的枝幹。

【解析】北宋太宗在位期間，王禹偁因事從京城被貶至商州（位在今陝西境內）擔任團練副使，這一職務在宋代是專門用來安置貶謫官員，毫無實質權力。王禹偁身處偏僻的商州，每天欣賞著門外綻開的桃花、杏花，成了生活中極大的樂趣，因而當他看見花被春風吹落時，便氣惱風何以要如此咄咄逼人，把唯一可以點綴他簡陋住家的秀麗花朵都給奪走。詩中借寫鶯鳥和桃杏不為春風所容，暗喻自己的政治路遭到有心人士無情地打壓。可用來比喻替受到排擠的人或團體打抱不平。另可用來形容春花的枝幹被風吹斷，殘花灑滿一地。

【出處】北宋．王禹偁〈春居雜興〉詩二首之一：「兩株桃杏映籬斜，妝點商山副使家。何事春風容不得？和鶯吹折數枝花。」

始知鎖向金籠聽，不及林間自在啼。

這時才明白，把畫眉鳥鎖在精美鳥籠裡聽到的聲音，遠遠比不上牠在林中時悠閑輕快的啼唱。

【解析】歐陽脩借任意飛翔的林間鳥和失去自由的籠中鳥之啼聲作對比，發現籠中鳥的鳴啼實在無法和不受束縛的林間鳥相提並論，這也讓他體悟到，無論是人或動物，若是受到外在的侷限或壓抑，便無法發揮或展現真正的自我。詩中除了寄寓作者對林野自在生活的嚮往，也抒發其對官場生涯的倦怠。可用來比喻遭受外在環境的箝制，渴望掙脫羈絆，追求自由。

【出處】北宋．歐陽脩〈畫眉鳥〉詩「百囀千聲隨意移，山花紅紫樹高低。始知鎖向金籠聽，不及林間自在啼。」

況怨無大小，生於所愛。物無美惡，過則為災。

況且怨恨不分大小，經常是因貪愛而生，事物不分好的或壞的，超過了限度就會成為災難。

【解析】這闋詞是辛棄疾寫其想要戒酒，卻又對酒戀戀不捨的矛盾心理，由於長期嗜酒，導致身體不適，他也知道問題並不是出在酒上，而是緣於自己無法控制對酒的耽湎依賴，從而領悟到世上許多的事情都是因愛而生怨，人一旦對某事物或人投注的情感愈多，往往日後產生的怨懟也就愈深，引發的禍患也會日益嚴重。可用來說明事物發展到極端的地步，後果將不堪設想。

【出處】南宋．辛棄疾〈沁園春．杯汝來前〉詞：「……更憑歌舞為媒，算合作、平居鴆（ㄓㄣˋ）毒猜。況怨無大小，生於所愛。物無美惡，過則為災。與汝成言，勿留亟退，吾力猶能肆汝杯。杯再拜，道麾之即去，招則須來。」（節錄）

泥上偶然留指爪，鴻飛那復計東西？

飛雁在雪泥上偶然留下了爪印，立刻又飛走了，哪裡會再去算得清楚到過的是東邊還是西邊？

【解析】此為蘇軾回給弟弟蘇轍的一首詩，首聯兩句「人生到處知何似？應似飛鴻踏雪泥」，給人一種人生充滿飄忽不定，為了理想和生計不得不到處奔波的感傷意味。但之後蘇軾話鋒一轉，認為既然四處漂泊的人生痕跡，有如那飛鴻匆匆留在雪上的爪痕，等到雪一融化便了無影蹤，那又何苦去計較過去的往來轉徙呢？也可以說，人生在世的偶然無定、艱辛勞苦，其實也是生命的一種必然歷程，以此寬慰蘇轍不須因懷想舊事而黯然神傷，詩的情境也立刻從前兩句的傷感氛圍中拉出，轉化成正面以對的達觀態度。可用來比喻人生變化無常，轉瞬不留影跡，故不必拘泥過去悲喜得失的記憶，坦然面對一切。

【出處】北宋．蘇軾〈和子由澠池懷舊〉詩：「人生到處知何似？應似飛鴻踏雪泥。泥上偶然留指爪，鴻飛那復計東西？老僧已死成新塔，壞壁無由見舊題。往日崎嶇還記否？路長人困蹇驢嘶。」

青山繚繞疑無路，忽見千帆隱映來。

船隻航行江上，四周青綠的山巒圍繞，使人懷疑前面應該沒有路可走了，忽然之間，卻看見成千的船帆從山林的掩映處駛了過來。

【解析】秋日乘坐船隻於江上的王安石，藉由描寫山巒重疊，江水迴繞，前方彷彿已無路可行，之後頓見山盡江開的景象變化，寄寓人生的路迴旋環繞，正如眼前的山重水複一樣，讓人感到前程一片茫然，但歷經一番艱辛後，必然會絕處逢生，眼界開闊明朗。可用來比喻在困境中忽然出現希望。另可用來形容江河曲折蜿蜒，環繞於重疊群山之間。

【出處】北宋．王安石〈江上〉詩：「江北秋陰一半開，晚雲含雨卻低回。青山繚繞疑無路，忽見千帆隱映來。」

春色滿園關不住，一枝紅杏出牆來。

滿園的春光終究是關不住，只見一枝鮮紅的杏花已經探出牆外來了。

【解析】這首詩的詩題為〈遊園不值〉，意即遊園卻不遇園主人。作者葉紹翁寫其原本興致勃勃準備出門遊園，不巧未遇園主人開門而大失所望，就在這時，發現園內一枝紅杏爬出牆來，宣告整個大地都被明媚的春色給占領了，任誰也禁錮不住春天的到來。可用來比喻美好的事物蓬勃發展或難以阻擋新生的事物脫穎而出。另可用來形容春花滿園，多到花枝伸出牆外的景致。

【出處】南宋．葉紹翁〈遊園不值〉詩：「應嫌屐齒印蒼苔，小扣柴扉久不開。春色滿園關不住，一枝紅杏出牆來。」

春雨斷橋人不渡，小舟撐出柳蔭來。

連綿的春雨，造成河水上漲，把橋面給淹沒了，人也走不過去，就在這時，忽見一艘小船撐著船篙，從柳蔭深處駛來。

【解析】作者徐俯是江西詩派開創人黃庭堅的外甥，這首詩表面上看似在寫春遊所見的湖光美景，然細讀不難品味出詩意蘊含著一層理趣。原本詩人專程出門賞春，遊興正濃，不巧碰上橋被雨後高漲的湖水給淹沒，興致瞬間敗滅，此時一葉小舟忽然從柳蔭中悠悠出現，轉眼陰霾一掃而空。這次的春遊，作者如果中途沒有發生「春雨斷橋」的意外，便無法感受到「小舟撐出」所帶來的喜悅，進而體悟出即使遭逢困境，仍藏有無限希望的可能。可用來比喻絕境中又逢生路。另可用來形容春雨過後，水面漲滿小橋，船隻擺渡的優美景色。

【出處】北宋末、南宋初．徐俯〈春日遊湖上〉

詩：「雙飛燕子幾時回？夾岸桃花蘸水開。春雨斷橋人不渡，小舟撐出柳蔭來。」

春風又綠江南岸，明月何時照我還？

和暖的春風，又一次地吹綠了長江的南岸，天空的明月，何時才能照著我返回家中？

【解析】此詩為王安石離開家鄉江寧，準備赴京任職，途經瓜洲時所作。詩中描寫他在船上，看著瓜洲對岸那片離家鄉不遠的江南草綠，直到月亮升起，興起一股思歸的心念。一個人才剛離鄉就馬上對家鄉念念不捨，背後極可能含有另一層意涵，歷來多認為王安石是希望此去京城，可以獲得重用，致力推行新法，等到功成後便身退還鄉，不再眷戀地位名聲。可用來比喻對未來時局充滿信心與希望，待抱負實現後退隱。另可用來形容遊子見春風明月而興起思鄉之情。

【出處】北宋．王安石〈泊船瓜洲〉詩：「京口瓜洲一水間，鍾山只隔數重山。春風又綠江南岸，明月何時照我還？」

昨夜西風凋碧樹，獨上高樓，望盡天涯路。

昨天夜裡，西風吹落了樹上的綠葉，我獨自登上高樓，遠眺那條通往天邊的道路。

【解析】晏殊詞中原是描寫其憑高望遠，見風吹葉凋，景象蒼茫遼闊，更加深內心的傷離情緒。近人王國維《人間詞話》中把晏殊這三句詞視為「古今之成大事業、大學問者」必經的第一種境界，也就是矢志向學後，開始邁入一段艱辛孤寂之路，等到境界漸進，便能真正體會治學之道。可用來比喻學習過程中，立志向上的階段，必然歷經的孤獨感受。另可用來形容在蕭索秋色下，懷想遠人。

【出處】北宋．晏殊〈蝶戀花．檻菊愁煙蘭泣露〉

詞：「檻菊愁煙蘭泣露，羅幕輕寒，燕子雙飛去。明月不諳離恨苦，斜光到曉穿朱戶。昨夜西風凋碧樹，獨上高樓，望盡天涯路。欲寄彩箋兼尺素，山長水闊知何處？」

美酒飲教微醉後，好花看到半開時。

喝酒喝到帶一點醉意時即要停止，看花看到花微微半開時就已足夠。

【解析】這首詩的詩題為〈安樂窩中吟〉。邵雍把自己位於洛陽的住所命名「安樂窩」，取其「安閑樂道」之意，詩中寫其從日常生活體驗到的理趣，如飲酒至微醺即可，切莫喝成酩酊爛醉，花朵半合半開，才是賞花的最佳時機，慎勿等到花兒離枝，不然就等同白白地糟蹋了美酒，也錯過了好花的風姿韻味。可用來比喻凡事宜求適中，不可超過，否則將會物極必反。

【出處】北宋·邵雍〈安樂窩中吟〉詩十三首之七：「安樂窩中三月期，老來才會惜芳菲。自知一賞有分付，誰讓萬金無子遺？美酒飲教微醉後，好花看到半開時。這般意思難名狀，只恐人間都未知。」

若言琴上有琴聲，放在匣中何不鳴？若言聲在指頭上，何不於君指上聽？

若說琴聲是從琴上發出來的，為何琴放置在琴盒裡不會自己發出聲音呢？若說琴聲是在彈琴的指頭上，為何不在你的手指上去聽呢？

【解析】蘇軾以反詰的語氣思考琴聲的來源，究竟是人的手指還是琴本身？光有琴而無人彈撥，自是不會奏出動人的樂音，同樣的，單靠手指而沒有琴，也是無法產生美妙的琴聲，兩者相互依存，缺一不可。更進一層來說，縱使有手指來彈琴，琴音也未必悅耳，因為琴師個人的思想感情和技藝，亦是樂曲是否撼動人心的必要條件。蘇軾詩中寫的正是其對《楞嚴經》所言「雖有妙音，若無妙指，終不能發」義理的領悟，借演奏者的琴藝和琴、指之間相互影響的關係，揭示萬物皆因緣相生，有無相成，而人想要參透佛理，除了自性清淨之外，也須有師家點撥，彼此和合無間才有開悟的可能。可用來說明文學、藝術以及任何事物的產生，都是有關方面交互作用的結果，不可偏廢。

【出處】北宋．蘇軾〈琴詩〉詩：「若言琴上有琴聲，放在匣中何不鳴？若言聲在指頭上，何不於君指上聽？」

若對此君仍大嚼，世間那有揚州鶴？

如果面對雅竹仍然大口嚼肉，世間哪有像志怪小說中揚州鶴那樣的情節，什麼好處都可以同時擁有呢？

【解析】據《晉書．王徽之傳》記載，東晉書法家王徽之酷愛竹子，即使外宿也命人前來種竹，還說「何可一日無此君」，蘇軾詩中的「君」便是借前人之語，代指竹子。另一詩句中的「揚州鶴」則是出自南朝梁人殷芸《殷芸小說》一段故事，描寫幾個人各自暢談心願，一個說想當揚州刺史，一個說想要多得錢財，一個說想騎鶴升天，輪到最後一人時，說要「腰纏十萬貫，騎鶴上揚州」，等同前三人的願望全都想得到，後人便以此比喻欲望很多的人或如意順心的事。蘇軾意在諷刺，若有人想要博取風雅高節的名聲，又想要獲得飽啖肉食的樂趣，根本是異想天開，這也意味著，有清高美名的人不可能擁有厚祿，營求厚祿的人也難有清高美名。可用來比喻一個人的高雅與庸俗非此則彼，無法兼容。

【出處】北宋．蘇軾〈於潛僧綠筠軒〉詩：「可使食無肉，不可使居無竹。無肉令人瘦，無竹令人俗。人瘦尚可肥，俗士不可醫。旁人笑此言，似高還似痴？若對此君仍大嚼，世間那有揚州鶴？」

高處不勝寒。

高處地方的寒冷使人忍受不了。

【解析】蘇軾詞中抒發其雖嚮往乘風登上月宮的瓊樓玉宇，擺脫塵世的煩擾，但又恐懼自己耐不住高寒，仔細思索後，發覺人間縱有許多的猶疑矛盾仍然未解，但還是有不少美好的事物值得留戀。可用來比喻想要實現某一願望，卻又擔心高不可登，難以克服，或達成目標後又將面臨新的阻礙。也可用來比喻位高權重的人，心境是寂寞孤寒的。

【出處】北宋．蘇軾〈水調歌頭．明月幾時有〉詞：「明月幾時有？把酒問青天。不知天上宮闕，今夕是何年？我欲乘風歸去，又恐瓊樓玉宇，高處不勝寒。起舞弄清影，何似在人間……」（節錄）

瓶花力盡無風墮，爐火灰深到曉溫。

花瓶裡的花，生命力已經耗盡，即使無風也會掉落下來，爐子裡的火，灰燼還很深厚，就算到了天亮還是溫熱的。

【解析】陸游詩中借用「瓶花」和「爐火」兩物來寄寓事情的道理。當瓶中的花朵枯萎時，即使沒有風的推助，花也會自然而然地謝落，以此說明起落生滅乃自然界的不變定律；當火爐內燃燒過後的剩屑累積得很厚實時，即使沒有火了，餘溫也會保持一段時間，以此比喻人若底蘊夠深，他人的詆毀根本不足以構成威脅。可用來說明生命隨自然消長雖是不可改變的事實，但在尚未走到生命盡頭前，具有潛力者，歷經摧殘仍存有生機與希望。

【出處】南宋．陸游〈曉坐〉詩：「低枕孤衾夜氣存，披衣起坐默忘言。瓶花力盡無風墮，爐火灰深到曉溫。空橐時時聞鼠齧，小窗一一送鴉翻。悠然忽記幽居日，下榻先開水際門。」

眾裡尋他千百度，驀然回首，那人卻在，燈火闌珊處。

在眾人之中尋找了千百遍，都找不著對方的身影，突然回頭一看，那人就在燈火零落的一處。

【解析】歷來人們對於辛棄疾的這幾句詞有甚多的討論，認為作者通過記敘元宵夜在熙攘人群中苦心尋覓一名女子，最後卻是在燈火幽暗的僻靜處，看見女子然乎出現在自己的眼前，藉此塑造出女子甘於寂寞、不同凡俗的形象，同時也寄寓自己孤高傲物的心境。近人王國維在《人間詞話》引用了辛棄疾的這段詞，稱其是「古今之成大事業、大學問者，必經過三種之境界」的第三境，意即唯有歷經執著不悔的千百次探求，一旦成功時，便能體會當下的那份欣喜情緒。可用來比喻想要成就任何事情，都必須經過熱切地追尋，而在不經意的時候，事情便成功了。另用來形容苦尋意中人而不可得，之後卻在無意間找到對方。

【出處】南宋．辛棄疾〈青玉案．東風夜放花千樹〉詞：「東風夜放花千樹，更吹落、星如雨。寶馬雕車香滿路。鳳簫聲動，玉壺光轉，一夜魚龍舞。蛾兒雪柳黃金縷，笑語盈盈暗香去。眾裡尋他千百度，驀然回首，那人卻在，燈火闌珊處。」

野鳧眠岸有閑意，老樹著花無醜枝。

野鴨睡在河岸邊，看起來一派悠閑的樣子，老樹上開了花，便讓人感覺沒有醜陋的樹枝。

【解析】這首詩的詩題為〈東溪〉，指的是梅堯臣家鄉宣城的宛溪。詩人沉浸在大自然的水岸風光裡，此時出現在他眼前的花樹禽鳥，無不充滿著一股閑情逸趣。其中「老樹著花無醜枝」一句，寓意著人縱使年齡老大或始終一事無成，仍要奮力活出最精彩的自己，絕不輕言放棄。這兩句詩的後一句，可用來比喻老年人若仍有所作為，都是值得稱許的。也可用來比喻人一旦有所成就，世人便會對他的缺點視而不見。另可用來形容水岸邊禽鳥棲息、老樹開花的景象。

【出處】北宋・梅堯臣〈東溪〉詩：「行到東溪看水時，坐臨孤嶼發船遲。野鳧眠岸有閑意，老樹著花無醜枝。短短蒲茸齊似剪，平平沙石淨於篩。情雖不厭住不得，薄暮歸來車馬疲。」

堪笑牡丹如斗大[1]，不成一事又空枝。

可笑的是牡丹花長得像斗一樣大，卻一件事也做不成就凋謝了，最後只留下沒有花的枝幹。

【注釋】1. 斗大：似斗一樣大的物體。一說對小的物體，形容其極大。另一說對大的物體，形容其極小。

【解析】牡丹花，因花朵嬌豔、香味濃郁，向來被人們視為是國色天香、花中之王，並予以富貴吉祥的寓意。王溥這首詩雖題為〈詠牡丹〉，內容卻是在諷刺牡丹除了花大色豔之外，便找不到任何的價值，只能博取人們一時的寵愛，完全比不上小巧卻實用的棗花和桑葉。可用來比喻人或事物的外表，中看卻不中用。

【出處】北宋・王溥〈詠牡丹〉詩：「棗花雖小能結實，桑葉雖柔解作絲。堪笑牡丹如斗大，不成一事又空枝。」（此詩一說作者為王曙）

殘雪壓枝猶有橘，凍雷驚筍欲抽芽。

殘餘的積雪，壓著橘樹上的樹枝，枝上還掛著去年冬天的橘子，寒天裡的雷聲驚動了筍子，紛紛想要破土冒出新芽。

【解析】本詩詩題為〈戲答元珍〉。因事被貶到峽州夷陵擔任縣令的歐陽脩，結識了當時的峽州判官（地方長官的輔吏）丁寶臣（字元珍）兩人交情友好，此詩即為其酬答丁寶臣之作。歐陽脩表面上是說地處偏僻的夷陵，春天來得比較晚，所以到了二月，橘樹上還留有去年殘冬的積雪，但鮮美的橘子仍完好地掛在橘枝上，又言寒雷發出震天聲響，地下的春筍正在準備奮力出土抽芽。實際上詩人想要表達的是，不論環境如何惡劣，生命為了生存總會找到契機。可用來比喻在艱難處境之下，仍不畏困阻，展現強韌、旺盛的生命力。另可用來形容初春白雪猶存，寒雷隆隆，大地開始有回春的跡象。

【出處】北宋．歐陽脩〈戲答元珍〉詩：「春風疑不到天涯，二月山城未見花。殘雪壓枝猶有橘，凍雷驚筍欲抽芽。夜聞歸雁生鄉思，病入新年感物華。曾是洛陽花下客，野芳雖晚不須嗟。」

萬山不許一溪奔，攔得溪聲日夜喧。到得前頭山腳盡，堂堂溪水出前村。

萬重的山嶺不允許一條小溪奔流，利用山勢加以阻攔，水聲在山間日夜喧嘩。等水流到前面山下的盡頭時，匯合成盛大的溪水流出了前方的村莊。

【解析】此為一首借助景物以寄寓道理的詩，作者楊萬里表面上看似在寫高山溪水一路向下流瀉，即使中間過程遇到崎嶇阻礙，最後仍從山腳奔騰而出的景貌，實際上是在暗喻「水往低處流」乃大自然不變的法則，任誰也無法阻擋，也提醒著人們，面對逆境來襲，先調整心境，培養自我實力，然後等待適當時機，設法繞開困境，終會找到解決問題的出口。可用來比喻想要力阻某一事件的發生，卻始終抵擋不住。另可用來形容山林裡的溪流曲折蜿蜒。

【出處】南宋．楊萬里〈桂源鋪〉詩：「萬山不許一溪奔，攔得溪聲日夜喧。到得前頭山腳盡，堂堂溪水出前村。」

解名盡處是孫山，賢郎更在孫山外。

考取舉人的榜單上，最後一名寫的就是我的姓名孫山，而您兒子的姓名更在孫山我的後面。

【解析】據南宋人范公偁《過庭錄》記載，吳地有個名叫孫山的讀書人，幽默又有才氣，某年離開家鄉參加鄉試，由於鄉人的兒子也要赴考，兩人便一同作伴前往，等到放榜名單公布，孫山被列為最後一名，但與孫山同行的鄉人兒子並未考取。之後孫山先行返鄉，鄉人急著向孫山問起自己的兒子是否中舉，孫山不忍直接告知，遂以此詩婉轉表達其子落第的消息，這也成了「名落孫山」一語的典故由來。可用來比喻考試落榜或參加競賽落選。

【出處】南宋．孫山〈句〉詩：「解名盡處是孫山，賢郎更在孫山外。」

踏破鐵鞋無覓處，得來全不費工夫。

先前把一雙鐵鞋都踩破了也尋覓不到，沒想到後來竟然不費一點工夫就得到了。

【解析】夏元鼎詩中描述一路尋道問學的艱辛過程，即使跋山涉水，甚至把堅固的鐵鞋都磨穿了，仍然一無所獲，最後卻在意想不到的機緣下輕易獲得。這兩句詩除了點出了機運的重要，也提醒人們不要苦心執著於人生非要擁有什麼才行，若能放下執念，心界更寬更廣，反而更容易看清事情的本質，那些曾一心想得到的東西自然也就出現了。可用來比喻人刻意去追尋某事物時苦尋不著，卻在偶然無意的情況下找到。

【出處】南宋．夏元鼎〈絕句〉詩：「崆峒訪道至湘湖，萬卷詩書看轉愚。踏破鐵鞋無覓處，得來全不費工夫。」

橫看成嶺側成峰，遠近高低各不同。

廬山橫著看像是綿延層疊的山嶺，側著看像是高聳挺拔的山峰，從遠處、近處、高處還是低處各個位置來看，出現的山貌都各不相同。

【解析】蘇軾詩中寫其經過九江，遊覽名勝廬山的觀感，不管他立足在哪個位置來看，山形和山勢隨著所處位置的不同，風貌也呈現各種奇姿意態的變化，也就是說，不管從哪個位置看山，都只能看到山的局部，難以窺見山的真正全貌。而認識事物的道理亦然，若僅知道片面，就以為是真相，不但容易落入主觀偏見，甚至還會做出錯誤的判斷。可用來比喻從不同的角度觀看人或事物，所得到的印象也會有所不同。另可用來形容從不同的角度看山，山的形態總不相同。

【出處】北宋．蘇軾〈題西林壁〉詩：「橫看成嶺側成峰，遠近高低各不同。不識廬山真面目，只緣身在此山中。」

濃綠萬枝紅一點，動人春色不須多。

在濃密的綠葉和樹枝中，露出一朵紅花，能讓人心動的春景實在不用過多。

【解析】王安石寫其遊園時，偶見一朵紅石榴花在整片蒼翠枝葉中綻開著，更襯托出這朵石榴花的火紅嬌媚，瞬間讓人感到春意盎然。詩人從中也體悟到，世上能夠打動人心的事物，並不在於數量的多少，而是要突顯出自己的特色。可用來比喻掌握了事物的關鍵，就能用最少的力氣，發揮到最大的效果。另可用來形容紅花有了茂盛綠葉的陪襯，更顯花的妍麗光彩。

【出處】北宋．王安石〈詠石榴花〉詩：「濃綠萬枝紅一點，動人春色不須多。」

爆竹聲中一歲除，春風送暖入屠蘇[1]。

在陣陣的鞭炮聲中，宣告舊的一年已經過去，春天送來的暖意也融入了屠蘇酒中。

【注釋】 1.屠蘇：酒名，以屠蘇、山椒、白朮等多種藥草調製而成，古來有農曆正月初一全家飲用屠蘇酒的風俗，相傳可以避邪和除瘟疫。

【解析】 歷來民間在春節大年初一這天會燃放爆竹，象徵送舊迎新，一家老小也會同飲傳說中可以驅邪的屠蘇酒。王安石藉由人們洋溢在過年歡樂氣氛的描寫，寄寓自己在政治上力圖革除舊法，以執行新法的強烈決心。可用來比喻新生的事物即將取代過時的事物。另可用來形容家家戶戶放鞭炮、喝美酒，迎接新年的到來。

【出處】 北宋．王安石〈元日〉詩：「爆竹聲中一歲除，春風送暖入屠蘇。千門萬戶曈曈日，總把新桃換舊符。」

人事變化

人似秋鴻來有信，事如春夢了無痕。

人就像秋天的大雁一樣，依時南飛，音信準時，但往事卻有如春天的夢一樣，一覺醒來，連一點痕跡都沒有留下。

【解析】 謫居黃州的蘇軾，與友人騎馬一同尋訪去年同日春遊舊地，詩中抒發人宛如候鳥應時往返，從來不曾改變行蹤，有情又有信，然往事卻像是春夢一場，時過境遷便無跡可尋。可用來說明人因重情而不易變心，但世事卻是變幻無常，故不必為了往事而自尋煩惱。

【出處】 北宋．蘇軾〈正月二十日與潘、郭二生出郊尋春，忽記去年是日同至女王城作詩，乃和前韻〉詩：「東風未肯入東門，走馬還尋去歲村。人似秋鴻來有信，事如春夢了無痕。江城白酒三杯醽，野老蒼顏一笑溫。已約年年為此會，故人不用賦〈招魂〉。」

千古興亡多少事？悠悠。不盡長江滾滾流。

自古以來，這裡發生了多少興盛衰亡的事情呢？往事漫長而久遠。一切都已隨著無窮無盡的長江奔騰流去。

【解析】辛棄疾晚年鎮守京口期間，登臨緊鄰長江的名勝北固樓，遙望北方失陷的山河，感嘆歷史上在此曾經出現過多少英雄人物，然而所有的成敗榮辱都如他眼下的滾滾江水一樣，逝者如斯，一去不復返。可用來說明歷史源源流長，不斷歷經朝代更替，人事盛衰興廢的變遷。

【出處】南宋．辛棄疾〈南鄉子．何處望神州〉詞：「何處望神州？滿眼風光北固樓。千古興亡多少事？悠悠。不盡長江滾滾流。年少萬兜鍪（ㄇㄡˊ），坐斷東南戰未休。天下英雄誰敵手？曹劉。生子當如孫仲謀。」

今年花勝去年紅，可惜明年花更好，知與誰同？

今年的花開得比去年還要豔紅，料想明年的花應該開得更美，可惜不知到時誰能與我一同欣賞呢？

【解析】歐陽脩與好友梅堯臣曾於去年春天共賞洛陽百花，之後梅堯臣雖調離了洛陽，但當年又回來和歐陽脩舊地春遊。與好友難得別後再見，眼前又是繁花錦簇，歐陽脩的心頭卻湧上一股強烈的失落情懷，想著明年此時此地的花肯定開得比以往更妍媚動人，屆時有誰相伴一道賞花？詞中借「去年」、「今年」、「明年」三年的春花作比較，逐層深化，預期花一年比一年盛美，以反襯出人一年比一年蒼老，暗喻塵世的變幻無常，聚散難料。可用來形容年年花開，周遭人事卻是年年不同。

【出處】北宋．歐陽脩〈浪淘沙令．把酒祝東風〉詞：「把酒祝東風，且共從容。垂楊紫陌洛城東，總是當時攜手處，遊遍芳叢。聚散苦匆匆，此恨無窮。今年花勝去年紅，可惜明年花更好，知與誰同？」

六朝舊事隨流水，但寒煙衰草凝綠。

六朝的過往已如流水般消逝，如今只見冷寒的煙霧和衰萎的亂草還聚集著一片綠意。

【解析】王安石於晚秋登臨金陵高處遠望，感嘆這座城市曾是三國東吳、東晉，以及南朝宋、齊、梁、陳等六個朝代的國都，相繼走過一段極盡靡麗享樂的浮華歲月，而今所有的榮辱興亡都已不復存在，映入眼簾的唯有含煙籠霧、野草蔓生的淒寒景象。可用來說明世事浮沉盛衰皆如水流而逝。

【出處】北宋．王安石〈桂枝香．登臨送目〉詞：「……念往昔、繁華競逐，嘆門外樓頭，悲恨相續。千古憑高對此，漫嗟榮辱。六朝舊事隨流水，但寒煙衰草凝綠。至今商女，時時猶唱，〈後庭〉遺曲。」（節錄）

年光似鳥翩翩過，世事如棋局局新。

時光像鳥翩翩飛去，世上的事如棋局一樣，每一局都有新的變化。

【解析】詩僧志文登臨杭州西湖孤山一座名為「西閣」的高樓，遠眺杭州西湖群山美景，見飛鳥輕快而過，好似疾速消逝的時間，感嘆世上所有的事情皆如棋局般變幻莫測，誰也無法預料下一步會出現什麼新的局面。可用來比喻世事複雜多變，隨時都在改易更新。

【出處】北宋末、南宋初．志文〈西閣〉詩：「楊柳蒹葭覆水濱，徘徊南望倚闌頻。年光似鳥翩翩過，世事如棋局局新。嵐積遠山秋氣象，月升高閣夜精神。驚飛一陣鳧鷺起，蓮葉舟中把釣人。」

空有姑蘇臺[1]上月，如西子鏡，照江城[2]。

空有姑蘇臺上的月亮，猶如春秋越國美女西施用的鏡子一樣淨明，照耀著金陵這座古城。

【注釋】1.姑蘇臺：位在今江蘇蘇州境內。始建於春秋吳王闔閭，夫差繼位後擴大興建，供其宴飲享樂之用。2.江城：此指金陵，位在今江蘇南京市。

【解析】三國孫吳、東晉、南朝宋、齊、梁、陳相繼建都於金陵，史稱「六朝」。來到金陵的歐陽炯，看著月光由東面的姑蘇逐漸移到金陵的上空，想起春秋吳王夫差曾在姑蘇臺上作樂尋歡，迷戀著越女西施的絕美容貌，以及六朝定都在金陵時崇尚奢靡華麗的過往，而今除了如西施妝鏡的明月依舊之外，曾經在姑蘇和金陵兩地上發生過的風華絢爛早已消逝無蹤。近人李冰若《栩莊漫記》評曰：「此詞妙處在『如西子鏡』一句，橫空牽入，遂爾推陳出新。」可用來感慨世事無常，盛衰有時。

【出處】五代．歐陽炯〈江城子．晚日金陵岸草平〉詞：「晚日金陵岸草平，落霞明，水無情。六代繁華，暗逐逝波聲。空有姑蘇臺上月，如西子鏡，照江城。」

長江後浪推前浪，浮世新人換舊人。

長江後面的波浪不停地推動著前頭的波浪，世上新生的人取代了老一輩的人。

【解析】此詩出自北宋劉斧所編《青瑣高議》中的一篇傳奇小說〈孫氏記〉，詩中藉由江河中的後浪推擠著前浪，不斷向前奔流的景象，示意著世間人事的更迭代謝也一如前後相繼的波浪，後人很快追趕上了前人，而陳舊的事物也終會被嶄新的事物所替換。可用來比喻新人新事接替或超越舊人舊事。也可用來比喻老一代的人逐漸衰朽，而新秀輩出。

【出處】北宋．劉斧《青瑣高議》引《孫氏記》之詩：「長江後浪推前浪，浮世新人換舊人。」

紛紛爭奪醉夢裡，豈信荊棘埋銅駝？

紛紛擾擾，爭奪不休，猶如在醉夢當中，哪裡相信世事變化如此地快速？

【解析】詩中「荊棘埋銅駝」為蘇軾援引《晉書．索靖傳》的典故，西晉人索靖預感天下即將大亂，指著洛陽宮門外象徵富貴的銅製駱駝，感嘆它將要被埋沒在荊棘之中，果不其然，八王之亂後不久，建都洛陽的西晉遂亡國，人們便以此比喻世事變化快速或是國土淪喪後的殘破景象。蘇軾由舟行在奔流洪水中，體悟到生命的消逝、意念的轉移以及世局的巨變，實比洪流快得多，但人們完全沒有察覺，還在你爭我奪，相互算計，為世俗事物所束縛著。可用來比喻世事滄桑，翻覆無常，人不應拘泥外物而讓自己的心神不得自由。

【出處】北宋．蘇軾〈百步洪〉詩二首之一：「……我生乘化日夜逝，坐覺一念逾新羅。紛紛爭奪醉夢裡，豈信荊棘埋銅駝？覺來俯仰失千劫，回視此水殊委蛇。君看岸邊蒼石上，古來篙眼如蜂窠。但應此心無所住，造物雖駛如吾何？回船上馬各歸去，多言譊譊師所呵。」（節錄）

草頭秋露流珠滑，三五盈盈還二八。

秋天草上的露珠晶瑩圓潤，滑溜消逝卻在瞬息之間，十五日的月亮圓滿，十六日便轉為缺損了。

【解析】蘇軾詞中描寫草頭秋露，像滾珠般一晃眼就從草上滑落不見，以及每月十五日盈滿的圓月，不過一天的光景就變得虧損不圓，表達世上的有或無、圓或缺都會在剎那間產生變化，沒有什麼是長久不變的。可用來比喻世事無常，變幻莫測。

【出處】北宋．蘇軾〈木蘭花．霜餘已失長淮闊〉詞：「霜餘已失長淮闊，空聽潺潺清潁咽。佳人猶唱醉翁詞，四十三年如電抹。草頭秋露流珠滑，三五盈盈還二八。與余同是識翁人，惟有西湖波底月。」

梅英疏淡，冰澌溶洩，東風暗換年華。

淡雅的梅花開得疏疏落落，結冰的河川剛要融化流動，春風即將把歲月暗中更換。

【解析】秦觀詞中描寫梅花日益稀疏，冰河逐漸消融，而專屬春天的東風在不知不覺間就快要來到，藉由花草風景在冬盡春來的變遷過程，暗示人事時局其實也和季節時序一樣正在悄悄更替。可用來說明自然景物隨著時節更番輪替，世事也同時在變化當中。

【出處】北宋．秦觀〈望海潮．梅英疏淡〉詞：「梅英疏淡，冰澌溶洩，東風暗換年華。金谷俊游，銅駝巷陌，新晴細履平沙。長記誤隨車，正絮翻蝶舞，芳思交加。柳下桃蹊，亂分春色到人家……」（節錄）

新筍已成堂下竹，落花都上燕巢泥。

初生的嫩筍已長成了廳堂前修長的竹子，沾滿泥土的落花都被燕子銜上屋梁或樹上築成了巢穴。

【解析】周邦彥透過新筍長成了屋前綠意盎然的長竹，以及花謝落地後化入土中成了燕子銜去築巢的泥，表現出春、夏季節更迭景物的演替與消長。可用來形容隨著時序推移，生命有的旺盛成長，有的衰頹後為他物所取代。

【出處】北宋．周邦彥〈浣溪沙．樓上晴天碧四垂〉詞：「樓上晴天碧四垂，樓前芳草接天涯。勸君莫上最高梯。新筍已成堂下竹，落花都上燕巢泥。忍聽林表杜鵑啼。」

暗中偷負去，夜半真有力。

（海棠花謝）就像半夜被有力氣的人偷偷地背走。

【解析】蘇軾寫其來到貶地黃州已進入第三年，春雨連續下了兩個月，天氣蕭瑟如秋，理應在春天盛開的海棠，慘遭風雨吹打，滿地殘紅，讓詩人不禁想著，難道是在半夜出現一名大力士偷走了海棠的芬芳，使其轉瞬凋零。詩中「有力」指的就是造物者，蘇軾借海棠經風雨摧殘而敗落，暗喻在無形造化的力量下，萬物皆在無聲無息中變化著，無論是海棠還是自身命運，全都由不得自己作主。可用來比喻人和事物轉瞬衰亡，任誰也莫可奈何。

【出處】北宋．蘇軾〈寒食雨〉詩二首之一：「自我來黃州，已過三寒食。年年欲惜春，春去不容惜。今年又苦雨，兩月秋蕭瑟。臥聞海棠花，泥汙燕脂雪。暗中偷負去，夜半真有力。何殊病少年？病起頭已白。」

當時明月在，曾照彩雲歸。

當時的明月如今還在，它曾照著如彩雲似的佳人歸去。

【解析】晏幾道追憶昔日與心愛的歌女小蘋道別時，月光曾照著小蘋的倩影一路回家，而今當時的明月依舊，小蘋的芳蹤卻已杳然，故寫詞抒發他對這段舊情的刻骨以及物是人非的痛苦。清人陳廷焯《白雨齋詞話》評曰：「既閑婉，又沉著，當時更無敵手。」可用來形容日月長存而人事無常。

【出處】北宋．晏幾道〈臨江仙．夢後樓臺高鎖〉

詞：「夢後樓臺高鎖，酒醒簾幕低垂。去年春恨卻來時。落花人獨立，微雨燕雙飛。記得小蘋初見，兩重心字羅衣。琵琶絃上說相思。當時明月在，曾照彩雲歸。」

燕子樓空，佳人何在？空鎖樓中燕。

燕子樓如今已經空空蕩蕩的，當初住在這裡的佳人又在哪裡呢？徒然只是鎖住樓中的燕子罷了。

【解析】燕子樓為徐州名樓之一，相傳中唐張建封尚書鎮守徐州時，納能歌擅舞的名妓關盼盼為妾，並為其築建燕子樓。張建封去世後，關盼盼獨居燕子樓上十餘年，念舊愛而不嫁。蘇軾任徐州知州時來到燕子樓過夜，竟見關盼盼來入夢，醒後迷離茫然，身醒而心仍不願醒覺，四處遍尋佳人蹤跡，終不可得，頓時悵惘若失。可用來形容人去樓空、物是人非的喟嘆。

【出處】北宋．蘇軾〈永遇樂．明月如霜〉詞：「……天涯倦客，山中歸路，望斷故園心眼。燕子樓空，佳人何在？空鎖樓中燕。古今如夢，何曾夢覺，但有舊歡新怨。異時對、黃樓夜景，為余浩歎。」（節錄）

雕闌玉砌應猶在，只是朱顏改。

雕花的闌干、玉石砌起的臺階應該都還在，只是人的青春樣貌已隨著年華而變得衰老。

【解析】被囚居在汴京的李煜，回首南唐故都金陵宮廷內的華美器物，料想著它們至今大概還留存著，確定留不住的是那些隨著時間推移而褪去紅潤容顏的故國宮女，如今應已白髮蒼顏。詞人借往昔舊宮富麗的景物，與飽經歲月滄桑的女子互作對比，表達世上可以恆久不變的是無情之物，瞬息多變的是有情之人。可用來形容物是人非的感嘆。

【出處】五代．李煜〈虞美人．春花秋月何時了〉詞：「春花秋月何時了？往事知多少？小樓昨夜又東風，故國不堪回首月明中。雕闌玉砌應猶在，只是朱顏改。問君能有幾多愁？恰似一江春水向東流。」

事物狀態

近水樓臺先得月，向陽花木易為春。

靠近水邊的樓臺，可以先得到月光的照射，向著陽光的花木，容易感受到春天的氣息。

【解析】此為作者蘇麟生平唯一存留下來的兩句詩，向來被後人所津津樂道。相傳范仲淹鎮守杭州期間，手下的軍官們大都因他的推薦而升官，唯獨漏掉了經常在外出差的巡檢（宋代主要負責州縣內掌兵捕盜的工作）蘇麟。滿腹委屈的蘇麟某日因事來見范仲淹，順便獻上此詩，暗喻能在范仲淹身邊的部屬比較容易得到上司的顧，反之就會遭到忽視。范仲淹看了會意，趕緊幫蘇麟寫了推薦信，使他獲取理想的官職。可用來比喻由於接近某些人或某件事物，因而獲得優先的機會或占盡優勢的條件。

【出處】北宋．蘇麟〈斷句〉詩：「近水樓臺先得月，向陽花木易為春。」

春江水暖鴨先知。

鴨子在開始變暖的水中戲遊，最早察覺到春天的氣息。

【解析】這首詩是蘇軾題在畫僧惠崇〈春江晚景〉圖上，歌詠畫中春意盎然的風光景物而作。詩中寫鴨群從水溫上升便知道春天已到，事實上，鴨子長年生活在水中，感受水的冷暖是牠們的天生本能，蘇軾的詩是依照畫的意境，表達其對冬去春來的喜悅，同時借江鴨戲水的景象，寓意江水回暖，大地生機無限。可用來比喻長期處於某一環境中，更易敏銳感知環境改變的徵兆。另可用來形容春日江上，群鴨浮水的景致。

【出處】北宋．蘇軾〈惠崇春江晚景〉詩二首之一：「竹外桃花三兩枝，春江水暖鴨先知。蔞蒿滿地蘆芽短，正是河豚欲上時。」

風乍起，吹皺一池春水。

忽然起風，一池的春水泛起了粼粼波紋。

【解析】馮延巳描寫一女子見春風攪動了一塘池水，興起的層層漣漪彷彿正是她紛亂心緒的投映。據《南唐書》記載，南唐中主李璟曾開玩笑地對馮延巳說：「吹皺一池春水，干卿何事？」這也使得「吹皺一池春水」一語，後來衍生出事不關己或多管閑事的意思。可用來說明某一事物擾亂了人的心境或引起生活上的變化。另可用來形容春風吹拂水面，人的情思也隨著水波震動起伏。

【出處】五代．馮延巳〈謁金門．風乍起〉詞：「風乍起，吹皺一池春水。閑引鴛鴦芳徑裡，手挼紅杏蕊。鬥鴨闌干獨倚，碧玉搔頭斜墜。終日望君君不至，舉頭聞鵲喜。」

海壓竹枝低復舉，風吹山角晦還明。

暴雨的氣勢有如翻江倒海，壓得竹枝有時低伏，有時高舉，狂風吹襲山的一角，山色有時晦暗，有時明亮。

【解析】陳與義詩中描寫急驟又猛烈的風雨以及烏雲密布的天候，造成天地萬物為之變色，然而面對威力如此強盛的傾瀉大雨和風起雲湧，草木即使已被壓到搖搖欲墜，依然時俯時仰，山角即使被厚重的陰霾所籠罩，依然時暗時明，展現其絕不輕易服輸的頑強意志。可用來比喻在不利的情勢下，仍堅持抵抗，只要有一線生機便永不放棄。另可用來形容風雨猛烈，草木起起伏伏，山色明暗不定。

【出處】北宋末、南宋初．陳與義〈觀雨〉詩：「山客龍鍾不解耕，開軒危坐看陰晴。前江後嶺通雲氣，萬壑千林送雨聲。海壓竹枝低復舉，風吹山角晦還明。不嫌屋漏無乾處，正要群龍洗甲兵。」

荒林春足雨，新筍迸龍雛[1]。

荒涼的山林裡春雨充裕，新發芽的竹筍生長茂盛。

【注釋】1.龍雛：此指剛發芽的筍子。古來有以「龍孫」稱筍。

【解析】張耒描寫春日的雨量充沛，山林泥土裡一下子冒出了許多的筍子，也因而成為詩人每天餐桌上的美味佳餚，後來衍生出「雨後春筍」這句成語，多被用表述事物的生機旺盛勃勃，紛紛出現。可用來比喻事物在某一時期大量湧現，發展快速。另可用來形容春雨過後，春筍怒發，味道嫩脆鮮美。

【出處】北宋．張耒〈食筍〉詩：「荒林春足雨，新筍迸龍雛。鄰叟勤致饋，老人欣付廚。朝餐甘飽美，放箸為嗟吁。惜取葛陂杖，猶堪代我駒。」

記得綠羅裙，處處憐芳草。

請記得我今天穿的絲綢綠裙，日後不管身在何地，都要憐惜你所見到的芳草。

【解析】牛希濟描寫一名身著綠羅裙的女子與愛人離情依依，淚眼婆娑的她，盼望對方在外目睹青碧芳草時，務必想起自己今日的模樣，愛憐芳草就等同於珍惜她的一片痴情。詞中借芳草與羅裙同一顏色的聯想，表現出女子對愛人的深情眷戀，也希望對方如是相待。可用來比喻愛一個人，也連帶著喜歡與其有關的人或事物。另可用來叮囑即將遠行的人切莫相忘。

【出處】五代．牛希濟〈生查子．春山煙欲收〉詞：「春山煙欲收，天淡星稀小。殘月臉邊明，別淚臨清曉。語已多，情未了，回首猶重道。記得綠羅裙，處處憐芳草。」

從來好事多磨難。

一直以來，好的事情往往都要經過許多波折。

【解析】晁端禮詞中描述一對戀人遇到重重阻礙而不得相守，男子寫信給女子「從來好事多磨難」，強調彼此的愛情絕對是真摯美好的事，才會遭受巨大的磨練與考驗，提醒對方千萬別因距離疏遠而變了心，相信兩人的佳期終有實現的一天。可用來比喻事情進行的過程中，遇到諸多曲折不順。

【出處】北宋．晁端禮〈安公子．漸漸東風暖〉詞：「漸漸東風暖，杏梢梅蕚紅深淺。正好花前攜素手，卻雲飛雨散。是即是、從來好事多磨難。就中我與你才相見，便世間煩惱，受了千千萬萬……」（節錄）

欲把西湖比西子，淡妝濃抹總相宜。

想把杭州西湖比作美人西施，無論是淡素的或是濃豔的妝扮，都能恰到好處。

【解析】這是蘇軾在杭州擔任通判時遊西湖之作，此詩一出，西湖遂有「西子湖」之別稱，影響力可見一斑。詩中蘇軾把不同地貌和氣候下的西湖，比喻成淡妝或是濃抹時的美女西施，意在突顯出西湖美景妍麗天成，無論何時都有不同的意態風姿。可用來比喻本質美好的人或事物，在不同情況下也可以表現其不同神韻的美。另用來形容杭州西湖的迷人景致。

【出處】北宋．蘇軾〈飲湖上初晴後雨〉詩二首之二：「水光瀲灩晴方好，山色空濛雨亦奇。欲把西湖比西子，淡妝濃抹總相宜。」

尋常一樣窗前月，才有梅花便不同。

窗前的月色和平常一樣，可是有了梅花的映襯，景致便與往日大不相同。

【解析】杜耒描寫寒夜裡因為有了梅花的姿影與幽香，更襯托出月色的清雅皎潔，與平時夜間的風景迥殊。作者實是藉此稱美前來探望自己的佳客，意即脫俗的梅花是為了迎接他那與眾不同的好友而特地開放的。可用來比喻因某事物或某人存在的緣故，所以轉變了整個情況。另可用來形容月光下梅花綻開，使得月色非比尋常。

【出處】南宋．杜耒〈寒夜〉詩：「寒夜客來茶當酒，竹爐湯沸火初紅。尋常一樣窗前月，才有梅花便不同。」

無可奈何花落去，似曾相識燕歸來。

在莫可如何之下，只能任憑花朵凋落而去，那些去年似曾見過的燕子，今年又飛回來了。

【解析】晏殊於暮春時分重遊舊地，回想去年在此聽歌飲酒，如今整座園林冷清靜寂，讓他一方面惋惜春花凋謝，傷嘆時光飛逝，而人力完全無可抗拒，一方面又驚喜燕子翩翩歸來，感受萬物來去有時，藉此抒發惜春與懷舊交錯的悲欣之情。可用來比喻某些事物或人已不可挽回地衰殘或消逝，而某些似曾看過的事物或人又重現在眼前。另可用來說明從季節變化、景物更替中，察覺到時間正在無情地流逝。

【出處】北宋．晏殊〈浣溪沙．一曲新詞酒一杯〉詞：「一曲新詞酒一杯，去年天氣舊亭臺。夕陽西下幾時回？無可奈何花落去，似曾相識燕歸來。小園香徑獨徘徊。」

等閑識得東風面，萬紫千紅總是春。

任誰都可以輕易地認出春風的面貌，那色彩鮮豔的花朵，都象徵著春天的到來。

【解析】此詩的詩題為〈春日〉，表面上看是朱熹寫其外出尋春賞花的情景，但若從首句「勝日尋芳泗水濱」來加以解讀的話，泗水（位在今山東境內）所在的土地當時已為金人所統治，活動於南宋時期的朱熹必然不可能出現在泗水旁春遊。然細究之，孔子生前曾於洙水、泗水講學授徒，死後葬於泗水邊，也因此這首詩便被認為是朱熹借寫春日泗水尋芳，來表達自己探究聖人之道的領會收穫，從中感受到孔子的教化恩澤，心境豁然開悟，如沐春風。可用來比喻繁榮昌盛的局面，前景一片大好。另可用來形容春日大地奼紫嫣紅，景色絢爛奪目。

【出處】南宋．朱熹〈春日〉詩：「勝日尋芳泗水濱，無邊光景一時新。等閑識得東風面，萬紫千紅總是春。」

開到荼蘼花事了。

當荼蘼盛開的時候，代表這一年的花季已經終結。

【解析】這首詩的詩題為〈暮春遊小園〉，原是作者王淇抒發在晚春到花園遊賞的心得，從看著初春的粉梅逐漸凋謝，到春暖花開時，海棠的紅豔風姿，而如今已是殘春，花園中的荼蘼綻放，這也宣告時序就要進入夏季了。由於荼蘼是一種約在晚春初夏開的花，當人們看見荼蘼花開，便知百花芬芳的春天將要結束，也因此荼蘼隱含有繽紛美好的事物或情感即將走到盡頭的意思。可用來比喻事物從絢麗光彩到歸於平淡或結束的前奏。另可用來形容等到荼蘼開花，也就是送春迎夏的時刻來臨。

【出處】南宋．王淇〈暮春遊小園〉詩：「一從梅粉褪殘粧，塗抹新紅上海棠。開到荼蘼花事了，絲絲天棘出莓牆。」

滿川風雨看潮生。

整條河面上風雨交加，看著潮水不斷高漲。

【解析】蘇舜欽因支持范仲淹的改革新政，慘遭政敵陷害而被罷官，這首詩便是作於他由京城舟行至蘇州閑居的途中，夜泊淮河岸邊，靜望舟外風雨潮水。詩中的「風雨」除了可以指自然界的颾風下雨，也可以指政治上的風雨不定。「看潮生」表現出作者面對風起潮湧的動盪局面，心境從容安閑，超然物外。可用來比喻即使外在環境混亂不已，但人心始終保持鎮定平和。另可用來形容風雨淒迷，浪潮起伏。

【出處】北宋．蘇舜欽〈淮中晚泊犢頭〉詩：「春陰垂野草青青，時有幽花一樹明。晚泊孤舟古祠下，滿川風雨看潮生。」

霧失樓臺，月迷津渡。

濃密的雲霧遮蔽了樓臺，迷濛的月色把渡口照得白茫茫一片，反使什麼都看不見了。

【解析】這闋詞作於秦觀貶徙郴州之時。北宋哲宗親政，新黨人士重新攬權，開始肅清異己，秦觀因與蘇軾關係友好而受到株連，被歸為「元祐黨人」，指的就是哲宗年幼即位，由支持舊黨的祖母高太皇太后垂簾聽政時期的官員，當時年號「元祐」，故稱之。失落徬徨的秦觀，寫其在一個漫天濃霧、月色迷茫的夜晚，極目遠望，只見眼前模糊一片，什麼都看不清楚，正如他當下無助茫然的心境。其中「失」、「迷」兩字互文見義，也就是前後的詞語相互隱含，可以互相補足，結合起來就是完整的意思。可用來比喻迷失人生方向。另可用來形容迷霧朦朧的月夜景色。

【出處】北宋．秦觀〈踏莎行．霧失樓臺〉詞：「霧失樓臺，月迷津渡，桃源望斷無尋處。可堪孤館閉春寒，杜鵑聲裡斜陽暮。驛寄梅花，魚傳尺素，砌成此恨無重數。郴江幸自繞郴山，為誰流下瀟湘去？」

≫二、描寫人物

形貌儀態

■貌美■

一顆櫻桃樊素口。

嘴唇有如樊素的櫻桃小口般。

【解析】據唐人孟棨《本事詩》記載，白居易身邊有侍姬樊素和小蠻，樊素擅長歌唱，紅唇嬌豔如櫻桃，小蠻工於舞蹈，細腰如纖柔柳條，故白居易曾云：「櫻桃樊素口，楊柳小蠻腰。」蘇軾詞中描寫女子的嘴唇紅豔欲滴，玲瓏小巧，堪與白居易寵愛的佳人樊素相媲美。可用來形容美人的紅潤小嘴。

【出處】北宋．蘇軾〈蝶戀花．一顆櫻桃樊素口〉詞：「一顆櫻桃樊素口。不愛黃金，只愛人長久。學畫鴉兒猶未就，眉尖已作傷春皺。撲蝶西園隨伴走。花落花開，漸解相思瘦。破鏡重圓人在否？章臺折盡青青柳。」

冰肌玉骨，自清涼無汗。

冰雪一樣的肌膚，像美玉一樣的骨骼，體質本就清寒涼爽，不見一顆汗珠。

【解析】蘇軾詞中描述五代後蜀主孟昶與其妃花蕊夫人因天熱出外納涼，花蕊夫人遍體肌骨如冰玉般的潔白晶瑩，全身上下散發出一股冰清玉潔的麗質天姿。可用來形容美人體膚如冰如玉，潔淨瑩潤。

【出處】北宋．蘇軾〈洞仙歌．冰肌玉骨〉詞：「冰肌玉骨，自清涼無汗。水殿風來暗香滿。繡簾開、一點明月窺人，人未寢，攲枕釵橫鬢亂……」（節錄）

朱脣得酒暈生臉，翠袖卷紗紅映肉。

紅色的嘴脣沾了酒，臉頰泛起紅暈，捲起翠綠薄紗的衣袖，露出紅潤的肌膚。

【解析】蘇軾詩中主要是歌詠海棠花朵猶如醉酒美人的紅脣，碧綠的葉子如似美人的翠袖，映照著海棠花紅。南宋人楊萬里《誠齋詩話》評論這兩句詩：「此以美婦人比花也。」可用來比喻美人微醺的姿色情態。另可用來形容海棠花色澤嬌豔，葉綠花紅，足以和天姿國色相媲美。

【出處】北宋．蘇軾〈寓居定惠院之東，雜花滿山，有海棠一株，土人不知貴也〉詩：「江城地瘴蕃草木，只有名花苦幽獨。嫣然一笑竹籬間，桃李漫山總粗俗。也知造物有深意，故遣佳人在空谷。自然富貴出天姿，不待金盤薦華屋。朱脣得酒暈生臉，翠袖卷紗紅映肉。林深霧暗曉光遲，日暖風輕春睡足。雨中有淚亦淒愴，月下無人更清淑……」（節錄）

淚濕闌干花著露，愁到眉峰碧聚。

淚眼縱橫，有如一朵沾著露珠的花，憂傷攢聚在眉梢上，彷彿青碧色的山峰聚攏在一起。

【解析】毛滂回憶昔日與戀人惜別時，對方淚眼愁眉的悲傷情狀，掛滿淚珠的臉龐宛如鮮花帶露，緊蹙的黛眉像是兩座並立的碧山，讓他別後仍難以忘情。可用來形容女子潸潸淚流，雙眉緊鎖的模樣。

【出處】北宋．毛滂〈惜分飛．淚濕闌干花著露〉詞：「淚濕闌干花著露，愁到眉峰碧聚。此恨平分取，更無言語空相覷。斷雨殘雲無意緒，寂寞朝朝暮暮。今夜山深處，斷魂分付潮回去。」

喚起兩眸清炯炯，淚花落枕紅棉冷。

喚醒她的時候，她的一雙明亮眼眸因淚珠而閃閃發光，落在紅色枕頭上的淚水已經變冷，還浸濕了枕頭裡的棉花。

【解析】周邦彥描寫與心愛女子於黎明前離別的情景，其中「兩眼清炯炯」一語暗喻了女子的眼神明淨發亮，一「冷」字則交代了女子哭泣時間之久，導致流出的溫熱淚水不止濕透了紅枕，連同枕裡的棉花也已冷涼。明人王世貞《藝苑卮言》評論這兩句詞：「其形容睡起之妙，真能動人。」可用來形容女子因傷心而徹夜未眠，淚眼汪汪，惹人憐惜。

【出處】北宋．周邦彥〈蝶戀花．月皎驚烏棲不定〉詞：「月皎驚烏棲不定，更漏將殘，轆轤牽金井。喚起兩眸清炯炯，淚花落枕紅棉冷。執手霜風吹鬢影，去意徊徨，別語愁難聽。樓上闌干橫斗柄。露寒人遠雞相應。」

意態由來畫不成，當時枉殺毛延壽。

人的神情姿態本來就是畫不出來的，西漢元帝當時可說是冤枉且錯殺了畫工毛延壽。

【解析】相傳西漢元帝命畫工毛延壽畫宮女的人像，再從中找出樣貌妍麗的女子召幸，麗質天生的宮女王昭君，因不肯賄賂毛延壽而被畫醜，結果自是見不到元帝。之後匈奴單于請求與漢朝和親，元帝從宮女之中選出王昭君遠嫁匈奴，臨行在即，王昭君終於得以面聖朝見，元帝對眼前這名女子的容貌驚豔不已，情感完全不能自持，但此時已無法更換其他宮女前往，為此怒殺毛延壽。王安石對於西漢元帝處死毛延壽之舉相當不以為然，他認為一個人的絕美神韻，哪裡是畫家窮盡筆墨便能夠依樣描摹而出的呢？可用來形容人或事物美到極致，很難用筆描繪或敘述出來的。

【出處】北宋．王安石〈明妃曲〉詩二首之一：「明妃初出漢宮時，淚濕春風鬢腳垂。低徊顧影無顏色，尚得君王不自持。歸來卻怪丹青手，入眼平生幾曾有？意態由來畫不成，當時枉殺毛延壽……」（節錄）

臉慢[1]笑盈盈，相看無限情。

她嬌美的臉上，洋溢著盈盈笑意，含著無限情意與我相視對看。

【注釋】1.臉慢：光潤柔嫩的容顏。慢，同「曼」字，柔美的樣子。

【解析】李煜描寫他偷偷來到一女子的臥室，沒料到珠瑣的響聲，驚醒了正在屏風後面晝寢的女子，被吵醒的女子不但沒受到驚嚇，反而用她嬌美的臉龐、柔情的眼神，含情脈脈地望著李煜，足見彼此情意深厚。可用來形容女子的嬌柔美貌，充滿笑意的眼神中含著無限深情。

【出處】五代．李煜〈菩薩蠻．蓬萊院閉天台女〉詞：「蓬萊院閉天台女，畫堂晝寢無人語。拋枕翠雲光，繡衣聞異香。潛來珠鎖動，驚覺鴛鴦夢。慢臉笑盈盈，相看無限情。」

黛蛾[1]長斂，任是春風吹不展。

女子的長眉總是緊鎖著，任憑春風怎麼吹也難以使它舒展。

【注釋】1.黛蛾：比喻美人。古代女子以黛來畫眉，眉形細長彎曲如蠶蛾的觸鬚，故「黛眉」、「蛾眉」、「黛蛾」等詞都可用來比喻美人或美人的眉毛。

【解析】秦觀詞中描寫女子的雙眉緊皺，儘管外頭春景悅目、暖風和煦，都無法打動她的心房，讓她一展歡顏，示意女子內心的憂愁既深且重。可用來形容女子顰眉的神色愁態。

【出處】北宋．秦觀〈減字木蘭花．天涯舊恨〉詞：「天涯舊恨，獨自淒涼人不問。欲見回腸，斷盡金鑪小篆香。黛蛾長斂，任是春風吹不展。困倚危樓，過盡飛鴻字字愁。」

■青春■

十指嫩抽春筍，纖纖玉軟紅柔。

女子的十根手指猶如春天初生的嫩筍，纖細修長，柔軟紅潤。

【解析】相傳此詞為惠洪贈寫給心儀的年輕女道士，詞中描寫女子手裡雖然捧著道教典籍《黃庭經》，但見春花朵朵盛開，止不住少女的凡心，便放下書本，伸出一雙纖纖玉手撫花嗅聞，也許是刻意、也許是不小心，露出她那光滑柔嫩又細長的十指。可用來形容少女的玉手纖指嬌嫩柔美。

【出處】北宋．惠洪〈西江月．十指嫩抽春筍〉詞：「十指嫩抽春筍，纖纖玉軟紅柔。人前欲展強嬌羞，微露雲衣霓袖。最好洞天春晚，《黃庭》卷罷清幽。凡心無計奈閑愁，試搶花枝頻嗅。」

眼波才動被人猜。

如水波的目光才微微一轉動，馬上就引人猜度著她的情思。

【解析】李清照描寫一名情竇初開的少女，雙眸流盼如瑩，但她擔心別人一眼就看穿自己的悸動芳心，特別提醒自己，千萬不要讓那雙會說話的眼睛洩漏了她的脈脈多情。可用來形容年輕女子眼如流波，明亮動人。

【出處】北宋末、南宋初・李清照〈浣溪沙・繡幕芙蓉一笑開〉詞：「繡面芙蓉一笑開，斜偎寶鴨襯香腮，眼波才動被人猜。一面風情深有韻，半箋嬌恨寄幽懷，月移花影約重來。」

含羞

見羞容斂翠，嫩臉勻紅，素腰裊娜。

女子的面容羞澀，翠眉緊鎖，細嫩的臉龐泛起了紅暈，好像塗了胭脂一樣，腰肢纖細柔美。

【解析】歐陽脩詞中寫一少女與情郎在紅色芍藥花的園子旁幽會，兩人卿卿我我，少女柔嫩的臉上浮現泛紅，足見她對眼前的男子是有情意的，雖然感到靦腆卻又渴望得到對方的愛。可用來形容皮膚細白、身材苗條的女子因害羞而滿臉飛紅。

【出處】北宋・歐陽脩〈醉蓬萊・見羞容斂翠〉詞：「見羞容斂翠，嫩臉勻紅，素腰裊娜。紅藥闌邊，惱不教伊過。半掩嬌羞，語聲低顫，問道有人知麼？強整羅裙，偷回波眼，佯行佯坐……」（節錄）

和羞走，倚門回首，卻把青梅嗅。

（看見有人進來）害羞地跑開，靠在門邊不斷回頭張望，順手把門旁的青梅拿來聞一聞。

【解析】李清照描寫一名本在庭院盪鞦韆的少女，發現有客人走進院子裡，她因忙著迴避，慌亂中來不及穿上鞋便用襪子踩地，朝屋子的方向疾走，連頭上的金釵都不小心滑落下來。等跑到了門邊，少女卻停下腳步，若無其事般地嗅著青梅的香氣，轉頭想要窺看來客的模樣，詞中通過對一名深閨少女的動作描繪，傳神刻畫其既矜持又天真的嬌羞神態。可用來形容年輕女子羞怯嬌美的模樣。

【出處】北宋末、南宋初・李清照〈點絳脣・蹴罷秋千〉詞：「蹴罷秋千，起來慵整纖纖手。露濃花瘦，薄汗輕衣透。見客入來，襪剗金釵溜。和羞走，倚門回首，卻把青梅嗅。」

■妝扮■

空見說、鬢怯瓊梳，容銷金鏡，漸懶趁時勻染[1]。

聽人家說，她因鬢髮稀疏而害怕梳頭，因容貌消瘦而不願照鏡，漸漸也就懶得勤於打扮自己了。

【注釋】1.勻染：指用脂粉和黛墨妝飾面容。

【解析】周邦彥寫其從他人的口中，得知遠方的心上人原本濃密的秀髮逐漸變少，亮麗的容顏日益消瘦，使她愈來愈害怕握著華麗的玉梳，更不想再面對精美的金鏡，像過去一樣傅粉施朱，用心妝點打扮。詞中不直接道出女子是緣於作者不在身邊，為此飽受情思的折磨，而是設想女子別後懶怠梳妝的境況，示意著兩人的情感仍靈犀互通，牽念未已。可用來形容女子面容憔悴，無心梳理妝容。

【出處】北宋・周邦彥〈過秦樓・水浴清蟾〉詞：「……空見說、鬢怯瓊梳，容銷金鏡，漸懶趁時勻染。梅風地溽，虹雨苔滋，一架舞紅都變。誰信無聊，為伊才減江淹，情傷荀倩。但明河影下，還看稀星數點。」（節錄）

都緣自有離恨，故畫作遠山長。

都是因為內心有太多離別的恨意，所以把眉毛畫成像遠山那麼地長。

【解析】歐陽脩描寫一名歌女清晨起床後，開始梳理妝容，由於她一直牽掛著久別不見的某人，心中充滿幽幽的愁恨，因而將自己的雙眉畫成又細又長的遠山形狀，暗示離恨深長如黛眉。可用來形容女子心懷離人，故在臉上畫出修長的遠山眉。

【出處】北宋．歐陽脩〈訴衷情．清晨簾幕卷輕霜〉詞：「清晨簾幕卷輕霜，呵手試梅妝。都緣自有離恨，故畫作遠山長。思往事，惜流芳，易成傷。擬歌先斂，欲笑還顰，最斷人腸。」

嗔人問，背燈偷搵，拭盡殘妝粉。

氣惱別人發問，背對著燈光偷偷地擦拭淚水，連同臉上殘褪的脂粉也抹盡了。

【解析】蘇軾描寫歌女在人前強顏歡笑，心中實暗藏著不為人知的酸楚，即使黯然淚流，也不願被人發現，只能暗地拭淚。由詞中「殘妝」兩字可知，這場歌舞宴會歷時了許久，使得歌女原本盛麗的妝容，早已褪去了大半，藉此暗喻歌女儘管身心疲累不堪，但還是得勉強陪伴王公貴族笙歌作樂的無奈心境。可用來形容女子悄悄揩淚，臉上的粉妝也隨之殘脫卸去。

【出處】北宋．蘇軾〈點絳脣．月轉烏啼〉詞：「月轉烏啼，畫堂宮徵生離恨。美人愁悶，不管羅衣褪。清淚斑斑，揮斷柔腸寸。嗔人問，背燈偷搵，拭盡殘妝粉。」

愁勻紅粉淚，眉剪春山翠。

對著鏡子在臉上勻上脂粉，愁惱著哭過的淚珠該如何抹去，黛青色的雙眉，修剪成像春色點染的山容一樣美麗。

【解析】牛嶠詞中描寫女子的丈夫或情人遠行在外，遲遲未歸，女子見門外春色無邊，而她卻只能在空閨思念伊人，不禁悲從中來，淚流之後還是得強忍住悲傷，對鏡整飾容妝，把雙眉修成春山的形狀，極力維護自己妍麗的外貌。可用來形容剛流過淚的女子梳妝打扮的樣子。

【出處】五代．牛嶠〈菩薩蠻．舞裙香暖金泥鳳〉詞：「舞裙香暖金泥鳳，畫梁語燕驚殘夢。門外柳花飛，玉郎猶未歸。愁勻紅粉淚，眉剪春山翠。何處是遼陽？錦屏春晝長。」

【高雅】

羽扇綸巾，談笑間、檣櫓灰飛煙滅。

周瑜手裡揮著鳥羽扇，頭上戴著青絲巾，在閑談說笑間，就把曹魏的戰船燒成灰燼了。

【解析】蘇軾詞中描寫赤壁之戰時，孫吳將領周瑜一身儒雅的文士裝扮，大敵當前，神態淡定不驚，一副成竹在胸的模樣，完全不把曹魏大軍放在眼裡，表現其瀟灑閑適、舉重若輕的氣度。可用來形容軍事將領身著輕衣便服，指揮若定，風度俊雅迷人。

【出處】北宋．蘇軾〈念奴嬌．大江東去〉詞：「……遙想公瑾當年，小喬初嫁了，雄姿英發。羽扇綸巾，談笑間、檣櫓灰飛煙滅。故國神遊，多情應笑我，早生華髮。人間如夢，一樽還酹江月。」（節錄）

其奈風流、端正外，更別有、繫人心處。

怎奈他除了風度翩翩、品貌端正之外，還有其他讓人繫念不忘的地方。

【解析】柳永描寫一名女子與其丈夫別離或分手後，經常回憶起對方風雅的舉止、端莊的相貌，與一般庸俗之輩迥然不同。可惜的是，任憑她朝思暮想，這份情感已無法回頭，對方的迷人風采也只能存於心中。可用來形容人的風姿秀雅，神情莊重。

【出處】北宋．柳永〈晝夜樂．洞房記得初相遇〉詞：「……一場寂寞憑誰訴。算前言、總輕負。早知恁地難拚，悔不當時留住。其奈風流、端正外，更別有、繫人心處。一日不思量，也攢眉千度。」

（節錄）

雲一緺[1]，玉一梭，澹澹衫兒薄薄羅，輕顰雙黛螺[2]。

一束如雲般的秀髮上，插著一根梭形的玉簪，身上穿著淺色的絲羅薄衫，臉上輕輕皺起雙眉。

【注釋】 1.緺：音ㄍㄨㄚ，計算髮髻的單位。2.黛螺：古代女子用來畫眉的青綠色顏料。此代指女子的眉毛。

【解析】 李煜詞中描摹一名年輕女子的頭飾是高貴的玉簪，服飾為素雅的絲羅衣衫，外表裝飾看似簡單，但「玉」和「羅」皆非當時平常人家會使用的飾品和衣物，藉此襯托出女子的脫俗風韻以及出身不凡。可用來形容女子的氣質高雅。

【出處】 五代・李煜〈長相思・雲一緺〉詞：「雲一緺，玉一梭，澹澹衫兒薄薄羅，輕顰雙黛螺。秋風多，雨相和，簾外芭蕉三兩窠，夜長人奈何？」

■矯捷■

弄潮兒向濤頭立，手把紅旗旗不濕。

在潮中戲水的人對著浪濤挺直身子，手裡握的那面紅旗不曾被濺起的浪花打濕。

【解析】 北宋隱士潘閬回憶其過往觀看杭州錢塘潮的盛況。當時潮水翻騰澎湃，許多深諳水性的青年執旗泅水，在洶湧風浪中奮力拚搏，但手中的紅旗卻能夠不沾到水，足見這些青年不止本領高超，身手不凡，而且膽量過人。可用來形容游泳高手在水中與狂風巨浪相搏的矯健英姿。

【出處】 北宋・潘閬〈酒泉子・長憶觀潮〉詞：「長憶觀潮，滿郭人爭江上望。來疑滄海盡成空，萬面鼓聲中。弄潮兒向濤頭立，手把紅旗旗不濕。別來幾向夢中看，夢覺尚心寒。」

佳人自鞚[1]玉花驄[2]，翩如驚燕踏飛龍。

美麗的虢國夫人自己駕馭著玄宗皇帝的駿馬，身段輕盈猶如驚飛的燕子，在宮道上馳騁宛若飛翔的龍。

【注釋】 1.鞚：音ㄎㄨㄥˋ，用以控制馬的皮帶或繩索。2.玉花驄：青白色的花馬。傳唐玄宗有一匹馬名叫玉花驄，虢國夫人常騎著牠進出宮中。

【解析】 此乃蘇軾為唐代名畫〈虢國夫人夜遊圖〉所寫的題畫詩，意即詩的內容是配合圖畫而作。蘇軾詩中再現唐玄宗寵妃楊貴妃三姊虢國夫人騎著名駒，在宮中大道奔馳自若，動作靈敏，如出入無人之境，暗諷楊家恃寵而驕的囂張氣焰。可用來形容女子騎馬時，輕快飄忽的靈動模樣。

【出處】 北宋．蘇軾〈虢國夫人夜遊圖〉詩：「佳人自鞚玉花驄，翩如驚燕踏飛龍。金鞭爭道寶釵落，何人先入明光宮？宮中羯鼓催花柳，玉奴絃索花奴手。坐中八姨真貴人，走馬來看不動塵。明眸皓齒誰復見？只有丹青餘淚痕。人間俯仰成今古，吳公臺下雷塘路。當時亦笑張麗華，不知門外韓擒虎。」

碧眼胡兒三百騎，盡提金勒[1]向雲看。

三百多名碧眼的胡人騎士，全都拉緊轡繩、勒住坐騎，仰頭向雲端看去。

【注釋】 1.金勒：金屬製作的籠頭，用來套在牲口的頭上，以便控制其行動。

【解析】 作者柳開描寫邊塞數百名胡人騎兵馳騁草原時，聽到一聲響箭直上雲霄，聲音乾脆清亮，全員勒緊轡繩，昂首遠望，屏氣凝神等待緊接而來的指揮號令，表現出騎兵整齊劃一、訓練有素的機敏形象。可用來形容年輕騎兵勇武敏捷的樣子。

【出處】北宋．柳開〈塞上〉詩：「鳴骹（ㄑㄧㄠ）直上一千尺，天靜無風聲更乾。碧眼胡兒三百騎，盡提金勒向雲看。」

■衰醜■

小兒誤喜朱顏在，一笑那知是酒紅。

小孩子看我臉色泛紅，歡喜地誇獎我還很年輕，我笑了起來，才知道那是酒後出現的臉紅。

【解析】蘇軾來到海外儋州時已是個年邁力微、鬢髮如霜的老人，詩中寫其醉酒後滿面紅光，卻被小兒輩誤認為是紅顏尚在一事，表現其在孤苦的環境下，仍然能以幽默的態度來自嘲衰老這個令人感傷的事實。可用來形容老人家飲酒後臉色紅潤，乍看以為還未年老。

【出處】北宋．蘇軾〈縱筆〉詩三首之一：「寂寂東坡一病翁，白髮蕭散滿霜風。小兒誤喜朱顏在，一笑那知是酒紅。」

不知筋力衰多少？但覺新來懶上樓。

不知道我現在的體力到底衰弱了多少？只覺得最近連爬上樓都有點懶洋洋的。

【解析】此為年過五十的辛棄疾，寫於罷官謫居期間的一場大病初癒之後，表面上看似感慨自己的盛年不再，筋力衰退，終日倦怠不振，實則寓含其對恢復中原的這項人生志業，逐漸感到此生應該無望達成的哀嘆。可用來形容人老體衰，雙腳無力。

【出處】南宋．辛棄疾〈鷓鴣天．枕簟溪堂冷欲秋〉詞：「枕簟溪堂冷欲秋，斷雲依水晚來收。紅蓮相倚渾如醉，白鳥無言定自愁。書咄咄，且休休。一丘一壑也風流。不知筋力衰多少？但覺新來懶上樓。」

如今憔悴，風鬟霜鬢，怕見夜間出去。

現在我的容貌枯瘦，頭髮蓬鬆散亂，雙鬢霜白，不敢在夜晚出門。

【解析】李清照回憶昔日在北方過元宵節時，她總會穿戴應時的裝飾，慎重妝扮自己，但南渡之後，飽經風霜的她早已無心過節，任憑一頭蓬亂又斑白的髮絲飛散，形容枯槁，因而害怕出去拋頭露面。可用來形容人蓬頭亂髮的蒼老模樣。

【出處】北宋末、南宋初·李清照〈永遇樂·落日熔金〉詞：「……中州盛日，閨門多暇，記得偏重三五。鋪翠冠兒，撚金雪柳，簇帶爭濟楚。如今憔悴，風鬟霜鬢，怕見夜間出去。不如向、簾兒底下，聽人笑語。」（節錄）

老病逢春只思睡，獨求僧榻寄須臾。

時序雖是春天，但對於年老多病的我而言只想著睡覺，僅求有一張僧床，好讓我能休息一會兒。

【解析】蘇軾描寫某年寒食節的清晨，眾多官員在冷寒的湖邊等候知州到來的情景，而他因年紀老大又生病，對官場上這種應酬場面相當厭倦，只渴望著眼前可以出現一床僧榻讓他小睡一下。可用來形容老人因疾病在身而體力不支。

【出處】北宋·蘇軾〈瑞鷓鴣·城頭月落尚啼烏〉詞：「城頭月落尚啼烏，朱艦紅船早滿湖。鼓吹未容迎五馬，水雲先已漾雙鳧。映山黃帽螭頭舫，夾岸青煙鵲尾鑪。老病逢春只思睡，獨求僧榻寄須臾。」

身似漏船難補貼，齒如敗屐久凋零。

身體好像是一艘破船，難以再去東補西貼，牙齒有如木鞋底下的屐齒斷落，很久之前就已經敗壞。

【解析】方岳寫自己進入老年後，體能衰退，百病叢生，牙齒掉落，日常行動和飲食都相當不便，詩中他借生活中的具體事物來勾勒老人樣貌日益衰朽的形態。可用來形容人老邁龍鍾，牙口不好。

【出處】南宋．方岳〈春日雜興〉詩十四首之八：「春來多病感頹齡，草藥泥瓶不暫停。身似漏船難補貼，齒如敗屐久凋零。炎黃豈解留年壽，莊老聊堪悅性靈。長劍拄頤兒戲耳，底須麟閣更圖形。」

捉衿見肘貧無敵，聳膊成山瘦可知。

抓住衣襟，想遮住露出的前胸，卻又露出了手肘來，世上應該沒有人比我更窘困了，脖子都縮到了比兩肩還低，聳起的肩膀，看上去成了一個「山」字，瘦削的程度可想而知。

【解析】陸游詩中用「捉襟見肘」和「聳膊成山」兩語，來形容自己的貧困與衰貌。從年少便懷抱著報國的熱血，卻一路跌跌撞撞，潦倒到老，身上的衣服破舊不堪，聳肩縮頸的怪異樣貌，可見詩人當時處境之難堪，窘態畢露。可用來形容人的衣著殘破，身形消瘦衰頹。

【出處】南宋．陸游〈衰疾〉詩：「衰疾支離負聖時，猶能采菊傍東籬。捉衿見肘貧無敵，聳膊成山瘦可知。百歲光陰半歸酒，一生事業略存詩。不妨舉世無同志，會有方來可與期。」

縱使相逢應不識，塵滿面，鬢如霜。

即使相見應該也認不出我了，現在的我滿臉風塵，雙鬢霜白。

【解析】蘇軾與妻子王弗結髮十一載，蘇軾三十歲那年，二十七歲的王弗因病去逝，十年之後，蘇軾寫此詞悼念亡妻，假設此時若能再與王弗重逢的話，對方必定也認不得自己了，畢竟十年前兩人都還算年輕，如今的他卻面容憔悴，衰老不堪。可用來形容人飽經風霜，兩鬢斑白，樣貌出現老態。

【出處】北宋．蘇軾〈江城子．十年生死兩茫茫〉詞：「十年生死兩茫茫，不思量。自難忘。千里孤墳，無處話淒涼。縱使相逢應不識，塵滿面，鬢如霜。夜來幽夢忽還鄉，小軒窗。正梳妝。相顧無言，惟有淚千行。料得年年斷腸處，明月夜，短松岡。」

縷金檀板今無色，一曲當年動帝王。

以金絲製成的華服和用檀木製成的拍板，如今看來已黯淡失色，但從前的她，歌唱一曲竟能驚動天下至尊的皇帝。

【解析】劉子翬詩中敘述靖康之變後宋室南渡，當年轟動整座北宋京城，甚至連徽宗皇帝都為之傾倒的一代名妓李師師，相傳也來到了南方重操舊業，只不過此時的她已翠消紅減，垂垂老矣，姿色和技藝皆不復以往，今昔對比，令人嗟嘆。可用來形容曾經傾國傾城的女子，而今人老色衰。

【出處】北宋末、南宋初．劉子翬〈汴京紀事〉詩二十首之二十：「輦轂繁華事可傷，師師垂老過湖湘。縷金檀板今無色，一曲當年動帝王。」

言語行為

【言談】

不如意事常八九，可與語人無二三。

生活中不稱心的事情，十件之中經常占了八九件，可以說話的人，十人之中找不到二三人。

【解析】方岳因得罪朝廷權貴而遭到罷官，仕途不順遂的他，感嘆人活在世上，不如意的事總是接連不斷，而周遭能讓自己敞開心扉，願意傾吐心事的人卻是寥寥無幾，故在詩中宣洩知音稀少的苦悶情緒。可用來說明人生充滿各種磨難，加深了人與人之間的不信任，不太敢對人說出真心話。

【出處】南宋．方岳〈別子才司令〉詩：「不如意事常八九，可與語人無二三。自識荊門子才甫，夢馳鐵馬戰城南。」

六宇五胡[1]生口面，三言兩語費顏情。

面對那些陌生外族的是非口舌，即使只是兩三句話，也會讓人感到費力勞心。

【注釋】1.六宇五胡：泛指非漢族的所有外族。六宇，指上下和四方。五胡，指自北方移居中原的匈奴、羯、鮮卑、氐、羌五種族人。

【解析】吳潛是南宋中晚期的名臣，曾任理宗的宰相，罷相後數年，元兵入侵鄂州，朝廷命吳潛復職，他集調各路軍隊擊退元兵，立下奇功。可惜當時佞臣當道，容不下吳潛對國事的頻頻諫言，最後反遭彈劾而被流放到遠地。作者認為人與人之間的溝通，並沒有想像中那般容易，尤其是與言語不通的異族，就算只是簡短的三言兩語，也難免身心俱疲，仍難以揣測對方所要表達的真正意思。可用來形容言語交流的過程，想要完全理解彼此所說的話，其實是相當困難的。

【出處】南宋・吳潛〈望江南・家山好〉詞：「家山好，不是撰虛名。世上盛衰常倚伏，天家日月也虧盈。退步是前程。且恁地，捲索了收繩。六字五胡生口面，三言兩語費顏情。贏得鬢星星。」

忠言如藥苦非甘。

忠直誠懇的言語勸誡，就像是藥一樣味苦而不甘甜。

【解析】王安石寫詩送別即將赴京城的友人，提醒對方為官除了要操守堅定如松柏之耐寒，更要適時提出懇切諫言，雖說忠告如同苦藥，往往拂逆人心，卻對人有所助益，換言之，千萬不要為了怕得罪人而只敢說動聽甜美的言語，此舉乃正直的人所不為的。可用來形容忠懇的言論多不中聽，卻能使人改正缺失。

【出處】北宋・王安石〈送江寧彭給事赴闕〉詩：「……分臺拜職榮先入，抗疏辭恩恥橫覃。勁操比松寒不撓，忠言如藥苦非甘。龍鱗直為當官觸，虎穴寧關射利探。朱轂獸頭終協夢，粉闈雞舌更須含……」（節錄）

談笑裡、風霆驚座，雲煙生筆。

談天說笑中，聲如雷霆，讓所有在座的人都感到震驚，寫字的筆勢像雲煙般瀟灑自如。

【解析】劉克莊寫詞讚美好友王邁的為人剛直正義，所任職的官位雖然不高，但一直都在替百姓的權益發聲，堪稱是當時的一號傑出人物。詞中他特別提到王邁能言善道，聲音宏亮，風趣橫生，經常引來眾人驚豔的目光。可用來形容人的談吐有致，口齒伶俐，滿座風生。

【出處】南宋・劉克莊〈滿江紅・天壤王郎〉詞：「天壤王郎，數人物、方今第一。談笑裡、風霆驚座，雲煙生筆。落落元龍湖海氣，琅琅董相天人

策。問如何、十載尚青衫，諸侯客……」（節錄）

【純真】

多少長安[1]名利客，機關用盡不如君。

那些到京城求名謀利的人，用盡心機也不如牧童你啊！

【注釋】 1.長安：本為唐代京城，此借指北宋京城開封。

【解析】 相傳這首詩為黃庭堅童年之作，其借寫牧童騎在牛背上吹笛時安然悠哉的神態，嘹亮的笛音響徹田野，對比那些在京城裡為了謀取名利而費盡心力、工於算計的人們，突顯出牧童天真純潔的形象。可用來形容人的性情舉止如孩童一樣單純、率真。

【出處】 北宋‧黃庭堅〈牧童〉詩：「騎牛遠遠過前村，吹笛風斜隔壟聞。多少長安名利客，機關用盡不如君。」

我觀人間世，無如醉中真。

我觀察人世間的事情，發覺人只有在喝醉酒時是最真誠的。

【解析】 歷來文人大多對酒愛不釋手，不管是對酒當歌、還是借酒澆愁，甚至是窮到去典當衣物也要買酒來喝。作者認為酒讓人痴迷的原因，是因為人世間的憂愁實在太多也太深了，平時言行拘謹的人，只要酒一入口，便勇於展現自己的真實性情，放下原有的身段與矜持，把內心所有的壓抑和束縛全暫時拋諸腦後，沉浸在醉酒的滋味。可用來形容人的率性真情，只有在醉醺醺的狀態下才會顯露出來。

【出處】北宋・蘇軾〈飲酒〉詩四首之一：「我觀人間世，無如醉中真。虛空為消隕，況乃百憂身。惜哉知此晚，坐令華髮新。聖人難驟得，日且致賢人。」（此詩一說作者為秦觀）

牧童歸去橫牛背，短笛無腔信口吹。

黃昏時分，牧牛的兒童橫騎在牛背上，準備回家，他手裡持著短笛，一路隨興吹奏著不成曲調的樂音。

【解析】作者雷震描寫農村裡的牧童，結束了一天的放牧工作，神情愉悅的橫坐在牛背上，一路吹笛返家的情景，刻畫出村野生活的平和恬靜氛圍，也生動塑造出牧童頑皮又可愛的純樸神態。可用來形容牧童天真無邪的調皮舉止。另可用來形容寧靜鄉村，牧童晚歸的風情景致。

【出處】南宋・雷震〈村晚〉詩：「草滿寒塘水滿陂，山銜落日浸寒漪。牧童歸去橫牛背，短笛無腔信口吹。」

最喜小兒無賴，溪頭臥剝蓮蓬。

最討人喜愛的小兒子一副調皮的樣子，正臥在溪邊剝食著剛剛採下的蓮蓬。

【解析】辛棄疾詞中描繪農村一戶五口之家的純樸生活畫面，一對老夫妻在飲酒談心，他們的大兒子在田間鋤草，第二個兒子在家編織雞籠，最小的兒子由於年紀尚幼，無事可做，便隨意摘下一個蓮蓬，無憂無慮地躺在水邊，剝著蓮蓬裡的蓮子，自顧自地吃著，模樣逗趣可愛。可用來形容農村兒童玩耍或吃東西時淘氣天真的神態。

【出處】南宋・辛棄疾〈清平樂・茅簷低小〉詞：「茅簷低小，溪上青青草。醉里吳音相媚好，白髮誰家翁媼。大兒鋤豆溪東，中兒正織雞籠。最喜小兒無賴，溪頭臥剝蓮蓬。」

童孫未解供耕織，也傍桑陰學種瓜。

幼小的孫子還不懂得如何耕田織布，靠在桑樹的樹蔭下，模仿著大人種瓜的樣子。

【解析】范成大詩中描繪農村人家勤勞樸實的天性，不分男女老小，無論是去田間除草還是在家裡把麻搓成線，人人各司其職，扛起家庭生計的責任，唯獨小孩子還不解事，只能在一旁效法大人們種瓜時的動作，模樣天真可愛，充滿純樸的童趣。可用來形容農村幼童也想要模仿大人從事農活的稚氣情態。

【出處】南宋．范成大〈四時田園雜興．夏日〉詩十二首之七：「晝出耘田夜績麻，村莊兒女各當家。童孫未解供耕織，也傍桑陰學種瓜。」

狂放

不恨古人吾不見，恨古人、不見吾狂耳。

我不遺憾自己不曾見過古人，只遺憾古人不曾見過我的狂態。

【解析】據《南史．張融傳》記載，活動於南朝宋、齊的文人張融曾發出「不恨我不見古人，所恨古人不見我」之語，表現其張揚狂誕、自視甚高的態度。此詞作於辛棄疾閑居期間，他轉化了張融的狂人狂語，抒發自己其實也同前人一樣，狂放恣肆，傲骨嶙峋，絕不會因遭遇挫折而改變心志。可用來形容疏狂放浪的高傲姿態。

【出處】南宋．辛棄疾〈賀新郎．甚矣我衰矣〉詞：「……一尊搔首東窗裡，想淵明、〈停雲〉詩就，此時風味。江左沉酣求名者，豈識濁醪妙理？回首叫、雲飛風起。不恨古人吾不見，恨古人、不

見吾狂耳。知我者，二三子。」（節錄）

文章太守，揮毫萬字，一飲千鍾。

這位喜愛寫文章的太守，一下筆就是一萬字，一喝酒就是一千杯。

【解析】歐陽脩詞中回憶自己當年知揚州期間，以文章名冠天下，揮筆落紙如飛，文思捷速暢達，在酒宴上痛快酣飲，儼然一名千杯不醉的風流文士。可用來形容人的文采橫溢，酒量不凡，意氣豪邁。

【出處】北宋．歐陽脩〈朝中措．平山闌檻倚晴空〉詞：「平山闌檻倚晴空，山色有無中。手種堂前垂柳，別來幾度春風？文章太守，揮毫萬字，一飲千鍾。行樂直須年少，尊前看取衰翁。」

只疑松動要來扶，以手推松曰去。

醉意之中，懷疑一旁搖晃的松樹要過來扶我，就用手推開松樹說：去！

【解析】辛棄疾寫其酒後醉倒在松樹旁，酣睡了一夜，隔日醒來時，明明自己的酒意尚未清醒，頭昏眼暈，詞中卻說成是松樹要來扶自己起身，甚至還用力推開了松樹，命令松樹走開，淋漓描摹了一個性格倔強的人，即使醉酒也不掩其舉止狂傲不倚。可用來形容人醉酒後的輕狂姿態。

【出處】南宋．辛棄疾〈西江月．醉裡且貪歡笑〉詞：「醉裡且貪歡笑，要愁那得工夫？近來始覺古人書，信著全無是處。昨夜松邊醉倒，問松我醉何如。只疑松動要來扶，以手推松曰去。」

老夫聊發少年狂，左牽黃，右擎蒼。

我姑且學著年輕人的疏狂不羈，左手牽著黃色獵狗，右臂上舉著蒼鷹。

【解析】蘇軾在密州和同僚一同出外打獵，突然興致高昂，左牽黃犬，右擎蒼鷹，和上千名年輕將士縱馬奔馳，所經過的地方都捲起滾滾風沙，場面壯闊。可用來形容中老年人舉止豪邁，神態激昂，絲毫不輸威武少年。

【出處】北宋・蘇軾〈江城子・老夫聊發少年狂〉詞：「老夫聊發少年狂，左牽黃，右擎蒼。錦帽貂裘，千騎卷平岡。為報傾城隨太守，親射虎，看孫郎。酒酣胸膽尚開張，鬢微霜，又何妨。持節雲中，何日遣馮唐？會挽雕弓如滿月，西北望，射天狼。」

我是清都[1]山水郎[2]，天教分付與疏狂。

我是天上負責管理山水的侍從，是上天讓我可以如此放任不羈的。

【注釋】1.清都：神話傳說中天帝居住的宮闕。2.山水郎：指為天帝管理山水的郎官。

【解析】朱敦儒早年隱居家鄉洛陽，終日寄情於山水，雖為一介平民，卻在朝野間頗有名望，欽宗曾召其入京做官，但朱敦儒堅辭不受，詞中他以「清都山水郎」自居，表現其天生熱愛自然風光，不慕爵祿，喜歡過著閑散逍遙的生活。可用來形容人鄙視塵俗名利，鍾情山水，為人豪邁奔放。

【出處】北宋末、南宋初・朱敦儒〈鷓鴣天・我是清都山水郎〉詞：「我是清都山水郎，天教分付與疏狂。曾批給雨支風券，累上留雲借月章……」（節錄）

詩萬首，酒千觴，幾曾著眼看侯王？

寫下萬首詩，喝上千杯酒，什麼時候正眼瞧過那些諸侯王公們？

【解析】本是當時讀書人一心追求的科舉功名和官位利祿，卻是朱敦儒所不屑的無用之物，他寧可沉浸在詩境和酒鄉之中，也不願對著高官顯爵低頭屈膝，詩句展現了他的高傲氣骨和疏狂性情，完全不把地位顯赫的王侯將相看在眼裡。可用來形容一個人常以詩酒自娛，對權貴顯要充滿鄙視的態度。

【出處】北宋末、南宋初．朱敦儒〈鷓鴣天．我是清都山水郎〉詞：「……詩萬首，酒千觴，幾曾著眼看侯王？玉樓金闕慵歸去，且插梅花醉洛陽。」（節錄）

■揮霍■

青錢[1]換酒日無何，紅燭呼盧[2]宵不寐。

拿錢買酒，每日無所事事，到了晚上，點起紅燭，擲骰子賭博，整夜都沒有睡覺。

【注釋】1.青錢：古錢以銅、鉛、錫合製而成，因成色不同，故有青錢、黃錢之分。後泛指金錢。2.呼盧：古代賭博的一種，猶今之擲骰子，以五木為子，一子兩面，一面塗黑，一面塗白，五子皆黑為全勝，稱之「盧」。故賭者擲子時為了求勝會連聲呼喊「盧」，「呼盧」便成了賭博的代稱。

【解析】劉克莊寫此詞規勸在都城臨安擔任推官（輔佐長官處理司法案件的官員）的林姓同鄉友人，他看不慣友人長年過著白天買酒狂飲、晚上通宵賭博的荒唐行徑，認為男兒理應放眼四方，立志報國，不該把心力和金錢全都耗在縱情遊樂上。可用來形容人為了酗酒和好賭，散盡錢財而不能自拔。

【出處】南宋．劉克莊〈木蘭花．年年躍馬長安市〉詞：「年年躍馬長安市，客舍似家家似寄。青錢換酒日無何，紅燭呼盧宵不寐。易挑錦婦機中字，難得玉人心下事。男兒西北有神州，莫滴水西橋畔淚。」

揮金買笑紅塵市，老死不曉寒與饑。

（那些有錢人家的公子）在繁華鬧市撒下大筆的金錢，只為了博取他人的笑容，直到年老死亡，都還不曉得寒冷和飢餓的什麼感覺。

【解析】此為王邁替友人郭五星的坎坷際遇抒發不平而作，他見過許多豪門貴冑，一出生就不愁吃穿，長大後更是揮金如土，從來不知人間疾苦，到了老死都過著富貴無憂的日子。反觀友人郭五星年少時豪氣干雲，卻始終得不到賞識，偃蹇困窮一生，兩相對比，詩人不禁為之氣憤填膺。可用來形容膏粱子弟生活浮華奢侈，花錢恣意無度。

【出處】南宋．王邁〈贈郭五星〉詩：「五陵豪家輕薄兒，驕傲成癖不可醫。揮金買笑紅塵市，老死不曉寒與饑。囊螢案雪單貧士，杯水生涯北窗裡。途窮山鬼恣揶揄，命壓人頭提不起。郭君昔從先人遊，萬丈壯氣橫高秋。天無老眼不見錄，匆匆白了少年頭……」（節錄）

■ 隨便 ■

春風不解禁楊花，濛濛亂撲行人面。

春天的和風，不懂得去約束柳絮，任由它們隨風紛飛，撲打在行人的臉上。

【解析】晏殊於暮春出遊，見柳絮隨風飄飛，還吹打在路過人們的臉龐，便以擬人筆法抱怨春風柳絮的不解人情，肆意飛舞，撩撥行人的心緒。清人黃蘇《蓼園詞選》評論這兩句詞：「言小人如楊花輕薄，易動搖君心。」意即晏殊藉此暗指有浮滑輕佻的小人正處於皇帝的身邊，以讒言佞語，迷惑君主。可用來比喻人的舉止如春風柳絮一樣輕浮不莊重。另可用來形容柳絮或其他花絮迎風曼舞的春日景色。

【出處】北宋．晏殊〈踏莎行．小徑紅稀〉詞：「小徑紅稀，芳郊綠遍，高臺樹色陰陰見。春風不解禁楊花，濛濛亂撲行人面。翠葉藏鶯，朱簾隔燕，爐香靜逐游絲轉。一場愁夢酒醒時，斜陽卻照深深院。」

錦衣鮮華手擎鶻[1]，閑行氣貌多輕忽。

身著鮮豔華服，手上擎著鶻鳥，散漫地走在路上，一臉放縱蕩逸的模樣。

【注釋】1. 鶻：音ㄏㄨˊ，一種動作快速敏捷的禽鳥，常被馴養來捕捉鳥、兔等獵物。

【解析】詩僧貫休入蜀地後，前蜀皇帝王建召他前來，命其吟誦新作，貫休見滿室的皇親貴戚，個個趾高氣昂，就當場吟了這一首詩，藉此譏諷他們外表雖然錦繡華麗，內在卻空空如也，只會打獵玩樂，仗勢著家族的權勢，在外招搖過市。可用來形容富家子弟的行止放蕩輕浮。

【出處】五代．貫休〈公子行〉詩三首之一：「錦衣鮮華手擎鶻，閑行氣貌多輕忽。稼穡艱難總不知，五帝三皇是何物？」

虛偽

巧偷豪奪古來有，一笑誰似痴虎頭[1]。

自古以來，有人就喜歡用巧詐的方式偷取和倚仗權勢硬行搶占他人所有，臉上帶著笑容，誰知道是痴心於東晉顧愷之畫作的人。

【注釋】1. 虎頭：指東晉著名畫家顧愷之，小字虎頭。

【解析】蘇軾借東晉桓玄對顧愷之的畫愛不釋手，後以欺詐的方式騙得顧愷之的畫作，諷刺當時同樣喜歡收藏古代名貴書畫的米芾（初名米黻），也是用欺騙的手段得到名畫。據南宋人周煇《清波雜志》記載，米芾經常向人借古畫來欣賞並臨摹，之後再把真跡和自己臨摹的畫一起送回給真跡的主人，讓其自行挑選，由於米芾本人也工於書畫，真跡的主人分辨不出真假，取回的往往是米芾臨摹的畫，米芾就這樣騙得不少真品。可用來形容表面上舉止有禮，實際上是在進行欺哄的行為，甚至為達目的而不擇手段也在所不惜。

【出處】北宋．蘇軾〈次韻米黻二王書跋尾〉詩二首之一：「三館曝書防蠹毀，得見《來禽》與《青李》。秋蛇春蚓久相雜，野鶩家雞定誰美？玉函金籥天上來，紫衣敕使親臨啟。紛綸過眼未易識，磊落挂壁空雲委。歸來妙意獨追求，坐想蓬山二十秋。怪君何處得此本？上有桓玄寒具油。巧偷豪奪古來有，一笑誰似痴虎頭。君不見長安永寧里，王家破垣誰復修？」

佞倖惟苟且，巧言頗包藏。

以諂媚而獲得寵愛的人，只會為了眼前的利益，不惜做出違背良心的事，而嘴上花言巧語的人，實際則心懷叵測。

【解析】王禹偁為人嫉惡如仇、剛毅直言，詩中他痛斥兩種惡人，一種是在政治清明時，言語說得很動聽，面容偽裝得很和善，別有居心；另一種是在政治紛亂時，善於阿諛奉承而受到上位者重用，兩者作惡雖不同，卻都是造成國家因而覆亡的禍害。可用來形容善於逢迎或巧舌如簧的奸佞，表裡不一，包藏禍心。

【出處】北宋．王禹偁〈為惡〉詩：「明時巧言士，亂世佞倖郎。佞倖惟苟且，巧言頗包藏。為惡雖不同，同歸於覆亡。」

才能學識

【優秀】

上馬擊狂胡，下馬草軍書。

騎上馬立即前去奮擊猖狂的胡人，從馬上下來又忙著草擬軍中的文書。

【解析】這首詩的詩題為〈觀大散關圖有感〉，大散關，位在今陝西寶雞市境內，為南宋和金朝兩國對峙的戰事要塞。陸游寫其在觀看了大散關地圖後，想像著自己若有親上戰場的機會，在外縱橫馳騁，對內運籌帷幄，竭盡自己的文武長才。可惜的是，這原是他早在二十歲時便立下的壯志，不料到了五十歲，他還只是一個瘦弱又窮老的書生，欲以書劍報國的心願終是無法實現。可用來形容一個人允文能武，善於作戰又學問滿腹。

【出處】南宋．陸游〈觀大散關圖有感〉詩：「上馬擊狂胡，下馬草軍書。二十抱此志，五十猶癯儒。大散陳倉間，山川鬱盤紆。勁氣鍾義士，可與共壯圖……」（節錄）

天下英雄誰敵手？曹劉。生子當如孫仲謀。

細數天下的英雄誰是孫權的對手呢？只有曹操和劉備而已。難怪曹操曾說：生兒子就應當要像孫權那樣的啊！

【解析】三國時期吳國的孫權，字仲謀，年輕有為，繼承父兄志業，雄踞江東一方，曾聯合蜀漢抗禦曹魏大軍，形成三國鼎立的局面，甚至連當時的對手曹操，看見孫權統帥軍隊所展現出的威壯氣勢，都忍不住說出「生子當如孫仲謀」一語。作者詞中明褒敢於天下高手爭勝抗衡的孫權，實是藉此暗諷南宋統治者不圖振作的消極態度，正好和智勇雙全的孫權形成強烈的對比。可用來形容英氣風發、威名蓋世的青年才俊。

【出處】南宋．辛棄疾〈南鄉子．何處望神州〉詞：「何處望神州？滿眼風光北固樓。千古興亡多少事？悠悠。不盡長江滾滾流。年少萬兜鍪，坐斷東南戰未休。天下英雄誰敵手？曹劉。生子當如孫仲謀。」

好把袖間經濟手，如今去補天西北[1]。

正好善用你那經世濟民的本事，去收復國家西北方的失地。

【注釋】1.天西北：此指宋朝被金人侵略的西北方領土。

【解析】此為楊炎正寫給好友辛棄疾的祝壽詞，他非常了解辛棄疾的不凡抱負和愛國情懷，故詞中讚美辛棄疾的才高智廣，足以擔任輔佐聖主的良臣，承當棟梁之任，更期待好友有朝一日，獲得大顯身手的機會，前赴西北殺敵，把喪失的疆土給收回來。可用來形容具有濟世安邦的才識能力。

【出處】南宋．楊炎正〈滿江紅．壽酒如澠〉詞：「……君不是，長庚白。又不是，嚴陵客。只應是，明主夢中良弼。好把袖間經濟手，如今去補天西北。等瑤池、侍宴夜歸時，騎箕翼。」（節錄）

治病不蘄[1]三折肱。

給人治療疾病，不須歷經三次折斷胳臂的慘痛經驗，就已是一位良醫。

【注釋】1.蘄：音ㄑㄧˊ，祈求。

【解析】古來有「三折肱知為良醫」的說法，意即折斷過三次胳臂的人，必然累積了不少有效的治療方法，經驗豐富，進而成為這方面的專家或醫生，和諺語「久病成良醫」的意思相近。黃庭堅在此反用其意，稱許當時在廣州（位在今廣東境內）四會擔任縣令的好友黃介，因善於治理政事，諳熟世故，自然不用像一般人得經過「三折肱」的磨難，便能獲得很好的政績。可用來比喻具備治國救民的才智，處事幹練。

【出處】北宋・黃庭堅〈寄黃幾復〉詩：「我居北海君南海，寄雁傳書謝不能。桃李春風一杯酒，江湖夜雨十年燈。持家但有四立壁，治病不蘄三折肱。想見讀書頭已白，隔溪猿哭瘴溪藤。」

粗繒大布裹生涯，腹有詩書氣自華。

雖然生活中總是穿著粗劣布料做成的衣物，但卻因滿腹詩書學問，使得全身上下自然散發出一股耀人光彩。

【解析】蘇軾寫這首詩鼓勵窮苦潦倒又正在準備科舉的友人董傳。稱許董傳即使生活貧困，終日衣著簡樸，但因為飽讀詩書，所以風神秀雅，氣度不凡。近人高步瀛《唐宋詩舉要》評論這兩句詩：「飄然而來，有昂頭天外之概。」意即蘇軾筆下勤學不倦的董傳，風度高遠，氣宇軒昂。可用來形容人窮卻因學識豐富，精神飽滿，才氣自然橫溢。

【出處】北宋・蘇軾〈和董傳留別〉詩：「粗繒大布裹生涯，腹有詩書氣自華。厭伴老儒烹瓠葉，強隨舉子踏槐花。囊空不辦尋春馬，眼亂行看擇婿車。得意猶堪誇世俗，詔黃新濕字如鴉。」

讀遍牙籤三萬軸[1]，卻來小邑試牛刀[2]。

讀完了三萬卷書，卻來到小地方處理小事，大材小用。

【注釋】1.牙籤三萬軸：形容人的學識豐富。牙籤，原指古時藏書者繫於竹簡或書函上的標誌，以便翻檢的牙製籤牌，此代指書籍。2.牛刀：本指殺牛用的刀，後多被用來比喻極大的本領、才幹。

【解析】北宋文壇領袖歐陽脩的孫子歐陽憲即將去韋城（位在今河南滑縣境內）擔任主簿（主管文書簿籍及印鑑）一職，蘇軾雖為歐陽憲才學俱佳卻屈就於地方小官有所不平，但還是寫詩安慰對方，不妨先在小地方、小事情上略微顯露一下本事。可用來比喻學識淵博、才能卓越的人，在小事上施展長才。

【出處】北宋．蘇軾〈送歐陽主簿赴官韋城〉詩四首之一：「鳳雛驥子日相高，白髮蒼顏笑我曹。讀遍牙籤三萬軸，卻來小邑試牛刀。」

觀書到老眼如鏡，論事驚人膽滿軀。

一直都在看書的眼睛到老仍像鏡子一樣明亮，談論事情經常語出驚人，渾身是膽。

【解析】原本任職湖南安撫使（地方的軍事長官）的辛棄疾，因遭人誣陷彈劾而被罷職，退居於信州帶湖的「稼軒」新居，從此自號「稼軒」。在信州閑居的日子裡，過去在湖南的部屬前來拜訪，臨走前辛棄疾寫詩相送，表明自己一向有知人之明，而且膽氣過人，即使仕途受挫，久困江湖之中，也絕不屈服強權而改變自己仗義直言的作風。可用來形容目光如鏡，膽識俱優。

【出處】南宋．辛棄疾〈送別湖南部曲〉詩：「青衫匹馬萬人呼，幕府當年急急符。愧我明珠成薏苡，負君赤手縛於菟。觀書到老眼如鏡，論事驚人膽滿軀。萬里雲霄送君去，不妨風雨破吾廬。」

低劣

鬥雞走狗輕薄兒，衣裾相鮮氣相許。

看那些沉迷於使雞與雞相搏鬥、使狗與狗相競走的輕浮子弟，身上衣服的顏色是那樣光鮮，習氣是那樣相投。

【解析】此為黃庭堅於神宗元豐年間任北京大名府（為北宋的陪都，約位在今河北、河南境內）國子監教授（為國家教育管理機構的學官）期間所作，描寫其受邀出城宴飲前的途中所見。詩人發現，遊走在大街上的多是穿著光彩色麗的青少年，他們的行止輕浪浮薄，熱中於鬥雞驅狗的賭博遊戲，氣味十分相合。作者沒有明白道出的是，這些人雖然外表看起來衣冠濟濟，但成天不學無術，終日在街頭群聚遊蕩，內在其實空空如也。可用來形容人只注重打扮華麗，但見識淺薄，耽溺於嬉遊尋樂之事。

【出處】北宋．黃庭堅〈飲城南舊事〉詩：「陰陰花柳一百五，吹空白綿亂紅雨。已看燕子飛入簾，未有黃鶯學人語。鬥雞走狗輕薄兒，衣裾相鮮氣相許。半是播閑醉飽人，還家驕色羞婦女……」（節錄）

稼穡[1]艱難總不知，五帝三皇[2]是何物？

不僅對農事的艱辛困苦全盤不知，也分不清楚五帝三皇究竟是誰？

【注釋】1.稼穡：播種與收穀，亦可作為農事的總稱。2.五帝三皇：古代傳說中的帝王。歷來說法不盡相同，一般認為五帝是指黃帝、顓頊、帝嚳、堯、舜。三皇是指伏羲、神農、女媧。

【解析】詩僧貫休作此詩意在諷刺前蜀皇帝王建宮中的那些貴冑公子，終日知貪圖享樂，不解農民耕作的辛苦，連書本上的基本知識也全然無知。可用來形容紈褲子弟成日不學無術，不知百姓生活疾苦。

【出處】五代．貫休〈公子行〉詩三首之一：「錦衣鮮華手擎鶻，閑行氣貌多輕忽。稼穡艱難總不知，五帝三皇是何物？」

思想風範

人生自古誰無死，留取丹心照汗青。

人生自古以來，沒有人可以免於一死，要留下赤忱的心，照耀在史冊上。

【**解析**】這首詩是文天祥戰敗被元軍生擒後，元將張弘範逼迫其寫信招降在厓山（位在今廣東境內）的守將張世傑，文天祥提筆便寫下此詩，表明自己對國家的赤誠忠心，至死不移。可用來形容英雄志士寧可捨身取義，也不背叛國家的崇高氣節，終將青史傳名。

【**出處**】南宋．文天祥〈過零丁洋〉詩：「辛苦遭逢起一經，干戈寥落四周星。山河破碎風飄絮，身世浮沉雨打萍。惶恐灘頭說惶恐，零丁洋裡歎零丁。人生自古誰無死，留取丹心照汗青。」

人生芳穢有千載，世上榮枯無百年。

一個人的聲譽，不論是芳名還是臭名，都會流傳久遠，但一個人活在世上，不管生平是榮耀還是困頓，都不會超過一百年。

【**解析**】此為謝枋得回給朋友的一首唱和詩，表達其對個人名譽、氣節的重視，絕對不允許自己做出愧對良心以致遺臭萬年的事，他認為人生一世的得失榮枯，最長不過百年，毫無輕重可言，但留在青史上的好壞名聲，卻是永遠不會被抹滅的。可用來形容人間的發達或窮困都是短暫的，只有名聲的美好或鄙惡是永存不朽的。

【**出處**】南宋．謝枋得〈和曹東谷韻〉詩：「萬古綱常擔上肩，脊梁鐵硬對皇天。人生芳穢有千載，世上榮枯無百年。此日識公知有道，何時與我詠遊仙？不為蘇武即龔勝，萬一因行拜杜鵑。」

佳人猶唱醉翁詞，四十三年如電抹。

潁州西湖的歌女還在唱著歐陽脩寫的詞，四十三年的光陰如似閃電飛馳而去。

【解析】蘇軾這闋詞主要是在懷念對自己有知遇之恩的歐陽脩。歐陽脩早年曾出任潁州知州，退休後選擇在潁州居住，晚號「醉翁」。歐陽脩去世後的第二十年，蘇軾來到西湖，聽到歌女還在唱著歐陽脩的詞，感嘆時間快得如電光石火，推算著歐陽脩治理潁州已是四十三年前的事了，不僅西湖歌女至今仍愛唱著歐陽脩的詞作，當地百姓甚至立祠祭祀歐陽脩，感念其對潁州的貢獻與付出。可用來形容即使時光如電般地一閃即逝，但人的文采風流，卻可以永恆流傳。

【出處】北宋．蘇軾〈木蘭花．霜餘已失長淮闊〉詞：「霜餘已失長淮闊，空聽潺潺清潁咽。佳人猶唱醉翁詞，四十三年如電抹。草頭秋露流珠滑，三五盈盈還二八。與余同是識翁人，惟有西湖波底月。」

風簷展書讀，古道照顏色。

在透風的簷廊下打開書本閱讀，前人的風範和光輝，躍然於紙上，照耀在我的臉上。

【解析】置身囹圄的文天祥，寧願被處死也不願向元朝投降，元世祖忽必烈因惜才而遲遲不忍殺他，幾年下來，一再勸降，但文天祥知道唯有一死，他才能不愧對家國和自己的良心。詩中寫其回想在風簷下展讀聖賢哲人的典籍，即使時代已經相當久遠，但他們的精神和典範卻永存後人的心中。可用來說明對古代聖賢或忠義之士的模範事蹟和思想情操，充滿尊敬與仰慕。

【出處】南宋．文天祥〈正氣歌〉詩：「……哲人日已遠，典刑在夙昔。風簷展書讀，古道照顏色。」（節錄）

時窮節乃見，一一垂丹青。

當國家遇到危難的時候，一個人的氣節就顯現出來了，每一筆都會被記錄在史籍上。

【解析】文天祥被囚羈在元朝大都的獄中，元人對其施展軟硬並濟的手段，一方面提出顯赫的爵位作為利誘的條件，另一方面又把他關在狹隘又充滿穢氣的惡劣環境，逼迫他若不投降便得處死，但文天祥始終臨危不懼，視死如歸，展現其對南宋朝廷的忠貞不渝。可用來形容一個人面對艱危時局，若還能夠堅貞守節，將永遠在史冊上留名。

【出處】南宋．文天祥〈正氣歌〉詩：「天地有正氣，雜然賦流形。下則為河嶽，上則為日星。於人曰浩然，沛乎塞蒼冥。皇路當清夷，含和吐明庭。時窮節乃見，一一垂丹青……」（節錄）

欲弔文章太守，仍歌楊柳春風。

正想要在揚州平山堂憑弔歐陽脩這位擅寫文章的前任揚州太守，忽然聽到歌女還在唱著歐陽脩生前寫有楊柳春風的詞句。

【解析】歐陽脩離開人世八年多後，蘇軾來到歐陽脩早年擔任揚州知州時所建造的平山堂，目睹歐陽脩親手種植的楊柳，聽著歌女詠唱歐陽脩的詞作，堂內壁上仍留有歐陽脩〈朝中措．平山闌檻倚晴空〉詞的墨跡，其中五句為「手種堂前垂柳，別來幾度春風。文章太守，揮毫萬字，一飲千鍾」，蘇軾詞中除了「欲弔」和「仍歌」之外，皆本於歐陽脩的詞句，意在重現前人的遺風餘澤。可用來說明一個擁有美好德行的人，死後不用人們刻意憑弔，自然精神永存，流芳後世。

【出處】北宋．蘇軾〈西江月．三過平山堂下〉詞：「三過平山堂下，半生彈指聲中。十年不見老仙翁，壁上龍蛇飛動。欲弔文章太守，仍歌楊柳春風。休言萬事轉頭空，未轉頭時皆夢。」

義高便覺生堪捨，禮重方知死甚輕。

一個人若是看重道義，便會自覺生命是可以捨棄的，若是重視禮法，就會知道死亡相對而言，其實是一件極為輕微的事情。

【解析】這首詩的作者謝枋得與文天祥同年考取進士，南宋滅亡後，謝枋得寓居閩中，元朝屢屢召其出來做官，他都不予回應，後來被強押至大都，仍堅決不降，最終絕食而死。詩中展現其視忠誠節義乃做人的基本準則，寧可犧牲性命，也不容許自己做出悖禮棄義的行止。可用來形容仁人志士為了守節，寧死不屈的高尚品格。

【出處】南宋．謝枋得〈初到建寧賦詩一首〉詩：「雪中松柏愈青青，扶植綱常在此行。天下久無龔勝潔，人間何獨伯夷清？義高便覺生堪捨，禮重方知死甚輕。南八男兒終不屈，皇天上帝眼分明。」

鐵可折，玉可碎，海可枯。不論窮達生死，直節貫殊途。

鐵器可以折斷，美玉可以碎裂，深海可以枯涸。而人無論是處於窮困或是顯達，是生還是死，在不同的遭遇中始終保持正直的節操。

【解析】汪莘詞中借用「鐵可折，玉可碎，海可枯」三種比喻，表達世上事物都可能發生曲折變化，正如人的一生無論遭逢失意或得志，都要懂得貫徹正直的氣節，堅持品格操守，寧死不屈。可用來形容一個人不管處在任何的情況下，永遠保持勁直的節操。

【出處】南宋．汪莘〈水調歌頭．志可洞金石〉詞：「……鐵可折，玉可碎，海可枯。不論窮達生死，直節貫殊途。立處孤峰萬仞，袖裡青蛇三尺，用舍付河圖。晞汝陽阿上，濯汝洞庭湖。」（節錄）

人性心態

【光明】

一代錦腸繡肺，想英魂皎皎，健口霏霏。

你是一個時代中擁有美好心胸抱負的人，回想你的過往，心靈潔白無瑕，談吐芳香。

【解析】王質寫此詞憑弔英年早逝的好友張孝祥。在王質的眼中，一生矢志收復北方失土的張孝祥，生前無論是在朝廷或是在地方任職期間，致力掃除朝野各項積弊，但也正因張孝祥的為人剛正不阿，處理政務，法紀嚴明，雖廣受百姓的愛戴，卻也屢遭朝廷主和派與政敵的毀謗打壓，最後不得已而離職，抱憾以終。可用來形容人的品德清白廉潔，口吐珠璣。

【出處】南宋・王質〈八聲甘州・海茫茫〉詞：「……一代錦腸繡肺，想英魂皎皎，健口霏霏。望寒空明月，無路寄相思。嘆千古，興亡成敗，滿乾坤，遺恨有誰知？今何在？一川煙慘，萬壑風悲。」（節錄）

一生肝膽如星斗，嗟爾頑銅豈見明？

我這輩子赤誠的心有如天上的星星一樣，可嘆這面生鏽的銅鏡怎能照出我的光明內在？

【解析】北宋仁宗慶曆年間，蘇舜欽因支持范仲淹的政治改革，遭守舊派借事構陷而受到革職處分，之後流寓蘇州，築滄浪亭，耕讀以終。詩中寫其攬鏡自照時，感嘆銅鏡只能照見人的外貌，無法透視人心內在，外人自是無法理解他的心地坦蕩，就好比空中明亮的星斗般。可用來形容人的襟懷坦白無私，磊落至誠。

【出處】北宋・蘇舜欽〈覽照〉詩：「鐵面蒼髯目

有稜，世間兒女見須驚。心曾許國終平虜，命未逢時合退耕。不稱好文親翰墨，自嗟多病足風情。一生肝膽如星斗，嗟爾頑銅豈見明？」

孤光自照，肝膽皆冰雪。

孤獨的月光，映照著自己，透視出身上的肝膽都是一片晶瑩純潔。

【解析】張孝祥因遭讒言毀謗而被罷官，離開任所後乘船北歸，於中秋前夕經過洞庭湖時，一想到自己一生剛直不阿，為國赤膽忠心，卻蒙受不白之冤，又得不到機會昭雪，內心感觸良深。他在船上望著空中皎潔無塵的月亮，就好像是看到自己透明如冰、潔白似雪的襟懷般，即使這世上無人可以理解，他也相信一輪素月可以洞察他的心跡，俯仰無愧。可用來形容人的品格清高潔亮，坦蕩磊落。

【出處】南宋．張孝祥〈念奴嬌．洞庭青草〉詞：「……應念嶺表經年，孤光自照，肝膽皆冰雪。短髮蕭騷襟袖冷，穩泛滄溟空闊。盡吸西江，細斟北斗，萬象為賓客。扣舷獨嘯，不知今夕何夕？」（節錄）

為鼠常留飯，憐蛾不點燈。

怕家中的老鼠沒有食物吃會挨餓，所以經常為老鼠留下一些剩飯，不忍飛蛾撲向燭火而被火燒傷，所以夜裡不點燈燭。

【解析】老鼠和飛蛾都是不討人喜愛的動物，蘇軾卻能為了這些一同生存在天地間的小小生命，發出悲憫胸懷，並用平等的心態來看待牠們生存的權利與機會，這境界實在不是一般人能夠做得到的。可用來形容慈悲為懷，對動物同樣充滿憐憫之心。

【出處】北宋．蘇軾〈次韻定慧欽長老見寄〉詩八首之一：「左角看破楚，南柯聞長滕。鉤簾歸乳燕，穴紙出痴蠅。為鼠常留飯，憐蛾不點燈。崎嶇真可笑，我是小乘僧。」

清心為治本，直道是身謀。

心境澄淨，是做事的根本，正直無私，是立身的良策。

【解析】北宋名臣包拯，一生清正廉潔，執法嚴正，不畏權貴，贏得百姓的感念與愛戴，稱其「包青天」，也是歷史上著名的清官。這首詩是包拯寫在書房牆壁上的座右銘，提醒自己為官做人要恪守正道，清白處事，絕不可做出阿諛奉承或循情枉法的事。可用來說明居心清白端正，為人剛直公允。

【出處】北宋．包拯〈書端州郡齋壁〉詩：「清心為治本，直道是身謀。秀幹終成棟，精鋼不作鉤。倉充鼠雀喜，草盡兔狐愁。史冊有遺訓，毋貽來者羞。」

莫嫌犖确[1]坡頭路，自愛鏗然曳杖聲。

不要嫌棄坡頭石路坎坷不平，我就是喜歡聽這種拄杖碰擊石頭的鏗然聲音。

【注釋】1.犖确：音ㄌㄨㄛˋ ㄑㄩㄝˋ，險峻不平的樣子。

【解析】此詩詩題〈東坡〉，本指位於黃州城東的一塊坡地，蘇軾被貶為黃州團練副使期間，即是在東坡這塊荒地開墾種地，自耕自足，從此自號「東坡居士」。詩中寫其於雨後月下，拄著拐杖，行走在東坡高低不平的石頭路上，路雖難行，蘇軾卻是履險如夷，連手杖碰撞地上石子時發出的鏗鏘聲響，在他聽來竟成了悅耳妙聲，表現其面對困難險阻，依然處之泰然，心志堅忍不拔，保持欣然自樂的情懷。清人王文誥《蘇文忠公詩編註集成》評曰：「此類句出自天成，人不可學。」可用來形容人的心性高潔，甘貧守志，不因處境艱難而懷憂喪志或低頭屈服。

【出處】北宋・蘇軾〈東坡〉詩：「雨洗東坡月色清，市人行盡野人行。莫嫌犖确坡頭路，自愛鏗然曳杖聲。」

雲散月明誰點綴？天容海色本澄清。

烏雲散了，月亮明朗，誰能給它加上任何的點綴呢？天的面貌，海的顏色，本來就是澄淨清澈的。

【解析】蘇軾詩中寫其從儋州渡海北歸時，眼前天水接連，上下澄瑩的景色。其中「雲散月明誰點綴」出自前人的一則故事。據《晉書・謝重傳》記載，東晉時謝重為會稽王司馬道子的驃騎長史，某夜，司馬道子讚美月色明淨，謝重隨口回說：「意謂乃不如微雲點綴。」亦即天空有雲比無雲時更好看。司馬道子便笑謝重居心不淨，居然存有汙穢天宮的企圖，由此可知，「微雲點綴」含有汙垢的暗示。蘇軾寄託前人典故，抒發自己雖遭人誣陷而流放海外，但內心始終清白磊落，一如澄明月色，絲毫不畏懼烏雲遮蔽，因為總會等到「雲散月明」的來臨。可用來比喻心地光明無瑕，任誰也無法抹黑。另可用來形容陰霾散去，月光明亮。

【出處】北宋・蘇軾〈六月二十日夜渡海〉詩：「參橫斗轉欲三更，苦雨終風也解晴。雲散月明誰點綴？天容海色本澄清。空餘魯叟乘桴意，粗識軒轅奏樂聲。九死南荒吾不恨，茲遊奇絕冠平生。」

難測

世上無如人欲險，幾人到此誤平生？

這世上都沒有比人心欲念來得凶險，不知有多少人因克制不了欲念，從此一生就毀了？

【解析】這是朱熹看了胡銓寫在湘潭胡氏客館壁上的題詩後，為警惕自己而作的一首詩。胡銓乃南宋初期力主抗金的名臣，因觸怒秦檜而被貶謫嶺南十餘年，北歸時，他於客館飲酒後，在牆上寫了「君恩許歸此一醉，旁有梨頰生微渦」兩句詩，意即皇帝終於允許自己回到朝廷，一旁陪伴的是臉頰有可愛酒渦的侍妓黎倩。此詩一出，也讓以忠義剛直見稱的胡銓，被說成不護細行，人生留下了一記汙點。朱熹有感於胡銓先前無論遭逢多大的困厄，都不曾磨滅心志，卻在結束流放生涯的北歸途中，因迷戀一名侍妓而受到時人的攻擊羞辱，有鑑於此，也讓朱熹體認到世路縱然艱險，但都比不上人心欲念的可怕程度。可用來說明人的貪婪私欲是最難自制的，容易使人走向墮落。

【出處】南宋．朱熹〈宿梅溪胡氏客館觀壁間題詩自警二絕〉詩二首之二：「十年浮海一身輕，歸對梨渦卻有情。世上無如人欲險，幾人到此誤平生？」

誰道無心便容與[1]，亦同翻覆小人心。

誰說天上的雲沒有心就能安然自得，其實也和小人反覆無常的心是相同的。

【注釋】1.容與：安閑自在的樣子。

【解析】王禹偁觀察春天的雲彩，一下是獸類的造型，一下又化為禽鳥的模樣，在日照風吹下，色澤深淺不定，從中體會出人心不也和春雲一樣，表面看似安恬自若，實是變幻莫測。可用來形容小人的心思反覆不一，變動不定。

【出處】北宋．王禹偁〈春居雜興〉詩二首之二：「春雲如獸復如禽，日照風吹淺又深。誰道無心便容與，亦同翻覆小人心。」

鑑面只知西子姣，照心難見比干[1]真。

照鏡只能知道春秋越國美女西施的姣好容貌，卻難以照到商朝忠臣比干的真心。

【注釋】 1.比干：商朝紂王的叔父，因犯顏苦諫紂王而遭到剖心死去。

【解析】 王令寫春耕時從荒墳中獲得一面古鏡，鏡面光亮如新，就像是被神鬼之手日夜摩擦過一樣，他拿著古鏡照自己的面容，領悟到鏡子雖可以照見人的外表，卻無法穿透肉身，看見內心的真偽。可用來說明人心的善惡，很難從人的表面行為來判斷。

【出處】 北宋·王令〈古鑒〉詩：「一片靈光合有神，不知鎔鑄更何人？春耕破冢衣冠盡，鬼手摩天日月新。鑒面只知西子姣，照心難見比干真。主人深有收藏意，當待清明不受塵。」

三、繪寫景物

自然景觀

山水

山抹微雲，天黏衰草。

山頂抹上一層薄薄的雲，遠天黏著一片枯黃的草。

【解析】 這闋詞中向來被人最津津樂道的就是「抹」、「黏」兩字，作者秦觀想像著雲是他筆下的繪圖顏料，可以拿來抹山；草是具有黏性的，可以用來貼住天空，一幅雲遮山頭、秋草連天的圖畫就在秦觀的巧思下浮現而出。可用來形容山高天遠的蕭瑟景色。

【出處】北宋．秦觀〈滿庭芳．山抹微雲〉詞：「山抹微雲，天黏衰草，畫角聲斷譙門。暫停征棹，聊共引離尊。多少蓬萊舊事，空回首、煙靄紛紛。斜陽外，寒鴉萬點，流水繞孤村……」（節錄）

山重水複疑無路，柳暗花明又一村。

一眼望去，有一層層的山又一道道的水擋在面前，正在疑惑應已無路可走的時候，忽然看見柳色深綠，花色明豔，出現在我眼前的是一座村莊。

【解析】此詩為陸游記錄他坐船遊賞山西村的所見景色和感想，但多被後人用來寄寓事理，表現在逆境中出現轉機。當作者置身在山水曲折圍繞的環境中，本來以為前方已無路可行，正準備讓船隻轉向回頭時，卻在柳樹繁花的掩映處發現了一個小村，成為詩人這趟春遊的意外驚喜。可用來形容群山重疊，流水迴繞，四周柳綠花紅的景致。另可用來比喻歷經艱辛後絕處逢生。

【出處】南宋．陸游〈遊山西村〉詩：「莫笑農家臘酒渾，豐年留客足雞豚。山重水複疑無路，柳暗花明又一村。簫鼓追隨春社近，衣冠簡樸古風存。從今若許閑乘月，拄杖無時夜叩門。」

水光瀲灩晴方好，山色空濛雨亦奇。

西湖在晴光下波光閃動，看起來美極了，周遭山色在煙雨中若隱若現，也是很奇妙的。

【解析】蘇軾詩中讚美杭州西湖的水光山色，在麗日的照耀下，波光燦爛，在雨幕的籠罩中，朦朧奇幻，不同的天氣有其不同的美感呈現。清人王文誥《蘇文忠公詩編註集成》評曰：「公凡西湖詩，皆加意出色，變盡方法。」可用來形容杭州西湖或其他地方的山水景色，無論晴雨皆秀麗迷人。

【出處】北宋．蘇軾〈飲湖上初晴後雨〉詩二首之二：「水光瀲灩晴方好，山色空濛雨亦奇。欲把西湖比西子，淡妝濃抹總相宜。」

水是眼波橫，山是眉峰聚。

水，像是流盼的眼神，山，像是緊蹙的雙眉。

【解析】王觀的友人鮑浩然準備返回江南與家人團聚，王觀作這闋詞送別友人，其以女子的盈盈眉眼比喻江南秀麗的山水，表面上是說江南風光清麗明媚，宛如女子閃動的眼神和緊鎖的愁眉，實是暗喻江南有人正望眼欲穿地企盼鮑浩然回來，藉此表達對友人與愛人早日團圓的祝福。南宋人王灼《碧雞漫志》評曰：「新麗處與輕狂處皆足驚人。」可用來形容水波橫流、雙峰並立的秀美景色。

【出處】北宋．王觀〈卜算子．水是眼波橫〉詞：「水是眼波橫，山是眉峰聚。欲問行人去那邊？眉眼盈盈處。才始送春歸，又送君歸去。若到江東趕上春，千萬和春住。」

水清石出魚可數，林深無人鳥相呼。

水流清澈，水下的石頭清晰可見，水中的游魚歷歷可數，樹林幽深，寂靜無人，只聽見鳥兒互相呼叫的聲音。

【解析】蘇軾來到杭州任通判一職，於寒冬臘月探訪西湖邊孤山的兩位僧人，詩中寫其入山時，天空正要下雪，湖上雲氣瀰漫，山色若隱若現，一進入山林，發現水澄淨到可以看見水底的石頭，林中靜到可以聽到鳥聲呼來應去，彼唱此和，更突顯出孤山僧人所在環境之清靜幽遠，少有人煙。可用來形容山中河水清澈見底，樹林茂密幽深，人跡罕至。

【出處】北宋．蘇軾〈臘日遊孤山訪惠勤、惠思二僧〉詩：「天欲雪，雲滿湖，樓臺明滅山有無。水

清石出魚可數，林深無人鳥相呼……」（節錄）

好是滿江涵[1]返照，水仙齊著淡紅衫。

最好的景色是遍滿的江水，容納夕陽映照的流光，就像是水中仙子們全都穿上了淡紅的衣衫。

【注釋】 1.涵：容受。

【解析】 李覯回憶其昔日遊杭州錢塘江時的落日美景，當時已醉酒的他，在船上望著日暮餘暉倒映在江面上，波光瀲灩，在他眼裡，彷彿全成了穿著淡紅衣衫的水中仙子，不停地搖曳擺舞著。可用來形容夕照下的燦紅水色。

【出處】 北宋．李覯〈憶錢塘江〉詩：「昔年乘醉舉歸帆，隱隱前山日半銜。好是滿江涵返照，水仙齊著淡紅衫。」

好峰隨處改，幽徑獨行迷。

隨著腳步的行進，山峰奇景也不斷地變化，獨自走在幽深的小徑，不知不覺間就迷了路。

【解析】 愛好山野風光的梅堯臣，獨自走進山間蜿蜒曲折的小路，詩人看山的視角不斷更換，山出現在他眼前的形狀也不斷改變，由於太過專心在欣賞沿途風景，一不小心便在山林深處迷失了路途，而這也正是其山行所得到的幽遠意趣。元人方回《瀛奎律髓》評論這兩句詩：「尤幽而有味。」可用來形容山中景色隨著人的腳步移動，呈現出豐富多變的樣貌。

【出處】 北宋．梅堯臣〈魯山山行〉詩：「適與野情愜，千山高復低。好峰隨處改，幽徑獨行迷。霜落熊升樹，林空鹿飲溪。人家在何許？雲外一聲雞。」

青山繚繞疑無路，忽見千帆隱映來。

船隻航行江上，四周青綠的山巒圍繞，使人懷疑前面應該沒有路可走了，忽然之間，卻看見成千的船帆從山林的掩映處駛了過來。

【解析】王安石寫其秋日乘船於江河之上，周圍青山盤繞，眼看著行進中的船與山的距離逐漸拉近，卻不見有可行的路徑，正納悶著船隻接下來該駛向何方，便見到無數的帆影隱隱約約地映現面前，這一幕也讓他領悟到，人生的路不也和逶迤回轉的江水一樣，總會適時浮現轉機的。可用來形容江河曲折蜿蜒，環繞於重疊群山之間。另可用來比喻在困境中忽然出現希望。

【出處】北宋．王安石〈江上〉詩：「江北秋陰一半開，晚雲含雨卻低回。青山繚繞疑無路，忽見千帆隱映來。」

要看銀山拍天浪，開窗放入大江來。

想要看如銀山般的排空巨浪，只要推開窗戶，彷彿就有滾滾江水迎面撲來。

【解析】作者曾公亮寫其夜宿鎮江北固山上的甘露寺僧舍，躺在床上聽著窗外長江的波濤聲而無法成眠，於是起身開窗，只見銀白波浪翻滾，不盡江流直奔眼前。這首詩中最特別的就是「放入」兩字，作者不直言他開窗目睹了長江驚滔駭浪的奇觀，而是以誇張的筆法，說開窗是為了放奔騰的江水撲進窗來，巧思獨出。可用來形容江水浪濤洶湧，氣勢壯大。

【出處】北宋．曾公亮〈宿甘露寺僧舍〉詩：「枕中雲氣千峰近，床底松聲萬壑哀。要看銀山拍天浪，開窗放入大江來。」

重湖[1]疊巘[2]清嘉，有三秋桂子，十里荷花。

西湖分成裡湖、外湖，四周山巒重重疊疊，風光清美秀麗，秋天的桂花飄散幽香，夏日有綿延十里的荷花。

【注釋】1.重湖：此指西湖中的白堤將湖面分成裡湖和外湖，故稱之。2.巘：音ㄧㄢˇ，山峰。

【解析】柳永詞中描繪杭州西湖周遭峰巒層疊起伏，湖面廣闊無際，秋日山上的桂花發散香氣，夏日湖中的荷花盛開，景色美不勝收。據南宋人羅大經《鶴林玉露》記載，相傳金主完顏亮聽了柳永「三秋桂子，十里荷花」的歌詞，便對南宋國都杭州心生嚮往，遂起了「投鞭渡江之志」，於南宋高宗在位末期舉兵過江，最後雖兵敗而為部下所殺，但由此也見識到柳永的詞作流播之廣。可用來形容湖光山色，荷豔桂香，風景清麗。

【出處】北宋・柳永〈望海潮・東南形勝〉詞：

「……重湖疊巘清嘉，有三秋桂子，十里荷花。羌管弄晴，菱歌泛夜，嬉嬉釣叟蓮娃。千騎擁高牙，乘醉聽簫鼓，吟賞煙霞。異日圖將好景，歸去鳳池誇。」（節錄）

欲把西湖比西子，淡妝濃抹總相宜。

想把杭州西湖比作美人西施，無論是淡素的或是濃豔的妝扮，都能恰到好處。

【解析】西施是春秋時期越國的美女，蘇軾詩中把杭州西湖晴日和雨天的山水景致，比喻成無論是淡妝還是濃抹的打扮都不掩其天生麗質的西施，意謂西湖的自然景色，不管晴雨欣賞都是令人百看不厭的。近人陳衍《評點宋詩精華錄》評論這一首詩：「後二句遂成為西湖定評。」可用來形容杭州西湖的迷人景致。另可用來比喻本質美好的人或事物，在不同情況下也可以表現其不同神韻的美。

【出處】北宋．蘇軾〈飲湖上初晴後雨〉詩二首之二：「水光瀲灩晴方好，山色空濛雨亦奇。欲把西湖比西子，淡妝濃抹總相宜。」

晴天搖動清江底，晚日浮沉急浪中。

晴天的倒影，在清澈的江底顛簸擺盪，映入水中的夕陽，隨著湍急的波浪載浮載沉。

【解析】位在杭州的錢塘江口，於每年農曆八月十七、十八日江水掀起了巨大的潮湧，向來被視為天下奇觀。陳師道詩中不直言江水湧動的威力，而是以「晴天」和「晚日」的倒景起伏震盪，烘托出江潮波濤洶湧的壯觀聲勢。可用來形容水天相接，日影隨澎湃潮水翻滾的景色。

【出處】北宋．陳師道〈十七日觀潮〉詩三首之三：「漫漫平沙走白虹，瑤臺失手玉杯空。晴天搖動清江底，晚日浮沉急浪中。」

亂石崩雲，驚濤裂岸，捲起千堆雪。

陡峭的石壁直插雲霄，洶湧的浪濤拍擊著岸邊，水面上捲起千堆如雪般的浪花。

【解析】蘇軾詞中描寫黃州赤鼻磯的山壁高峭入雲，水岸駭浪咆嘯，層層浪花飛濺，彷彿眼前出現一幅雄偉壯麗的山水圖畫。可用來形容山崖聳立，風浪猛烈的奇險景色。

【出處】北宋．蘇軾〈念奴嬌．大江東去〉詞：「大江東去，浪淘盡、千古風流人物。故壘西邊，人道是、三國周郎赤壁。亂石崩雲，驚濤裂岸，捲起千堆雪。江山如畫，一時多少豪傑……」（節錄）

溪聲夜漲寒通枕，山色朝晴翠染衣。

雨夜裡聽見溪水上漲的聲音，伴隨而來的陣陣寒氣，撲向躺在枕上的我，等到天亮，天氣晴朗，青山翠豔得像是要把人身上的衣服給染綠似的。

【解析】張耒寫其住在人煙稀少的山村，夜晚在屋內床上聽著窗外傳來的淅瀝雨聲和湍急溪流所發出的瀧瀧聲響，感受一股逐漸增強的冷寒向其逼近，以致轉側難眠，直到天亮時，卻見晴空萬里，映入眼中的是朝陽照射下的豔綠山色，表達出山村日夜溫差和風光的變化。可用來形容山溪夜雨，寒氣襲人，破曉放晴，山色明朗翠綠。

【出處】北宋．張耒〈屋東〉詩：「蒼鳩呼雨屋東啼，麥穗初長燕子飛。竹裡人家雞犬靜，水邊官舍吏民稀。溪聲夜漲寒通枕，山色朝晴翠染衣。賴有西鄰好詩句，賡酬終日自忘機。」

萬山不許一溪奔，攔得溪聲日夜喧。到得前頭山腳盡，堂堂溪水出前村。

萬重的山嶺不允許一條小溪奔流，利用山勢加以阻攔，使得水聲在山間日夜喧嘩。等水流來到前面山下的盡頭時，匯合成盛大的溪水，從前方的村莊流出。

【解析】楊萬里詩中描繪層層山嶺裡的一條潺潺溪水，雖然被崎嶇的群山給擋住了去路，但水流仍然不斷左鑽右竄，努力向前繞出一條通路，直到了山腳盡頭處，眼前出現一片平坦原野，終於掙脫了山的羈絆，浩浩蕩蕩地流了出來。可用來形容山林裡的溪流曲折蜿蜒。另可用來比喻想要力阻某一事件的發生，卻始終抵擋不住。

【出處】南宋．楊萬里〈桂源鋪〉詩：「萬山不許一溪奔，攔得溪聲日夜喧。到得前頭山腳盡，堂堂溪水出前村。」

萬壑有聲含晚籟，數峰無語立斜陽。

眾多山谷在傍晚因大自然的各種聲響而發出美妙的天籟，數座山峰靜默地屹立在夕陽之中。

【解析】王禹偁詩中以擬人筆法，書寫秋日鄉野山林的薄暮景致，原本無聲也不能語的「萬壑」、「數峰」，經過詩人的點化後彷彿有了生命力，在斜陽晚照下與自己作伴。可用來形容佇立夕陽下，耳聞山谷天籟，眼望山群聳立的情景。

【出處】北宋．王禹偁〈村行〉詩：「馬穿山徑菊初黃，信馬悠悠野興長。萬壑有聲含晚籟，數峰無語立斜陽。棠梨葉落胭脂色，蕎麥花開白雪香。何事吟餘忽惆悵？村橋原樹似吾鄉。」

橫看成嶺側成峰，遠近高低各不同。

廬山橫著看像是綿延層疊的山嶺，側著看像是高聳挺拔的山峰，從遠處、近處、高處還是低處各個位置去看，出現的山貌都各不相同。

【解析】此為蘇軾從黃州往汝州，路過九江遊覽廬山時，在西林寺壁上的題詩，主在描寫廬山隨著看山者視角的轉換，呈現山勢奇秀幻化的多樣風貌。可用來形容從不同的角度看山，山的形態總不相同。另可用來比喻從不同的角度觀看人或事物，所得到的印象也會有所不同。

【出處】北宋．蘇軾〈題西林壁〉詩：「橫看成嶺側成峰，遠近高低各不同。不識廬山真面目，只緣身在此山中。」

嶺上晴雲披絮帽，樹頭初日掛銅鉦。

晴天山嶺上的雲朵圍繞，像披戴著一頂棉絮帽子，太陽剛升上樹梢，像掛在樹上的一面圓亮銅鑼。

【解析】在杭州擔任通判的蘇軾，於春日外出巡察所屬各縣，當他離開了富陽，清晨一早繼續前往新城的途中，看見下了多日的春雨終於停歇，晴雲吹絮，有如一頂輕軟潔白的棉帽戴在山的頭頂上，初升旭日，有如一面閃耀著金亮光芒的銅鑼掛在樹頭上，讓人的心情也跟著晴天美景而愉悅起來。可用來形容山林浮雲繚繞、陽光普照的景象。

【出處】北宋．蘇軾〈新城道中〉詩二首之一：「東風知我欲山行，吹斷簷間積雨聲。嶺上晴雲披絮帽，樹頭初日掛銅鉦。野桃含笑竹籬短，溪柳自搖沙水清。西崦人家應最樂，煮芹燒筍餉春耕。」

【田園】

一水護田將綠繞，
兩山排闥[1]送青來。

門外的一彎溪水，像是在守護綠苗般圍繞著田地，對面的兩座青山，像是推開大門一般把山色送進屋子裡來。

【注釋】1. 排闥：推開門，把門擠開。闥，音ㄊㄚˋ，門。

【解析】此為王安石題寫在鄰舍友人楊德逢家中壁上的一首詩。楊德逢，號湖陰先生，是一位躬耕田園的高士。王安石在詩中將山水擬人化，意在表達楊德逢的志趣高雅，連清澈溪流、蒼翠山林都爭相前來與其親近。可用來形容河水環繞農田，家園開門見山。

【出處】北宋．王安石〈書湖陰先生壁〉詩二首之一：「茅簷長掃靜無苔，花木成畦手自栽。一水護田將綠繞，兩山排闥送青來。」

日暖桑麻光似潑，
風來蒿艾氣如薰。

溫暖的陽光照在桑麻上，閃閃光芒像是從天上潑灑下來一樣，陣陣輕風吹來，蒿艾散發出的氣息如薰草般芬芳。

【解析】蘇軾寫其在徐州擔任地方首長時，騎馬於鄉間小路漫行，雨後的陽光灑照著農田，一片油綠光亮閃耀眼前，天然的草香隨風撲鼻，無論在視覺或嗅覺上，都讓人感受到農村生機勃勃的景象。可用來形容暖陽照耀綠油油的田野，和風傳來植物的襲人清香。

【出處】北宋·蘇軾〈浣溪沙·軟草平莎過雨新〉詞：「軟草平莎過雨新，輕沙走馬路無塵。何時收拾耦耕身？日暖桑麻光似潑，風來蒿艾氣如薰。使君元是此中人。」

池塘水滿蛙成市，門巷春深燕作家。

池塘裡的水漲滿了，蛙聲齊鳴，宛如喧囂鬧市，時序已是晚春，燕子正忙著在門巷築巢為家。

【解析】方岳詩中描寫農村的花草清香，桑麻茂密，由於春雨充沛，池塘的水滿溢，水邊傳來蛙鳴相呼和的喧鬧聲，而飛來飛去的燕子，已把孵雛的窩巢築在農家的門前里巷，準備在此久住，讓看似平凡清淨的鄉居生活，洋溢一股有自然景物作伴的熱鬧趣味。可用來形容農村田野的清新風光。

【出處】南宋·方岳〈農謠〉詩五首之五：「漠漠餘香著草花，森森柔綠長桑麻。池塘水滿蛙成市，門巷春深燕作家。」

牧童歸去橫牛背，短笛無腔信口吹。

黃昏時分，牧牛的兒童橫騎在牛的背上，準備回家，他手裡持著短笛，一路隨興吹奏著不成曲調的樂音。

【解析】此詩的詩題為〈村晚〉，作者雷震詩中描寫夕陽西下，農村裡替人看牛吃草的孩子結束了一天的工作，無憂無慮的橫坐在牛背上，悠哉悠哉吹著笛子，藉以表現鄉野生活的閑適與恬靜。可用來形容寧靜鄉村，牧童晚歸的風情景致。另可用來形容牧童天真無邪的調皮舉止。

【出處】南宋．雷震〈村晚〉詩：「草滿寒塘水滿陂，山銜落日浸寒漪。牧童歸去橫牛背，短笛無腔信口吹。」

深葭繞澗牛散臥，積麥滿場鷄亂飛。

深青色的蘆葦圍繞著溪澗，牛群閑散地臥在一旁，打麥場上積滿了收割後曬乾的麥子，雞群在這裡到處亂飛。

【解析】是詩人也是著名畫家文同，描寫其於傍晚時分來到一處農家村落，目光所及，溪流潺潺，蒹葭蒼蒼，金黃麥海，以及牛臥雞飛等動靜交錯的景色，彷彿從詩中看見了一幅田家風景圖像。可用來形容鄉村田野的素樸風光。

【出處】北宋．文同〈晚至村家〉詩：「高原磽確石徑微，籬巷明滅餘殘暉。舊裾飄風採桑去，白袷卷水秧稻歸。深葭繞澗牛散臥，積麥滿場鷄亂飛。前溪後谷暝煙起，稚子各出關柴扉。」

稻花香裡說豐年，聽取蛙聲一片。

走在飄來陣陣稻花香氣的田間道上，青蛙的叫聲響成一片，彷彿訴說今年必定是豐收的一年。

【解析】辛棄疾寫其於夏夜行進在鄉間的小路上，沿途稻花飄香，蛙鳴聲不絕於耳，詞人故意不明白說自己將預見收成富足的年景，而是移情於物，把青蛙擬人化，藉由蛙聲滿耳，傳達出農夫即將迎接豐年的喜悅。可用來形容農田稻花盛開，稻香撲鼻，群蛙齊聲相和的景象。

【出處】南宋．辛棄疾〈西江月．明月別枝驚鵲〉詞：「明月別枝驚鵲，清風半夜鳴蟬。稻花香裡說豐年，聽取蛙聲一片。七八個星天外，兩三點雨山前。舊時茅店社林邊，路轉溪橋忽見。」

四季風景

【春】

小樓一夜聽春雨，深巷明朝賣杏花。

住在小樓上的房間內，聽了整夜的春雨聲，相信明早天亮，深幽的長巷就會傳來叫賣杏花的聲音。

【解析】陸游寫其於春天夜宿在京城臨安的旅店，雨聲徹夜淅瀝不歇，他想像此時綻開的杏花，有了春雨的滋潤，必定會開得又多又美，等到一早天氣放晴，便可聽見有人出來叫賣杏花的聲音。可用來形容經過春日雨後的清晨，花朵驟然開放，充滿濃厚的春意。

【出處】南宋．陸游〈臨安春雨初霽〉詩：「世味年來薄似紗，誰令騎馬客京華？小樓一夜聽春雨，深巷明朝賣杏花。矮紙斜行閑作草，晴窗細乳戲分茶。素衣莫起風塵嘆，猶及清明可到家。」

含風鴨綠粼粼起，弄日鵝黃裊裊垂。

輕風吹拂一江綠水，水面漣漪微盪，岸邊新生的嫩黃柳絲低垂，在陽光下更顯得搖曳生姿。

【解析】晚年寓居江寧的王安石，於春日水岸旁目睹江綠柳黃的美景，忍不住詩性大發寫下這首詩。詩中以「鴨綠」借代江水，以「鵝黃」借代細柳，表現出春風撩撥瀲灩綠波和輕盈垂柳的傳神動態。可用來形容江水的宜人春色。

【出處】北宋．王安石〈南浦〉詩：「南浦東岡二月時，物華撩我有新詩。含風鴨綠粼粼起，弄日鵝黃裊裊垂。」

沾衣欲濕杏花雨，吹面不寒楊柳風。

杏花時節的春雨絲絲飄飛，像是要把身上的衣服打濕似的，楊柳新綠，春風吹拂人面，卻感受不到風的冷寒。

【解析】僧人志南寫其於和風細雨的春日乘船出遊，途中一時興起，把小船繫在溪邊樹上，便拄著拐杖，沿著溪路而行，微雨落在他的衣服上，感覺似濕非濕，輕風吹在他的臉上，絲毫沒有任何寒意。對詩人而言，縱使春遊的過程出現細微的風雨，都不足以影響賞春的興致，反而意外增添了幾許趣味。可用來形容杏花綠柳盛開，風雨細柔的春日景色。

【出處】南宋．志南〈絕句〉詩：「古木陰中繫短篷，杖藜扶我過橋東。沾衣欲濕杏花雨，吹面不寒楊柳風。」

城上風光鶯語亂，城下煙波春拍岸。

城牆的上頭春光明媚，黃鶯的啼聲喧鬧，城牆的下方碧波蕩漾，春水拍打著堤岸。

【解析】錢惟演詞中描寫春日時節，城上群鶯亂啼，城下煙波拍岸，藉此突顯滿城熱鬧的綺麗景色。可用來形容春景爛漫動人。

【出處】北宋．錢惟演〈木蘭花．城上風光鶯語亂〉詞：「城上風光鶯語亂，城下煙波春拍岸。綠楊芳草幾時休？淚眼愁腸先已斷。情懷漸覺成衰晚，鸞鏡朱顏驚暗換，昔年多病厭芳尊，今日芳尊惟恐淺。」

春江水暖鴨先知。

鴨子在逐漸變暖的水中戲遊，最早察覺到春天的氣息。

【解析】此為蘇軾在畫僧惠崇〈春江晚景〉圖上的題畫詩，原畫雖已佚失，當初為切合畫上風物而寫的詩卻萬口流傳，歷來為後人稱道。從詩意中判斷，惠崇的畫裡應該有鴨子在江水中嬉戲，江邊有綠竹、紅桃，以及青翠的蔞蒿、細嫩的蘆芽等春生植物。可用來形容春日江上，群鴨浮水的景致。另可用來比喻長期處於某一環境中，更易敏銳感知環境改變的徵兆。

【出處】北宋．蘇軾〈惠崇春江晚景〉詩二首之一：「竹外桃花三兩枝，春江水暖鴨先知。蔞蒿滿地蘆芽短，正是河豚欲上時。」

春色三分，二分塵土，一分流水。

若把春景中的楊花分成三等分，其中兩等分落在路旁，化作塵土，剩下的一等分則墜入水中，隨波流去。

【解析】蘇軾詞中以楊花代表春天的景色，並巧妙運用數字傳達楊花凋落時，三分之二被路上人車輾為塵土，三分之一漂浮於水上，被匆匆流水帶走，借楊花最終的歸宿，表現出春日將盡的殘敗景象。可用來形容暮春花絮飄落的景色。

【出處】北宋．蘇軾〈水龍吟．似花還似非花〉詞：「……不恨此花飛盡，恨西園、落紅難綴。曉來雨過，遺蹤何在？一池萍碎。春色三分，二分塵土，一分流水。細看來，不是楊花。點點是、離人淚。」（節錄）

春色滿園關不住，一枝紅杏出牆來。

滿園的春光終究是關不住，只見一枝鮮紅的杏花已經探出牆外來了。

【解析】作者葉紹翁寫其於春日出門準備遊某戶人家的花園，怎知到時卻見園門深鎖，他從敲門許久不見主人開門的失落，到驚喜發現園內一枝耐不住寂寞的豔麗紅杏，竟翻過牆外，急著向路人展現其嬌媚姿態，中間心情的起伏轉承，出人意表，更添詩意的曲折趣味。可用來形容春花滿園，多到花枝伸出牆外的景致。另可用來比喻美好的事物蓬勃發展或難以阻擋新生的事物脫穎而出。

【出處】南宋．葉紹翁〈遊園不值〉詩：「應嫌屐齒印蒼苔，小扣柴扉久不開。春色滿園關不住，一枝紅杏出牆來。」

春到人間草木知。

春天一到人間，草與樹木立刻感知到春的氣息。

【解析】此詩為張栻於立春這天，寫其來到水邊舉行修禊祭祀儀式時的心得。立春，為二十四節氣之一，也象徵著春季的開始，此時冰霜逐漸消融，大地回暖，大自然的草木植物最早感受到季節的變化，瞬間顯得生機勃勃，翠綠可人。可用來形容草木復甦的早春時節。

【出處】南宋．張栻〈立春日禊亭偶成〉詩：「律回歲晚冰霜少，春到人間草木知。便覺眼前生意滿，東風吹水綠差差。」

春雨斷橋人不渡，小舟撐出柳蔭來。

連綿的春雨，造成河水上漲，把橋面給淹沒了，人也走不過去，就在這時，忽見一條小船撐著船篙從柳蔭深處駛來。

【解析】徐俯寫春天遊湖，眼前盡是桃柳盛開，雙燕飛舞的無邊春色，但他想要走上橋時，才發現多日來的雨水使湖水漫過了橋梁，人根本不能通行，正感到有些掃興失落，卻見湖邊柳林下撐出一葉小舟來，立刻心念一轉，想著即使無法過橋，至少還有水路可繼續遊賞湖景，更添春遊的一番情趣。可用來形容春雨過後，水面漲滿小橋，船隻擺渡的優美景色。另可用來比喻絕境中又逢生路。

【出處】北宋末、南宋初．徐俯〈春日遊湖上〉詩：「雙飛燕子幾時回？夾岸桃花蘸水開。春雨斷橋人不渡，小舟撐出柳蔭來。」

春風不解禁楊花，濛濛亂撲行人面。

春天的和風，不懂得去約束柳絮，任由它們隨風紛飛，撲打在行人的臉上。

【解析】晏殊以擬人手法寫晚春楊柳花開，柳絮無拘無束漫天飛舞，路過的人們遭柳絮拂面的情景。可用來形容柳絮或其他花絮迎風曼舞的春日景色。另可比喻人的舉止如春風柳絮一樣輕浮不莊重。

【出處】北宋．晏殊〈踏莎行．小徑紅稀〉詞：「小徑紅稀，芳郊綠遍，高臺樹色陰陰見。春風不解禁楊花，濛濛亂撲行人面。翠葉藏鶯，朱簾隔燕，爐香靜逐游絲轉。一場愁夢酒醒時，斜陽卻照深深院。」

浪花有意千重雪，桃李無言一隊春。

浪花故意上下翻滾，像是捲起千萬重的白雪，岸上妍麗的桃花和李花默默無語，像是列隊迎接春天的到來。

【解析】江上湧起如白雪般一望無際的浪花，以及岸邊爭相競開的桃李，原是漁父垂釣時所見的春色景致，李煜詞中刻意用「有意」、「無言」兩語，把浪花和桃李擬人化，藉此表現漁父與大自然之間和諧相親的關係。可用來形容春江白浪翻湧，春花爭妍嫵媚。

【出處】五代．李煜〈漁父．浪花有意千重雪〉詞：「浪花有意千重雪，桃李無言一隊春。一壺酒，一竿綸，世上如儂有幾人？」

章臺路，還見褪粉梅梢，試花桃樹。

在這條歌妓聚集的繁華街上，我又看見粉色梅花從枝頭脫落，以及正在醞釀著開花的桃樹。

【解析】周邦彥寫其於早春重遊京城歌妓聚居之地，街道上的梅花已逐漸凋零，而桃花即將大力綻放，正好與他當年來訪時所見的景色相同，這原本只是每年冬盡春來的尋常風景，詞人卻以「褪粉」和「試花」兩個新穎出奇的語詞，來對比花的一落一開，除了讓人更能感受到季節更替的意象之外，用字精緻翻新，也是這闋詞的一大特色。可用來形容初春時節，梅花衰敗殘落，桃花含苞待放。

【出處】北宋．周邦彥〈瑞龍吟．章臺路〉詞：「章臺路，還見褪粉梅梢，試花桃樹。愔愔坊陌人家，定巢燕子，歸來舊處……」（節錄）

殘雪壓枝猶有橘，凍雷驚筍欲抽芽。

殘餘的積雪，壓著橘樹上的樹枝，枝上還掛著去年冬天的橘子，寒天裡的雷聲驚動了筍子，紛紛想要破土冒出新芽。

【解析】歐陽脩寫其謫居夷陵期間，到了仲春二月還沐浴不到春日暖風，天氣依然寒涼，倒是在去年殘雪的覆蓋下，橘樹上還結有冬天的橘子，以及聽到寒雷聲響，發現竹筍正打算從土裡抽出嫩芽。這也意味著，不管是冬橘或春筍，都懂得適時積蓄自己的生命能量，並在重要時機派上用場。可用來形容初春白雪猶存，寒雷隆隆，大地開始有回春的跡象。另可用來比喻在艱難處境之下，仍不畏困阻，展現強韌、旺盛的生命力。

【出處】北宋．歐陽脩〈戲答元珍〉詩：「春風疑不到天涯，二月山城未見花。殘雪壓枝猶有橘，凍雷驚筍欲抽芽。夜聞歸雁生鄉思，病入新年感物華。曾是洛陽花下客，野芳雖晚不須嗟。」

等閑識得東風面，萬紫千紅總是春。

任誰都可以輕易地認出春風的面貌，那色彩鮮豔的花朵，都象徵著春天的到來。

【解析】朱熹詩中寫其於春晴出遊、河畔賞花的見聞心情，和風在他的耳邊輕拂，百花在他的眼前齊放，這個時候，即使是個反應再遲鈍的人，也都能立刻察覺春到人間的訊息。可用來形容春日大地妊紫嫣紅，景色絢爛奪目。另可用來比喻繁榮昌盛的局面，前景一片大好。

【出處】南宋．朱熹〈春日〉詩：「勝日尋芳泗水濱，無邊光景一時新。等閑識得東風面，萬紫千紅總是春。」

開到荼蘼花事了。

當荼蘼盛開的時候，代表這一年的花季終結。

【解析】王淇在詩中所提的「荼蘼」，又稱「酴醾」，是一種約在晚春初夏時期開的花。由於春天才是百花齊放的季節，之後會開花的植物數量變少，於是人們便把荼蘼花開的這段時間，視為一年當中的最後一場花事。正因如此，荼蘼除了花名的本義之外，同時也被賦予了絢爛繁華的時間即將過去的寓意。可用來形容等到荼蘼開花，也就是送春迎夏的時刻來臨。另可用於比喻事物從絢麗光彩到歸於平淡或結束的前奏。

【出處】南宋．王淇〈暮春遊小園〉詩：「一從梅粉褪殘粧，塗抹新紅上海棠。開到荼蘼花事了，絲絲天棘出莓牆。」

落盡梨花春又了。滿地殘陽，翠色和煙老。

當梨花落盡的時候，代表春天又要過去了。夕陽餘暉照映大地，青翠的春草將隨著沉沉暮靄變得更為蒼老。

【解析】梅堯臣描寫晚春時節的萋萋芳草，伴隨著黃昏天色逐漸變暗而由翠綠轉蒼綠的景象，其中以「盡」、「了」、「殘」、「老」等帶有蒼涼意味的字眼，抒發詞人不忍綺麗春色匆匆消逝的感傷。可用來形容殘春日暮、草木蒼蒼的景色。

【出處】北宋・梅堯臣〈蘇幕遮・露堤平〉詞：「露堤平，煙墅杳。亂碧萋萋，雨後江天曉。獨有庾郎年最少。窣地春袍，嫩色宜相照。接長亭，迷遠道。堪怨王孫，不記歸期早。落盡梨花春又了。滿地殘陽，翠色和煙老。」

遊人不管春將老，來往亭前踏落花。

遊客才不管春天快要過去了，在豐樂亭前往來徘徊，踏著遍地的落花。

【解析】來到滁州擔任知州的歐陽脩，在豐山附近建造了一座涼亭，並命名為「豐樂亭」，詩中描寫暮春時節，依山傍水的豐樂亭，因景色秀麗，吸引眾多人群來此欣賞青山紅樹，無垠碧草，落花紛飛，盡情享受即將消逝的大好春光。可用來形容對晚春落花滿地，遊人如織的景象。

【出處】北宋・歐陽脩〈豐樂亭遊春〉詩三首之三：「紅樹青山日欲斜，長郊草色綠無涯。遊人不管春將老，來往亭前踏落花。」

綠楊煙外曉寒輕，紅杏枝頭春意鬧。

綠色的楊柳籠罩在清晨微寒的煙霧中，紅色的杏花熱鬧地開滿枝頭。

【解析】宋祁寫其於春日的大清早遊湖時，見湖畔楊柳新綠，寒煙漫漫，杏花綻放如火，到處洋溢著繽紛絢麗又生機勃勃的春之信息，尤其是詞中一「鬧」字，彷彿賦予本應無聲的紅杏盡情盛放的喧鬧聲音，花滿枝頭的景象更為顯著。近人王國維《人間詞話》評曰：「著一『鬧』字，而境界全出。」可用來形容花紅柳綠，春意盎然。

鴨頭春水濃如染，水面桃花弄春臉。

春天的江水深綠如鴨頭似的，顏色濃到像是染過一樣，水畔的桃花映在水面上，把春天的容貌妝扮得十分動人。

【解析】蘇軾於春日在江邊送別友人，原本該是離情依依的場面，卻被眼前的盎然春色轉移了傷感心情，嫣紅的桃花倒映在濃綠的江水上，色彩亮麗搶眼，使大地遍滿一股勃勃生氣。可用來形容花紅水綠的爛漫春景。

【出處】北宋·蘇軾〈送別〉詩：「鴨頭春水濃如染，水面桃花弄春臉。衰翁送客水邊行，沙襯馬蹄烏帽點。昂頭問客幾時歸？客道秋風黃葉飛。繫馬綠楊開口笑，傍山依約見斜暉。」

簾外雨潺潺，春意闌珊。

門簾外面雨聲潺潺不斷，今年的春色即將殆盡。

【解析】成為北宋俘虜的南唐亡國之君李煜，描寫他在天快要亮時，從夢中醒來，聽到簾外淅淅瀝瀝的雨聲，而這其實也是在簾內的他，從春日以來一直傾聽的聲音，直到如今時序已是殘春。可用來形容春雨綿綿，春意衰歇。

【出處】五代・李煜〈浪淘沙・簾外雨潺潺〉詞：「簾外雨潺潺，春意闌珊。羅衾不耐五更寒。夢裡不知身是客，一晌貪歡。獨自莫憑闌，無限江山，別時容易見時難。流水落花春去也，天上人間。」

夏

更無柳絮因風起，惟有葵花向日傾。

此時再也沒有柳絮隨風飄舞了，只有看見葵花向著太陽生長。

【解析】司馬光詩中描寫暮春時節剛過，早已看不到柳絮紛飛的景象，時序逐漸轉入初夏，只見葵花迎日綻開，而自己的心志也正如葵花一樣，一心朝著太陽，坦蕩光明，絕不和輕薄的柳絮一樣。可用來形容初夏時節，葵花向日傾長。另可用來形容心志忠誠如一，如葵花向陽。

【出處】北宋・司馬光〈客中初夏〉詩：「四月清和雨乍晴，南山當戶轉分明。更無柳絮因風起，惟有葵花向日傾。」

炙翻四海波，天地入烹煮。

大海上炙熱翻滾的波濤像是被燒到沸騰般，偌大的天地也像是被放進大海裡烹煮。

【解析】韓琦詩中採用誇飾的筆法描寫酷暑燠熱，想像大海和天地難逃被火炙烤燒煮的命運，正在承受高溫滾燙的痛楚滋味，藉此表現出盛暑的極熱天氣。可用來形容炎夏令人熾熱難耐的氣候。

【出處】北宋・韓琦〈苦熱〉詩：「……赫日燒扶桑，焰焰指亭午。陽烏自焦鑠，垂翅不西舉。炙翻四海波，天地入烹煮……」（節錄）

芳菲歇去何須恨？夏木陰陰正可人。

春天芳香的花草謝去又有什麼怨恨的呢？夏天的樹木枝葉濃密，也一樣合人心意。

【解析】秦觀在暮春三月的最後一日寫下此詩，對於人們遺憾春天逝去的想法深感不以為然，他認為春景固然妙麗，但夏日濃蔭蔽空，涼爽宜人，也有討人喜愛的地方，各有千秋。可用來形容初夏百花褪色凋殘，樹木蔥綠繁茂，令人舒適歡心。

【出處】北宋．秦觀〈三月晦日偶題〉詩：「節物相催各自新，痴心兒女挽留春。芳菲歇去何須恨？夏木陰陰正可人。」

風老鶯雛，雨肥梅子，午陰嘉樹清圓。

幼鶯在暖風中逐漸成長，梅子在充裕的雨水中成熟，正午炎日的大樹下，陰涼又圓大的樹影籠罩整個地面。

【解析】周邦彥描繪春天剛過，時序進入夏季時，鶯雛在日日暖風的吹拂下，羽翼漸豐，梅樹接受豐沛雨水的滋潤，樹上結的梅子日增肥大，中午豔陽高照，大樹枝葉濃密，人在樹蔭下乘涼，也能感受到炎炎夏日裡的一絲涼爽快意。值得一提的是，詞人在此僅以「風老」和「雨肥」兩語，便交代出鶯雛和梅子可是經過了好幾個月春風春雨的吹打，直到邁入夏季才長成的，期間親鳥孵化和育雛的辛勞，梅子從未成熟轉為果肉肥實，作者雖未明言，卻已在這四字中道盡。可用來形容黃鶯剛剛長大，梅子正好熟成，綠樹蔥蘢的初夏美景。

【出處】北宋．周邦彥〈滿庭芳．風老鶯雛〉詞：「風老鶯雛，雨肥梅子，午陰嘉樹清圓。地卑山近，衣潤費爐煙。人靜烏鳶自樂，小橋外、新綠濺濺。憑闌久，黃蘆苦竹，疑泛九江船……」（節錄）

惟有南風舊相識，
偷開門戶又翻書。

只有南風像是認識很久的老朋友一樣，偷偷地打開門窗又任意翻動了我的書。

【解析】史學家劉攽（ㄅㄧㄣ）講述他於夏日午睡的夢境中醒來，看見久雨的天氣終於放晴，薰風吹開了房門，將案頭上的書本一頁一頁掀翻。作者在此運用擬人筆法，把專屬夏季的南風視為舊識好友，彼此熟絡到連個招呼都不必打，便直接進門翻閱自己的愛書，詩意充滿詼諧的人情趣味。可用來形容夏天的風由南向北吹來，物品因風而掀動。

【出處】北宋．劉攽〈新晴〉詩：「青苔滿地初晴後，綠樹無人晝夢餘。惟有南風舊相識，偷開門戶又翻書。」

梅子留酸軟齒牙，
芭蕉分綠與窗紗。

梅子的酸味還殘留在嘴裡，感覺牙齒都被滲透到軟了，看著窗外芭蕉的綠蔭映襯到窗紗上，與窗紗分享著盎然的綠意。

【解析】閑居在家的楊萬里，描寫初夏午睡醒來的景況。由於詩人睡前才吃過梅子，醒後齒牙還留有梅子的餘酸，可見梅子的酸味不但強烈而且持久，窗外的芭蕉綠葉和窗紗相互掩映，看上去就好像芭蕉把自己的綠色分給了窗紗一樣，詩中借「梅子」和「芭蕉」的物象特徵，來表現時令已經進入夏季。可用來形容夏日梅子初熟，味道酸澀，芭蕉樹上的綠葉迎風搖曳。

【出處】南宋．楊萬里〈閑居初夏午睡起〉詩二首之一：「梅子留酸軟齒牙，芭蕉分綠與窗紗。日長睡起無情思，閑看兒童捉柳花。」

黃梅時節家家雨，
青草池塘處處蛙。

在梅子成熟的季節裡，家家戶戶都被雨水給籠罩著，長滿青草的池塘裡到處都是青蛙的鳴叫聲。

【解析】趙師秀詩中描寫春末夏初時的江南雨季，此時正值梅子由青轉黃之際，一整天下來都是陰雨綿綿的天氣，故有「黃梅天」或「梅雨季」之稱。作者在屋內等候友人到訪，他靜心聆聽室外的動靜，除了淅瀝雨聲之外，耳邊也傳來池塘草叢間群蛙的相和聲。可用來形容梅子黃熟、蛙鳴處處的初夏雨景。

【出處】南宋·趙師秀〈約客〉詩：「黃梅時節家家雨，青草池塘處處蛙。有約不來過夜半，閑敲棋子落燈花。」

【秋】

秋容老盡芙蓉院。草上霜花勻似翦。

秋色已深，庭院裡的芙蓉樹已經開始凋零，草上白霜點點，均勻得像是被修剪過一樣。

【解析】秦觀描繪嚴秋時節，院子裡的木芙蓉已呈現衰敗景象，草上凝聚著朵朵結晶分明的霜花，好似經由修裁而成勻稱的形狀，將整個院落妝點成寒白一片。可用來形容花樹零落、草木生霜的蕭索秋景。

【出處】北宋·秦觀〈木蘭花·秋容老盡芙蓉院〉詞：「秋容老盡芙蓉院，草上霜花勻似翦。西樓促坐酒杯深，風壓繡簾香不卷。玉纖慵整銀箏雁，紅袖時籠金鴨暖。歲華一任委西風，獨有春紅留醉臉。」

楚天千里清秋，水隨天去秋無際。

楚地的天空，千里遼闊，秋意清爽，看著江中的水隨著天空奔去，秋色無邊無際。

【解析】此詞為辛棄疾駐守建康期間，登覽秦淮河畔的名勝賞心亭時所作。詞中寫其在秋日傍晚獨自登亭，遠望浩浩蕩蕩的江水向蒼茫無垠的天邊流去，江水相連成一色，氣勢磅礴。可用來形容碧天無際、江水無涯的壯麗秋色。

【出處】南宋．辛棄疾〈水龍吟．楚天千里清秋〉詞：「楚天千里清秋，水隨天去秋無際。遙岑遠日，獻愁供恨，玉簪螺髻。落日樓頭，斷鴻聲裡，江南游子。把吳鉤看了，闌干拍遍，無人會，登臨意……」（節錄）

對瀟瀟暮雨灑江天，一番洗清秋。

一陣黃昏落雨灑在廣闊無垠的江河上，看著秋色經過雨的一番洗滌，顯得清涼爽朗。

【解析】柳永寫其於傍晚登臨高樓，凝望著灑遍江天的淅瀝秋雨，懷想重重的心事。等雨停了之後，他感覺到天空看起來比先前更加清朗，空氣中也帶有薄寒的秋意，詞中以一「洗」字，予人一種大雨洗盡天地塵埃的想像。可用來形容秋日雨後的江天，澄澈清冷。

【出處】北宋．柳永〈八聲甘州．對瀟瀟暮雨灑江天〉詞：「對瀟瀟暮雨灑江天，一番洗清秋。漸霜風淒緊，關河冷落，殘照當樓。是處紅衰翠減，苒苒物華休。惟有長江水，無語東流……」（節錄）

碧雲天，黃葉地。秋色連波，波上寒煙翠。

碧藍的天空，讓人感覺浮雲也跟著天空一樣的碧藍，黃色的枯葉落滿一地，蕭瑟的秋景連接著水面上的波紋，波上的冷煙也如水波一樣的翠綠。

【解析】范仲淹詞中以「碧」、「黃」、「翠」等帶有色彩的視覺意象文字，以及觸覺上含有冷熱程度的「寒」字，勾勒出一幅秋雲蒼茫、秋葉滿地、秋煙冷寒的風景圖。可用來形容天碧葉黃，江波含煙籠霧的秋日景色。

【出處】北宋．范仲淹〈蘇幕遮．碧雲天〉詞：「碧雲天，黃葉地。秋色連波，波上寒煙翠。山映斜陽天接水，芳草無情，更在斜陽外。黯鄉魂，追旅思，夜夜除非，好夢留人睡。明月樓高休獨倚。酒入愁腸，化作相思淚。」

【冬】

一年好景君須記，最是橙黃橘綠時。

請你一定要記住，一年之中最好的景致，就是在這段橙子已黃、橘子剛綠的時候。

【解析】蘇軾認為一年佳景就是初冬橙子橘子碩果累累的時節，天氣雖蕭瑟寒冷，卻也是色彩鮮豔的黃綠橙橘豐收之際，藉此勸勉稍長自己三歲，當時已五十八歲的劉季孫（字景文），千萬不要因青壯時光不再而意志消沉，年老其實也是人生閱歷最成熟豐富的階段，更該好好把握。可用來形容初冬橙子金黃、橘子青綠的亮麗景色。另可用來比喻晚年堪稱是人生的黃金階段，更要懂得分外珍惜。

【出處】北宋．蘇軾〈贈劉景文〉詩：「荷盡已無擎雨蓋，菊殘猶有傲霜枝。一年好景君須記，最是橙黃橘綠時。」

北風吹樹急，西日照窗涼。

冬天的寒風急驟地吹拂著樹，落日餘暉冷冷地照著窗臺。

【解析】王安石寫他在凜冽寒冬中來到唐代名將張巡、許遠的祠堂，回想兩人在安史之亂時死守睢陽（位在今河南境內）十月餘，最後雖在內缺糧食、外無援軍的情況下兵敗而亡，卻使得敵人士氣大衰，唐軍也因此獲得了反撲的契機，不久便收復洛陽一帶的失土。詩人借當時北風猛烈、冬日嚴寒等含有蒼涼寓意的景物描寫，表達他對前人為國壯烈犧牲的肅穆敬意。可用來形容嚴冬風急日寒的景象。

【出處】北宋．王安石〈雙廟〉詩：「兩公天下駿，無地與騰驤。就死得處所，至今猶耿光。中原擅兵革，昔日幾侯王？此獨身如在，誰令國不亡？北風吹樹急，西日照窗涼。志士千年淚，泠然落奠觴。」

溪凍聲全滅，燈寒焰不高。

溪流裡的水已經凍結，流水的聲音減弱，屋內的油燈也因為天氣寒冷，火苗顯得非常微小。

【解析】李建勳夜宿友人在山中的住所，寫了這首詩寄給一位姓司徒的好友，他在詩中描述了屋外的溪流已經冷到結冰，即使進到了屋子裡，寒氣依然凜冽，燈上的火焰低弱到幾乎快要熄滅的樣子，室內燈火黯淡無光，也道出了當時的天候極為冷寒。可用來形容隆冬時節的嚴寒景象。

【出處】五代．李建勳〈宿友人山居寄司徒相公〉詩二首之二：「郢客相尋夜，荒庭雪灑篙。虛堂看向曙，吟坐共忘勞。溪凍聲全滅，燈寒焰不高。他人莫相笑，未易會吾曹。」

日夜天象

【日】

太陽初出光赫赫，千山萬山如火發。

初升的旭日光芒耀眼，群山被它照得好像是在噴火一樣。

【解析】北宋太祖趙匡胤詩中描寫清晨太陽剛剛升起的那一剎那，金光四射，千千萬萬座山巒在陽光的映照下如著了火般，景致閃耀奪目。可用來形容太陽升起時光輝燦爛，紅光照耀群山的景象。另可用來比喻心志遠大，如熾盛顯赫的朝陽。

【出處】北宋・宋太祖趙匡胤〈詠初日〉詩：「太陽初出光赫赫，千山萬山如火發。一輪頃刻上天衢，逐退群星與殘月。」

斜陽映山落，斂餘紅、猶戀孤城闌角。

夕陽映照遠山，即將西下，緩緩收斂它的紅色餘光時，仍然依戀著寂靜城樓一角的闌干，不忍離開。

【解析】此詞為周邦彥於黃昏在郊外平原送別客人後所作，詞中他運用擬人手法，不直白說出自己捨不得夕曛晚景的消逝，而是賦予了落日與人一樣的主觀情感，明知不得不離去，卻仍頻頻貪戀人間城角的一隅，遲遲不肯放開。可形容夕日殘照的景色。

【出處】北宋・周邦彥〈瑞鶴仙・悄郊原帶郭〉詞：「悄郊原帶郭，行路永、客去車塵漠漠。斜陽映山落，斂餘紅、猶戀孤城闌角。凌波步弱，過短亭、何用素約？有流鶯勸我，重解繡鞍，緩引春酌……」（節錄）

清風無力屠得熱，落日著翅飛上山。

涼風無能為力驅除夏日的酷熱，連快要下山的太陽，都像是長了翅膀般地飛旋山頂，遲遲不肯落下。

【解析】王令描寫盛夏炎熱的景況，本可送涼的風，面對酷熱，卻顯得毫無作用，足見當時炎氣之甚。於是寄望黃昏日落，便可以稍減暑熱，偏偏本該西落的太陽仍高掛山頭，讓人苦不堪言。可用來形容驕陽炙人，暑氣難消。

【出處】北宋．王令〈暑旱苦熱〉詩：「清風無力屠得熱，落日著翅飛上山。人固已懼江海竭，天豈不惜河漢乾？崑崙之高有積雪，蓬萊之遠常遺寒。不能手提天下往，何忍身去遊其間？」

煙中列岫青無數，雁背夕陽紅欲暮。

數不盡的青翠山巒被煙雲所繚繞著，紅色的落日餘暉映照在雁群的背上，黃昏即將來臨。

【解析】周邦彥詞中摹寫晴朗秋日的傍晚，峰巒連綿起伏，煙靄瀰漫，成群的飛雁從天際飛過，背上反射出夕照的火紅餘光，景色絢爛壯美。可用來形容青山矗立、歸雁飛空的斜暉暮色。

【出處】北宋．周邦彥〈玉樓春．桃溪不作從容住〉詞：「桃溪不作從容住，秋藕絕來無續處。當時相候赤闌橋，今日獨尋黃葉路。煙中列岫青無數，雁背夕陽紅欲暮。人如風後入江雲，情似雨餘黏地絮。」

曉日成霞張錦綺。

清晨的太陽映著天空整片的雲霞，像是鋪展開一張色彩鮮豔的絲織品。

【解析】此為黃庭堅任吉州太和知縣期間，曾到所轄的安福縣遊歷時所作，詩中描寫旭日初升，陽光穿透雲霞，映射出瑰麗的光彩，猶如天空鋪開一張五彩繽紛的錦緞般。可形容朝日升起，霞光滿天。

【出處】北宋．黃庭堅〈題安福李令朝華亭〉詩：「丹楹刻桷上崢嶸，表裡江山路眼平。曉日成霞張錦綺，青林多露綴珠纓。人如旋磨觀羣蟻，田似圍棋據一枰。對案昏昏迷簿領，暫來登覽見高明。」

夜

月到天心處，
風來水面時。

月亮走到天空的中心位置，涼風輕輕吹拂著水面。

【解析】邵雍描寫其佇立在夜空下，見皎皎明月緩緩地移動到天空的正中央，此時一陣清風劃過水面，讓他感受到一股純淨清新的意味穿過心間。可用來形容月明風清的淨美景象。

【出處】北宋．邵雍〈清夜吟〉詩：「月到天心處，風來水面時。一般清意味，料得少人知？」

可惜[1]一溪風月，
莫教踏碎瓊瑤[2]。

溪水上的清風明月真是可愛，千萬不要讓馬兒踏碎那水中宛如美玉的月亮。

【注釋】1.可惜：此作可愛之意。2.瓊瑤：本指美玉，此指在月亮在水中的倒影。

【解析】蘇軾寫其於春夜下醉酒騎馬，經過溪流小橋時，因迷戀水上月色，竟興起了不忍馬蹄破壞月光倒影的痴心念頭，接著他解下馬鞍當枕頭，率性斜臥橋上，在清朗風月的陪伴下進入夢鄉。可用來形容月照溪水，水光月影幽美迷人。

【出處】北宋．蘇軾〈西江月．照野彌彌淺浪〉詞：「照野彌彌淺浪，橫空隱隱層霄。障泥未解玉驄驕。我欲醉眠芳草。可惜一溪明月，莫教踏碎瓊瑤。解鞍敧枕綠楊橋。杜宇一聲春曉。」

沙上並禽池上暝，
雲破月來花弄影。

一雙水鳥在沙岸上並眠，暮色籠罩池面，月亮從雲裡露了出來，花枝在月光的映照下舞弄自己的影子。

【解析】張先詞中描寫從薄暮到夜晚的岸邊景致，雙雙對對的水鳥棲息在沙灘上，天上的明月破雲而出，地上的花枝搖擺舞動，作者筆下的月色景物宛如一幅迷人的圖畫。其中「雲破月來花弄影」一句，歷來為人們所喜愛，近人王國維《人間詞話》評曰：「著一『弄』字而境界全出矣。」可用來形容水岸旁鴛鴦並眠，以及雲月花影的夜色。

【出處】北宋．張先〈天仙子．水調數聲持酒聽〉詞：「〈水調〉數聲持酒聽，午醉醒來愁未醒。送春春去幾時回？臨晚鏡，傷流景，往事後期空記省。沙上並禽池上暝，雲破月來花弄影。重重簾幕密遮燈，風不定，人初靜，明日落紅應滿徑。」

明月如霜，好風如水，清景無限。

明亮的月光皎潔像霜一樣，美好的晚風輕柔似水般，清美的秋景令人無比動心。

【解析】蘇軾描寫其夜宿徐州名勝燕子樓時，月色潔白，秋風柔和，眼前一片清幽無限的美景，讓人疲憊的心靈瞬間就得到了莫大的撫慰。可用來形容月白風清的柔美夜景。

【出處】北宋．蘇軾〈永遇樂．明月如霜〉詞：「明月如霜，好風如水，清景無限。曲港跳魚，圓荷瀉露，寂寞無人見。紞（ㄉㄢˇ）如三鼓，鏗然一葉，黯黯夢雲驚斷。夜茫茫，重尋無處，覺來小園行遍……」（節錄）

春色惱人眠不得，月移花影上闌干。

春夜的景色美得撩人心扉，讓人無法入睡，只見月光慢慢移動，花影已經悄悄爬上了柵欄。

【解析】此詩詩題為〈夜直〉，即值夜班的意思。王安石詩中描寫其到宮中值夜時，聞著金爐裡的薰香，聽著計時的漏壺聲響，看著隨著月光移動下的花影，伴隨著陣陣微寒的春風，直到天色快要拂曉，而擾亂他一夜清夢的禍首，正是滿園清幽的春色。可用來形容春天月夜的景致迷人。

【出處】北宋．王安石〈夜直〉詩：「金爐香燼漏聲殘，翦翦輕風陣陣寒。春色惱人眠不得，月移花影上闌干。」

桂華[1]流瓦，纖雲散、耿耿[2]素娥[3]欲下。

月光映照在屋頂的瓦片上，薄薄的雲層散盡，好像明月裡的嫦娥正要飄落下凡來。

【注釋】1.桂華：代指月光。桂，相傳月中有桂樹。華，此指光彩。2.耿耿：光明的樣子。3.素娥：指嫦娥，為神話傳說中住在月宮的仙女。因月色清白，故云素娥。

【解析】周邦彥寫其欣賞元宵花燈的同時，抬頭仰望雲層逐漸散去的夜空，更顯月色清明光亮，就彷彿月裡素雅的嫦娥也耐不住寒涼寂寞，想要翩翩而下，一覽人間燈節的喧鬧熱烈。可用來形容皓月當空，光彩照人。

【出處】北宋．周邦彥〈解語花．風銷絳蠟〉詞：「風銷絳蠟，露浥紅蓮，燈市光相射。桂華流瓦，纖雲散、耿耿素娥欲下。衣裳淡雅，看楚女、纖腰一把。簫鼓喧，人影參差，滿路飄香麝……」（節錄）

桂魄[1]飛來，光射處，冷浸一天秋碧。

皓月當空，光輝從天上飛落，它所照射之處，秋天的碧空都浸透在一片清冷之中。

【注釋】1.桂魄：月的別稱。古來稱月體為魄，又傳說月中有桂樹，故稱之。

【解析】蘇軾寫其在黃州過中秋佳節，他登上高樓，遠眺萬里無雲長空，月亮更顯得明朗皎潔，整片天空像是沉浸在月光的冷寒之中。可用來形容秋夜月色清朗且略帶清涼寒意。

【出處】北宋．蘇軾〈念奴嬌．憑高眺遠〉詞：「憑高眺遠，見長空萬里，雲無留跡。桂魄飛來，光射處，冷浸一天秋碧。玉宇瓊樓，乘鸞來去，人在清涼國。江山如畫，望中煙樹歷歷……」（節錄）

梨花院落溶溶月，柳絮池塘淡淡風。

月光灑照在庭院裡的梨花上，微風吹拂著池塘邊的柳絮。

【解析】晏殊描寫其面對春夜月光如水，滿園梨花綻開，池畔柳絮飄舞，讓他回憶起過去和情人在如此月色下談情說愛的美好往事。南宋人葛立方《韻語陽秋》對這兩句詩的評論：「此自然有富貴氣。」反映出晏殊貴氣又不失清雅的風格。可用來形容花前月下，風輕花舞的景色。

【出處】北宋．晏殊〈寓意〉詩：「油壁香車不再逢，峽雲無跡任西東。梨花院落溶溶月，柳絮池塘淡淡風。幾日寂寥傷酒後，一番蕭瑟禁煙中。魚書欲寄何由達？水遠山長處處同。」

尋常一樣窗前月，才有梅花便不同。

窗前的月色和平常一樣，可是有了梅花的映襯，景致便與往日大不相同。

【解析】杜耒的友人寒夜到訪，身為主人的他盛情煮茗，與其在窗前月下品茶談天，氣候雖然寒冷，但兩人的心卻是溫暖的，此時又不時傳來梅花的陣陣幽香，對主客而言，眼前的夜色風景，別具一種情調韻味。可用來形容月光下梅花綻開，使得月色非比尋常。另可用來比喻因某事物或某人的存在，所以轉變了整個情況。

【出處】南宋．杜耒〈寒夜〉詩：「寒夜客來茶當酒，竹爐湯沸火初紅。尋常一樣窗前月，才有梅花便不同。」

皓月初圓，暮雲飄散，分明夜色如晴晝。

一輪明月剛剛升起，傍晚的雲散開之後，夜色因月光明朗的緣故，看起來恍如晴天。

【解析】柳永詞中描寫朗朗圓月初升，光亮皎潔，待清風吹開暮雲後，整個夜空顯得清澈明淨，讓人誤以為時間還停留在白晝，完全沒有入夜的感受。可用來形容月光潔淨，夜色清朗。

【出處】北宋．柳永〈傾杯樂．皓月初圓〉詞：「皓月初圓，暮雲飄散，分明夜色如晴晝。漸消盡，醺醺殘酒。危閣遠，涼生襟袖。追舊事，一餉憑闌久。如何媚容豔態，抵死孤歡偶。朝思暮想，自家空恁添清瘦……」（節錄）

雲散月明誰點綴？天容海色本澄清。

烏雲散了，月亮明朗，誰能給它加上任何裝飾呢？天的面貌，海的顏色，本來就是澄淨清澈的。

【解析】蘇軾晚年獲赦，自貶地儋州離開，準備北歸時在船上作此詩，表面上看似在寫風雨過後，雲開見月，海天呈現一片澄澈明淨的夜色，實際上則是借景抒情，表達自己心如明月，縱使不時遭小人誣陷，猶如明月被烏雲汙染，也無法改變月的潔白本質。可用來形容陰霾散去，月光明亮。另可用來比喻心地光明無瑕，任誰也無法抹黑。

【出處】北宋・蘇軾〈六月二十日夜渡海〉詩：「參橫斗轉欲三更，苦雨終風也解晴。雲散月明誰點綴？天容海色本澄清。空餘魯叟乘桴意，粗識軒轅奏樂聲。九死南荒吾不恨，茲遊奇絕冠平生。」

新月如佳人，出海初弄色。

從海上升起的一彎細月如同美人，故意向人們顯現其動人的姿色。

【解析】蘇軾因月而想起遠方友人，借詩和友人分享其於涼夜未寢所見的水上月景，詩中描寫天邊又細又彎的月牙，猶如一位正在搔首弄姿的俏麗佳人，光輝映照水面，波光閃爍，耀眼迷人。可用來形容眉月清新可愛。

【出處】北宋・蘇軾〈宿望湖樓再和〉詩：「新月如佳人，出海初弄色。娟娟到湖上，瀲瀲搖空碧……」（節錄）

落木千山天遠大，澄江一道月分明。

群山上滿是落葉凋零，天空顯得遼遠廣闊，一條明淨的江流，在月光輝映下更顯得清澈分明。

【解析】此詩詩題〈登快閣〉，快閣，位在今江西吉安市境內的贛江上。黃庭堅寫其處理完一天的公事後登臨快閣，舉目遠望，萬木蕭條，江水澄澈如練，夜空明月朗照，營造出一種天地高遠壯闊的意境。可用來形容江山廣遠，草木蕭條，水澄月明的暮秋夜景。

【出處】北宋・黃庭堅〈登快閣〉詩：「痴兒了卻公家事，快閣東西倚晚晴。落木千山天遠大，澄江一道月分明。朱絃已為佳人絕，青眼聊因美酒橫。萬里歸船弄長笛，此心吾與白鷗盟。」

霧失樓臺，月迷津渡。

濃密的雲霧遮蔽了樓臺，迷濛的月色把渡口照得白茫茫一片，反使什麼也看不見了。

【解析】年近半百的秦觀遭貶郴州，此詞為其客居渡船口的旅館時所作，描寫濃霧籠罩的一個夜晚，月光灑遍了岸邊的渡船碼頭，致使他的眼前呈現一片模糊淒迷。可用來形容迷霧朦朧的月夜景色。另可用來比喻迷失人生方向。

【出處】北宋．秦觀〈踏莎行．霧失樓臺〉詞：「霧失樓臺，月迷津渡，桃源望斷無尋處。可堪孤館閉春寒，杜鵑聲裡斜陽暮。驛寄梅花，魚傳尺素，砌成此恨無重數。郴江幸自繞郴山，為誰流下瀟湘去？」

氣象

一夕輕雷落萬絲，
霽光浮瓦碧參差。

夜晚空中響起了輕輕的雷聲，隨後落下如絲般的細雨，清早雨停，朝陽灑在碧綠的琉璃瓦上，浮光閃閃不定。

【解析】秦觀描寫春日天氣由雨轉晴的景色，下雨之前，先是聽聞雷聲隱隱作響，雨停了之後，屋頂上被雨水刷洗乾淨的碧瓦，在陽光的輝映下，更顯晶瑩閃亮。可用來形容雷雨過後的春日美景。

【出處】北宋．秦觀〈春日〉詩五首之二：「一夕輕雷落萬絲，霽光浮瓦碧參差。有情芍藥含春淚，無力薔薇臥曉枝。」

小樓西角斷虹明，
闌干倚處，待得月華生。

小樓西邊的一角，出現一截雨後的彩虹，倚著闌干，等待月亮升上來。

【解析】歐陽脩描寫一名女子長時間佇立樓外闌干

前，從聽著雨打池上的荷葉聲，到雨歇後看見天空一道亮麗的彩虹，她都一直待在原地，靜靜等候著月華初升。可用來形容傍晚雨後天氣放晴，一彎虹彩忽現雲際，月亮準備升起。

【出處】北宋．歐陽脩〈臨江仙．柳外輕雷池上雨〉詞：「柳外輕雷池上雨，雨聲滴碎荷聲。小樓西角斷虹明。闌干倚處，待得月華生。燕子飛來窺畫棟，玉鉤垂下簾旌。涼波不動簟紋平。水精雙枕，傍有墮釵橫。」

天外黑風吹海立，浙東[1]飛雨過江來。

遠方晦暗的天空捲起了暴風，海水被翻湧成柱狀而掀立起來，大雨從浙東方向朝錢塘江飛來。

【注釋】1.浙東：浙江舊分為兩浙，稱錢塘江以東為浙東，稱錢塘江以西為浙西。蘇軾寫此詩所在地吳山有美堂位於浙西，故稱風雨從浙東過江到浙西來。

【解析】蘇軾來到杭州吳山的最高處有美堂，望見烏雲密布天空，暴風驟雨從錢塘江的東邊狂捲而來，吹得海浪為之直立，氣勢磅礴。可用來形容天昏地暗，狂風急雨由遠而近呼嘯過江，掀起滔天巨浪的壯觀景象。

【出處】北宋．蘇軾〈有美堂暴雨〉詩：「遊人腳底一聲雷，滿座頑雲撥不開。天外黑風吹海立，浙東飛雨過江來。十分瀲灩金樽凸，千杖敲鏗羯鼓催。喚起謫仙泉灑面，倒傾鮫室瀉瓊瑰。」

乍暖還寒時候，最難將息。

才剛剛感受到一點暖意，又馬上回到了寒冷的這個時候，身體是最難調理的了。

【解析】因愁緒揮之不去，精神也一直低迷不振的李清照，寫其於秋日的一早醒來，見天氣晴好，陽光和暖，只是曉風急襲，詞人便借酒暖身，同時替自己消愁解悶，但即使如此，還是抵擋不了逼人的寒氣。可用來形容氣候冷熱不定，讓人的身體難以適應或容易生病。

【出處】北宋末、南宋初．李清照〈聲聲慢．尋尋覓覓〉詞：「尋尋覓覓，冷冷清清，悽悽慘慘戚戚。乍暖還寒時候，最難將息。三盃兩盞淡酒，怎敵他、晚來風急。雁過也，正傷心，卻是舊時相識……」（節錄）

白曉慘成夜，瓦口生飛濤。

白日突然烏雲密布，天色有如黑夜一樣昏暗，雨水從屋簷上的瓦片口傾瀉而下，像是翻飛的浪濤。

【解析】李覯詩中描寫白晝時分，天氣突然由晴轉陰，原本明朗的天空，瞬間變得灰暗，接著驟雨大作，嘩啦啦的雨水沿著屋瓦狂瀉流下的景象。可用來形容白日烏雲四起，之後下起滂沱大雨，雨勢猛烈。

【出處】北宋．李覯〈雨中作〉詩：「群陰侮陰德，雨陣春嘈嘈。白曉慘成夜，瓦口生飛濤。凝雲列山鞘，冷氣攢衣刀。徑鬧有松竹，庭臥唯蓬蒿，花淫得罪隕，鶯辯知時逃。隰苗出水短，木菌隨日高。微吟雅於樂，快飲甘如膏。朱曦待未見，天蓋空牢牢。」

但覺衾裯如潑水，不知庭院已堆鹽。

只覺得蓋在身上的被子好似被水潑過一樣的潮濕，不知道屋外庭院已經堆起了如鹽般的白雪。

【解析】來到密州任官的蘇軾，描寫黃昏到入夜細雨霏霏，躺在床上，絲毫感受不到裹在身上被子的暖意，徹夜難以安眠，渾然不知夜深天寒，戶外的雨已轉為雪，聚積成堆在庭院了。詩中以「鹽」比喻白雪，典出《世說新語．言語》中東晉謝安問謝家眾晚輩：「白雪紛紛何所似？」姪兒謝朗回答：「撒鹽空中差可擬。」可用來形容冬寒夜裡雪花飄落的景象。

【出處】北宋．蘇軾〈雪後書北臺壁〉詩二首之一：「黃昏猶作雨纖纖，夜靜無風勢轉嚴。但覺衾裯如潑水，不知庭院已堆鹽。五更曉色來書幌，半夜寒聲落畫簷。試掃北臺看馬耳，未隨埋沒有雙尖。」

春風如醇酒，著物物不知。

春天的和風，有如醇厚的酒，使天地萬物陶醉其中而不自知。

【解析】程俱將春日和煦的暖風，比喻成濃厚醉人的美酒，大地在不知不覺中受到春風的化育薰陶，所有物類充滿勃勃的生命活力。詩中以「著物物不知」的擬人筆法來讚許春風的功成不居，不曾對外誇耀自己的美好品德。可用來形容春風和暖舒暢，能讓萬物沐浴其中。

【出處】北宋．程俱〈過紅梅閣〉詩：「春風如醇酒，着物物不知。能使死瓦色，化為明豔姿……」（節錄）

風不定，人初靜，明日落紅應滿徑。

風不停地吹，人聲才剛安靜下來，明早起來，應會見到被風吹落的紅花鋪滿了整條小路。

【解析】這三句詞的前面有張先的得意之句「雲破月來花弄影」，暗示著雲動月出、花影婆娑皆是緣於「風」的緣故，只是詞句裡沒有明白點出。其後作者才直指由於風勢持續不止，一夜下來，必然會讓那些入夜還在搖曳生姿的花朵，不堪風的吹襲而從花枝上掉落，明早出門時，迎接他的已非花姿嬌容，而是滿地殘花。可用來形容晚風不斷，落花飄零。

【出處】北宋．張先〈天仙子．水調數聲持酒聽〉詞：「〈水調〉數聲持酒聽，午醉醒來愁未醒。送春春去幾時回？臨晚鏡，傷流景，往事後期空記省。沙上並禽池上暝，雲破月來花弄影。重重簾幕密遮燈，風不定，人初靜，明日落紅應滿徑。」

風急花飛晝掩門，一簾殘雨滴黃昏。

花被急驟又猛烈的風吹得四處飄飛，即使是白天也只能把門戶緊緊關閉，窗簾外的微雨好像要停止的樣子，卻一直滴落到傍晚都還停不下來。

【解析】趙令時詞中借「風急花飛」和「一簾殘雨」兩語來描寫晚春時節風雨蕭條、落花飄舞的冷清景象，使人不得不掩門以擋住屋外的疾風，在簾內聽著欲止又遲遲不止的細微雨聲。可用來形容風吹花落，暮雨蕭蕭。

【出處】北宋．趙令時〈浣溪沙．風急花飛晝掩門〉詞：「風急花飛晝掩門，一簾殘雨滴黃昏。便無離恨也銷魂。翠被任熏終不暖，玉杯慵舉幾番溫。個般情事與誰論？」

風蒲獵獵[1]弄輕柔，欲立蜻蜓不自由。

輕風吹來，蒲葉柔和來回搖擺，發出獵獵的聲響，想要在蒲葉上停留的蜻蜓，卻怎麼也站不住。

【注釋】1.獵獵：此指風吹葉子的聲音。

【解析】詩僧道潛寫其走在杭州臨平山下的路中，見水邊細長的蒲葉隨風搖曳，像是在賣弄嫵媚舞姿般，欲停立在蒲葉上的蜻蜓，因蒲葉的擺動而站立不穩，姿態顯得不太自在，突顯出一方希望風動不止，另一方希望風止不動的爭戲畫面。可用來形容風吹動草葉，草葉上的昆蟲也隨之搖晃。

【出處】北宋．道潛〈臨平道中〉詩：「風蒲獵獵弄輕柔，欲立蜻蜓不自由。五月臨平山下路，藕花無數滿汀洲。」

浮雲集，輕雷隱隱初驚蟄。

飄浮的雲集結於空中，雷聲隱隱作響，驚醒了冬眠蟄伏的動物。

【解析】范成大詞中描寫春天的雷聲響起，氣溫回升，原本蟄居的動物，開始出來活動，此稱之「驚蟄」。驚蟄，為古代曆法二十四節氣之一，命名取自雷聲震醒了入冬以來，一直藏伏於土中不飲不食的蟄蟲，時間一般是在每年國曆三月五日或六日。可用來形容烏雲密布，春雷初響，把蟄居動物驚出。

【出處】南宋．范成大〈秦樓月．浮雲集〉詞：「浮雲集，輕雷隱隱初驚蟄。初驚蟄，鵓鳩鳴怒，綠楊風急。玉爐煙重香羅浥，拂牆濃杏燕支濕。燕支濕，花梢缺處，畫樓人立。」

海壓竹枝低復舉，風吹山角晦還明。

暴雨的氣勢有如翻江倒海，壓得竹枝有時低伏、有時高舉，狂風吹襲山的一角，山色有時晦暗、有時明亮。

【解析】此為陳與義的晚年之作，表面上看似描寫急風驟雨猶如倒山海傾般，草木為之起伏搖擺，天空烏雲著頂，山景顯得忽滅忽明，實際上是借被風雨侵襲的草木山林，表達人面對逆境也不願屈服的精神。可用來形容風雨猛烈，草木起起伏伏，山色明暗不定。另可用來比喻在不利的情勢下，仍堅持抵抗，只要有一線生機便永不放棄。

【出處】北宋末、南宋初・陳與義〈觀雨〉詩：「山客龍鍾不解耕，開軒危坐看陰晴。前江後嶺通雲氣，萬壑千林送雨聲。海壓竹枝低復舉，風吹山角晦還明。不嫌屋漏無乾處，正要群龍洗甲兵。」

清風明月無人管，併作南樓一味涼。

大自然中的清風和明月是屬於每一個人的，現在它們一起到了南樓，帶給人們一股清涼的感受。

【解析】此詩為黃庭堅客居鄂州期間所作，寫其於炎炎夏日，登上南樓乘涼，倚樓遠望山光水光，俯瞰出水荷花，月光的清輝融入晚風之中一併吹送而來，使人的心頭湧上一陣沁涼。可用來形容明媚月色下伴隨著清冷的微風，涼意襲人。

【出處】北宋・黃庭堅〈鄂州南樓書事〉詩四首之一：「四顧山光接水光，憑闌十里芰荷香。清風明月無人管，併作南樓一味涼。」

黑雲翻墨未遮山，白雨跳珠亂入船。

烏黑的雲濃得像是打翻的墨水，還來不及把整座山給遮住，白色的雨點便急得落進湖面，再濺跳起一顆顆的水珠，亂紛紛地灑入船中。

【解析】這首詩是蘇軾在杭州西湖寫於醉酒的當下，詩中描寫天空濃密如墨的雲層才剛至山的一方，大雨就迅疾地降落水面，白花花的水珠飛濺到船內，傳神地摹繪出天氣驟然變化且來勢洶洶的情態。其中「黑雲翻墨」、「白雨跳珠」兩語不僅色彩對比鮮明，比喻更是靈活生動，歷來受到詩家好評。清人王文誥《蘇文忠公詩編註集成》評曰：「隨手拈出，皆得西湖之神，可謂天才。」可用來形容夏季陣雨來得又急又快。

【出處】北宋・蘇軾〈六月二十七日望湖樓醉書五絕〉詩五首之一：「黑雲翻墨未遮山，白雨跳珠亂入船。卷地風來忽吹散，望湖樓下水如天。」

微風萬頃靴文細，
斷霞半空魚尾赤。

輕風吹拂廣闊無邊的水面，興起的波紋像靴子上的細碎皺紋，片片晚霞出現在半空中，像是赤紅色的魚尾似的。

【解析】蘇軾寫其遊鎮江金山寺所見的黃昏美景，晚風撩撥遼闊江面，波光粼粼，落日紅霞滿天，江天染成一片火紅色彩。可用來形容和風輕拂，水面泛起漣漪，夕陽霞光豔豔的景色。

【出處】北宋．蘇軾〈遊金山寺〉詩：「……羈愁畏晚尋歸楫，山僧苦留看落日。微風萬頃靴文細，斷霞半空魚尾赤……」（節錄）

雷驚天地龍蛇蟄，
雨足郊原草木柔。

雷聲驚動了天地間蟄伏已久的龍蛇，雨水充沛，郊外曠野上的草木翠綠柔美。

【解析】黃庭堅描寫轟天震響的春雷，驚醒了原本蟄伏在土底或洞穴中冬眠的動物，大地獲得了豐沛春雨的潤澤，枝柔葉嫩，草木油亮，呈現出一片欣欣向榮，生機無限。可用來形容春雷和春雨使天地萬物復甦的景象。

【出處】北宋．黃庭堅〈清明〉詩：「佳節清明桃李笑，野田荒壟只生愁。雷驚天地龍蛇蟄，雨足郊原草木柔。人乞祭餘驕妾婦，士甘焚死不公侯。賢愚千載知誰是？滿眼蓬蒿共一丘。」

滿川風雨看潮生。

一眼望去，整條河面上風雨交加，看著潮水不斷高漲。

【解析】蘇舜欽寫其乘舟而行，夜晚把船停放在淮河岸邊，在漫天風雨中，靜靜地從孤舟內凝望淮河晚潮升起的情景。可用來形容風雨淒迷，浪潮起伏。另可用來比喻外在環境即使混亂不已，但人心始終保持鎮定平和。

【出處】北宋．蘇舜欽〈淮中晚泊犢頭〉詩：「春陰垂野草青青，時有幽花一樹明。晚泊孤舟古祠下，滿川風雨看潮生。」

數峰清苦，商略[1]黃昏雨。

那一座座的山峰清寂愁苦，正醞釀著要下一場黃昏雨。

【注釋】1.商略：醞釀。也可作商量、討論。

【解析】心情低落的姜夔，準備從湖州赴蘇州途中，經過吳淞江畔，他遙望遠山，雲霧陰沉，感覺天空將要下雨似的，詞中以擬人的筆法抒發群山全都沉浸在愁悶淒苦的情緒，彷彿已壓抑不住快要潰堤的淚水。可用來形容山峰冷落蕭瑟，天氣陰暗，暮雨將至。

【出處】南宋．姜夔〈點絳脣．燕雁無心〉詞：「燕雁無心，太湖西畔隨雲去。數峰清苦，商略黃昏雨。第四橋邊，擬共天隨住。今何許？憑闌懷古，殘柳參差舞。」

人文環境

【城鄉】

九陌六街平，萬物充盈。

京城中的各條大路和街道平坦，物資豐盛充沛。

【解析】裴湘描寫北宋仁宗時期京都汴京物阜民豐

的盛世榮景，走在平直寬廣的街道上，供應民生所需的各項物品一應俱全，讓詞人忍不住作詩讚美汴京不僅是全國政治和經濟的中心、交通的樞紐，更是舉世仰望的繁華都會。可用來形容某一城市的交通便利，萬物齊備。

【出處】北宋．裴湘〈浪淘沙．萬國仰神京〉詞：「萬國仰神京，禮樂縱橫。蔥蔥佳氣鎖龍城。日禦明堂天子聖，朝會簪纓。九陌六街平，萬物充盈。青樓絃管酒如澠。別有隋堤煙柳暮，千古含情。」

二十四橋仍在，波心蕩、冷月無聲。

揚州名勝二十四橋仍然存在，但已不復往日風光，只見水中的波光蕩漾，清冷的月光下，四周悄然無聲。

【解析】年輕時的姜夔，生平第一次踏入唐代詩人杜牧筆下「春風十里」的繁華揚州城時，出現眼前的卻是被戰火蹂躪過的斷井頹垣，景色荒涼蕭條，宛如廢墟空城，唯一和過往相同的景象，只有明月靜靜映照揚州二十四橋下的搖曳水波而已。可用來形容某一城市月光水色如昔，但風華無存，景色蕭索。

【出處】南宋．姜夔〈揚州慢．淮左名都〉詞：「……杜郎俊賞，算而今、重到須驚。縱豆蔻詞工，青樓夢好，難賦深情。二十四橋仍在，波心蕩、冷月無聲。念橋邊紅藥，年年知為誰生？」（節錄）

山外青山樓外樓，西湖歌舞幾時休？

青山之外還有青山，樓閣之外還有樓閣，西湖旁的輕歌曼舞何時才會休止？

【解析】林升抒寫宋朝國都從開封移至杭州之後，那些達官顯貴們不分晝夜地在杭州名勝西湖附近歌舞作樂，詩人抓住了西湖周遭青山綠水重疊圍繞、華美樓臺鱗次櫛比的環境特徵，整座城都就像是瀰漫著一股富貴風流的太平氣象，表達其對上位者以及多數人們，儼然已忘記了失去北方國土的恥辱，整天縱情聲色，醉生夢死，只求苟且偏安的焦慮心情。可用來形容一座城市的青山高樓連接不斷，城內洋溢著歌舞昇平的熱鬧景象。

【出處】南宋．林升〈題臨安邸〉詩：「山外青山樓外樓，西湖歌舞幾時休？暖風薰得遊人醉，直把杭州作汴州。」

山河風景元無異，城郭人民半已非。

山川風光和以往相比並沒有什麼差別，但城池殘破不堪，一大半的人民向外逃亡，風貌和過去已大不相同。

【解析】此為文天祥於廣州兵敗後，被押赴元朝大都前，路過金陵時所寫的一首詩，內容描寫金陵城歷經戰亂後，山河依舊，但街市遭到毀壞，人煙稀少，表現出整座城市前後景象的巨大反差，也突顯了戰爭對無辜生靈的荼毒傷害。可用來形容城市經過戰事或重大災難後，荒涼衰敗，面目全非。

【出處】南宋．文天祥〈金陵驛〉詩二首之一：「草合離宮轉夕暉，孤雲飄泊復何依？山河風景元無異，城郭人民半已非。滿地蘆花和我老，舊家燕子傍誰飛？從今別卻江南日，化作啼鵑帶血歸。」

我本無家更安往？故鄉無此好湖山。

我本來就沒有家，又能到哪兒去呢？何況就算是在自己的家鄉，也不可能有像杭州西湖這樣優美的山水景色。

【解析】此詩是蘇軾在杭州擔任通判期間遊西湖時所寫。詩中「我本無家」一說，是指出仕之後，朝廷調派自己到哪裡，便得攜家前往就任，除了先前母親和父親過世曾返家奔喪之外，其餘時間均在外地，故有家也是歸不得，一如無家。然而，眼前西湖奇麗的山光湖色，讓長時間漂泊四方、無家可歸的蘇軾心境逆轉，想著即使是家鄉眉州也沒有如此美好的山林湖海，一方面以此聊慰自己，一方面也是對杭州西湖勝景的絕佳認證。可用來讚美杭州西湖或外地山水勝過自己的家鄉。

【出處】北宋．蘇軾〈六月二十七日望湖樓醉書五絕〉詩五首之五：「未成小隱聊中隱，可得長閑勝暫閑。我本無家更安往？故鄉無此好湖山。」

兩岸荔枝紅，萬家煙雨中。

江水兩岸的荔枝鮮紅可人，萬戶人家都籠罩在茫茫煙雨中。

【解析】曾在嶺南一帶擔任官職的李師中，寫其卸官離去時，情人在江岸為其送別的情景。嶺南，一般泛指五嶺以南的地區，大致包括今廣東、廣西壯族自治區，以及湖南、江西等部分地區。詞人登船之後，船隻在江上從容行進著，他望著兩岸綴滿枝頭的紅色荔枝，已經成熟可食，看起來嬌豔欲滴，岸上的萬戶人家，彷彿都被鎖在煙霧細雨當中。其中「荔枝」和「煙雨」皆為嶺南地區的特色景物。可用來形容嶺南一帶的水岸風光，如荔枝嫣紅、雨景濛濛。

【出處】北宋．李師中〈菩薩蠻．子規啼破城樓月〉詞：「子規啼破城樓月，畫船曉載笙歌發。兩岸荔枝紅，萬家煙雨中。佳人相對泣，淚下羅衣濕。從此信音稀，嶺南無雁飛。」

長江繞郭知魚美，好竹連山覺筍香。

看見黃州城被長江環繞，就知道這裡的魚肉肥美，滿山都是竹林，就知道這裡的筍子可口。

【解析】蘇軾詩中寫其初到貶地黃州時，一見到「長江繞郭」、「好竹連山」的山水景色，便可推知黃州的魚美筍香，想像著自己日後在此肯定口福不淺，也為貶謫生活的開始，找到了陶然自得的樂趣。可用來形容黃州或其他有山有水的地方，物產豐饒，食物美味。

【出處】北宋．蘇軾〈初到黃州〉詩：「自笑平生為口忙，老來事業轉荒唐。長江繞郭知魚美，好竹連山覺筍香。逐客不妨員外置，詩人例作水曹郎。只慚無補絲毫事，尚費官家壓酒囊。」

雨恨雲愁，江南依舊稱佳麗。

雲帶來了雨，也帶來了愁與恨，然而江南的景物，仍舊稱得上是秀麗的。

【解析】心事重重的王禹偁來到多雨的江南，對著淅瀝細雨和低厚雲層，原本苦悶的情緒更加沉重，即便如此，仍無損於江南風光在他心目中的美好印象。可用來形容江南水鄉的雨中美景。

【出處】北宋．王禹偁〈點絳脣．雨恨雲愁〉詞：「雨恨雲愁，江南依舊稱佳麗。水村漁市，一縷孤煙細。天際征鴻，遙認行如綴。平生事，此時凝睇，誰會憑闌意？」

雲裡寒溪竹裡橋，野人居處絕塵囂。

雲層深處有一條冰寒的溪流，竹林叢裡有一座小橋，村野人家就是住在這樣隔絕塵世喧囂的地方。

【解析】王禹偁題寫這一首詩在張姓隱士坐落於白雲山水間的住處，表面上說對方不喜世俗煩囂，因而選擇隱居山林溪邊，實是借四周環境清幽靜謐的描寫，襯托出張姓隱士人品的高潔脫俗。可用來形容住在雲山繚繞，人煙稀少的地方。

【出處】北宋．王禹偁〈題張處士溪居〉詩：「雲裡寒溪竹裡橋，野人居處絕塵囂。病來芳草生漁艇，睡起殘花落酒瓢。閑把道書尋晚逕，靜攜茶鼎洗春潮。長洲懶吏頻過此，為愛盤飧有藥苗。」

煙柳畫橋，風簾翠幕，參差十萬人家。

如煙的楊柳，彩繪的河橋，家家戶戶懸掛的擋風簾子和翠綠的帷幕，房屋高低錯落，約莫住有十萬戶的人家。

【解析】柳永詞中勾畫杭州市井的風景如畫，住宅雅致，人口稠密，突顯這座城市的經濟發達，百姓生活富足的鼎盛氣象。可用來形容杭州或某一都會的景色優美，居民富庶的風貌。

【出處】北宋．柳永〈望海潮．東南形勝〉詞：「東南形勝，三吳都會，錢塘自古繁華。煙柳畫橋，風簾翠幕，參差十萬人家。雲樹繞堤沙，怒濤卷霜雪，天塹無涯。市列珠璣，戶盈羅綺，競豪奢……」（節錄）

嘆江山如故，千村寥落。

悲嘆河山景色一如往昔，但無數村莊已經荒蕪。

【解析】此為岳飛駐軍鄂州期間，登上著名的黃鶴樓，遙望北方失地之作，詞中他感嘆大宋的壯麗山河，經過金兵入侵之後，雖然風景不殊，但舉目一片荒涼，顯然正是受到戰爭的無情波及所致。可用來形容風光依舊，但土地荒廢，人跡杳然，呈現蕭條破敗的景象。

【出處】北宋末、南宋初．岳飛〈滿江紅．遙望中原〉詞：「……兵安在？膏鋒鍔。民安在？填溝壑。嘆江山如故，千村寥落。何日請纓提銳旅？一鞭直渡清河洛。卻歸來、再續漢陽遊，騎黃鶴。」（節錄）

■園林建築■

月橋花院，瑣窗朱戶。

住在月下橋邊種滿百花的庭院，房屋有著精美雕花紋路的窗格和朱紅色的大門。

【解析】賀鑄抒寫其對一位天仙美人心馳神往，始終無法忘情過去目送其離去的芳塵蹤影，但又不知女子如今確切之所在，為此十分懊惱，只好想像著佳人的周遭環境應該有小橋流水、妍麗花園和綺窗朱門等，這樣才襯托得出她的優雅氣質。可用來形容居室華美富麗。

【出處】北宋．賀鑄〈青玉案．凌波不過橫塘路〉詞：「凌波不過橫塘路，但目送、芳塵去。錦瑟華年誰與度？月橋花院，瑣窗朱戶，只有春知處。飛雲冉冉蘅皋暮，彩筆新題斷腸句。試問閑愁都幾許？一川煙草，滿城風絮，梅子黃時雨。」

茅簷長掃靜[1]無苔，花木成畦[2]手自栽。

茅屋的簷下經常打掃，所以潔淨到沒有任何青苔，園圃裡的花木都是屋主親手栽種的。

【注釋】1.靜：此指環境安靜又潔淨。2.畦，音ㄒㄧ，指一塊塊劃分整齊的長方形田地。

【解析】詩題中的「湖陰先生」，指的是王安石住在江寧時的鄰友楊德逢。江南氣候潮濕多雨，楊德逢卻可以把家中庭院打掃到連青苔都無影無蹤，可見平日有多麼勤於整理，甚至栽植在花圃內的各類花木也全不假他人之手。王安石詩中意在大力讚許楊德逢的居住環境雅靜絕塵，正如其高尚脫俗的人品，勤勞樸實的性情。可用來形容房舍庭園清幽整潔，花木整齊，生長茂盛。

【出處】北宋．王安石〈書湖陰先生壁〉詩二首之一：「茅簷長掃靜無苔，花木成畦手自栽。一水護田將綠繞，兩山排闥送青來。」

庭院深深深幾許？楊柳堆煙，簾幕無重數。

庭院幽深，究竟深到怎樣的深度？眾多的楊柳瀰漫在煙霧之中，像是籠罩了層層數不清的簾幕。

【解析】歐陽脩描寫一名女子住在重重楊柳、如煙似霧的幽深庭院裡，由於等不到整日流連妓院的心上人返家，精神上的苦悶與壓抑，宛如她所居住的這座深遂又封閉的環境，濃密深沉，一層又一層牢牢囚禁她的寂寞身心。可用來形容庭園院落深長寧謐，樹木叢叢，彷彿與世隔絕。

【出處】北宋．歐陽脩〈蝶戀花．庭院深深深幾許〉詞：「庭院深深深幾許？楊柳堆煙，簾幕無重數。玉勒雕鞍遊冶處，樓高不見章臺路。雨橫風狂三月暮，門掩黃昏，無計留春住。淚眼問花花不語，亂紅飛過秋千去。」

鳳閣龍樓[1]連霄漢，玉樹瓊枝作煙蘿，幾曾識干戈？

雕刻龍鳳的華美宮殿，連接天際，宮苑名貴的樹木生長茂盛，好像煙霧藤蘿纏繞般，哪裡知道戰爭是怎麼回事呢？

【注釋】1.鳳閣龍樓：多指帝王所居的地方。

【解析】李煜描寫建國近四十年的南唐，都城內華麗的宮闕聳入雲霄，廣闊的園林花樹繁茂，暗喻南唐君臣上下長期耽溺在安逸享樂的生活，最後遭到北宋大軍入侵而覆亡也是咎由自取，徒留悔恨。可用來形容建築雄偉，庭園珍奇異木圍繞的景象。

【出處】五代．李煜〈破陣子．四十年來家國〉詞：「四十年來家國，三千里地山河。鳳閣龍樓連霄漢，玉樹瓊枝作煙蘿，幾曾識干戈？一旦歸為臣虜，沈腰潘鬢銷磨。最是倉皇辭廟日，教坊猶奏別離歌，垂淚對宮娥。」

層樓高峙，看檻曲縈紅，簷牙[1]飛翠。

樓閣層層疊疊，高直聳立，見那紅色的闌干彎曲縈繞，翠綠的簷牙在屋角翹起，如鳥張翅飛展。

【注釋】 1.簷牙：屋簷邊際翹出猶如象牙狀的部分。

【解析】 此詞為姜夔參加武昌黃鶴山上安遠樓落成慶典時所寫，這座新樓取名「安遠」寓有安定邊境之意，當時的武昌是南宋抵抗金人的邊塞要地，但因雙方簽訂和議，停止交戰對峙，所以詞人在慶祝安遠樓完工的宴會上，除了看見軍民載歌載舞、飲酒作樂之外，從樓閣的設計層疊高聳，雕工華麗細緻，也可看出南宋朝廷當時只圖眼前安逸，以致邊境歌舞昇平，建築富麗堂皇，呈現一片安平和樂的景況。可用來形容高樓壯麗雄偉，工藝精巧絕倫。

【出處】 南宋．姜夔〈翠樓吟．月冷龍沙〉詞：「月冷龍沙，塵清虎落，今年漢酺初賜。新翻胡部曲，聽氈幕、元戎歌吹。層樓高峙，看檻曲縈紅，簷牙飛翠。人姝麗，粉香吹下，夜寒風細……」（節錄）

斷牆著雨蝸成字，老屋無僧燕作家。

春雨淋濕了破敗的牆壁上，有著蝸牛爬行後留下如屈曲文字的黏液痕跡，老舊的房屋裡沒有僧人，燕子把它築巢當成自己的家。

【解析】 陳師道詩中以「斷牆」、「老屋」來表明居所的破舊敗壞，春雨過後，蝸牛恣肆無忌地隨意爬行，燕子也大方在他的住屋梁上築起巢穴。其以「老屋無僧」道出了屋子久無人居，而自己則浪跡不定，就像是經年雲遊在外的和尚。可用來形容房屋年久陳舊，殘敗荒涼，景象蕭條。

【出處】 北宋．陳師道〈春懷示鄰里〉詩：「斷牆著雨蝸成字，老屋無僧燕作家。剩欲出門追語笑，卻嫌歸鬢著塵沙。風翻蛛網開三面，雷動蜂窠趁兩衙。屢失南鄰春事約，只今容有未開花。」

【交通】

一闋聲長聽不盡，輕舟短楫去如飛。

一首歌曲還未終了，聲音還在耳邊回響，船夫已經打起船槳，划著小船，像飛行般地迅速離去。

【解析】歐陽脩寫其搭乘的船隻夜晚停靠岳陽時，聽見江上小舟有人正在吟唱詞曲，當他還沉浸在歌者悅耳的餘音，突見傳來歌聲的小舟疾去如飛，頓時就消失在蒼茫的江水上。可用來形容原本歌聲繚繞的小船，一轉眼便以飛快的速度疾駛而去。

【出處】北宋．歐陽脩〈晚泊岳陽〉詩：「臥聞岳陽城裡鐘，繫舟岳陽城下樹。正見空江明月來，雲水蒼茫失江路。夜深江月弄清輝，水上人歌月下歸。一闋聲長聽不盡，輕舟短楫去如飛。」

有如兔走鷹隼落，駿馬下注千丈坡。斷絃離柱箭脫手，飛電過隙珠翻荷。

（舟在百步洪中行駛）有如兔子逃竄疾走，老鷹從空中疾速落下，駿馬從千丈高坡奔馳而下。又像是琴絃猝然斷裂離開琴柱，弓弦上的箭脫手飛出，電光從空隙中閃過，荷葉上的露珠翻滾一樣。

【解析】蘇軾描寫其乘一葉輕舟遊徐州百步洪時，舟從長洪中陡然瀉落，水勢湍猛奔騰的驚險情狀，詩中連續用了兔子、鷹隼、駿馬、斷絃、飛箭、電光、水珠等七個喻體來表現舟行飛速，以及洪水傾瀉之勢，博得歷來詩家好評。清人趙翼《甌北詩話》寫道：「形容水流迅駛，連用七喻，實古所未有。」可用來形容船隻在湍急的水流中飛速落下的樣子。

【出處】北宋．蘇軾〈百步洪〉詩二首之一：「長洪斗落生跳波，輕舟南下如投梭。水師絕叫鳧雁起，亂石一線爭磋磨。有如兔走鷹隼落，駿馬下注千丈坡。斷絃離柱箭脫手，飛電過隙珠翻荷。四山眩轉風掠耳，但見流沫生千渦。險中得樂雖一快，何異水伯誇秋河……」（節錄）

車如流水馬如龍。

車輛絡繹不絕，如同水川流不息般，駿馬馳騁如同遊龍一樣矯健。

【解析】南唐亡國後，成為北宋階下囚的李煜，描寫他在夢裡回到故國舊時宮苑，映入眼前的是當年自己率隊遊園時的空前盛況，沿途車馬如流水般，熱鬧非凡，詞人藉夢中重溫昔日的歡娛，來反襯真實人生的淒涼。可用來形容路上的車馬眾多。

【出處】五代．李煜〈望江南．多少恨〉詞：「多少恨，昨夜夢魂中。還似舊時遊上苑，車如流水馬如龍。花月正春風。」

往日崎嶇還記否？路長人困蹇驢嘶。

你還記得昔日那段一同走過的艱險道路嗎？由於路途漫長，人早已疲累不堪，我們仍然騎著那跛足又不斷嘶叫的驢子繼續前行。

【解析】蘇軾詩中回想起過去他和弟弟蘇轍一同入京赴考的途中，經過澠池西邊崎嶇險峻的崤山，原本騎的馬在路上死去，兄弟兩人只好改換羸弱的驢子代步，小心翼翼地跋履過那段迢遠險途。可用來形容山路險阻難行又遙遠。

【出處】北宋．蘇軾〈和子由澠池懷舊〉詩：「人生到處知何似？應似飛鴻踏雪泥。泥上偶然留指爪，鴻飛那復計東西？老僧已死成新塔，壞壁無由見舊題。往日崎嶇還記否？路長人困蹇驢嘶。」

飛車跨山鶻[1]橫海，風枝露葉如新採。

運送荔枝的車子飛速跨過高山，就像海船快速橫渡大海一樣，荔枝抵達京城時，枝葉上還帶著風中的露水，就像是剛從樹上摘採下來。

【注釋】1.鶻：本指一種行動敏捷的隼鳥，此指海船，船形頭低尾高，前大後小，如鶻的形狀。

【解析】蘇軾描寫東漢和帝和唐代玄宗時期，向荔枝產地取貢卻大肆擾民的情形，由於運輸路程長達數千里，為了不讓荔枝味變而力求馳遞速度快捷，途中因勞累或摔落坑谷而死的騎士不計其數，只為了讓新鮮欲滴的荔枝飛速抵達京城，以饜足宮廷的口腹之欲。可用來形容車船過山渡海，疾速如飛。

【出處】北宋．蘇軾〈荔枝歎〉詩：「十里一置飛塵灰，五里一堠兵火催。顛阬仆谷相枕藉，知是荔枝龍眼來。飛車跨山鶻橫海，風枝露葉如新採。宮中美人一破顏，驚塵濺血流千載……」（節錄）

愁一箭風快，半篙波暖，回頭迢遞便數驛，望人在天北。

最讓人憂愁的是，順風而行的船隻飛快如箭，撐船的長篙有一半沒入暖和的水中，一轉頭便已過了好幾個驛站，送行的人早已遠在天的北邊。

【解析】周邦彥描寫船隻啟程離開江岸後，遠行者不忍與岸上送行者別離，但惱恨猛烈的風使船開得又快又急，轉眼瞬間，兩人的距離便已天各一方。可用來形容船行進的方向剛好與風的方向一樣，速度快如飛箭般。

【出處】北宋．周邦彥〈蘭陵王．柳陰直〉詞：「……閑尋舊蹤跡，又酒趁哀絃，燈照離席，梨花榆火催寒食。愁一箭風快，半篙波暖，回頭迢遞便數驛，望人在天北……」（節錄）

花木鳥獸

子規夜半猶啼血，不信東風喚不回。

杜鵑鳥到了半夜還在帶血鳴叫，牠不相信真的喚不回春風來。

【解析】詩題一作〈送春〉。晚春三月，王令不捨春日將盡，詩中將杜鵑鳥擬人化，想像牠晝夜不停地淒厲悲鳴，就是為了要留住春天，深信春天一定會被其頑強的意志所打動的，藉此表現自己對春光的執著痴情。可用來形容杜鵑鳥從日到夜不住地鳴啼。另可用來比喻以堅定信念去做某事，並深信自己竭盡全力必能把事情完成。

【出處】北宋．王令〈春晚〉詩二首之二：「三月殘花落更開，小簷日日燕飛來。子規夜半猶啼血，不信東風喚不回。」

小荷才露尖尖角，早有蜻蜓立上頭。

新嫩的荷葉才剛剛浮出水面，葉子都還沒有展開，只露出尖尖的細角，卻早就有蜻蜓停在上頭。

【解析】楊萬里詩中把關注景物的焦點縮小，以兒童天真好奇的眼光，來觀察自然界的花蟲小物，描寫初夏一座小小的池塘裡，一株含苞待放的荷花才露出水面，便有蜻蜓特地飛來與其作伴，展現出蜻蜓對荷花的親密情意，讀來饒富趣味。可用來形容新荷出水，蜻蜓停立荷上的景色。

【出處】南宋．楊萬里〈小池〉詩：「泉眼無聲惜細流，樹陰照水愛晴柔。小荷才露尖尖角，早有蜻蜓立上頭。」

白鳥一雙臨水立，見人驚起入蘆花。

一對白色的水鳥佇立在江水邊，看見有人出現，便驚慌地飛入蘆花叢裡。

【解析】長期浪跡江湖的戴復古，寫其於秋日黃昏遠眺江畔景色，在水光夕照下，他見兩隻水鳥臨水而立，卿卿我我，一派悠閑寧靜，忽然驚覺有人在向牠們靠近時，迅即飛起，美麗的身影隱沒在蘆花之中。詩人藉由欣賞江村落日餘暉，進而捕捉到白鳥由靜態到動態的剎那變化，饒富天趣。可用來形容原本停落在水邊的鳥，見人驚飛而起。

【出處】南宋．戴復古〈江村晚眺〉詩二首之二：「江頭落日照平沙，潮退漁舠閣岸斜。白鳥一雙臨水立，見人驚起入蘆花。」

有情芍藥含春淚，無力薔薇臥曉枝。

多情的芍藥花瓣上，還沾著滴滴如淚的春雨，沒有力氣的薔薇靜臥在破曉的枝條上。

【解析】春夜一場雷雨，到了天亮才歇停，秦觀詩中以美人喻花，寫庭院裡經過雨水滋潤一夜的芍藥花深情含淚，模樣楚楚動人，薔薇花嬌弱無力，彷彿在等有心人來將之扶起，細膩傳達他對花的愛憐。可用來形容雨後花草的柔媚姿態。

【出處】北宋．秦觀〈春日〉詩五首之二：「一夕輕雷落萬絲，霽光浮瓦碧參差。有情芍藥含春淚，無力薔薇臥曉枝。」

何事春風容不得？和鶯吹折數枝花。

家門前的桃樹、杏樹是做了什麼事情讓春風容不下呢？還驚動了原本棲息在上頭的黃鶯鳥，又吹折了好幾根花的枝幹。

【解析】王禹偁因事從京城被謫到僻遠的商州，生活過得相當清苦，幸好他的住所門外種有桃、杏樹各一株，每日欣賞黃鶯婉轉、春花朵朵，成了他在異鄉最大的慰藉。因而當他看見風吹得鶯飛枝斷、花落滿地的淒慘景狀時，不由得惱恨萬分。詩中以擬人手法，表達其對春風驚走鶯鳥和折斷花枝的強烈不滿，暗示自己遭到有心人士的打壓，才會步上這條貶謫之路。可用來形容春花的枝幹被風吹斷，殘花灑滿一地。另可用來比喻替受到排擠的人或團體打抱不平。

花開紅樹亂鶯啼，草長平湖白鷺飛。

【出處】北宋．王禹偁〈春居雜興〉詩二首之一：「兩株桃杏映籬斜，妝點商山副使家。何事春風容不得？和鶯吹折數枝花。」

樹上開滿紅花，到處都是黃鶯的啼鳴聲，平靜的湖邊長滿綠草，白鷺在湖面上自在飛翔。

【解析】徐元杰是南宋理宗時的狀元，他在詩中描寫其於春日乘船遊湖時所見的風景，出現眼前的是一片花紅草綠，鶯黃鷺白，以及不絕於耳的嚶嚶鳥語，詩意中充滿豐富的色彩意象，在歡躍熱鬧的啼叫聲中，同時也傳達了春來的信息。可用來形容花草明豔，禽鳥飛鳴的景色。

【出處】南宋．徐元杰〈湖上〉詩：「花開紅樹亂鶯啼，草長平湖白鷺飛。風物晴和人意好，夕陽簫鼓幾船歸？」

砌下落梅如雪亂，拂了一身還滿。

臺階下滿滿都是從樹上飄落的梅花，猶如雪花一樣零亂，才剛撥開了滿身的落梅，馬上又撒滿了一整身。

【解析】李煜詞中描寫時序已過春半，落梅如白雪般地漫天飛舞，他拂走了一身的落花，身上又立刻遍是花瓣，可見落花之多，而詞人久佇花下時間之長。可用來形容花落滿身，揮拂不盡。

【出處】五代·李煜〈清平樂·別來春半〉詞：「別來春半，觸目愁腸斷。砌下落梅如雪亂，拂了一身還滿。雁來音信無憑，路遙歸夢難成。離恨恰如春草，更行更遠還生。」

面旋落花風蕩漾。柳重煙深，雪絮飛來往。

面前的落花隨風飛旋徘徊。層層楊柳籠罩在濃煙霧之中，如雪般的柳絮漫天飛舞著。

【解析】歐陽脩描寫春日煙霧朦朧，面前的花瓣、柳絮在微風的輕拂下，轉舞飛揚，呈現一片虛無縹緲又令人迷亂的景象。近人王國維《人間詞話》評曰：「字字沉響，殊不可及。」意即這一闋詞的每個字讀來都蘊含沉鬱悲愴，一般人很難企及這樣的境界。可用來形容含煙籠霧中，落花、柳絮在風中迴旋貌。

【出處】北宋·歐陽脩〈蝶戀花·面旋落花風蕩漾〉詞：「面旋落花風蕩漾。柳重煙深，雪絮飛來往。雨後輕寒猶未放，春愁酒病成惆悵。枕畔屏山圍碧浪。翠被華燈，夜夜空相向。寂寞起來褰繡幌，月明正在梨花上。」

野鳧眠岸有閑意，老樹著花無醜枝。

野鴨睡在河岸邊，看起來一派悠閑的樣子，老樹上開了花，讓人感覺沒有醜陋的樹枝。

【解析】梅堯臣描寫其家鄉宣城宛溪岸旁所見的花鳥景致，望見在岸邊沉睡的野鴨，詩人即想像著牠們日子過得多麼悠閑自在，抬頭看到開滿花朵的老樹，也讓他頓時忽略了枯老的樹枝。元人方回《瀛奎律髓》評論這兩句詩：「當世名句，眾所膾炙。」可用來形容水岸邊禽鳥棲息、老樹開花的景象。另這兩句詩的後一句，可用來比喻老年人若仍有所作為，都是值得稱許的。也可用來比喻人一旦有所成就，世人便會對他的缺點視而不見。

【出處】北宋．梅堯臣〈東溪〉詩：「行到東溪看水時，坐臨孤嶼發船遲。野鳧眠岸有閑意，老樹著花無醜枝。短短蒲茸齊似剪，平平沙石淨於篩。情雖不厭住不得，薄暮歸來車馬疲。」

黃昏風雨打園林，殘菊飄零滿地金。

傍晚時分的一場風雨，猛烈吹打著園林，只見凋殘的菊花飄落了一地，宛如遍地都灑滿了黃金。

【解析】王安石描寫歷經了一場狂風驟雨的花園，滿地都是被打落的殘謝菊花，呈現出一片金黃燦爛的景色。可用來形容雨後一地落花的詩意景象。

【出處】北宋．王安石〈殘菊〉詩：「黃昏風雨打園林，殘菊飄零滿地金。折得一枝猶好在，可憐公子惜花心。」

葉上初陽乾宿雨，水面清圓，一一風荷舉。

剛升起的太陽，把昨夜留在荷葉上的雨水曬乾，水面上的荷葉清淨圓潤，一枝一枝的荷花迎著晨風飄舉。

【解析】周邦彥摹寫夏日朝陽映照荷塘，原本夜裡積在荷葉上的雨露已被晨光蒸發不見，更顯其晶瑩潤澤，出水的荷花，亭亭玉立，隨著微風輕姿搖曳，宛如圖畫。近人王國維《人間詞話》評論這三句詞：「此真能得荷之神理者。」可用來形容雨後天晴，荷花迎風招展的神韻動態。

【出處】北宋．周邦彥〈蘇幕遮．燎沉香〉詞：「燎沉香，消溽暑。鳥雀呼晴，侵曉窺簷語。葉上初陽乾宿雨，水面清圓，一一風荷舉。故鄉遙，何日去？家住吳門，久作長安旅。五月漁郎相憶否？小楫輕舟，夢入芙蓉浦。」

鶯嘴啄花紅溜，燕尾點波綠皺。

黃鶯鳥用嘴啄花，紅色的花瓣從枝頭上滑脫，燕子用尾巴輕點水面，泛起了綠色的波紋。

【解析】秦觀描寫春日嬌紅的花朵因鶯嘴輕啄而滑動落下，形似剪刀的燕尾，掠過水面，綠波蕩漾。詞中運用「啄花」、「點波」來表現紅花綠水被鶯燕這類春鳥給輕輕擾亂，彷彿眼前出現一幅靈動活潑的鳥語花香圖。可用來形容鶯燕飛舞，花朵盛開的景色。

【出處】北宋．秦觀〈如夢令．鶯嘴啄花紅溜〉詞：「鶯嘴啄花紅溜，燕尾點波綠皺。指冷玉笙寒，吹徹〈小梅〉春透。依舊，依舊，人與綠楊俱瘦。」

國家圖書館出版品預行編目資料

五代兩宋詩詞信手拈來／黃淑貞 編著. -- 初版. -- 臺北市：
商周出版：家庭傳媒城邦分公司發行, 民107.08
面： 公分. --（中文可以更好；45）
ISBN 978-986-477-476-0（平裝）

831.5 107008468

中文可以更好 45

五代兩宋詩詞信手拈來

編 著 者／黃淑貞
企畫選書人／林宏濤
責 任 編 輯／陳名珉

版 權／翁靜如
行 銷 業 務／李衍逸、黃崇華
總 編 輯／楊如玉
總 經 理／彭之琬
發 行 人／何飛鵬
法 律 顧 問／元禾法律事務所 王子文律師
出 版／商周出版
城邦文化事業股份有限公司
台北市民生東路二段 141 號 9 樓
電話：(02) 25007008 傳真：(02) 25007759
Blog：http://bwp25007008.pixnet.net/blog
E-mail：bwp.service@cite.com.tw
發 行／英屬蓋曼群島商家庭傳媒股份有限公司城邦分公司
台北市民生東路二段 141 號 2 樓
書虫客服服務專線：(02) 25007718、(02) 25007719
服務時間：週一至週五上午09:30-12:00；下午13:30-17:00
24 小時傳真專線：(02) 25001990、(02) 25001991
劃撥帳號：19863813；戶名：書虫股份有限公司
讀者服務信箱：service@readingclub.com.tw
城邦讀書花園：www.cite.com.tw
香港發行所／城邦（香港）出版集團有限公司
香港灣仔駱克道193號東超商業中心1樓
E-mail：hkcite@biznetvigator.com
電話：(852)25086231 傳真：(852) 25789337
馬新發行所／城邦（馬新）出版集團【Cité (M) Sdn. Bhd.】
41, Jalan Radin Anum, Bandar Baru Sri Petaling,
57000 Kuala Lumpur, Malaysia.
Tel: (603) 90578822 Fax:(603) 90576622
email:cite@cite.com.my

封 面 設 計／黃聖文
拉 頁 繪 圖／陳巧貝
排 版／新鑫電腦排版工作室
印 刷／韋懋實業有限公司
總 經 銷／聯合發行股份有限公司
電話：(02) 2917-8022 傳真：(02) 2911-0053
地址：新北市231新店區寶橋路235巷6弄6號2樓

■ 2018年（民107）08月02日初版
■ 2022年（民111）03月18日初版2刷

Printed in Taiwan
城邦讀書花園
www.cite.com.tw

定價380元

 ISBN 978-986-477-476-0

商周出版

廣　告　回　函
北區郵政管理登記證
台北廣字第000791號
郵資已付，免貼郵票

104台北市民生東路二段141號2樓

英屬蓋曼群島商家庭傳媒股份有限公司　城邦分公司

請沿虛線對摺，謝謝！

商周出版

書號：BK6045　**書名：**五代兩宋詩詞信手拈來　**編碼：**

請於此處用膠水黏貼

商周出版

讀者回函卡

感謝您購買我們出版的書籍！請費心填寫此回函卡，我們將不定期寄上城邦集團最新的出版訊息。

不定期好禮相贈！
立即加入：商周出版
Facebook 粉絲團

姓名：＿＿＿＿＿＿＿＿＿＿＿＿ 性別：□男 □女

生日：西元＿＿＿＿年＿＿＿＿月＿＿＿＿日

地址：＿＿＿＿＿＿＿＿＿＿＿＿

聯絡電話：＿＿＿＿＿＿ 傳真：＿＿＿＿＿＿

E-mail ：

學歷：□ 1. 小學 □ 2. 國中 □ 3. 高中 □ 4. 大學 □ 5. 研究所以上

職業：□ 1. 學生 □ 2. 軍公教 □ 3. 服務 □ 4. 金融 □ 5. 製造 □ 6. 資訊
□ 7. 傳播 □ 8. 自由業 □ 9. 農漁牧 □ 10. 家管 □ 11. 退休
□ 12. 其他＿＿＿＿＿＿

您從何種方式得知本書消息？

□ 1. 書店 □ 2. 網路 □ 3. 報紙 □ 4. 雜誌 □ 5. 廣播 □ 6. 電視
□ 7. 親友推薦 □ 8. 其他＿＿＿＿＿＿

您通常以何種方式購書？

□ 1. 書店 □ 2. 網路 □ 3. 傳真訂購 □ 4. 郵局劃撥 □ 5. 其他＿＿＿

您喜歡閱讀那些類別的書籍？

□ 1. 財經商業 □ 2. 自然科學 □ 3. 歷史 □ 4. 法律 □ 5. 文學
□ 6. 休閒旅遊 □ 7. 小說 □ 8. 人物傳記 □ 9. 生活、勵志 □ 10. 其他

對我們的建議：＿＿＿＿＿＿＿＿＿＿＿＿

【為提供訂購、行銷、客戶管理或其他合於營業登記項目或章程所定業務之目的，城邦出版人集團（即英屬蓋曼群島商家庭傳媒（股）公司城邦分公司、城邦文化事業（股）公司），於本集團之營運期間及地區內，將以電郵、傳真、電話、簡訊、郵寄或其他公告方式利用您提供之資料（資料類別：C001、C002、C003、C011 等）。利用對象除本集團外，亦可能包括相關服務的協力機構。如您有依個資法第三條或其他需服務之處，得致電本公司客服中心電話 02-25007718 請求協助。相關資料如為非必要項目，不提供亦不影響您的權益。】

1.C001 辨識個人者：如消費者之姓名、地址、電話、電子郵件等資訊。
2.C002 辨識財務者：如信用卡或轉帳帳戶資訊。
3.C003 政府資料中之辨識者：如身分證字號或護照號碼（外國人）。
4.C011 個人描述：如性別、國籍、出生年月日。

請於此處用膠水黏貼